FÜR MEINE FAMILIE

INHALT

ELIZABETH

Meine ältere Schwester, Margot, rief mich an und erklärte: »Du musst jetzt nichts sagen, ich wollte dich nur wissen lassen, dass ich eine Fehlgeburt hatte. Eine ganz frühe«, schob sie schnell hinterher. »Mir geht's gut.«

Ich war eher überrumpelt als traurig; ich hatte weder gewusst, dass sie schwanger war, noch, dass sie versucht hatte, schwanger zu werden.

»Das Schlimmste ist überstanden«, sagte sie. »Ich bin erleichtert, dass ich es verloren habe, als ich noch nicht sehr weit war. Ich wusste erst seit einer Woche, dass ich überhaupt schwanger bin. Also was Fehlgeburten angeht, war das eine von der leichten Sorte.« Sie und Nick hätten keine Schwierigkeiten gehabt, ihren Sohn, Alex, zu zeugen, der jetzt gut ein Jahr alt war, und es gebe keinen Grund zu der Annahme, dass es nicht schnell wieder klappen würde. Es sei unwahrscheinlich, dass es zu einer weiteren Fehlgeburt komme – auch wenn das Risiko jetzt etwas höher sei als vorher –, und sie wisse bereits, dass sie fruchtbar sei und ein gesundes Kind austragen könne. Sie müssten nur einen Zyklus abwarten, um es wieder versuchen zu können.

Mehr gebe es nicht zu sagen, meinte sie, es sei ihr nur viel lieber, wenn ich es von ihr erfuhr und nicht von unserer Mutter. Und wichtig sei ihr, dass ich mit ihr immer noch über meine Schwangerschaft reden konnte – ich war in der neunten Woche, als sie anrief; sie habe gezögert, mir all das zu erzählen, aus Angst, ich würde sie sonst ausschließen, und das wolle sie auf keinen Fall.

»Ehrlich«, sagte sie. »Ich freue mich so für dich. Das musst du mir glauben. Wie geht es dir denn? Langsam besser?«

Ich war mir nicht sicher, ob ich sie danach wieder anrufen sollte, ob sie noch weiter über die Fehlgeburt reden wollte, obwohl sie das Gegenteil behauptet hatte. Es überraschte mich, dass sie mir überhaupt davon erzählt hatte. Wir waren nie die Sorte Schwestern gewesen, die sich ihre empfind-lichsten Geheimnisse anvertrauten, und da diese Dynamik immer eher ihre Entscheidung, nicht meine, gewesen zu sein schien, versuchte ich, sie zu respektieren.

In den Tagen danach schickte ich ihr Textnachrichten – *Wie geht es dir?*; *Kann ich irgendwas für dich tun?* –, und Isaac und ich kauften ihr einen Fünfzig-Dollar-Gutschein für die Moose's Tooth Pizzeria. Sie antwortete nur knapp: *Heute ok, danke* oder: *Das ist lieb, aber mir geht's gut.* Bald reagierte sie nur noch mit einem Blumenstrauß-Emoji oder einem gelben Herz. Nachdem meine letzte Nachricht – *Ich denk an dich* – unbeantwortet blieb, beschloss ich, dass der nächste Kon-takt von ihr ausgehen sollte, wann immer das sein würde.

Drei Wochen vergingen, bevor sie das nächste Mal anrief. Ich war gerade auf dem Heimweg von der Bibliothek, als ich ih-ren Namen auf dem Display sah, und kurz durchfuhr mich die Hoffnung, dass sie sich meldete, weil sie wieder schwan-ger war, bevor mir bewusst wurde, dass sie das lieber nicht sein sollte, noch nicht. Doch sie rief an, um mir von einem

Konflikt mit ihrer Freundin Elizabeth zu erzählen, der ihr zu schaffen machte; in den kommenden Tagen ging mir das, was sie mir erzählte, nicht mehr aus dem Kopf.

»Du klingst außer Atem«, sagte sie. »Geht es dir gut?«

»Ich bin jetzt immer außer Atem«, erwiderte ich und ging langsamer. »Ich bemerke Steigungen, wo vorher nie welche waren.«

»Warte nur, bis es dir auf die Lunge drückt. Und die Blase.«

Sie war auf dem Weg zur Krippe, um Alex abzuholen, und wollte reden, solange sie noch Ruhe hatte. Uns ging es gut, versicherten wir einander. Ich hatte nicht viel geschrieben, konnte mich nur schlecht auf meinen Roman konzentrieren, so erschöpft und benommen, wie ich war, aber zu unterrichten fiel mir nicht allzu schwer. Margot hatte gerade mehrere lange Schichten im Krankenhaus hinter sich, sodass sie in den nächsten Tagen weniger arbeiten musste. Den Männern ging es gut, Alex ging es gut – er konnte jetzt alleine stehen, machte aber noch keine Schritte –, und er begeisterte sich sehr für Bananen und Reißverschlüsse. Es war kalt und regnerisch in Anchorage, wo sie wohnte, und warm und freundlich, wo ich war, in Irvine, Kalifornien.

Wir schwiegen kurz. Ihr Blinker klickte, dann hörte er auf.

»Sorry«, sagte sie; ich war mir nicht sicher, warum.

»Alles in Ordnung bei dir?«

»Ja, ich – es ist eigentlich nichts, nicht wirklich. Ich will dich nicht damit belästigen, aber ich weiß auch nicht, mit wem ich sonst darüber reden soll. Es geht um Elizabeth. Erinnerst du dich an meine Freundin Elizabeth?«

Ich war Elizabeth nur einmal begegnet, im letzten Sommer auf einem Grillfest bei Margot in Anchorage. Als Margot von unserer Mutter gehört hatte, dass Isaac und ich mit einer Hochzeitsreise nach Alaska liebäugelten, hatte sie darauf bestanden, dass wir ein paar Nächte bei ihnen blieben. Im Keller gebe es ein Gästezimmer mit eigenem Bad. Die Einladung hatte mich verblüfft, und ich war mir nicht sicher, was ich davon halten sollte; in den Jahren zuvor hatten wir uns kaum gesprochen, von kurzen Pflichtanrufen zu Geburtstagen oder wichtigen Feiertagen einmal abgesehen.

»Du lebst von einem Graduiertenstipendium«, sagte sie, um mich zu überreden. »Ich weiß, dass du zu einer Gratisbleibe nicht Nein sagen kannst.«

Mit Elizabeth hatte ich auf dem Fest nicht viel geredet; es waren noch andere Paare da, alle mit kleinen Kindern, und Elizabeth und ihr Mann Ari hatten die meiste Zeit vergeblich versucht, ihren vier Monate alten Sohn zu beruhigen. Sie waren als Letzte gekommen und als Erste wieder gegangen.

Aber Margot hatte mir viel von Elizabeth erzählt. Während unseres Besuchs in Anchorage war sie immer wieder auf sie zu sprechen gekommen; sie redete viel mehr über sie, als sie normalerweise über ihre Freundinnen sprach. Sie gab intime Details aus Elizabeths Leben preis, die sicher nicht für meine Ohren bestimmt waren, weshalb ich umso genauer zuhörte. Margot und Elizabeth verband offenbar die Art weiblicher Freundschaft, über die ich in Romanen und Lebensgeschichten gelesen hatte und die ich in meiner Kindheit und Jugend und sogar jetzt noch herbeisehnte, die ich aber nie gefunden hatte, nicht einmal für kurze Zeit – die Art weiblicher Freundschaft, die mit dem Verhältnis von Schwestern verglichen wird, nur nicht mit so einem wie dem von Margot und mir, das die meiste Zeit unseres Lebens von Distanz und Vorsicht geprägt war.

Margot war fast vier Jahre älter als ich, eine Jugendliche, als ich noch ein Kind war, dann am College und weit weg, und eine halbe Ewigkeit danach nur noch ein seltener Gast. In unseren gemeinsamen Jahren in einem hübschen Bostoner Vorort hatten sie mich oft verletzt, mit den alltäglichen kleinen Stichen, die eine ältere Schwester einer jüngeren so mühelos zufügt – verdrehte Augen, ein bissiger Kommentar oder gleichgültiges Schweigen taten mir noch tage- oder jahrelang weh, immer wenn ich daran denken musste. Wobei es wohl nicht viel geändert hätte, wären wir gleich alt gewesen. Für sie war die Welt ein geordneter und beherrschbarer Ort; ihr Leben bestand aus einer Reihe kleiner Hindernisse, die sie leicht überwinden konnte. Ich hatte immer das Gefühl, unter Wasser gesogen zu werden, wusste nicht, ob ich zum Grund oder zur Oberfläche schwamm, rang verzweifelt nach Luft. Und so hatte ich mich schließlich in die Rolle der Zuhörerin gefügt, wollte erfahren, wie andere ihr Leben führten, in der Hoffnung, dass ich lernen könnte, mein eigenes zu leben.

»Sei nicht so still«, hatte Margot mal zu mir gesagt, als sie noch zur Highschool ging und ein paar ihrer Freundinnen für das Staffelfinale von *One Tree Hill* vorbeigekommen waren. Ich hatte ihnen das Sofa überlassen und auf einem Kissen am Boden mitgeguckt. »Das wirkt, als wärst du dumm.«

Wir hatten den Riss zwischen uns nie gekittet, um uns später näherzukommen, als vier Jahre Altersunterschied nicht mehr viel ausmachten. Ich wartete auf eine Geste von ihr – eine Geste, die von ihr ausgehen musste, denn ganz sicher hatte ich sie nie so getroffen wie sie mich –, eine Geste, die zeigte, dass sie nicht länger ein Kind in mir sah, sondern ihre Schwester, deren Leben von Interesse war. Aber die Geste war nie gekommen, und so vergingen die Jahre, bis wir als Erwachsene in weit entfernten Bundesstaaten lebten und wenig mehr als braune Augen und das Zuhause unserer Kindheit gemein hatten.

Margot liebte Elizabeth, das war offensichtlich, obwohl sie

nicht sicher war, wie gut sie sie eigentlich kannte. Während unserer Reise entwickelte ich einen glühenden Neid, ja fast eine Fixierung auf diese mir unbekannte Frau, die so schnell einen Platz in Margots Leben eingenommen hatte, der bis dahin unbesetzt gewesen war. Ich hatte immer geglaubt, ich würde diese Leerstelle irgendwann füllen.

Damals in Alaska und jetzt wieder wurde mir bewusst, dass ich nur dann gefragt war, wenn Elizabeth das Thema war, das Margot beschäftigte.

»Ich habe sie auf dem Grillfest kennengelernt«, sagte ich. »Ari und ihr Baby auch.«

»Phin.«

»Phin, stimmt.«

»Der Meinung war ich auch. Elizabeth konnte sich nicht an dich und Isaac erinnern, aber ich hätte schwören können, dass sie da war.« Margot verstummte wieder. Im Hintergrund war alles ruhig. Ich stellte mir vor, wie sie vor der Krippe in eine Parklücke mit Blick auf die schneebedeckten Berge einbog, den Motor laufen ließ und die Hände an die Lüftungsschlitze legte. In meiner Vorstellung war es dort immer kalt, dabei war es Mitte Oktober und Nachmittag, und sie hatte die Heizung vielleicht gar nicht an. Ich überquerte die Kreuzung, die die Studierendenwohnheime von den Graduiertenunterkünften trennte, wo ich wohnte, und versuchte, die Augen vor der Sonne und das Telefon vor dem Wind abzuschirmen.

»Es tut mir leid, dass ich dich damit behellige«, wiederholte sie. »Es ist dämlich, aber ich krieg's einfach nicht aus dem Kopf.«

»Was ist denn?«

»Elizabeth ist wieder schwanger. Zwölfte Woche.«

»Oh.« Ich wartete darauf, dass sie weitersprach, aber sie blieb still. »Ich bin auch in der zwölften Woche.«

»Schon? Wow, ich dachte, du wärst in der zehnten oder elften.«

»Tja, ich bin fast in der zwölften. In drei Tagen.«

Sie atmete ins Telefon. »Also, ja, sie ist wieder schwanger.«

»Das ist toll – ich meine, toll für sie, vermutlich. Aber für dich ist es bestimmt nicht einfach, so bald nachdem –«

»Nein, darum geht es nicht«, sagte sie. »Ihre Schwangerschaft macht mir nichts aus. Ich freue mich aufrichtig für Elizabeth, genau wie für dich. In der Woche von Phins erstem Geburtstag hat sie ihre Spirale rausnehmen lassen und ist sofort schwanger geworden. Sie hatte vorher nicht mal ihre Tage.«

»Weiß sie, was dir passiert ist?«

»Ja. Ich hatte nicht wirklich vor, es ihr zu erzählen, aber ich war so erschöpft, dass ich unseren Spaziergang abgesagt habe. Daraufhin hat sie Nick und mich zum Essen eingeladen, aber danach war mir auch nicht. Sie sollte nicht denken, dass ich irgendwie sauer auf sie bin, also hab ich's ihr erzählt. Sie war erstaunlich mitfühlend. Sie hat mir am nächsten Tag sogar Linsensuppe vor die Tür gestellt. So was hätte ich nie von ihr erwartet.

Ich bin froh, dass ich's ihr gesagt habe«, fuhr sie fort. »Darum geht es also nicht. Sondern darum, wie sie mir von ihrer Schwangerschaft erzählt hat. Es stört mich mehr, als ich mir erklären kann.«

»Was hat sie denn gesagt?«

In ihrer Nähe weinte irgendwo ein Kind, dann beruhigte es sich.

»Was sie gesagt hat, ist eigentlich nicht das Problem. Eher das, was sie nicht gesagt hat, glaube ich.«

Ich nickte nur, damit sie weiterredete, dabei konnte sie mich ja nicht sehen. Dann versuchte ich, aus dem Wirbel der Bilder und Erinnerungen alles hervorzuholen, was Margot mir je über Elizabeth erzählt hatte. Doch ich wusste schon nicht mehr, was Elizabeth Margot direkt erzählt hatte, was Margots Folgerungen aus dem waren, was Elizabeth gesagt oder eben nicht gesagt hatte, und was auf meine eigenen Ausschmückungen zurückging.

Einiges glaubte ich schon über Elizabeth zu wissen, als Margot mich anrief und fragte: *Erinnerst du dich an meine Freundin Elizabeth?*, obwohl all das in den folgenden Wochen neu bewertet werden würde (während Margot mehr über ihre Freundin erfuhr und ihr Wissen mit mir teilte). Elizabeth hatte nicht etwa gelogen – nein, das wäre zu einfach und irreführend –, sondern ihre Erzählung entpuppte sich als geschickte Zusammenstellung von Verletzlichkeiten, Fakten und Auslassungen, die die Illusion reiner Wahrheit erzeugte, wie sie normalerweise allein einer engen Vertrauten vorbehalten ist.

Margot und Elizabeth lernten sich kennen, nachdem Margots Collegefreundin Claire ihr schrieb, dass eine Freundin aus dem Medizinstudium nach Anchorage ziehen würde, so wie Margot und Nick wenige Monate zuvor. *Ich kann euch zusammenbringen!*, schrieb Claire, und Margot stimmte sofort zu. Die Aussicht auf eine potenzielle Freundin in Anchorage war so aufregend, dass Margot bewusst wurde, wie einsam und isoliert sie sich in der kleinen Stadt mittlerweile fühlte, umschlossen von Wäldern und kaltem Salzwasser. In der Vergangenheit war sie fürs College (Hanover), fürs Medizinstudium (Ann Arbor) und für die Facharztausbildung (Seattle) umgezogen und hatte sich jedes Mal sofort unter Gleichgesinnten ihres Alters wiedergefunden, die genauso in einer neuen Umgebung und auf der Suche nach Gefährten waren. Und obwohl sie eine solche Gemeinschaft in Anchorage nicht erwartete – war sie nicht deshalb genau hierhergezogen, weil der Ort so fern von allem war, was sie je gekannt hatte? –, deprimierte es sie doch, als sich nichts dergleichen ergab.

Claire schickte bald eine Gruppennachricht, in der sie Margot und Elizabeth einander vorstellte, dann schrieb sie Margot noch separat: *Elizabeth ist nicht gerade warm und flauschig. Keine Ahnung, ob ihr euch versteht. Aber ihr solltet euch treffen, vielleicht passt es ja!*

Margot war genervt. Sie wünschte, Claire hätte ihr das vor ihrer Vorstellungsnachricht geschrieben, dann hätte sie nachfragen und überlegen können, ob sie sich um diese Frau freundschaftlich bemühen wollte. Claire, das wurde Margot wieder ungut bewusst, war wahllos in ihrer Zuneigung, in platonischen wie romantischen Beziehungen; in ihrem Abschlussjahr war sie mit einer Gruppe von Mädchen zusammengezogen, die Margot allesamt geistloser und gehässiger vorkamen als Claire. Aber nun war die Vorstellungsnachricht verschickt, und als diejenige, die länger in Anchorage war, fühlte Margot sich verpflichtet, als Erste zu reagieren. Also schrieb sie Elizabeth, hieß sie in der Stadt willkommen und lud sie und ihren Mann zum Essen ein, bevor sie es sich anders überlegen konnte.

Überraschenderweise antwortete Elizabeth schnell, mit zwei Ausrufezeichen und einem Smiley, und am Freitag um kurz nach sieben standen Elizabeth und Ari mit rosa Tulpen und einer Flasche Malbec vor der Tür.

Nicht lange nach dem Reinkommen, nachdem Elizabeth unaufgefordert ihre Clogs ausgezogen hatte (Margot hatte die gleichen, nur kaffeefarben, nicht rotbraun, und vermutlich fast zwei Nummern kleiner), sagte Elizabeth: »Euer Haus fühlt sich schon wie ein Zuhause an, es riecht sogar so, als würde hier tatsächlich jemand wohnen. Im Guten, meine ich. Bei uns riecht es nach Paketband.«

»Danke«, sagte Margot. »Ich weiß nicht, es ist noch viel zu tun.«

Das Haus kam ihr immer noch kahl vor, und das Sofa, die Bücherregale und die Lampen aus dem College wirkten wie die Möbel eines Teenagers in einem Raum für Erwachsene.

»Es stimmt«, sagte Ari. »Wir verwenden Kartons als Couchtisch.«

Nur ein kleiner Scherz, vielleicht sogar wahr, aber das Lachen darüber nahm Margot etwas von ihrer Anspannung. Sie setzten sich zum Essen, Shakshuka mit Feta und Knoblauchbrot, die Teller schon auf den Stoffsets, die Margot nur Stunden zuvor bei Target besorgt hatte. Kurz sprachen sie über ihre jeweilige Verbindung zu Claire. Elizabeth gestand, dass sie Claire eigentlich nicht gut kannte und nur ein paar Kurse mit ihr belegt hatte, was Margot zugleich erleichterte und beunruhigte. Dann wurde Elizabeth still und sprach den Rest des Abends nur mit leiser Stimme, die Miene oft unlesbar. Sie war hübsch, vielleicht sogar schön, mit ihrer robusten Statur und den markanten Zügen, dazu grüne Augen, schwarzes Haar und ein dunkelolivfarbener Teint. Margot fand sich im Vergleich blass, klein und unscheinbar und spürte, dass Elizabeth sie nicht mochte. Im Licht der Küchenspots studierte Margot Elizabeths Züge und Haut, und es frustrierte und beschämte sie gleichermaßen, dass sie deren ethnische Herkunft zu bestimmen suchte und daran scheiterte.

Ari hingegen schien sich wohlzufühlen und erzählte Geschichten, die etwas länger dauerten als nötig. Margot war dankbar für seine entspannte Art der Konversation und dafür, dass er sich an Margot und Nick zugleich richtete, nicht nur an Nick. Als Ari die Geschichte von ihrem Einzug erzählte – am kältesten Tag des Jahres, bei minus sechsundzwanzig Grad, hatte er im Dunkeln drei Gestalten gesehen, echte Ungeheuer, und kurz geglaubt, den Verstand zu verlieren, ehe sie sich als Elche entpuppten –, schaltete Elizabeth sich freundlich ein: »Es waren zwei Kühe und ein Kalb, kein Bulle, meiner Meinung nach.« Da kam Margot der Gedanke, dass Elizabeth vielleicht einfach schüchtern war, nicht unnahbar.

Wann immer Elizabeth an diesem Abend das Wort ergriff, spürte Margot nun, dass Elizabeth unsicher war, wie viel sie fragen oder von sich erzählen sollte, weshalb sie häufig einfach Aris Geschichten weiter ausführte, statt sich an eigene zu wagen. Ihre Komplimente zum Haus zum Essen (»Wie hast du es hinbekommen, dass das Brot außen so knusprig und innen so saftig ist?«) schienen aus Verlegenheit geboren, als wäre ihr plötzlich bewusst geworden, dass sie zu lange nichts gesagt hatte. Margot war sich nicht sicher, ob die Komplimente deshalb unaufrichtig waren, aber das war auch egal.

Margots neue Theorie über Elizabeths Schüchternheit bekam allerdings bald wieder Risse. Nachdem Nick vom tauenden Permafrost erzählt hatte, herrschte kurz deprimiertes Schweigen, das Elizabeth mit der Frage durchbrach: »Ist euer Fußboden isoliert?« Margot und Nick schüttelten den Kopf, woraufhin Elizabeth seufzte und kein Hehl aus ihrer Meinung machte. »Wenn man den Boden isoliert, wandert weniger Wärme ins Erdreich, wisst ihr. Ich würde definitiv kein Haus ohne Bodenisolierung kaufen, nicht hier. Es ist zwar teuer, aber man kann es auch selbst machen. Ihr solltet wirklich mal darüber nachdenken.«

Am Ende des Abends wusste Margot nicht, was sie von Elizabeth halten sollte, und noch weniger, was Elizabeth wohl von ihr hielt. In den Tagen danach habe sie, erzählte mir Margot, immer wieder nach ihrem Telefon gesehen und halb eine Dankesnachricht oder vielleicht eine Gegeneinladung erwartet. Als nichts kam, bemerkte sie an sich eine gewisse Enttäuschung.

Drei Wochen nach dem Abendessen, als Margot schon nicht mehr damit rechnete, lud Elizabeth sie zu einer Wanderung ein. Die Einladung galt nur Margot. *Hast du morgen Zeit?*, schrieb Elizabeth. *Es gibt da einen Wanderweg, den ich schon länger mal ausprobieren will.* Margot sagte freudig zu, fast ein bisschen nervös, weil sie allein mit Elizabeth sein würde. Es war schon einige Jahre her, dass sie jemanden kennengelernt hatte, der nur sie treffen wollte, nicht sie und Nick zum Abendessen. Ihr war gar nicht klar gewesen, wie sehr sie sich eine Freundin für sich allein gewünscht hatte. Es gab keine Eheprobleme, die Margot hätte besprechen wollen, aber ihr gefiel der Gedanke, dass sie mit Elizabeth notfalls darüber reden könnte. Die Verabredung fühlte sich verboten an und gleichzeitig unglaublich unschuldig, als wäre sie wieder ein Kind.

Draußen vor der Stadt, am Rand der Wildnis, richteten sie den Blick auf den steilen, steinigen Pfad, nicht aufeinander, was ihnen erlaubte, unbefangener zu reden. Elizabeth erzählte freimütig von ihren Zweifeln an dem neuen Haus und von den Kollegen in der privaten Kinderarztpraxis in der Innenstadt, und während sie den Berg erklommen und die Illusion genossen, dass die spitzen Gipfel des Chugach Forest mit ihnen in die Höhe stiegen, erzählte Margot von ihrer Einsamkeit, nachdem das Adrenalin des Umzugs verpufft war, und von dem Gefühl der Unzulänglichkeit, wenn sie im Krankenhaus Kinder behandelte, von deren Leiden sie noch nie gehört hatte. Gegen Ende der Wanderung, mit warmen, gelockerten Muskeln, waren sie vertrauter miteinander und sahen sich länger an, wenn der Weg frei von Wurzeln und Steinen war. Obwohl Margot immer noch nicht jede von Elizabeths Bemerkungen und Pausen deuten konnte, war sie sich sicherer, sie zu mögen und von ihr gemocht zu werden.

In diesem Frühjahr wurde Margot schwanger, und zwei Monate später folgte Elizabeth. Margot und Nick waren schon beim zweiten Versuch erfolgreich – Elizabeth und Ari hatten es acht Monate probiert. Elizabeth hatte sich um Voruntersuchungen für eine Fruchtbarkeitsbehandlung bemüht; der erste Beratungstermin war eigentlich für den Tag nach ihrem positiven Schwangerschaftstest angesetzt. Als die Freunde aus der Facharztausbildung und von der Uni auf Facebook oder per Rundmail ständig Schwangerschaften oder Geburten verkündeten – jetzt, da sie alle mit der Ausbildung fertig waren und schnell auf Ende dreißig zugingen, schien es jede Woche eine neue Meldung zu geben, auch von Claire –, hatten Elizabeth und Margot vage darüber gesprochen, früher oder später auch loslegen zu wollen. Aber keine der beiden hatte zugegeben, es schon zu versuchen.

Sobald man es Margot ansah, gingen sie und Elizabeth in der 5th Avenue Mall shoppen, dem einzigen Einkaufszentrum in ganz Alaska mit einer Filiale von Motherhood Maternity. Sie teilten sich die Kosten für ein hübsches Kleid aus schwarzem Satin, das sie zu ihren jeweiligen Betriebsweihnachtsfeiern tragen konnten. Elizabeth war zehn Zentimeter größer als Margot, mit breiteren Hüften und Schultern, aber das Kleid saß so locker und wurde in der Taille gebunden, dass es beiden gut stand.

Elizabeth hatte es schwerer mit ihrer Schwangerschaft, daran erinnerte ich mich noch aus Margots Erzählungen. In den ersten zwanzig Wochen war ihr jeden Tag fast ununterbrochen übel. Obwohl sie erschöpft war, gelang es ihr nicht, nachmittags ein Nickerchen zu machen oder nachts die kreisenden Gedanken abzustellen, weshalb sie in den frühen

Morgenstunden versuchte, in der Küche ein paar Cheerios runterzubringen oder auf einem Schulwebrahmen eine gelbe Decke zu weben. Im Sommer und im Herbst stellten diese Morgenstunden die einzige Pause von der Sonne dar, die nie ganz unter- oder aufzugehen schien. Elizabeth blieb wach, um die Nacht zu erleben. Gegen sieben Uhr morgens weckte Ari sie mit einer Hand auf der Schulter, nachdem sie gefühlt nur einen kurzen Moment geschlafen hatte.

Das Einzige, was half, waren Spaziergänge. Vom Spätherbst in den Winter hinein, als es mit einem Mal nur noch wenige Stunden trübes Tageslicht gab, ging Margot oft zu Fuß zu Elizabeth und dann mit ihr zum Teich im Stadtpark. Seit sie schwanger waren, mochten sie beide nicht mehr auf den steilen Pfaden vor der Stadt wandern. Nun zogen sie den Teich mit seinem gepflasterten Weg vor, von dem sie immer noch die Berge sehen und das Salzwasser riechen konnten, aber nie mehr als zwanzig Minuten Fußmarsch von zu Hause oder dem Krankenhaus entfernt waren. Elizabeth brachte eine Packung Salzcracker mit, falls sich ihr der Magen umdrehte. Das Gehen, die Kälte und die Unterhaltung ließen sie für eine Weile vergessen, wie übel ihr war und wie viele Tage es noch bis zum nächsten Ultraschall dauerte.

»Vielleicht sollte ich jetzt gar kein Kind bekommen«, sagte sie mehr als einmal. »Vielleicht sollte ich überhaupt keine Kinder bekommen. Vielleicht ist es das Dümmste, was ich je gemacht habe.«

Margot wusste nie so recht, was sie dazu sagen sollte, und blieb eher still. Nur manchmal erzählte sie von ihren eigenen Ängsten hinsichtlich der Schwangerschaft und übertrieb ein kleines bisschen – die Distanz, die sie zwischen sich und Nick zu spüren meinte, und ihre Sorge, dass ihm nach der Geburt des Babys etwas von seiner Liebe für sie abhandenkommen könnte.

In den Monaten, als sie beide schwanger waren, berichtete Elizabeth beim Spaziergang um den Teich oft von ihrer Vergangenheit mit Ari, als würde sie in ihrer eigenen Erzählung nach der Antwort auf eine Frage suchen, die sie nicht recht formulieren konnte. Elizabeth und Ari hatten auf Margot wie ein gutes Team gewirkt – oder jedenfalls kein schlechtes. Ari schnitt Elizabeth nicht das Wort ab. Elizabeth korrigierte oder klärte Aris Geschichten auf eine Weise, die ihn nicht infrage zu stellen schien. Sie schenkten einander Wein nach, bevor sie sich das eigene Glas füllten. Margot achtete auf Zeichen irgendeines unbemerkten Risses, aber Elizabeths Geschichten enthielten nie etwas, das Ari oder ihre Ehe auch nur leise verurteilt hätte.

Und trotzdem, als Margot mich anrief und fragte: »Erinnerst du dich an meine Freundin Elizabeth?«, fragte ich mich sofort, ob sie mir gleich erzählen würde, dass Ari Elizabeth und das Baby verlassen habe und nicht der anständige Mann sei, für den sie ihn gehalten hatte. Aber wenn das der Grund für Margots Anruf gewesen wäre – so war es nicht –, dann hätte wohl ihre Stimme anders geklungen. Weniger gestresst, eher geknickt, voller Sorge um jemand anderen, nicht um sich selbst.

Sie hätten die meiste Zeit eine Fernbeziehung geführt, erzählte Elizabeth Margot, da sie für unterschiedliche Facharztprogramme angenommen worden waren: Ari in Chicago und Elizabeth in San Francisco. Sie waren noch nicht lange zusammen, als sie entscheiden mussten, ob sie als Paar funktionierten oder nicht, also vertagten sie die Entscheidung. Aber als der Umzug nahte, beschlossen sie, zumindest zu versuchen zusammenzubleiben, in dem vollen Bewusstsein, dass sie drei Jahre Fernbeziehung nur schwer überstehen würden.

Sie schafften es, sich jeden Urlaub und manchmal auch

nur für ein langes Wochenende zu besuchen; mit dem Fliegen wechselten sie sich ab und teilten sich die Kosten. Die ersten Tage eines Besuchs waren immer zugleich angespannt und aufregend. Persönlich miteinander zu reden statt nur am Telefon, Eigenarten, Geruch, Temperament, Körper, Sarkasmus, Schlafgeräusche des anderen wieder kennenzulernen machte Elizabeth bewusst, wie viel in der kurzen Zeit ihrer Trennung passieren konnte. Manchmal schien ihr Ari völlig verändert, sogar Nase und Haaransatz wirkten anders, und sie musste den Impuls unterdrücken, sofort mit ihm Schluss zu machen. Manchmal war sie panisch, dass er das Gleiche über sie denken könnte, und dann musste sie sich davon abhalten, ihm einen Heiratsantrag zu machen oder ihre Facharztausbildung ruhen zu lassen und zu ihm nach Chicago zu ziehen, so lange, bis er sie so liebte wie sie ihn. Er kam aus einer sehr wohlhabenden Familie von der Upper West Side, sie aus einer Mittelschichtsfamilie in Orono, Maine, und sie machte sich Sorgen, dass sie just im selben Moment zu gegenteiligen Schlüssen kommen könnten: er zu dem, dass sie nicht die Richtige für etwas Langfristiges war, sie zu dem, dass er es sehr wohl war. Als sie sich in ihren engen Zimmern vor Mitbewohnern versteckten, suchte sie deshalb nach Hinweisen darauf, was er von ihr hielt, in der Art, wie er sie berührte, mit ihr redete, sie küsste und nach dem Sex neben ihr lag.

Nach ein paar Tagen, wenn sie wieder ruhiger miteinander wurden und Elizabeth sich daran gewöhnte, Ari morgens neben sich zu sehen und die gemeinsame Zeit unhinterfragt zu genießen, kam der Besuch schon wieder an sein Ende. Sie brachte Ari zum Flughafen, parkte auf dem Kurzzeitparkplatz, küsste und umarmte ihn vor dem Securitycheck und musste manchmal fast weinen, wenn er sich abwandte und ging.

Im letzten Jahr ihrer Facharztausbildung machte er ihr bei einem Überraschungsbesuch am Memorial-Day-Wochenende einen Antrag. In einem vollen Thai-Restaurant, in dem sie schon oft gewesen waren, legte er den Ring vor sie hin, der Diamant in der Mitte flankiert von zwei Saphiren. Zu teuer, zu protzig, habe sie erst gedacht, wie sie Margot erzählte. Dass er einen Ring ausgesucht hatte, der ihr nicht gefiel, und dass es ihn sehr beschämt hätte, davon zu wissen, war der Grund für ihre Tränen, als sie Ja sagte. Der Besuch war eine Überraschung gewesen, der Antrag allerdings nicht. Seit Monaten hatten sie übers Heiraten geredet – über Skype, am Telefon und nachts im Bett bei ihren Kurzbesuchen –, und sie wussten beide, dass sie Ja sagen würde, wann immer er sie fragte. Ihr war bereits eine Stelle in Anchorage angeboten worden, und Ari würde auch nach einer suchen. Diesmal würden sie zusammen umziehen.

Der Ring war nicht schwer, aber er blieb an den Fäden ihrer Pullis und Schals hängen. Er reflektierte das Sonnenlicht, wenn sie die Hände am Lenkrad hatte oder auf ihrem Telefon tippte. Sie fing an, ein altes Silberarmband zu tragen, ein Geschenk zum Collegeabschluss von ihrem Onkel, damit der Ring an ihren nackten Händen nicht so fehl am Platz wirkte. (Das Armband hing immer noch an ihrem Handgelenk, wie Margot auffiel, während Elizabeth erzählte.) Als das Lederarmband ihrer Uhr kaputtging, ersetzte sie es durch ein silbernes Gliederarmband. Sie pflegte ihre Fingernägel besser, feilte sie häufiger und schob vorsichtig die Nagelhaut zurück. An einem freien, rastlosen Tag etwa eine Woche nachdem Ari sie mit dem Ring zurückgelassen hatte, ging sie zu Fuß zu Essence Nails, einem winzigen Nagelstudio in einer Ladenzeile auf dem Weg zum Krankenhaus, und gönnte sich die erste Maniküre seit ihrem Highschool-Abschlussball. Sie probierte verschiedene Farben auf dem

Daumennagel aus, bevor sie sich schließlich für ein glänzendes Scharlachrot namens Tra-La-La! entschied. Dann sah sie zu, wie die Frau ihre Nägel schnitt, feilte und polierte, die Haut darum herum entfernte und schließlich mit der Genauigkeit und Konzentration einer Chirurgin den Lack auftrug.

Hinterher sahen Elizabeths Hände wunderschön aus. Ihr Anblick überraschte sie. Warum sie peinlich berührt war, als ihre Kollegen und Patienten sich anerkennend äußerten, verstand sie selbst nicht genau. Zwei ganze Tage und einen Nachmittag ließ sie das schmutzige Geschirr stehen, weil sie Angst hatte, das aggressive Spülmittel würde die schöne Arbeit der Frau gleich nach Vollendung wieder ruinieren.

Manchmal wenn sie ihre Nägel, Hände und den Ring am Finger betrachtete, fragte sie sich, ob sie nicht, ohne es recht zu verstehen, eine Frau wurde, die einen solchen Ring tragen würde. Eine solche Frau zu werden schien leichter, als Ari zu sagen, dass sie den Ring nicht mochte und diese Frau nicht schon war. Sie erkundigte sich nie, wie er ihn ausgesucht hatte, weil sie fürchtete, er habe ihn selbst entdeckt und geglaubt, sie wäre begeistert. Sie beschloss, es lieber nicht so genau wissen zu wollen, und stellte sich stattdessen vor, er wäre mit seiner Mutter losgegangen, die den Ring im Schaukasten irgendeines gehobenen Juweliers am Central Park gesehen und vom Verkäufer überzeugt, er sei perfekt, alles darangesetzt hatte, auch Ari davon zu überzeugen. Und obwohl er fürchtete, Elizabeth könnte den Ring als zu viel des Guten empfinden, hatte er sich der geballten Expertise geschlagen gegeben. In dieser Version war es kaum seine eigene Entscheidung gewesen.

Bald beschloss Elizabeth, den Ring zu mögen, und bald darauf bemerkte sie ihn kaum noch.

Ein paar Monate später heirateten sie in Manhattan, eine

kleine Zeremonie im Rathaus mit ihren Eltern, Aris zwei jüngeren Brüdern und seiner älteren Schwester, gefolgt von einem Sieben-Gänge-Menü in einem dunklen französischen Restaurant an der Ecke Amsterdam und Seventy-Ninth. Elizabeth trug ein cremefarbenes Cocktailkleid, das sie eine Woche vorher runtergesetzt bei Macy's gekauft hatte. Sie wollten beide keine große Hochzeit, was Elizabeths Eltern erleichterte und Aris frustrierte. Doch seine Eltern hatten schon zwei große Hochzeiten für ihre Kinder ausgerichtet, und sein jüngster Bruder würde seiner Freundin vermutlich bald einen Antrag machen, weshalb sie ohne großen Protest nachgab.

Das alles schien Elizabeth nun schon lange her zu sein, dabei war es das gar nicht. Sie waren erst ein paar Monate verheiratet, als sie nach Anchorage zogen, und in weniger als einem Jahr war Elizabeth schwanger, und in weniger als einem weiteren Jahr waren sie Eltern geworden. Er ist mein Ehemann, dachte Elizabeth jetzt oft, wenn sie aufwachte und ihn neben sich schlafen sah, nachdem sie im Schlaf vergessen hatte, was sie miteinander teilten: ein Bett, ein Haus, ein Leben. Dieser Mann ist der Vater meines Kindes.

»Wie meinst du das – was wolltest du denn von ihr hören?«, fragte ich Margot. Es knisterte in der Leitung, und mir fiel wieder ein, wie weit weg sie war, wie viel Land und Wasser zwischen uns lagen. »Was ist passiert?«

»Sie hat nur gesagt: ›Ich bin in der zwölften Woche schwanger.‹«

Sie seien um den Teich gegangen, fuhr Margot fort, und Elizabeth habe es ihr in einer kleinen Gesprächspause gesagt, ganz unvermittelt.

»O mein Gott«, war es Margot entfahren. Elizabeth hatte es so nüchtern gesagt, ohne Nachdruck oder Spannung, dass Margot einen Moment brauchte, um es zu verstehen. »Elizabeth! Das ist ja toll. Herzlichen Glückwunsch!«

»Ich hasse es, schwanger zu sein«, sagte Elizabeth. »Mir geht's scheiße. Mir geht's schon die ganze Zeit scheiße, schon vor dem Test. Es ist schlimmer als bei Phin, und bei Phin war es auch schon übel. Ich würde am liebsten nur kotzen, aber es geht nicht.«

Nachts träumte sie davon, sich zu übergeben, dann wachte sie auf und rannte ins Bad, aber außer Speichel kam nichts hoch. Ihre Verdauung war so träge, dass sie sich wie ein Wal vorkam. Sie hatte auf nichts Appetit, aber wenn der Hunger zu groß wurde, zwang sie sich, alle dreißig Minuten trockenen Toast oder Cracker zu essen. Diesmal half einfach gar nichts, nicht einmal spazieren gehen. Sie würgte beim Essen und zählte die Bissen auf dem Teller wie ein Kind, das großzuziehen sie keine Lust hatte.

Als Elizabeth mit Phin schwanger war, hatte sie Margot ganz früh davon erzählt, kurz vor der sechsten Woche. Margot war die erste Freundin, die sie einweihte – sogar noch vor ihrer Mutter. Als sie Margot diesmal erzählte, sie sei in der zwölften Woche, fragte Margot sich, warum sie so viel länger gewartet hatte. Vielleicht hätte Margot etwas ahnen sollen; vielleicht war Elizabeth davon ausgegangen, sie wisse es schon. Tatsächlich hatte Elizabeth kein Bier bestellt, als sie vor drei Wochen mit ihren Männern bei Moose's Tooth gewesen waren, und sie hatte auch müde, möglicherweise gereizt gewirkt, aber das hatte Margot darauf geschoben, dass Phin in letzter Zeit schlecht schlief und mit einem Mal Elizabeths Brust ablehnte. Diese Ablehnung hatte Elizabeth mehr verletzt als gedacht, als wäre dies das erste in einer langen Reihe von Angeboten, die sie ihrem Sohn machen und die er ablehnen würde, bis sie ihm nichts mehr anzubieten hatte und er sie nicht mehr brauchte.

»Ich bin diesmal einfach nicht so aus dem Häuschen wie bei Phin«, sagte Elizabeth. »Ich weiß jetzt, was es bedeutet. Ich weiß, wie viel Arbeit sie machen. Zwei unter zwei hört sich an wie eine seltene grausame Strafe.«

Margot verkniff sich, Elizabeth daran zu erinnern, dass dieses Baby geplant war, dass das ganze Arrangement geplant war und dass sie von Glück sagen konnte, mit siebenunddreißig so schnell schwanger geworden zu sein und es ohne Komplikationen bis zur zwölften Woche geschafft zu haben. Sie konnte von Glück sagen, einen liebevollen Mann, eine Krankenversicherung und ein sicheres, üppiges Einkommen zu haben, um für alles zu bezahlen, was sie brauchten, für die Kita, für Babysitter, und auch für vieles, das sie nicht brauchten, anders als viele Eltern von Margots Patienten. Aber Margot hörte weiter schweigend zu, damit ihre Freundin von ihrer Angst und ihrer Wut erzählen konnte, die sie vermutlich niemandem sonst gestehen würde.

Sobald Margot nach dem Spaziergang nach Hause kam, fing sie an zu weinen. Sie nahm Alex aus dem Buggy und legte ihn in sein Bettchen, wo er zum Glück mühelos in den Schlaf fand, indem er ihr eher neugierig als mitfühlend dabei zusah, wie sie weinte und ihn mit feuchten Wangen küsste. Er war ein guter, süßer Junge, so wie sein Vater – das zeigte sich schon. Margot weinte nicht oft, selbst wenn sie das Gefühl hatte, dass sie es sollte. Jetzt hielt sie sich nicht davon ab. Sie schluchzte, bis ihr die Bauchmuskeln wehtaten. Bis die Schläfen pochten und die Nase verstopft war. Bald fühlte sich das Weinen nicht mehr an wie ein Gefühlsausbruch, sondern wie ein physischer Zustand, den sie nicht auf Kommando beenden konnte, wie Schluckauf. Sie wusch sich das Gesicht mit kaltem Wasser. Sie duschte heiß. Sie machte fertigen Makkaroniauflauf warm, was sie sich nur erlaubte, wenn sie krank und allein war.

Sie schlief auf dem Sofa ein, und als Nick nach Hause kam, fand er sie dort, mit geschwollenen Augenlidern wie bei einer allergischen Reaktion. Alex jammerte in seinem Bettchen, die Windel völlig durchnässt. Nachdem Nick ihn gewickelt und zu ihr gebracht hatte, erzählte Margot Nick, dass Elizabeth in der zwölften Woche schwanger war. Er sagte: »Ach, verstehe, das hat dich so aufgewühlt« – und sie sagte: »Nein, das war es nicht«, und sie glaubte es auch wirklich nicht.

An diesem Punkt war sie mit Weinen durch. Jetzt war sie wütend. Ein ungewohnter Kopfschmerz überfiel sie, so stark, dass sie sich eine heiße Kompresse auf die Stirn legte und drei Schmerztabletten schluckte, aber es wurde nicht besser. Sie wünschte, sie schliefe noch, und wurde sauer auf Nick, weil er sie geweckt hatte.

Am Telefon sagte sie zu mir: »Nick hat mich immer wieder gefragt, warum ich so aufgebracht sei, so wütend, es sei okay, sich so zu fühlen, und so weiter, aber ich war mir selbst nicht sicher, was los war oder was ich eigentlich fühlte. So zu empfinden kam mir irgendwie unfair vor, aber ich konnte nicht anders. Als Nick meinte, wir hätten kein Hühnchen mehr, was wir denn zu Abend essen würden, hätte ich am liebsten gesagt, halt die Klappe und lass mich in Ruhe, überleg dir doch selbst, was es geben soll, frag nicht immer mich, als wäre es allein meine Aufgabe, als würde ich nicht genauso viel arbeiten wie du, als wärst du nicht erwachsen – ich dachte, du willst keine Frau, die so ist wie deine Mutter, aber vielleicht ja doch, also los, such dir eine. Ich hatte das überwältigende Bedürfnis, etwas Wertvolles an die Wand zu werfen – Vasen und Weingläser, Sachen, die wir zur Hochzeit bekommen hatten. Ich kann mich nicht erinnern, dieses Bedürfnis schon mal gehabt zu haben. Ich wollte alles in Scherben legen.

Ich wünschte einfach, Elizabeth hätte gesagt: ›Deine Fehlgeburt tut mir leid.‹ Oder vielleicht nicht mal etwas über mich, aber so was wie: ›Ich weiß, es wird schwer, und ich fühle mich scheiße, aber ich bin dankbar, dass ich schwanger bin.‹ Das wäre so einfach gewesen. Ich glaube, ich hätte so was in der Art zu ihr gesagt – um sie wissen zu lassen, dass ich auch an sie denke. Ich komme mir egoistisch vor, egoistisch, weil ich sie für egoistisch halte.«

Margot fragte mich, was sie meiner Meinung nach tun solle, ob überhaupt etwas. Ich fand, sie solle mit Margot reden, nachdem sie es hatte sacken lassen. Ich sagte, an Elizabeths Stelle würde ich es vermutlich wissen wollen.

»Ich weiß nicht«, sagte Margot. »Vielleicht wäre es das Beste, es auf sich beruhen zu lassen. Es wird bestimmt leichter, wenn ich wieder schwanger bin. Vielleicht rede ich mit ihr – ich muss darüber nachdenken.

Aber erzähl mal, wie es dir geht«, sagte sie nach einem tiefen Seufzer. »Gespannt aufs zweite Trimester?«

Ein paar Tage danach legte ich mich in einem kleinen Untersuchungszimmer auf eine Art Zahnarztstuhl, und Isaac setzte sich auf einen Klappstuhl neben mir, wo ich ihn nicht sehen, aber seine Hand halten konnte. An der Wand vor mir befand sich ein Flachbildschirm, und die medizinisch-technische Assistentin, eine Frau in unserem Alter mit einem runden, anziehenden Gesicht, verteilte mit dem Schallkopf warmes Gel auf meinem leicht gerundeten Bauch.

Ich fragte mich, ob Elizabeth heute die gleiche Untersuchung hatte, in diesem Augenblick, in einem Raum wie unserem.

Beim ersten Ultraschall vier Wochen vorher sah das Baby aus wie ein Schmierfleck im Weltall. Ich hatte mir eingeredet, dass ich nichts in mir trug; beim ersten Versuch schwanger zu werden erschien mir zu schön, um wahr zu sein. Aber da war er, ein Schmierfleck mit einem schlagenden Herzen, an genau der richtigen Stelle. Wir hängten die Bilder an den Kühlschrank und gaben gut acht, sie vor Spritzern und fettigen Fingern zu schützen. Diesmal sahen wir auf dem Bildschirm Arme, Beine, das Kinn und die leiseste Andeutung einer Nase. Das Herz in der winzigen Brust schlug schnell. Das Baby strampelte mit beiden Beinen gleichzeitig. Ich versuchte, seine Bewegungen zu erspüren, aber es gelang mir noch nicht.

Ich schickte ihm einen Gedanken: *Hey Baby, Liebes, es ist so, so schön, dich wiederzusehen.*

»Hat es lange Beine?«, fragte ich die Assistentin. »Sie kommen mir lang vor.«

»Vielleicht ein bisschen«, sagte sie ohne Überzeugung. Wenn sie jetzt nicht lang waren, würden sie es zweifellos bald werden, so lang wie Isaacs. Kein Kind von ihm könnte kurze Glieder haben.

»Er macht nicht richtig mit«, sagte sie. »Ich brauche ihn auf der Seite.«

»Es ist ein Junge?«

»Kann man noch nicht sagen.«

Da erschien mir ihr Gesicht weniger anziehend, eher mürrisch und stumpf, und ich widerstand der Versuchung, das Pronomen zu erwähnen oder weitere Fragen zu stellen, in der absurden Hoffnung, dass unser Baby umso gesünder wäre, je mehr sie mich mochte. Dieser Ultraschall in Kombination mit meinen Blutwerten würde uns verraten, wie hoch die Wahrscheinlichkeit für das Downsyndrom oder Trisomie 18 oder irgendeine andere der zig Chromosomenabweichungen war, die ich weder benennen konnte noch verstand. Isaac drückte meine Hand so fest, dass es fast wehtat. Ich hielt ihn nicht davon ab.

In der Nacht davor, als ich nicht schlafen konnte, hatte er gesagt: »Es bringt nichts, sich Sorgen zu machen, hörst du. Sorgen schützen vor gar nichts. Versuch, dich auszuruhen, Schatz, versuch, ein bisschen zu schlafen.« Aber er lag auch wach, und er lag immer noch wach, als ich einschlief. Er malte immer noch sanfte Kreise auf meinen Rücken.

Ich fragte mich, was Elizabeth tun würde, sollte es ihrem Baby nicht gut gehen.

Vom Parkplatz der Klinik aus schickte ich die Ergebnisse an den Familienchat. Von meiner Mutter kam *So eine Erleichterung!*, von meinem Vater *Tolle Neuigkeiten, danke für die Nachricht.* Margot rief an, aber ich ließ die Mailbox anspringen: Es war ihr dritter Anruf in einem Monat. Irgendwas ist mit Elizabeth, dachte ich, darüber will sie reden. Ich wartete mit dem Rückruf, bis wir wieder zu Hause waren. Isaac sagte ich, ich würde nur ein paar Minuten mit ihr sprechen und ihm dann mit dem Essen helfen; für besseren Empfang ging ich nach draußen. Ich lief in der Apartmentanlage umher, auf breiten Betonwegen zwischen pfirsichfarbenen Gebäuden. Um diese Uhrzeit, am frühen Abend, roch es immer nach geschmortem Knoblauch und angebrannter Sojasoße, und Kinder riefen irgendwas.

»Anna? Kannst du mich hören?«, fragte Margot. »Ich versuche, das Telefon mit dem Auto zu verbinden.«

Ich konnte sie hören, aber auch die Verkehrsgeräusche im Hintergrund. Sie war gerade auf dem Heimweg von der Arbeit. Sie sagte, sie habe an mich gedacht und sich gefragt, wann die Untersuchung ansteht.

»Das sind wirklich wunderbare Neuigkeiten. Vor dem Termin hatte ich solche Angst. In der Nacht davor habe ich kein Auge zugetan. Ich hätte gar nicht gewusst, was ich machen soll.«

»Hatte Elizabeth die Untersuchung schon?«, fragte ich.

»Keine Ahnung. Ich vermute, ja. Sie hätte mir vermutlich erzählt, wenn etwas nicht in Ordnung wäre. Wobei: Vielleicht auch nicht.« Sie lachte, aber mit einer gewissen Bitterkeit. »Ich habe wirklich keine Ahnung, ob sie's mir sagen würde. Wie sich rausgestellt hat, kenne ich sie nicht so gut wie gedacht.«

»Wie meinst du das?«

Ich hörte die Scheibenwischer anspringen, aber der Regen blieb lautlos. Sie antwortete nicht gleich.

»Sie hat mir gestern so einiges über sich erzählt, das sie vorher nie erwähnt hatte. Da habe ich noch mal über alles nachgedacht.«

»Also hast du schließlich mit ihr geredet?«

»Nach dem Gespräch mit dir wusste ich, dass du recht hast und dass ich mit ihr reden sollte. Ich dachte, es würde zumindest helfen, den Kopf wieder frei zu bekommen. Manchmal ist sie einfach nicht sehr mitfühlend, oder sie zeigt es auf eine seltsame Art – und ich wollte keinen Groll hegen, ohne ihr die Chance zu geben, sich zu erklären. Ich habe sogar geübt, was ich sagen wollte«, meinte sie mit einem Lachen, »aber ich hab's nicht hinbekommen, ohne weinerlich oder kühl zu klingen, deshalb habe ich irgendwann beschlossen, nur zu sagen, dass es mir seit der Fehlgeburt nicht gut geht und ich mir Sorgen mache wegen der erhöhten Risiken und weil ich älter werde und all das. Ich habe einfach gehofft, dass sie mir daraufhin etwas mehr darüber sagt, was sie bei unserem Gespräch neulich gedacht oder nicht gedacht hat. Und dann würde ich weitersehen.«

Bei ihrem Teichspaziergang am Vortag, die kleinen Söhne in den Buggys, die Nachmittagssonne nach der Arbeit schon tief am Himmel, hatte Margot Elizabeth erzählt, was sie loswerden wollte, ein bisschen nervös, dass es sich zu einstudiert anhören würde. Als sie fertig war, wartete sie auf

Elizabeths Reaktion. Elizabeth schien zugehört zu haben, und zwar voller Mitgefühl, aber sie erwiderte nichts. Margot zufolge war es vielleicht das längste Schweigen, das je zwischen ihnen geherrscht hatte. Margot wusste nicht, was sie sagen sollte. Sie wusste nicht, ob es an ihr war, das Schweigen zu brechen. Nach einer ganzen Weile lachte sie und sagte: »Tja, wie auch immer, und wie geht's dir?«

»Mir geht's gut«, sagte Elizabeth, und sie gingen weiter, ihre Söhne jetzt ruhig und still, vielleicht eingeschlafen. Elizabeth sagte nichts mehr und blickte auf den Weg vor ihnen, mit entspannter, ungerührter Miene, als wäre sie allein unterwegs. Margot ging schweigend neben ihr her. Ein alter Mann ging an ihnen vorbei, dann ein Teenagerpärchen, dann waren die letzten Meter bis zum Spielplatz frei. Er war voll mit Kindern, sie kreischten und rannten im Kreis, überdreht von den hellen Abenden und vielleicht schon ahnend, dass die langen Nächte wieder nahten. Die Mütter sahen von einer Bank aus zu, manche unterhielten sich, andere saßen allein. Nur wenige Väter. Als sie das Klettergerüst erreichten, sagte Elizabeth, ohne sich zu Margot umzudrehen: »Ich habe dir nie von meinem alten Leben erzählt.«

Bevor sie Ari geheiratet hatte, sagte sie, sei sie mit jemand anderem verheiratet gewesen.

Während sie um den Teich gingen, erzählte Elizabeth zunächst einiges, was Margot schon wusste. Sie war als Einzelkind in Orono, Maine, aufgewachsen. Ihre Mutter war Professorin für Geologie an der im Ort ansässigen University of Maine, ihr Vater war Journalist bei der Lokalzeitung, bis diese vor ein paar Jahren pleitegegangen war. Elizabeth hasste Orono nicht so sehr wie sämtliche ihrer Freunde. Es hatte seinen eigenen Charme mit den alten Backsteingebäuden, dem Penobscot River östlich der Stadt und dem Pushaw

Lake im Westen, mit all dem Grün im Sommer und den Grau-, Weiß- und Blautönen im Winter. Schwere Lkw aus Florida, Alabama, New Jersey fuhren auf der I-95 nach New Brunswick und machten manchmal im Ort Station. Orono lag nicht weit von der Küste entfernt, aber die meiste Zeit des Jahres war das Klima zu rau und windig für den Strand. Portland wiederum war für einen Tagesausflug zu weit weg, und so verbrachten Elizabeth und ihre Freunde die Wochenenden meistens mit ermäßigten Sonntagmorgenfilmen im Kino oder chinesischem Essen im Einkaufszentrum, während die Eltern mit den jüngeren Geschwistern shoppten. Als Elizabeth und ihre Freunde älter wurden, zog es sie im Sommer zu Lagerfeuern im Wald und im Winter zu Trinkspielen in private Keller.

An ihrer kleinen staatlichen Schule ragte Elizabeth als Schülerin und Sportlerin heraus – Schulauswahl im Crosslauf, Langlauf und in der Leichtathletik. Auch auf bundesstaatlicher Ebene war sie gut, vor allem im Achthundertmeterlauf, und sie hoffte, dass sie im College, wo auch immer, auf Leistungsniveau würde laufen können. Ihre Orono hassenden Freunde würden sich an anderen Schulen bewerben als Elizabeth – sie dachte an Colleges im New-England-Sportverbund, einige Ivy-League-Unis, vielleicht ein paar in Kalifornien oder Chicago. Die Angst, abgelehnt zu werden, schien die anderen davon abzuhalten, es überhaupt irgendwo zu versuchen, obwohl Elizabeth sich fragte, ob sie es vielleicht heimlich taten und womöglich nicht mal ihren Eltern davon erzählten. Nur ein paar ihrer Freunde – die anderen Söhne und Töchter von Professoren der Uni Maine, die nicht zur Gould Academy gegangen waren oder Internate in Massachusetts oder Connecticut besucht hatten – würden gute und teure private Hochschulen besuchen und nur noch in den Ferien und über die Feiertage nach Orono kommen, bis sie eines Tages jemanden von anderswo heirateten. Es wurde unausgesprochen davon ausgegangen, dass die meisten Schüler der Orono High School an die University of Maine oder ans Eastern Maine Community College gehen, jung heiraten, ein schindelverkleidetes Haus mit drei Schlafzimmern kaufen, in einem kleinen Unternehmen im Ort arbeiten und zwei bis drei Kinder bekommen würden, während ihre Eltern ein paar Straßen weiter langsam alt wurden und sie alle einigermaßen glücklich damit waren.

Elizabeth mochte Orono, weil sie wusste, dass sie weggehen und nie wiederkommen würde.

Als Schülerin übernahm sie Wochenendschichten in einem Café auf dem Unicampus, im Gebäude neben dem Büro ihrer Mutter. (Das war neu für Margot, wie auch alles, was folgte.) Elizabeth arbeitete gern im Café. Sie musste ein Namensschild tragen, das Haar hochstecken und die Zehen in geschlossenen Schuhen verbergen, aber sie durfte in Turnschuhen, Jeans und Kapuzenpulli kommen, bei Hitze auch im Tanktop. Der Duft von gemahlenem Kaffee und Rooibostee beruhigte sie, und sie fand es befriedigend, die Kessel und Kannen mit Essig zu reinigen und Milch aufzuschäumen.

Sie sah den Studenten gern zu, wie sie allein arbeiteten oder mit anderen an den kleinen runden Tischen quatschten. Sie gingen vermutlich davon aus, dass sie eine von ihnen war, und sie ließ sie in dem Glauben, verriet nicht, dass sie erst sechzehn, dann siebzehn war und aus dem Ort stammte. Manchmal wenn sie Leuten von der Uni Maine beim Lernen zusah, fühlte sie sich ihnen überlegen, etwas, was sie nie zugegeben hätte und wofür sie sich schon im nächsten Moment schämte. Ihre Mutter erzählte ihr oft, wie brillant ihre Studenten seien - na ja, einige zumindest -, und Elizabeth glaubte ihr, aber sie hielt sie für die Ausnahme, junge Leute, die sich aus familiärer Anteilnahme gegen eine exklusivere Hochschule anderswo entschieden hatten. Eine kranke Mutter vielleicht. Ein spielsüchtiger Vater.

Ein Junge namens Sam kam regelmäßig ins Café, als Elizabeth im vorletzten Schuljahr war. Wenn er bestellte, fragte sie ihn immer nach seinem Namen, obwohl sie ihn sich gleich beim ersten Mal gemerkt hatte. »Sam«, sagte er mit aufsteigender Melodie wie bei einer Frage. Oder: »Ich heiße Sam«, als würde er ihr als Nächstes die Hand schütteln. Meistens sagte er: »Wie geht's«, bevor er bestellte, so wie viele der Studenten – aber anders als die anderen wartete er auf ihre Antwort. Seinen Nachnamen nannte er nie, und sie fragte auch nicht danach. Sam. Der Name passte perfekt.

Er war so groß wie sie, eher klein für einen Jungen, und hatte dunkelblondes Haar, das immer so aussah, als müsste es geschnitten werden, dabei wurde es an den Ohren oder im Nacken nie zu lang. Er trug eine Canvasjacke mit rotem Flanellfutter und transportierte seine Bücher und den Laptop in einem schwarzen JanSport-Rucksack mit ausgefransten Nähten, eindeutig ein Studienanfänger. Oft kam er am späten Vormittag und bestellte einen leicht gerösteten Kaffee, randvoll, ohne Milch. Wenn er bis zum Nachmittag blieb, kamen noch ein entkoffeinierter Kaffee und ein Biscotti dazu, das er nie aufaß. Er setzte sich gern ans Fenster, mit Blick über den quadratischen Platz, oder, wenn der Tisch dort nicht frei war, in die Nähe der Tür. Saß er in der Nähe der Tür und stand sie an der Kasse, konnte sie sein Profil genau erkennen. Er hatte eine leichte Höckernase, was nur aus diesem Winkel zu sehen war.

An einem Frühlingstag, nachdem Elizabeth das Wochenende in Augusta verbracht hatte, wo sie bei den Leichtathletikmeisterschaften des Bundesstaats Zweite geworden war, nur einen halben Schritt hinter der Siegerin, kam

Sam zu seiner üblichen Zeit ins Café. Er lächelte und sagte: »Am Samstag warst du nicht da. Ich hatte schon Angst, du wärst weg.« Kaum hatte er es ausgesprochen, schien es ihm peinlich zu sein. Sie erzählte ihm nicht, wo sie gewesen war, obwohl ihre Leistung sie stolz machte. Davon zu erzählen hätte sie nur als Kind von der Highschool verraten. Und etwas anderes zu erzählen hieße zu lügen, und lügen wollte sie nicht.

»Hier bin ich«, sagte sie. »Ich gehe nicht weg.« Und in diesem Moment hoffte sie, dass es stimmte.

Jedes Jahr im Juni, seit Elizabeth denken konnte, veranstaltete ihre Mutter in der Woche vor der Abschlussfeier eine Party für die Studenten, die sie betreut hatte oder die mehrere ihrer Seminare besucht hatten. Elizabeth mochte es, die Studenten zu beobachten, die ihr immer so viel älter vorkamen, auch als sie selbst sich ihrem Alter näherte – und sie mochte es vor allem, ihre Mutter zu beobachten, ihre Mutter, die Professorin, allem Anschein nach beliebt und respektiert und von denen, die nicht die ihnen vermeintlich zustehenden Noten bekommen hatten, vielleicht sogar gefürchtet. Das hier waren die Brillanten, wie Elizabeth wusste. Sie waren so etwas wie die anderen Kinder ihrer Mutter, auch wenn sie sie in keiner Weise als Geschwister empfand; nie fühlte sie sich so sehr wie ein Einzelkind wie in den Momenten, wenn sie alle in ihr Zuhause kamen und es mit Lärm füllten.

Elizabeths Vater blieb während der Partys meistens in der Küche. Er war ein ruhiger Mann, überzeugt von seinen Fähigkeiten als Reporter und Autor, aber sehr viel weniger überzeugt von seinem Talent zur Konversation, und er fürchtete, dass er durch Unbeholfenheit oder einen Tritt ins Fettnäpfchen seine Frau um den Respekt ihrer Studenten bringen könnte. Also half er, indem er staubsaugte, Papierstapel in Küchenschubladen versteckte und sicherstellte, dass immer genug Shrimps mit Cocktailsoße, Gemüsesticks mit Ranchdressing, Bier, Wein und Plastikbecher da waren.

Elizabeth ging gern durch die verschiedenen Zimmer und ließ sich von ihrer Mutter als »meine liebe Tochter« vorstellen. Sie trug ein schönes Kleid und ein bisschen Make-up – Mascara, getöntes Lipgloss und leichten Concealer unter den Augen –, um den Studenten und Studentinnen ihrer Mutter zu beweisen, dass sie hübscher war als auf dem schrecklichen Porträt im Büro ihrer Mutter, die Siebtklässlerin mit Zahnspange und Pony. Die Jungen mieden sie entweder komplett, vor allem nachdem Elizabeth Brüste gewachsen waren, oder redeten nur mit ihr, wenn ihre Mutter da war und ein Gespräch erzwang. Sobald sie zu einer anderen Gruppe wechselte und Elizabeth allein ließ, flüchteten die Jungen peinlich berührt zu ihresgleichen. Intuitiv erkannte Elizabeth darin die Angst vor ihrem jungen, kaum pubertierenden Körper und der Begierde, ihn zu besitzen.

Sam kam erstmals zur Party, nachdem er Stammgast im Café geworden war, einer der wenigen geladenen Studienanfänger. Er traf als Erster ein. Er trug dieselbe Jacke wie immer, obwohl es heiß war und die zunehmende Schwüle sich am nächsten Abend in heftigen Gewittern entladen würde. Den Rucksack hatte er nicht dabei, was ihn seltsamerweise viel jünger und breitschultriger wirken ließ. Er sah fremd aus, und Elizabeth versuchte zu erkennen, ob noch etwas anders war – aber ansonsten war er unverändert. Anders war nur, dass er hier war, in ihrem Wohnzimmer. Sie hatte ihn noch nie außerhalb des Cafés gesehen, und er sie ihres Wissens auch nicht, ohne hochgestecktes Haar und ein Namensschild an der Brust.

Als sie ihn hereinkommen sah, stand sie in der Tür zur Küche und trat schnell einen Schritt zurück, sodass sie aus seinem Blickfeld verschwand. Sie hörte ihre Mutter sagen: »Sam, herzlich willkommen! Komm, ich nehme dir den Mantel ab.«

»Sie haben ein sehr schönes Haus«, sagte er, wie die Studenten es immer sagten, obwohl es bescheiden war und der Uni gehörte, Kolonialarchitektur wie im Rest der Straße und keins der Bilder an den Wänden ein Original. Elizabeth versteckte sich bei ihrem Vater in der Küche, fing an, Geschirr wegzuräumen, das noch gar nicht trocken war, und hasste mit einem Mal ihr Kleid, einen blauen Sack aus Viskose. Aber sie konnte unmöglich unbemerkt von der Küche nach oben in ihr Zimmer schleichen. Und welches Kleid sollte sie stattdessen anziehen? Sie waren alle schrecklich, Kleider für Kinder, für dumme Mädchen. Ihr versagten die Nerven, und sie glaubte zur Toilette zu müssen – aber auch die befand sich hinter ihm, und sie ertrug die Vorstellung nicht, dass jemand sie hören könnte, dass er sie hören könnte.

Als weitere Studenten eintrafen und ihr Vater zum zweiten Mal sagte: »Wirklich, Elizabeth, ich habe hier alles im Griff, warum amüsierst du dich nicht?«, verließ sie die Küche und ging ins Wohnzimmer. Sie schenkte sich ein halbes Glas Chardonnay ein – was ihr bei solchen Anlässen erlaubt war – und ließ den Blick durch den Raum wandern, aber Sam war nicht da. Natürlich hatte er das Bild auf dem Kaminsims gesehen, auf dem sie mit bleichen Beinen und schlaffem Mund ein Rennen lief, und war gegangen. Natürlich dachte er gar nicht an sie und hatte das Bild nicht bemerkt; er war nur woanders gefragt, bei einer brillanten Literatur- oder Französischstudentin, deren Schönheit Elizabeth nie erreichen würde.

»Elizabeth.«

Sie drehte sich um.

»Hey«, sagte er. »Ich hatte gehofft, dass du hier bist.«

»Sam. Hi. Du hier. Wie kommt das denn?«

»Connelly wird meine Betreuerin«, sagte er. »Na ja, hoffe ich. Frau Professor Connelly, meine ich. Sie hat mich eingeladen.«

Elizabeth nickte und suchte nach Worten. Er trug ein blaues Oberhemd, das sie noch nie an ihm gesehen hatte; möglicherweise hatte er es sich extra gekauft. Es war schwer, ihn anzusehen, und schwer, es nicht zu tun.

»Ich habe dein Bild im Büro von Professor Connelly gesehen«, sagte er. »Schon oft, es steht gleich neben ihrem Computer. Aber erst neulich ist mir klar geworden, dass mir die Elizabeth auf dem Bild bekannt vorkam und dass es die Elizabeth aus dem Café ist. Ich kam mir so blöd vor, weil ich es nicht schon früher gemerkt habe. Nicht viele Mädchen heißen Elizabeth. Na ja, oder doch, aber nicht viele werden bei ihrem vollen Namen genannt – zumindest fallen mir keine ein.«

Er hörte auf zu reden und nahm schnell einen Schluck Bier. »Es hat sich schräg angefühlt«, fuhr er fort, »als hätte ich dich versehentlich gestalkt, und ich wusste nicht, wie ich es dir sagen sollte, ohne dass es sich noch schräger angehört hätte. Als Professor Connelly mich eingeladen hat, dachte ich mir schon, dass du hier sein würdest, und ich wollte so tun, als wäre mir die Verbindung erst hier aufgefallen. Aber das habe ich jetzt schon verbockt. Ich bin so ein schlechter Lügner. Man sollte meinen, das wäre was Gutes, aber das ist es nicht.«

»Ich wusste nicht, dass du bei ihr studierst.«

»Es gab auch keinen Grund, warum du es hättest wissen sollen.«

Er nahm noch einen Schluck Bier. Mit dem Daumen knibbelte er am Flaschenetikett; kleine Papierfetzen fielen zu Boden, aber er schien es nicht zu bemerken. Er war nervöser als sie, und das versetzte ihr einen kleinen Kick. Sie versuchte, den Rücken gerade zu machen, ohne dass es wirkte, als würde sie die Brüste rausstrecken. Sie hatten noch nie so nah beieinandergestanden. Eine seiner Augenbrauen war ein bisschen dicker als die andere, und obwohl es Frühling war und sich wie Sommer anfühlte, roch er nach Winter, nach altem Holzrauch.

Sie unterhielten sich nicht lang. Ein Freund stieß zu ihm, und bevor Sam sie einander vorstellen konnte, flüchtete sie wieder in die Küche, von wo sie vergeblich versuchte, Sams Stimme inmitten der anderen auszumachen. Als sie schließlich wieder herauskam, war er fort.

»Woher kennst du Sam Lemieux?«, fragte ihre Mutter später, als sie das Geschirr wegräumten und im Stehen in der Küche die letzten Shrimps aßen.

»Ich kenne ihn nicht«, sagte Elizabeth. »Er kommt nur manchmal ins Café.«

»Verstehe«, sagte ihre Mutter, der Lippenstift verblasst, die Schuhe abgestreift. »Er ist ein lieber Junge. Und schlau.«

Ihre Mutter aß noch einen Shrimp und sagte nichts weiter über Sam Lemieux, Sam Lemieux, Sam Lemieux, und Elizabeth fragte nicht nach.

»Das war unsere letzte Begegnung, bevor er für den Sommer abreiste«, erzählte Elizabeth Margot. Er verbrachte ihn zu Hause in Presque Isle, wie sie später erfuhr, wo er die Bücher für die kommenden Seminare las und das alte Haus seines Vaters herrichtete, damit es verkauft werden konnte; mit einem Teil des Erlöses wollte er bezahlen, was seine Stipendien nicht abdeckten. Nachdem Elizabeth Sam ein paar Wochen nicht gesehen hatte, dachte sie nur noch selten an ihn und verbrachte die Nächte bald mit einem Jungen aus dem Leichtathletikteam, aufsteigender Stern aus ihrem Jahrgang und Schlussläufer der 4-mal-400-Meter-Staffel.

Er war süß und schnell und ausreichend nett, aber als der August anbrach, war sie es allmählich leid, in seinem Keller Filme zu gucken, und es ärgerte sie, dass er weder fähig noch daran interessiert war, ihr genauso viel Vergnügen zu bereiten wie sie ihm. Sie verbrachte die letzten Sommertage damit, frühmorgens am nebligen Fluss zu laufen und nachmittags an ihren Essays für die Collegebewerbung zu feilen, in denen sie versuchte, ein Narrativ für ihr bisheriges Leben zu entwerfen und herauszuarbeiten, was sie interessant und außergewöhnlich machte. Es fiel ihr zunehmend schwer, zu sagen, was an ihr eigentlich anders war als an all den anderen guten Mädchen aus New England mit ihren Bewerbungen an guten Schulen in New England.

Als Sam im Herbst zurückkam und sie ihre Wochenendschichten im Café wieder aufnahm, redeten sie mehr miteinander als vorher. Manchmal hielt er an der Kasse versehentlich alle auf, weshalb sie, wenn gerade nicht viel los war, seinen Tisch abräumen kam, und dann unterhielten sie sich dort. Sie blieb immer am Tisch stehen, setzte sich nie hin. »Was liest du denn?«, fragte sie ihn, und er erzählte ihr von geochemischen Zyklen oder Sedimentologie, flüssig, leidenschaftlich und nie von oben herab. Im Gegenzug erkundigte er sich mit aufrichtig wirkendem Interesse danach, wie es in der Leichtathletik lief und wie ihre Sehnenentzündung heilte. Er war aufmerksam, aber sie konnte nur schwer sagen, ob er sich zu ihr hingezogen fühlte, ja ob sie für ihn überhaupt eine realistische romantische Perspektive darstellte. Sie war jetzt achtzehn, im Abschlussjahr der Highschool, wie sie sich in Erinnerung rief, und er im zweiten Collegejahr; der Abstand wurde immer unwichtiger. Sie war vermutlich älter als manche Studienanfänger und definitiv reifer als viele, vielleicht die meisten. Sam bot an, sich ihr Motivationsschreiben anzusehen, aber sie lehnte ab. Sie fürchtete, er könnte feststellen, dass sie besser schrieb als er, und wenn dem so wäre, sollte es keinem von ihnen peinlich sein.

Als es Frühling wurde, hatte sie Zusagen von fast allen Unis, an denen sie sich beworben hatte, manche ergänzt um großzügige Förderpakete und alle verbunden mit der Einladung, sich dem Leichtathletikteam anzuschließen. Sie schwankte zwischen Bates, Amherst und Tufts und entschied sich nach reiflicher Überlegung für Amherst, das von den dreien die beste finanzielle Unterstützung bot. Sie würde den Sommer in Orono verbringen und Ende August, eine Woche vor Unterrichtsbeginn, mit anderen Studienanfängern auf Wandertour in den Appalachen gehen. Sam hatte ein Sommerstipendium erhalten, um zur Küstenerosion in Searsport zu forschen, eine Stunde südlich von Orono, und würde dann seine letzten beiden Collegejahre absolvieren. Nach dem Abschluss würde er in Orono bleiben, wenn sich weitere Forschungsstipendien für ihn ergaben, ansonsten würde er weiterziehen. Dass seine Zukunft danach noch im Dunkeln lag, schien ihm nichts auszumachen. Elizabeth mochte das an ihm, beneidete ihn sogar darum. Sie selbst hatte immer das Gefühl, sich die Jahre, die vor ihr lagen, durch akribische Planung erobern zu müssen, als wenn ihr Leben sonst zum Stillstand käme und sie praktisch aufhören würde zu existieren.

An ihren letzten Tagen im Café sprachen sie nicht über die Zukunft. Sie redeten über alles Mögliche, obwohl Elizabeth bei jeder ihrer Begegnungen nur daran denken konnte, dass es vielleicht die letzte war.

»Ich möchte dich gern weiter sehen«, sagte sie bei einer ihrer letzten Schichten, als sie seinen Becher abräumte. Das Café würde eine Woche nach dem Ende des Frühjahrstrimesters schließen, und dann blieben den Sommerstudenten nur noch die großen Mensen. Er war zuletzt seltener gekommen. Ihre Nervosität war einer neuen Art von Mut gewichen. Sie fürchtete weniger, abgelehnt zu werden, als eine Frau zu werden, die nicht sagte, was sie wollte, die für immer unzufrieden war, Spielball des Willens anderer, nicht ihres eigenen. Sie fürchtete, wenn sie jetzt keine Frau mit einem Willen wurde, würde sie es nie werden – dann würde sich ihr Selbst, mit dem sie ans College aufbrach, verhärten und verfestigen und wäre nicht mehr wandelbar. Auf einmal, aus Gründen, die sie nicht recht verstand, fühlte sie sich nicht mehr wie ein Mädchen. Es ihm zu sagen war dann gar nicht so schwer, nachdem sie unter der Dusche, auf den Fahrten zum und vom Café oder kurz vor dem Einschlafen geübt hatte. Von nun an würde es ihr immer viel schwerer fallen, zu lügen oder ihre Wünsche zum Schweigen zu bringen, als zu sagen, wie es war.

»Ich möchte dich auch weiter sehen«, sagte er. »Ich möchte dich schon die ganze Zeit sehen.«

Im Sommer verbrachten sie Stunden um Stunden auf seinem Futon in dem schmalen Wohnheimzimmer mit dem kleinen Fenster, das auf den Parkplatz und die niedrigen Berge hinausging. Sie aßen Burrito Bowls von Green Gringo auf dem Futon, sie guckten auf seinem Laptop Filme auf dem Futon, sie hörten mit geschlossenen Augen Musik auf dem Futon, wobei sich ihre Körper immer an mindestens zwei Stellen berührten. Das Zimmer war stickig und warm, und die billigen Ventilatoren, die sie überall aufstellten, lärmten wirkungslos vor sich hin, weshalb sie Waschlappen in Eiswasser tränkten und sich diese an den Nacken pressten.

Es war leicht, mit ihm zusammen zu sein, aber nicht so leicht, dass es sie nervte. Sie genoss den Sex wie nie zuvor. Sam war aufmerksam und sanft, wenn auch genauso ungeduldig und manchmal ungeschickt wie die Jungen von der

Highschool, aber das war ihr egal. Er berührte sie, bevor er in sie eindrang, und sie schmolz in seiner Hand. Er schenkte ihr den ersten Orgasmus, zu dem sie sich nicht selbst brachte. Wenn sie am nächsten Morgen neben ihm aufwachte, machte sie sich keine Sorgen wegen ihres Atems, der ungeschminkten Augen oder der orangefarbenen Pigmentflecke, die sie sonst immer abdeckte.

»Du bist so schön«, sagte er, wenn sie zusammen aufwachten. »Du hast keine Ahnung, wie schön du bist.«

An manchen Tagen fuhr sie mit ihm an die Küste, und während er mit den anderen Stipendiaten und seinem Professor, einem alten Freund von Elizabeths Mutter, Sandproben nahm und Schiefergestein vermaß, trainierte sie und lief am Steinstrand oder durch die schmalen Straßen voller Schlaglöcher, und wenn sie müde wurde, las sie in der Stadtbibliothek Romane, bis Sam fertig war. Elizabeths Eltern hießen das Zusammensein mit Sam nicht explizit gut, aber sie lehnten es auch nicht explizit ab. Ihre Mutter mochte Sam, und ihr Vater vertraute der Einschätzung ihrer Mutter. Außerdem gingen sie vermutlich davon aus, dass es ohnehin nicht lange halten würde, da Elizabeth am Ende des Sommers nach Amherst aufbrechen und Sam in Orono bleiben würde. Selbst wenn sie versuchten zusammenzubleiben, würden sie an der Distanz scheitern, und Elizabeth würde bald einem anderen Jungen begegnen. Sam wäre Vergangenheit, jemand, den sie bis zu seinem Abschluss vielleicht noch in den Winterferien traf und dann nie wieder.

In den ersten Sommerwochen glaubte Elizabeth selbst, dass es so laufen würde. Es tat weh, sich einzugestehen, dass er niemand war, mit dem sie zusammen sein konnte, jedenfalls nicht richtig. Seine Eltern waren weder Professoren noch Journalisten. Er flickte die Sohlen seiner Turnschuhe mit Klebeband und sah keine Notwendigkeit, sich neue zu kaufen, solange die alten hielten. Er hatte einen leichten Akzent der nördlichen Great Plains. Der störte sie nicht – sie fand es süß, wenn er alle r aussprach –, aber der Akzent erinnerte sie daran, dass Sam nicht der Richtige für sie war.

Jedenfalls so lange, bis er das nicht mehr tat. Die Wochen gingen ins Land, und sein Akzent verblasste, bis er ihr kaum noch auffiel.

Beim Packen weinte Elizabeth, aber sie packte weiter, und eines Abends Ende August, als es schon kühler war, früher dunkel wurde und nach Herbst roch, verabschiedeten sie sich unter Küssen an seiner Tür. Sie hatten immer gewusst, dass es dazu kommen würde, und waren von Beginn an damit einverstanden gewesen, so als könnte dieses Einverständnis verhindern, dass sie sich verliebten. Denn sie liebte ihn, soweit sie das beurteilen konnte. Sie hatte es nie ausgesprochen und er auch nicht. Er war nicht ihr Freund und sie nicht seine Freundin; sie waren etwas anderes, etwas Größeres und Kleineres zugleich, aber als sie hinten im Buick ihres Vaters saß, mit ihren Eltern auf dem Weg nach Massachusetts, den Koffer- und Fußraum voller Bücher, Schuhe, neuer und alter Klamotten, glaubte sie, sich nie wieder verlieben zu können.

»Und ich glaube, das habe ich auch nie«, sagte Elizabeth mit einem leisen Lachen zu Margot und blieb stehen, um ihre Fleecejacke halb aufzuziehen. Vom Gehen war ihnen warm geworden, auch wenn es sich zum Abend hin abkühlte. »Jedenfalls nicht auf die gleiche Weise.«

Sam schrieb die erste E-Mail. Elizabeth hatte noch nie etwas von ihm Verfasstes gelesen, und es war anders als erwartet. Von schlichter Eleganz und manchmal wunderschön; bei allen E-Mails, die folgten, war sie immer wieder aufs Neue überrascht und erfreut, etwa wenn er seinen Tag beschrieb, ob es regnete, schneite oder klar war, oder von einem Freund erzählte und woran er denken musste, nachdem der Freund gegangen war. *Liebe Elizabeth*, fingen sie immer an. Wenn sie durch ihren Tag glitt, Seminare, Mensamahlzeiten und Leichtathletiktraining, *Gilmore Girls* mit ihren Teamkameradinnen, Wohnheimpartys mit Bierfässern und Wein aus Tetrapaks, überlegte sie, wie sie ihm davon erzählen könnte, ohne dass es so langweilig klang, wie es war. Manchmal unternahm sie etwas, nur um ihm davon schreiben zu können – fuhr zu einem See, den sie auf einer Karte entdeckt hatte, oder lief querfeldein und ließ sich vom Stand der Sonne und von Bäumen mit auffälligen Wurzeln zurückleiten. Wenn sie im Wald lief, konnte sie sich ausmalen, sie wäre zu Hause, in seiner Nähe, und nie weggezogen, aber die Wälder in Massachusetts waren anders, mehr Ahorn und weniger Kiefern, und es fehlte das Gefühl, endlos laufen zu können, ohne je auf eine andere Siedlung zu treffen.

Obwohl sie in Amherst viele süße, intelligente Jungen traf, die trotz ihres Wohlstands und ihrer Talente ausreichend bescheiden waren, und sie sich manchmal von ihnen küssen ließ, wollte sie nur mit Sam zusammen sein. Nachts, wenn ihre Mitbewohnerin eingeschlafen war und im Stockwerk über ihr Bässe wummerten, vermisste sie ihn am meisten, und dann las sie auf dem grellen Bildschirm im dunklen Zimmer ihre E-Mails. Sie ließ sich einzelne seiner Zeilen auf der Zunge zergehen, die sie daran erinnerten, wie sie mit ihm auf dem Futon lag, wie er sie ansah, wenn sie aufwachte.

An den Wochenenden hat ein neuer Barista Dienst. Er heißt Jerry. Ich arbeite nun im zweiten Stock der Bibliothek, neben den Fenstern, die auf den Fluss hinausgehen.

Eine andere: *Am Samstag sind wir mit dem Seminar nach Deer Isle gefahren. Wir haben uns die roten Marmorvorkommen angesehen. Sie sind mehr als fünfhundert Millionen Jahre alt. Weil es morgens geregnet hatte, waren sie glatt und glänzten wie lackiert. Ich hätte dir gern welchen mitgebracht.*

Und ihre Lieblingszeile, die sie wieder und wieder und wieder las: *Jeden Abend vor dem Einschlafen denke ich an dich.*

An einem Wochenende nach den Herbstprüfungen rief er sie an. Seit sie weggegangen war, hatten sie nur ein paarmal telefoniert – sie hatten beide geglaubt, die Stimme des anderen zu hören würde es nur schwerer machen, und so war es auch, doch sie nicht zu hören war noch schlimmer. »Elizabeth«, sagte er. Seine Stimme war ganz klar und nah, das einzige Geräusch. »Ich vermisse dich. Ich versuche, dich nicht zu vermissen, aber es geht nicht. Ich würde dich gern sehen, wenn du mich auch sehen möchtest. Von hier fährt ein Bus nach Boston, der nur sechs Stunden braucht. Ich kann nächstes Wochenende kommen. Wir könnten uns da treffen, wenn du willst, oder ich finde einen Bus, der mich näher zu dir bringt –« Und sie sagte: »Ja, bitte, bitte komm, ich treffe dich in Boston«, und sie kauften sich Busfahrkarten und zählten die Tage.

An der South Station küsste er sie, das Gepäck noch in den Händen. Sie vergaßen alle Zurückhaltung. Gleich da sagte sie ihm, dass sie ihn liebe, und er sagte, er liebe sie auch. Sie sagten es viele Male, die Worte konnten nicht länger warten. Die Nacht verbrachten sie in einem Budget-Hotel in der Nähe von Fenway Park und durchstreiften dann die unbekannte Stadt, hielten sich fest an den behandschuhten Händen. Es war kalt, die Bäume waren kahl und die Restaurants teuer, weshalb sie einen Großteil des Tages im Doppelbett mit den kratzigen Laken verbrachten, wo es tagsüber warm und nachts zu heiß war.

Sie untersuchten sich mit Augen und Händen, während sie beieinanderlagen, am Abend, am Morgen und am frühen Nachmittag, schauten, wie sie sich während der Trennung verändert hatten – es war nur eine Jahreszeit vergangen, aber sie empfanden sich beide als älter, sich selbst und den anderen. Sam hatte etwas von seiner jungenhaften Schüchternheit verloren. Er war weniger zurückhaltend als im Sommer, wenn er sie küsste, ihr seine Liebe gestand und mit ihr schlief. Statt eifersüchtig auf die Frauen zu sein, mit denen er in der Zeit der Trennung etwas gehabt haben musste – anders waren seine veränderten Berührungen nicht zu erklären –, gefiel ihr, dass er es mit anderen versucht hatte und doch nur mit ihr zusammen sein wollte. Wenn sie ihm etwas erzählte, egal was – über die Spannungen im Leichtathletikteam, die Professoren, die ihr gleichzeitig das Gefühl geben konnten, begabt und gewöhnlich zu sein –, machte sie sich keine Sorgen, ob sie dabei eloquent oder interessant war, das fiel ihr jetzt auf. Gegenüber dem Sommer mit ihm war das eigentlich keine Veränderung, aber dass er diese Wirkung auf sie hatte, wusste sie nun neu zu schätzen. Gespräche in Amherst, in Seminaren und außerhalb, hinterließen bei ihr oft das Gefühl, dass sie von ihren Kommilitonen nach einem ihr unbekannten Schema bewertet wurde, und sie wusste nie, wo sie stand.

Als sie am Morgen vor seiner Abreise im Bett lagen, sagte sie: »Ich möchte versuchen, mit dir zusammenzubleiben, wenn du es auch möchtest. Die Distanz ist furchtbar, aber noch schlimmer wäre es, ganz ohne dich zu sein.«

»Ich möchte es auch versuchen«, sagte er. »Ich liebe dich zu sehr, um es nicht zu versuchen.«

Also führten sie zwei Jahre lang eine Fernbeziehung, besuchten sich in den Ferien und an manchen Wochenenden, riefen an und mailten, wann immer sie konnten. Sobald in Orono ein Mobilfunkmast aufgestellt wurde, kaufte er sich ein Nokia-Handy, sodass sie in den freien Stunden zwischen den Seminaren, beim Mittag, auf Elizabeths Rückweg vom Training zum Wohnheim sprechen konnten. Als er seinen Abschluss gemacht hatte, zog er zu ihr. Ihm war ein einjähriges Forschungsstipendium in Orono angeboten worden, aber er lehnte, ohne zu zögern, ab. Das alte Haus seines Vaters war verkauft worden, nachdem sie zweimal mit dem Preis runtergegangen waren, und nun hatte er gerade genug Geld, um den Sommer zu überstehen, bis er Arbeit fand.

Gemeinsam mieteten sie eine Wohnung abseits des Campus im Obergeschoss eines kleinen viktorianischen Hauses in Hadley, zwei Zimmer mit Parkettboden und Erker in der Küche. In Trödelläden fanden sie einen Schreibtisch, eine Kommode und einen Küchentisch aus unterschiedlichen Hölzern und mit leichten Kratzern. Manchmal roch es in der Wohnung nach dem Zigarettenqualm des Nachbarn im Erdgeschoss, eines alleinstehenden Mannes, der auch der Vermieter war, weshalb Elizabeth Grünlilien in Terrakottatöpfen auf alle Fensterbänke stellte. Kochutensilien kauften sie je nach Bedarf im Supermarkt, Pfannenwender und Messbecher, und bald fühlte sich die Wohnung wie eine richtige Wohnung und nicht mehr wie ein Wohnheimzimmer an. Er hatte seine Seite des Bettes und sie ihre.

Sie gingen selten zur gleichen Zeit schlafen oder standen zur gleichen Zeit auf, und in den ersten Wochen sahen sie darüber hinweg, wenn der andere sie störte. Er nahm an, sie würde sich seinem Rhythmus anpassen, und sie nahm an, er würde sich ihrem anpassen. Letztlich gewöhnten sie sich nie an die gleichen Zeiten, aber bald störten sie die Bewegungen des anderen nicht mehr so, und an den Wochenenden machten sie nachmittags oft ein gemeinsames Nickerchen, dämmerten einmal kurz weg. Elizabeth legte den Kopf auf Sams Brust und er die Hand auf ihr Haar, und wenn sie die Augen schloss, kam es ihr vor, als lägen sie auf dem Futon in seinem schmalen Wohnheimzimmer, in einem Sommer, der schnell immer weiter in der Vergangenheit versank.

Sam bewarb sich überall in der Gegend in Cafés und Restaurants, aber nur wenige stellten ein, vor allem niemanden ohne Gastronomieerfahrung. Daraufhin bewarb er sich im Einzelhandel und fand schließlich eine Anstellung bei Pioneer Books, einer unabhängigen Buchhandlung samt modernem Antiquariat in Northampton. Es war kein schlechter Job, die Arbeitszeiten und das Gehalt knapp über dem Mindestlohn gingen in Ordnung, aber seine Kollegen – alles Smith-, Amherst- oder Hampshire-Studenten oder Absolventen, die mit einer Promotion in Englisch oder MFA-Programmen liebäugelten – versicherten Sam und sich selbst gerne, dass sie nur vorübergehend dort arbeiteten; bald würden sie die intellektuellen Berufe ergreifen, auf die sie ein Anrecht zu haben glaubten. Subtile Kommentare und Gesten verrieten, dass viele von ihnen auch abseits der Arbeit miteinander Zeit verbrachten, sogar jene, die nach Sam eingestellt worden waren. Die erste und einzige Frage, die sie zu interessieren schien, war die nach seinem College, und wenn er sie beantwortete, sagten sie alle nur »Oh« mit dem gleichen verwirrten Gesichtsausdruck. Mehr schien ihnen nicht einzufallen. Sie entgegneten nicht: »Da war ich mal zu Besuch und fand's toll« oder: »Meine beste Freundin von der Highschool war da auch, kennst du Piper Green?«, wie er sie zu anderen hatte sagen hören, deren Antwort weniger rätselhaft, weniger unbefriedigend ausgefallen war.

»Sie halten mich für dumm«, sagte er mehr als einmal zu Elizabeth, als sie abends zu Hause Essen kochten. »Dumm und arm. Und sie haben recht.«

»Das weißt du doch gar nicht. Du weißt nicht, was sie denken. Vielleicht merken sie, dass du sie nicht magst, und gehen deshalb auf Abstand.«

»Ich weiß sehr wohl, was sie denken«, meinte Sam, und Elizabeth widersprach nicht weiter. Sie kannte diese Welt und wusste, dass er recht hatte; die anderen betrachteten ihn wahrscheinlich mit einer Mischung aus Vorurteilen und Mitleid, sie hörten seinen Akzent und schlossen auf sein Wesen, genau wie sie es einst getan hatte.

Ungefähr zu dieser Zeit fiel Elizabeth auf, dass Sam stiller wurde. Er war nie sehr gesprächig oder aufgeschlossen gewesen, aber wenn sie allein waren, schien er seine Schüchternheit zu vergessen, erzählte unverstellt und ohne zu stocken. Aber jetzt war er auch in ihrer Gegenwart still. Zuerst nur morgens, wenn er Kaffee kochte und Instantporridge machte, während sie das Geschirr vom Vorabend wegräumte. Es war, als hätte er vergessen, dass sie im Raum war, und er schien sie nicht zu hören, wenn sie etwas sagte. Wenn sie ihn fragte, woran er denke, sagte er, er wisse es nicht – und er schien nichts zu verbergen, sondern es wirklich nicht zu wissen. Dann war er auch abends so, wenn er aus der Buchhandlung kam. Er ging unter die Dusche, ohne sich zu vergewissern, ob sie überhaupt zu Hause war, und wirkte immer überrascht, wenn sie tatsächlich da war, obwohl sich an ihren Terminen nichts verändert hatte. Mittlerweile hatte Elizabeth das vorletzte Collegejahr erreicht und war zu dem Schluss gekommen, dass sie Medizin studieren wollte. Obwohl sie Biologie als Hauptfach gewählt hatte, würde sie für Medizin noch einige Kurse belegen müssen und benötigte Zeit, um sich auf den Medizinertest vorzubereiten. Deshalb wollte sie nach dem Bachelor das Graduiertenprogramm am Elms College in Chicopee absolvieren, eine halbe Autostunde südlich, bevor sie sich an medizinischen Hochschulen bewarb.

»Du kannst überall hingehen«, sagte er, wie immer aufrichtig und vorbehaltlos in seiner Unterstützung. »Die werden dich alle nehmen. Ich würde sagen, bewirb dich überall, such dir die beste Schule aus, und ich gehe mit dir, egal wohin.«

Aber nach diesen Gesprächen über mögliche Unis wurde er regelmäßig still und manchmal ein bisschen gereizt, obwohl er immer abstritt, dass sie ihn verstimmt hatte oder er schlechter Laune war. »Es hat nichts mit dir zu tun«, sagte er mit den Händen an den Schläfen. »Ich schlafe einfach nicht gut, ich muss mehr Sport machen. Du kannst nichts dafür.« Dann ging er laufen, wenn es warm genug war, oder ins Fitnessstudio oder fuhr zum Supermarkt, um fürs Abendessen einzukaufen. Wenn er wiederkam, war er wieder normal, sogar heiter. Elizabeth mochte ihn dann nicht mehr auf seine Übellaunigkeit ansprechen, aus Angst, sie könnte zurückkehren.

An manchen Tagen, wenn Sam auf diese Art verstummte, musste Elizabeth daran denken, was er ihr über seine Familie und sein früheres Leben erzählt hatte, bevor er nach Orono gekommen und Elizabeth begegnet war. Sie wusste, dass er seine Jugend in Presque Isle gehasst hatte. Als er zur Mittelschule ging, war seine Mutter an Darmkrebs gestorben, nachdem sie jede Behandlung abgelehnt hatte. Sein Vater hatte schnell wieder geheiratet, eine Postangestellte – er selbst war Briefträger –, und Sam verdächtigte seinen Vater, schon mit ihr geschlafen zu haben, als seine Mutter krank, aber noch nicht tot war. Sams Vater verbrachte nun die meiste Zeit in der Wohnung seiner neuen Frau, und Sam lebte in den letzten beiden Highschooljahren allein in seinem Elternhaus. Allein zu leben sei besser gewesen als mit seinem Vater, aber ohne seine Mutter, sagte Sam, aber mehr erzählte er nie. Sam hatte noch einen Bruder, Leland, der acht Jahre älter war. Leland hatte einen anderen Vater – den Highschoolfreund ihrer Mutter, der nie von Lelands Geburt erfuhr –, und die meiste Zeit von Sams Jugend arbeitete er als Koch in Boston. Nach dem Tod ihrer Mutter hörten sie auf, Brüder zu sein – so drückte Sam es aus. Leland kam nicht mehr zu Besuch und meldete sich nicht mehr bei Sam, und Sam hatte auch nicht das dringende Bedürfnis, sich bei ihm zu melden. Zwischen ihnen schien keine Feindseligkeit zu herrschen, sondern vielmehr das Einverständnis, dass sie Brüder gewesen waren, weil sie die gleiche Mutter hatten, und nun war die Mutter tot. Sam wusste nicht, wo Leland jetzt lebte und ob er Familie hatte oder ein erfolgreicher Koch geworden war. Er hätte vermutlich seine Adresse herausfinden können, aber das interessierte ihn nicht besonders, weil es ihm kaum mehr über seinen Bruder verraten hätte und auch nichts darüber, wie es gewesen wäre, wenn der Tod ihrer Mutter sie enger zusammengeschweißt statt ganz auseinandergebracht hätte.

Darüber nachzudenken brachte Elizabeth allerdings kaum weiter, und meistens, wenn Sam gegen Ende des Nachmittags oder Abends wieder zugewandt war – es gab keine Nacht, in der er Elizabeth nicht vor dem Einschlafen küsste und ihr sagte, dass er sie liebe –, fühlte sie sich in ihrer Liebe für ihn bestätigt und bestärkt und schlief gut.

In der Woche ihrer Abschlussfeier machte Sam Elizabeth einen Antrag. Am Morgen nachdem ihre Eltern abgereist waren, blieb er mit ihr im Bett liegen, bis sie aufwachte. Er nahm ihre Hand und drückte einen Ring aus einem entkernten Vierteldollar hinein, den er einen Monat zuvor bei einem Garagenflohmarkt entdeckt hatte, eine Übergangslösung, bis sie einen Ring fand, der ihr gefiel. Sich selbst hatte er auch einen gekauft.

»Bist du dir sicher?«, fragte sie und steckte sich den Ring an den Finger.

»Ja«, sagte er. »Ja, ja natürlich. Du bist das Einzige, was ich ganz sicher will.«

Sie liebte den Ring. Die Rillen waren stumpf, er roch nach Kupfer, und obwohl er an der Unterseite ihres Fingers etwas scharfkantig war, passte er gut. Sie trug ihn mehrere Monate lang und amüsierte sich über ihre Freundinnen, die nicht wussten, ob sie den Ring kommentieren sollten, ob sie fragen sollten, wann sie einen richtigen bekäme. Sie und Sam waren gar nicht auf der Suche, als sie eines Tages an einem Antiquitätengeschäft in Easthampton vorbeikamen und einen goldenen Ring im Schaufenster entdeckten. In einer Schmuckschublade hinten im Laden fanden sie noch einen größeren, breiteren aus etwas dunklerem Gold. Er war wohl für einen Mann oder eine kräftigere Frau gedacht, das war nicht zu erkennen und war auch egal. Der Ring für Sam passte auf Anhieb, aber der aus dem Fenster war so weit, dass er ihr vom Finger fiel, wenn sie ihn schüttelte, weshalb sie ihn enger machen ließen, was mehr kostete als der eigentliche Ring. Ihr gefiel, dass er einmal jemand anderem gehört hatte, selbst wenn die Ehe nicht glücklich gewesen sein sollte oder vielleicht doch, aber durch einen vorzeitigen Tod ein frühes Ende gefunden hatte – oder sie hatte kein frühes Ende gefunden, sondern die beiden waren sehr alt geworden und hatten sich immer noch geliebt, aber die erwachsenen Kinder wollten sie nicht mit etwas Metallenem beerdigen, das nicht verfallen würde. Ihr gefiel, dass sie dem Ring ein weiteres Leben, eine weitere Ehe schenken konnte.

Im Herbst heirateten sie im Rathaus von Orono, im Beisein von Elizabeths Eltern. Sam wollte eine kleine Hochzeit. Er schob es aufs Geld – er habe keins und fühle sich unwohl damit, ihre Eltern zahlen zu lassen –, doch Elizabeth vermutete, dass er vor allem seine Familie nicht einladen mochte, aber auch nicht den Eindruck erwecken wollte, keine Familie zu haben. Gemeinsame Freunde, mit denen sie gern gefeiert hätten, gab es nicht. Die meisten ihrer Collegefreunde waren nach dem Abschluss weggezogen, und die, die in der Nähe geblieben waren, hatte sie nicht so oft getroffen wie gedacht. Es machte sie traurig, dass vor allem Leichtathletik und gemeinsame Seminare sie verbunden hatten, nicht gegenseitige Zuneigung. Auch ihre Highschoolfreunde waren nur noch entfernte Bekannte. Eine kleine Hochzeit war also gar kein strittiger Punkt gewesen.

Nach der kurzen Zeremonie aßen sie im besten Restaurant der Stadt, dem Blackboard Grille in einem ehemaligen Schulhaus, geführt von einem älteren Paar von Prince Edward Island. Sie bestellten die traditionelle Käseplatte, Hummer mit handgeschnittenen Pommes frites, zwei Krüge Allagash-White-Bier und zum Nachtisch Chocolate Sundaes. Der Alkohol stieg ihnen in den Kopf, und sie lachten viel – auch Elizabeths Vater, der sich mittlerweile nicht mehr sorgte, er könnte seine Frau um den verdienten Respekt bringen, zumal sie sowieso nicht mehr Sams Professorin war. »Auf euch«, sagte ihr Vater, erhob das Glas, und sie stießen an. Als die Kellnerin mit der Rechnung kam, bat Elizabeths Mutter sie, mit ihrer Kompaktkamera ein Foto von ihnen allen zu machen. Vom Blitz mussten sie blinzeln. Die Nacht verbrachten Elizabeth und Sam in einem gehobenen Hotel in Bangor mit großem Doppelbett, ein Geschenk ihrer Eltern, und am nächsten Morgen wachten sie früh und verkatert auf und machten sich auf die lange Rückfahrt nach Hadley, verheiratet und heiter.

Die Hochzeit sei ihrer Hochzeit mit Ari nicht unähnlich gewesen, sagte Elizabeth zu Margot, obwohl Ari das nicht wisse. Als sie Ari vor fast drei Jahren das Jawort gegeben habe, sei sie von lebhaften Erinnerungen an die Hochzeit mit Sam überwältigt worden, die jahrelang verschüttet gewesen waren. Sam hatte sich das Haar anders gekämmt als sonst, sodass seine Stirn zu breit aussah, und die Ärmel seines dunkelblauen Sportsakkos waren ein bisschen zu lang. Er hatte so nervös gewirkt wie seit der Party ihrer Mutter nicht mehr. Ihre Eltern hatten die Sachen angehabt, die sie sonst zu beruflichen Anlässen trugen – ihre Mutter ein geblümtes Baumwollkleid und ihr Vater einen Fischgrätblazer –, und wirkten nicht unzufrieden. Elizabeth hatte ein lavendelfarbenes Sommerkleid getragen, das sie schon länger besaß, und dazu neue Schuhe, beigefarbene Espadrilles mit Keilabsätzen, die runtergesetzt gewesen waren, weil die warme Jahreszeit langsam zu Ende ging. Sie hatte kalte Füße gehabt, aber sehr gemocht, wie sich ihre purpurroten Fußnägel vom Leinen abhoben.

Als sie Ari heiratete und dabei an ihre Hochzeit mit Sam denken musste, betrachtete sie den Standesamtsaal in Manhattan, neuer und kleiner als der in Orono, ihren Diamantring mit den Saphiren links und rechts, ihr cremefarbenes Kleid von Macy's, ihren neuen Ehemann mit dem dunklen, akkurat geschnittenen Haar und dem perfekt sitzenden Anzug, ihre Eltern, seit der ersten Hochzeit ihrer Tochter vor dreizehn Jahren erkennbar gealtert und in neue, edle Stoffe gehüllt, um Aris Eltern zu beeindrucken (eine Seidenkrawatte an ihrem Vater, ein maßgeschneidertes Satinkleid an ihrer Mutter), und dann konnte sie zu der zurückkehren, die sie nun war, auch wenn sie gar nicht so anders war als damals.

Elizabeth erzählte all das ruhig und gleichmäßig. Manchmal hielt sie kurz inne, als wäre sie nicht sicher, was sie aussparen und was sie mitteilen sollte. An manchen Stellen hatte Margot das Gefühl, dass Elizabeth zu schnell oder zu langsam voranschritt, und hätte gern etwas gefragt, aber sie mochte sie nicht unterbrechen. Es wirkte auf Margot, als hätte

Elizabeth die Geschichte noch nie in dieser Form erzählt. Die Version für Ari war anders gewesen – nicht unwahr, aber vielleicht verkürzt, um die besondere Zuneigung zu Sam bereinigt. Sie vollendeten ihre Teichrunde, obwohl sie langsamer gegangen waren als sonst. Margot fürchtete, dass mit dem Spaziergang auch Elizabeths Geschichte abbrechen und dass Elizabeth sie nie zu Ende erzählen würde, wenn sie es jetzt nicht tat. Margot hatte zwar häufig das Gefühl, dass Elizabeth die gemeinsame Zeit genoss, wie sie mir am Telefon erzählte, aber Elizabeth schien es immer bereitwillig zu akzeptieren, wenn die Zeit um war. Doch als Margot Elizabeth nach Hause begleitete, lud Elizabeth sie auf einen Tee ein, und Margot nahm an.

Die Kleinen schliefen immer noch in den Buggys. Obwohl es für einen Mittagsschlaf schon spät war und die Nacht vermutlich unruhig werden würde, ließen ihre Mütter sie weiterschlafen und schoben sie nur im Wohnzimmer ein wenig hin und her, wenn sich etwas regte. Elizabeth und Margot setzten sich aufs Sofa und sprachen nun leiser miteinander, während sie sich die kalten Hände an heißen Bechern mit Pfefferminztee wärmten und Elizabeth sich gedankenverloren die Hand auf den Bauch legte, dessen leichte Wölbung unter dem Strickpullover mit Zopfmuster kaum sichtbar war.

»Ich kann kaum glauben«, sagte Elizabeth zu Margot, »dass Sam damals erst fünfundzwanzig war. In meiner Erinnerung scheint er mir immer noch so viel älter. Ich fand damals, dass er langsam mal wissen müsste, was er vom Leben wollte. Ich fing an, ihn zu löchern, was er zu tun gedachte, während ich Medizin studierte. Er wusste es nie und antwortete einfach nicht. Ich fragte ihn, ob er bedauere, das Stipendium in Orono nicht angenommen zu haben, aber er sagte immer, nein, natürlich nicht, warum würde ich das überhaupt fragen? Da ich ihm eindeutig auf die Nerven ging, hörte ich auf, ihn zu löchern. Falls er mich jemals darum beneidete, dass ich eine gute Uni besuchte, dass ich wusste, was ich wollte und wie ich es bekam, falls er je dachte, dass ich genau wie seine Kollegen in der Buchhandlung war, ließ er es mich nie spüren. Ich hatte nie das Gefühl, dass ich weniger darstellen sollte als er. Ich hätte ihn nie geheiratet, wenn es so gewesen wäre.

Es gab Phasen, in denen er alles Mögliche machen wollte – sich für Promotionsprogramme in Geologie bewerben oder für die Umweltschutzbehörde in Massachusetts arbeiten oder ein Start-up gründen, das irgendwas mit Nachhaltigkeit machte. Ein paarmal äußerte er sogar die Idee, mit mir zusammen ein Medizinstudium zu beginnen, er sei vielleicht schlau genug dafür, und ich stimmte ihm zu. Er musste nur die Kurse belegen. Aber er bewarb sich nie irgendwo. Er tat so, als hätte man ihn schon überall abgelehnt. Er sagte, er wolle nirgends arbeiten, er sei für gar nichts qualifiziert, er müsse ganz von vorn anfangen, vielleicht sei es dumm von ihm gewesen, einen Abschluss in Geologie an der University of Maine zu machen, in einem nutzlosen Hauptfach an einer miesen Uni, wie er es ausdrückte. Er hätte einen Abschluss in Wirtschaft oder Ingenieurwissenschaften machen sollen, etwas, womit man tatsächlich einen Job bekam. Aber in der Buchhandlung verdiente er genug, um seinen Anteil an der Miete zu bezahlen, und meine Eltern gaben mir einen Zuschuss für das Graduiertenprogramm. Sie gaben mir etwas mehr, als ich ihm sagte. Außerdem erteilte ich den Kindern meiner Professorin Nachhilfe und wurde gut bezahlt. Wir kamen also zurecht. Und es war sowieso nur vorübergehend, wie ich ihm immer wieder in Erinnerung rief. Wir würden noch zwei Jahre in Hadley bleiben und dann für mein Medizinstudium in eine neue Stadt ziehen. Da würden wir uns etwas überlegen, erklärte ich, und er war immer einverstanden. Dann fing er an, davon zu reden, dass er sich ein Kind wünsche.«

Elizabeth wollte auch ein Kind, irgendwann in der ferneren Zukunft, wenn sie mit dem Medizinstudium fertig war und Sam einen Job gefunden hatte, der ihm gefiel, und sie ein Haus und ein paar Ersparnisse hatten. Na ja, jedenfalls glaubte sie, eins zu wollen, wenn man sie danach fragte, obwohl sie wohl auch ohne klargekommen wäre. Ein Kind war nichts, dessen Abwesenheit sie akut spürte, und sie glaubte auch nicht, dass sie eins brauchte, um glücklich oder zufrieden und erfüllt zu sein, wenn sie älter war. Sie dachte einfach selten daran. In ihrer Datingphase hatten sie und Sam kaum über Kinder geredet und auch nach ihrer Verlobung nicht, aber genau wie sie schien er grundsätzlich eins zu wollen, vielleicht auch zwei – möglicherweise sogar drei, wenn es gut lief. Das würden sie alles in den kommenden Jahren besprechen. Nicht jetzt, nicht demnächst.

Aber jetzt redete er davon, bald ein Kind zu bekommen – warum versuchten sie nicht einfach in den nächsten Monaten, eins zu zeugen, fing er an, solange sie noch jung und energiegeladen waren und nicht an lange Arbeitszeiten gebunden. »Babys sind billig. Kinder sind teuer«, argumentierte er eines Abends beim Zähneputzen. »Wenn aus dem Baby ein Kind geworden ist, hätten wir genug Geld, um es zu versorgen. Du bist dann Ärztin. Ich bin auch irgendwas. Lass uns einfach heute loslegen«, sagte er und küsste ihre Wange, den Hals, dann die Stelle unter dem Ohrläppchen, wo schon die leiseste Berührung sie feucht machte.

Elizabeth war sich zunehmend unsicher, ob Sam meinte, was er sagte, oder ob er nur Standpunkte ausprobierte, sie gewissermaßen vorkostete, bevor er sie sich ganz einverleibte. Sie fragte sich, ob er das immer schon getan hatte und sie es erst jetzt merkte. »Ich glaube, Vater zu sein ist meine Bestimmung«, sagte er im Brustton der Überzeugung. »Das ist die Aufgabe, nach der ich gesucht habe. Ich weiß nicht, warum ich so lange gebraucht habe, um das zu verstehen. Jetzt erscheint es mir sonnenklar.« Und Elizabeth wurde bald klar, dass er es ernst meinte, dass es kein Gedankenspiel oder Witz mehr war, vielleicht nie gewesen war. Wenn es nach ihm gegangen wäre, hätte sie sofort die Pille abgesetzt. Elizabeth versuchte deshalb, Sam mit mehr Nachdruck zu erklären, dass sie zwar die Aussicht auf ein Baby mit ihm und seine Begeisterung fürs Vaterwerden ganz wunderbar fand, dass jetzt aber nicht der richtige Zeitpunkt dafür war und sie noch mehrere Jahre lang jung und energiegeladen genug wären.

Statt das Thema wie erwartet ruhen zu lassen, fuhr er fort, über ein Kind zu reden, als wäre es beschlossene Sache, als hätte sie nur eine Abmachung vergessen. Wenn sie schwanger war, würde er im Schlafzimmer eine Klimaanlage installieren. Wenn das Baby da war, würden sie ein größeres und sichereres Auto brauchen, vielleicht einen Subaru Outback. Elizabeth erkannte die Überredungstaktik wieder: eine Wirklichkeit heraufbeschwören, bis der andere die frühere Version nicht mehr ausmachen konnte. Sie hatte erlebt, wie ihr Vater dieses Manöver auf ihre Mutter anwandte, wenn es um einen neuen Computer oder das nächste Urlaubsziel ging, und wie er, was sie sehr irritierte, immer damit durchkam – sie kauften das MacBook Pro, sie reisten nach Sanibel Island, und der Lenovo und San Diego waren vergessen oder wurden als nie ganz realistisch abgetan. Aber dass Sam es versuchte, war neu.

Und es funktionierte. Obwohl sie seine Strategie durchschaute, fing sie an, über Babys nachzudenken und überall Babys und Schwangere und Frauen mit Kleinkindern und

Schulkindern zu sehen. Sie träumte von Babys und blieb auf Flohmärkten und in Secondhandläden an Babykleidung und Babyspielzeug hängen, wobei sie nie etwas kaufte, aber eher weil ein neuer Aberglaube sie davon abhielt, Kleider für ein ungezeugtes Baby zu besorgen, und nicht weil es Sam sonst ermutigt hätte. Falls sie sich für Kinder entschied, wollte sie mehr als eins bekommen – sie wollte kein Einzelkind, wie sie eines war –, und da ein zweites Kind erst nach der Facharztausbildung in vielen, vielen Jahren ratsam wäre, sprach vielleicht wirklich einiges dafür, jetzt das erste Kind zu bekommen (das dachte sie, als sie auf dem Gehweg an einer Frau vorbeikam, die einen Säugling vor der prallen Brust trug und deren mutmaßlicher Mann einen Buggy mit einem schlafenden Kleinkind schob), wenn sie und Sam sich beide kümmern konnten und ihre Eltern noch fit genug waren, um sie zu unterstützen. Dann könnte sie ihr zweites Kind ungefähr mit dreißig bekommen.

Das erste Kind käme in den Genuss der vollen Aufmerksamkeit seiner Eltern und würde dann die ältere Schwester werden (sie sah ein Mädchen vor sich), und das zweite Kind (auch ein Mädchen) wäre um einiges jünger, sodass die beiden nicht um Freundinnen, die Zuneigung ihrer Lehrer oder Jungs konkurrieren müssten. Sie könnten zu den Frauen werden, die sie werden wollten – ohne sich abgrenzen oder einander nacheifern zu müssen.

Außerdem setzte sie es nicht als gegeben voraus, fruchtbar zu sein. Ihre Eltern hatten Schwierigkeiten gehabt, ein Kind zu zeugen; die Details aus dieser Lebensphase waren immer im Dunkeln geblieben, aber ihre Mutter hatte ein paarmal offen bedauert, dass sie nicht früher angefangen hatten. Elizabeths Mutter war in Brooklyn aufgewachsen, das mittlere von fünf Kindern eines italienischen Vaters und einer indischen Mutter, und ihr Vater stammte aus einer irisch-katholischen Familie in Maine, das zweitälteste von sieben Kindern. Sie hatten sich beide eine große Familie gewünscht, samt dem Lärm und der Liebe ihrer eigenen Kindheit, nur mit mehr Geld und weniger Chaos. Aber es hatte sich nicht ergeben. Hätten ihre Eltern im Alter von Elizabeth angefangen, es zu probieren, und nicht auf die Promotion ihrer Mutter und die Festanstellung ihres Vaters gewartet, dann hätte sie vielleicht, so Elizabeths Überlegung in jenen Tagen des Nachdenkens, die Geschwister bekommen, die sich ihre Eltern so sehr für sie gewünscht hatten.

Was sie ihrer Meinung nach am Ende wirklich überzeugte, sagte sie, sei nicht das Traumbild eines Babys an sich gewesen, sondern was dieses Traumbild schon mit Sam gemacht habe. So glücklich hatte sie ihn seit Jahren nicht erlebt. Er meldete sich für den zentralen Eignungstest für Graduiertenprogramme an und lernte abends dafür, obwohl er noch nicht sicher war, wo er sich bewerben wollte, und er erhöhte klaglos seine Stunden in der Buchhandlung, um mehr Geld zurücklegen zu können. Er schien Elizabeth sogar auf eine neue Art anzusehen oder sie vielmehr so anzusehen wie früher, im Café oder bei der Party ihrer Mutter oder im Sommer auf dem Futon in seinem schmalen Zimmer. Dass dieser Blick verschwunden gewesen war, merkte sie erst, als er zurückkehrte.

Im Frühling fingen sie an, es zu probieren. Sie setzte die Pille ab, zählte vom erwarteten Eintritt ihrer Periode vierzehn Tage zurück und untersuchte den Schleim in ihrer Unterhose. Als er wie rohes Eiweiß aussah, so wie auf allen Websites beschrieben, versuchten sie und Sam eine Woche lang, mindestens einmal am Tag miteinander zu schlafen. Da Elizabeth abends meistens Nachhilfe gab und Sam tagsüber in der Buchhandlung arbeitete, verlegten sie den Sex auf den frühen Morgen, obwohl das nicht ihre Lieblingszeit war. Gegen Ende der Woche brauchte er länger, und sie musste anders stöhnen und ihm Wünsche ins Ohr flüstern, die sie niemals wiederholen würde, damit er schneller kam und sie nicht wund wurde. Sie machten es nur in der Missionarsstellung, und hinterher blieb sie liegen, statt wie früher zur Toilette zu gehen, um eine Harnwegsinfektion zu vermeiden. Sam schob ihr ein Kissen unter die Hüften, und sie wartete zwanzig Minuten, während er duschte und sich anzog, für sie beide Eier machte und sie auf Stirn und Lippen küsste, bevor er zur Arbeit ging.

Während sie dalag, der Dusche und dem Kratzen des Pfannenwenders lauschte, sah sie in Gedanken die Spermien wie in ihren alten Schulbüchern flink und mit zappelnden Schwänzen das magentafarbene Meer ihres Körpers hinaufschwimmen. Sie presste eine Hand ungefähr auf die Gebärmutter, vergewisserte sich, dass die Hüften erhöht lagen, versuchte, den Gebärmutterhals zu entspannen, versuchte zu erspüren, wie sich der spitze Kopf eines Spermiums in die Eizelle bohrte und sich die Chromosomen umschlangen, und empfand Schrecken und Freude bei dem Gedanken, dass ihr Körper vielleicht einen Menschen machte und sie keine Ahnung hatte, was aus diesem Menschen werden würde.

Einen Tag nach dem Ausbleiben ihrer Periode eilte sie zur drei Straßen entfernten Drogerie, kaufte einen Test und pinkelte in der Kundentoilette hinten im Laden auf den Stab. Sie legte den Test aufs Waschbecken und sah zu. Fast sofort zeigten sich zwei rosa Streifen. Dunkelrosa, rigoros. Sie starrte den Test lange an. Es war so unwirklich. Ihr Körper fühlte sich nicht anders an. Er hatte nicht verraten, dass ihn etwas durcheinandergebracht oder in ihn eingedrungen war.

Es spielte keine Rolle, ob sie sich schwanger fühlte oder nicht. Sie war es.

Sie warf den Test in den Müll, bedeckte ihn mit Papiertüchern und wusch sich die Hände. Den Rest des Tages, während sie in ihrem Graduiertenkurs saß, dann einem neuen Schüler mit mathematischen Gleichungen half, an die sie sich kaum erinnern konnte, und eine Verspannung in ihrer Schulter bis in die Schläfe ausstrahlte, wiederholte Elizabeth den Gedanken *Ich bin schwanger, ich bin schwanger*, um sich selbst davon zu überzeugen, unsicher, was sie dabei empfand. Es war nicht einfach Erleichterung, weil sie es erfolgreich zur Empfängnis gebracht hatte, und auch nicht einfach Reue oder Entsetzen darüber, was sie sich angetan hatte. Oder was kaputtgehen könnte.

Sie erzählte es Sam erst, als er am späten Nachmittag nach Hause kam. Nachdem er den Rucksack abgesetzt, die Jacke abgelegt und ein Glas Wasser getrunken hatte, kam sie in die Küche und sagte: »Ich bin schwanger.«

»Bist du sicher?«, fragte er. Er bekam feuchte Augen und wurde ganz rot.

Dann gab er ihr einen langen Kuss, hob sie hoch und setzte sie gleich wieder ab, aus Angst, das kleine Ding könnte sich durch das Auf und Ab lösen. Da erfasste sie ein Glücksgefühl, das alles andere überwog, das sich wie ihr eigenes anfühlte und nicht wie etwas, das Sam galt. Ihr Körper machte tatsächlich ein Baby, und sie wusste nicht, was dieses Baby werden würde, und sie würde ihr Leben damit verbringen, es kennenlernen zu wollen, es wieder und wieder kennenzulernen, als Baby, Kind, Teenager, Erwachsenen.

Als sie abends im Bett lagen, seine Hand auf ihrem flachen Bauch, versuchte sie, sich das Gesicht, die Haare, Hände, Füße des Babys vorzustellen, aber sie sah nur Babys, die sie schon kannte, und Mischwesen aus unbekannten Babys, die ihr oder Sam nicht im Geringsten ähnlich sahen.

»Siehst du es vor dir?«, fragte sie. »Kannst du dir vorstellen, wie es aussehen wird?«

»Ja«, sagte er. »Ich sehe es genau vor mir. Ich kann's nicht wirklich beschreiben, aber ich habe es genau vor Augen – ich wünschte, ich könnte es dir zeigen.«

Bald kam die Übelkeit. Erst nachmittags, dann abends, dann morgens und die ganze Nacht. Ihren vierundzwanzigsten Geburtstag verbrachte sie in einem benommenen Nebel, halb wach und halb schlafend, und guckte Folgen von *How I Met Your Mother*, die sie sofort wieder vergaß. Sam brachte Filme aus der Bibliothek mit, die sie zum Lachen bringen sollten, *Little Miss Sunshine* und *Jungfrau (40), männlich, sucht*, und übernahm alle Einkäufe, ging an manchen Tagen sogar zweimal los, wenn sie plötzlich nichts von dem essen konnte, das sie dahatten. Er sagte nie ein böses Wort über ihre Kleidung – sie trug nur noch Leggings und weite Sweatshirts –, den Verzicht auf Make-up, die blühenden Pickel auf Stirn und Kinn und die dunklen Venen ihrer Brüste.

Man sah ihr die Schwangerschaft früh an. Erst wirkte ihr Bauch wie aufgebläht, dann wuchs er und wurde fester. Auch ihre Brüste wurden größer und fester, doch während der Bauch emporragte, sackten die Brüste ab, die linke ein bisschen mehr als die rechte. Sie waren so empfindlich wie frische Wunden.

Falls diese Veränderungen irgendjemandem auffielen – den Nachhilfeschülern, ihren Eltern, der Collegefreundin, die auf dem Weg von Burlington nach New York eine Nacht auf ihrem Sofa verbrachte –, dann blieben sie unkommentiert, und Elizabeth kommentierte sie auch nicht. Aber oft hatte sie das dringende Bedürfnis, sich zu offenbaren, es allen auf der Straße zu erzählen. Es fühlte sich unnatürlich an, für sich zu behalten, wie aufgeregt und ängstlich sie war. Mehrmals war sie kurz davor, ihre Eltern anzurufen, wusste aber nicht, wie sie es ihnen sagen sollte und wie viel genau. Sie ahnten nicht, dass sie versucht hatte, schwanger zu werden, und hätten ihr sehr wahrscheinlich davon abgeraten.

An den Tagen, an denen sie am liebsten ihre Eltern angerufen hätte, verlegte sie sich darauf, Fremden davon zu erzählen. Als sie an der Tankstelle drei Schachteln Salzcracker und einen Liter Gingerale kaufte, sagte sie dem Jungen an der Kasse, der auf ihre Kreditkarte nur mit einem Nicken reagiert hatte: »Ich bin schwanger.«

»Cool«, sagte er.

Ein paar Tage später hatte sie einen Termin bei einer Friseurin, bei der sie noch nie gewesen war. Als die Friseurin ihr mit Acrylnägeln die Haare teilte, sagte Elizabeth: »Ich bin schwanger.«

Die Friseurin sah sie erfreut im Spiegel an.

»Wie weit bist du?«, fragte sie.

»Neunte Woche.«

Die Freude der Friseurin verflog.

»Das ist ja noch sehr früh«, sagte sie. Dann erzählte sie davon, wie sie mit ihrer Tochter, jetzt fünf und eine richtige Tyrannin, schwanger gewesen war und sich neun Monate lang übergeben und Thanksgiving an einem Krankenhaustropf verbracht hatte. Auf Elizabeths Schwangerschaft kam sie nicht mehr zu sprechen.

Da beschloss Elizabeth, es ihren Eltern bei deren nächstem Besuch zu erzählen; sie würde sie über das Wochenende einladen, sobald sie in der sechzehnten Woche war, in der Hoffnung, dass ihre Freude über ein Enkelkind die Sorge über die frühe Schwangerschaft ihrer Tochter überwog.

Obwohl sie sich krank, dick, verstopft und wund fühlte und panische Angst vor allem hatte, was schiefgehen konnte, genoss sie es, schwanger zu sein. Sie genoss die Erfahrung, wozu ihr Körper fähig war, wozu er schon die ganze Zeit in der Lage war, ohne dass sie ihn anleiten musste. Sie genoss, wie sehr Sam es genoss. Wenn sie die Leggings und die lockeren Sweatshirts auszog und sich zeigte, wie sie war und wie sie sich veränderte, strich er so zärtlich und vorsichtig über ihren Körper, als wäre sie aus Porzellan.

»Sieh dich nur an«, sagte er. »Ich kann dir gar nicht sagen, wie sehr ich deinen Körper liebe.«

Als ihre Übelkeit gegen Ende des ersten Trimesters nachließ, fing sie an, sich auf den Medizinertest vorzubereiten und eine Liste möglicher Unis zu erstellen. Sam würde sich um Promotionsprogramme in Geologie bewerben, in der Nähe von Unistädten, in denen sie es versuchte. Sie würde immer noch Medizinstudentin und später Ärztin sein, nur eben mit Baby und ein Jahr später als geplant. Ihre Kommilitoninnen könnten babysitten, und die Kinder der Lehrenden würden Spielkameraden werden. Der Gedanke gefiel ihr. Er beruhigte sie. Sie wünschte, sie könnte der Kleinen in ihrem Innern versprechen, dass sie nicht lange allein bliebe, dass bald noch ein Baby käme und dann vielleicht noch eins und sie eine Familie wären.

»In der vierzehnten Woche habe ich es verloren.«

So erzählte sie es Margot, als sie in Elizabeths Wohnzimmer saßen und Pfefferminztee tranken. Elizabeth hielt den Blick auf ihre Hände geheftet, während sie wieder und wieder die Teebeutelschnur um den Henkel wickelte und löste. Sie erzählte nicht, wie es passiert war oder wie sie erfahren hatte, dass das Baby tot war, ob sie auf blutigen Laken aufgewacht war oder es von einer Ärztin hörte, als sie auf dem Rücken in einem dunklen Raum lag, und ob sie dann Wochen oder Monate darauf warten musste, dass das tote Baby ihren Körper verließ, oder es von den Ärzten hatte holen lassen.

Margot sah ihre Freundin an und verkniff sich weitere Fragen; Elizabeth würde so viel erzählen, wie sie wollte, nicht mehr und nicht weniger. Die Atemzüge ihrer schlafenden Söhne füllten die Stille.

»In der vierzehnten Woche habe ich es verloren«, sagte sie wieder. »Und Sam brach zusammen.«

Elizabeth und Sam sprachen nur abends vor dem Einschlafen über den Verlust – sie ging jetzt mit ihm ins Bett, mochte nicht allein in der dunklen Küche bleiben –, wenn sie das Gesicht des anderen nicht klar erkennen konnten, aber die Hitze ihrer Körper spürten und sich nicht länger mit kleinen Alltagspflichten ablenken konnten.

Einmal sagte Sam: »Es ist nicht so, dass mit dir etwas nicht stimmt, weißt du. Du hast nichts falsch gemacht.« Und sie sagte: »Das weiß ich.« Aber sie war sich nicht sicher, ob sie beide daran glaubten.

Er küsste sie oft auf die Stirn oder berührte sie an der Schulter, wenn sie an ihm vorbeiging, und genau wie während der Schwangerschaft bot er an, die Einkäufe zu erledigen und das ganze Geschirr zu spülen. Aber ihr war nicht länger übel, der Hormonabfall kam schnell, und sie wusste mit den freien Nachmittagen und den freien Händen nichts anzufangen. Sie bestand darauf, die Aufgaben im Haushalt selbst zu übernehmen, obwohl sie ihr keine Befriedigung brachten, und wenn sie zu unruhig und energiegeladen war, ging sie in der Nachbarschaft spazieren. Laufen reizte sie nicht mehr; sie war nicht mehr so schnell wie früher, hatte schwere Knochen und wollte ihren Atem und ihren Herzschlag nicht so genau wahrnehmen.

In diesen Wochen führte sie lange Telefonate mit ihrer Mutter. Seit Elizabeth ans College aufgebrochen war, waren ihre Gespräche selten in die Tiefe gegangen, zwischen ihnen hatte sich vielmehr eine neutrale Distanz eingestellt – aber in den Wochen nach der Fehlgeburt war ihre Mutter der einzige Mensch, mit dem sie reden wollte.

»Ich hatte eine Fehlgeburt«, sagte Elizabeth. Dann: »Ich war schwanger. Es tut mir leid, dass ich es dir nicht erzählt habe.«

»Ach Schatz«, sagte ihre Mutter auf eine Art, wie sie es noch nie gesagt hatte. Schatz wie Blei.

Ihre Mutter erzählte Elizabeth von ihren eigenen Fehlgeburten, sowohl vor als auch nach Elizabeths Geburt. Bis dahin hatte Elizabeth geglaubt, sie hätte nur eine gehabt, aber es waren vier gewesen: zwei frühe und zwei nicht so frühe. »Das Einzige, was ich bedaure«, sagte ihre Mutter, »ist, dass ich es niemandem erzählt habe. Niemand wusste, was los war. Nicht mal meine engsten Freundinnen. Dabei muss ihnen das auch passiert sein, ganz bestimmt, aber sie haben mir genauso wenig davon erzählt. Wir haben es alle allein durchgestanden.«

Und dann, eines Tages, hatte Elizabeth keine Lust mehr, über tote Babys zu reden, und die Distanz zwischen ihr und ihrer Mutter stellte sich wieder ein, wobei sie von da an leichter erneut in Nähe umschlug.

Nur wenn sie allein zu Hause war und Ruhe hatte, erlaubte Elizabeth es sich, richtig zu weinen, manchmal auch ins Kissen zu schreien, bis ihr der Hals wehtat. Ihre Trauer ähnelte eher Wut als Kummer, und wenn sie allein war, ließ sie sie wüten. Doch wenn Sam zu Hause oder sie draußen in der Welt war, klang die Wut ab, wurde taub, und Elizabeth erfüllte eine kalte Ruhe. Sie gingen zusammen Sushi essen und bestellten Wein, den sie gar nicht wollten. Sam brachte ihr ein Stück teuren Rohmilchkäse aus Südfrankreich mit, das sie nie auspackten und erst wegwarfen, als es von grünem Schimmel überzogen war. Einen Monat lang redeten sie nicht darüber, es wieder zu probieren, und sie vergaß oft, dass sie nicht mehr schwanger war. Wenn sie sich nachts umdrehen wollte, tat sie es langsam und vorsichtig, wappnete sich gegen das Ziehen in den Bändern. Im Supermarkt mied sie den Gang mit dem Fleisch, und Eier garte sie, bis das Eigelb aussah wie Ton. Unter der Dusche verrieb sie die Seife auf ihrem Bauch in sanften Kreisen und überprüfte mit einem Blick nach unten, ob ihr Bauch schon die Zehen verdeckte.

Dann fiel es ihr wieder ein.

Mittlerweile war es Herbst geworden. Es war immer noch warm, aber nicht mehr drückend. In Maine war der Herbst wie Winter gewesen, in Massachusetts war er wie Frühling. Ihre Bewerbungen wurden fällig. Sie verschickte sie, und Sam verschickte seine. Da sie mit dem Graduiertenprogramm fertig war und zu Hause unruhig wurde, übernahm sie immer mehr Nachhilfestunden – sie hatte nun einen exzellenten Ruf, und bald war sie Highschoolschülern bei den persönlichen Essays für ihre Collegebewerbungen behilflich. Es bereitete ihr ein gewisses Vergnügen, den Schülern dabei zu helfen, eine Geschichte über sich zu erzählen, ihr bisheriges Leben in eine Form zu bringen, und bald waren diese Stunden an fremden Küchentischen die friedlichsten des Tages.

Die Zeit verging gleichmäßig, dann schnell. Nachdem der Monat vorbei war, vergaß sie nicht mehr, dass sie nicht schwanger war. Jetzt vergaß sie, manchmal für einen ganzen Tag oder zwei, jemals schwanger gewesen zu sein. Allmählich kam es ihr wie die Geschichte von jemand anderem vor, vielleicht die Tochter einer Freundin ihrer Mutter – das waren die Frauen, die Kinder verloren. Ihre BHs passten ihr wieder, dann auch ihre Jeans. Ihre Umstandskleidung, die pränatalen Vitamine, die Bodys von der Heilsarmee, die Öle gegen Schwangerschaftsstreifen und das Kochbuch für

Babynahrung, das Sam aus der Buchhandlung mitgebracht hatte, lagerten in einer blickdichten Plastikkiste auf dem obersten Regalbrett im Wandschrank. Sie sah die Sachen nicht, und sie dachte nicht daran.

»Vielleicht sollten wir es wieder probieren«, sagte Sam eines Morgens am Wochenende, als er gerade Pfannkuchen machte. Er stand am Herd und hatte ihr den Rücken zugewandt.

»Ich bin noch nicht so weit«, sagte sie.

»Was heißt das schon?«, fragte er und drehte sich zu ihr um. »Vielleicht müssten wir es nur probieren, damit du wieder so weit bist. Es scheint dir ja besser zu gehen – jedenfalls sagst du das.« Es ging ihr besser, ja, aber bei dem Gedanken, es wieder zu probieren, spürte sie einen Druck auf den Schläfen und einen Zorn, den sie nicht erklären konnte. An diesem Morgen drängte er sie nicht weiter, aber nach einem weiteren Monat fragte er wieder, diesmal mit mehr Überzeugungskraft. Er redete über dieses Kind wie über das erste, beschwor seine Existenz herauf, um ihren Widerstand zu schwächen. Aber die Taktik war nicht mehr so wirkungsvoll. Das Timing war jetzt furchtbar, während es vorher machbar schien; wenn sie bald wieder schwanger würde – und nichts schiefging –, dann wäre sie im dritten Trimester, wenn das Medizinstudium anfing, und müsste nach nur einem oder zwei Semestern aussetzen. Sie fand, dass sie mindestens bis zu ihrer Facharztausbildung in drei Jahren warten sollten; vielleicht hätten sie von Anfang an warten sollen. Vielleicht war die Fehlgeburt eine Art Zeichen von irgendeiner Gottheit oder kosmischen Weisheit, auch wenn sie beide nicht an so was glaubten. Aber diesen Gedanken sprach sie nie aus.

Aus Sams Traurigkeit wurde Wut. Einmal warf er ihr spätnachts vor, ihn reingelegt zu haben.

»Du wolltest es verlieren, oder?«, sagte er.

»Was? Nein, natürlich nicht. Das ist hoffentlich nicht dein Ernst!«

Er drehte sich zur Wand und sagte: »Ist auch egal«, und sie war zu sprachlos und aufgebracht, um etwas zu erwidern. Sie hatte Angst davor, was er noch sagen könnte, was sie noch sagen könnte. Am Morgen küsste er ihre steife Wange, erklärte zigmal, wie leid es ihm tue und wie unfair er gewesen sei. Sie verzieh ihm, und zwar aufrichtig. Aber sie fragte sich immer öfter, ob er dabei war, sich zu verändern, ob er härter, launischer und sowohl sich selbst als auch ihr gegenüber weniger nachsichtig wurde oder ob er immer schon so gewesen war und sie es nur nicht gemerkt hatte. Beides verstörte sie gleichermaßen.

Elizabeth dachte einmal mehr über Sams Leben vor ihrer Begegnung nach, darüber, was er ihr über seine Eltern, seinen Bruder und das Leben in Presque Isle erzählt hatte. Sie sah, wie er nicht mit ihr redete, sie nicht anguckte, sie nicht berührte, und wenn sie es sich recht überlegte, wusste sie nur wenig über ihn. Sie wollte mehr erfahren. Sie wollte wissen, ob Sams Vater nur unangenehm und reizbar gewesen war oder ob es auch irgendeine Form von Misshandlung gegeben hatte. Sie wollte wissen, ob Leland so distanziert war, wie Sam sagte, oder ob das Schweigen zwischen ihnen von Sam verhängt worden war und Leland sich nur daran hielt. Vor allem hätte sie gern gewusst, welche Beweise Sam dafür hatte, dass sein Vater schon vor dem Tod der Mutter mit seiner zweiten Frau geschlafen hatte. Hatte Sam sie zusammen gesehen oder gehört, oder war er nach dem Tod seiner Mutter so außer sich vor Trauer gewesen, dass er seinen Vater als Schurken abgestempelt hatte, seinen Vater, der selbst trauerte?

Sie drehte und wendete die Fragen in Gedanken, wusste aber, dass sie nicht weiterkäme, ohne mit Sam zu reden. Und das schien keine Option mehr zu sein. Die Zeit, in der sie nachmittags nebeneinanderlagen, Nase an Nase, und sich über ihre Familien und die Jahre vor ihrer Begegnung unterhielten, war lange vorbei. Wenn sie Sam jetzt nach seinem Vater fragte, verriete das nur, dass sie in ihm etwas sah, das ihr Angst machte, das sie nicht erklären konnte, und sie wusste nicht, wie er darauf reagieren würde.

An einem Winternachmittag, als sie von der Nachhilfe bei der Tochter einer ehemaligen Professorin zurückkehrte, bog Elizabeth zur Frauenarztpraxis in Northampton ab, um sich eine Spirale einsetzen zu lassen. Weder vorher noch nachher erzählte sie Sam davon. Nach dem Termin verbrachte sie den Abend auf dem Sofa und guckte *Friday Night Lights*, mit einer Wärmflasche auf dem Bauch und einer Acht-Dollar-Flasche Merlot. Der Schmerz beim Einsetzen, so tief und elementar, dass sie fast ohnmächtig geworden wäre, war schnell abgeklungen, aber die heftigen Krämpfe danach hielten an. Falls Sam, der sie beim Heimkommen so vorfand, vermutete, dass es sich nicht um Regelschmerzen handelte – falls er ihre Periode im Blick behielt und wusste, dass es eine Woche zu früh dafür war –, so ließ er sich nichts anmerken.

Ein paar Nächte später, als er in ihr kam (er hatte nicht gefragt, ob er in ihr kommen durfte, und sie hatte es ihm nicht untersagt), traf er ihren Muttermund, und sie zuckte vor Schmerz zusammen. Einen Moment lang rührte er sich nicht, dann zog er sich zurück. Sein Gesichtsausdruck war seltsam, irgendwas zwischen Ärger, Überraschung und Wissen, aber er sagte nichts. Er hatte den Faden gespürt, ganz bestimmt. Er gab ihr keinen Kuss und blieb auch nicht wie sonst neben ihr liegen. Er duschte lange, sagte Gute Nacht und schlief ein.

Eine Woche danach kam er auf die Fehlgeburt zu sprechen, als handelte es sich um einen Akt der Täuschung.

»Du wolltest eigentlich kein Kind«, sagte er. »Das weiß ich.«

»Das stimmt nicht«, sagte sie, »wie kannst du so was sagen?«

»Du hast es selbst gesagt. Du hast gesagt, du willst kein Kind, du tust es nur für mich, und jetzt ist das Kind tot, was soll ich also denken?«

»Das habe ich nie gesagt«, entgegnete sie unter Tränen. Der Mann, der da so mit ihr sprach, war ihr völlig fremd. »Das habe ich noch nicht mal gedacht. Ich schwöre es. Wie kannst du so was sagen? Es ist furchtbar, dass es tot ist. Ich habe es genauso geliebt wie du, und das weißt du auch.«

»Gar nichts weiß ich.« Er lachte bitter. »Ich weiß überhaupt nichts – das denkst du doch, oder?«

Er schlief auf dem Sofa. Am nächsten Morgen entschuldigte er sich nicht.

Im Frühling erhielt sie Zusagen für Stanford, Columbia und Michigan. Er war nur in Orono angenommen worden. Von seiner Bewerbung dort hatte sie nichts gewusst. Orono war nicht ansatzweise in der Nähe der Unis, an denen sie sich beworben hatte. Als sie ihm das sagte, antwortete er ungerührt: »Ich dachte, ich hätte dir davon erzählt«, was sie nicht überzeugte.

»Ich geh da hin«, sagte er ein paar Abende danach, nach einem späten Essen aus Reis und Bohnen. »Zurück nach Orono. Du kannst gehen, wohin du willst; ich werde dir nicht folgen, wenn du es nicht möchtest.«

Sie lebten noch einen Monat zusammen. Beide waren sie möglichst wenig zu Hause. Sie gingen verkrampft miteinander um, ruhig und höflich. Das Bett teilten sie weiterhin und schliefen auch manchmal miteinander, mitten in der Nacht, seine Wange an ihrer, ohne sich anzusehen oder das Ganze am nächsten Morgen zu erwähnen. Sie bestand darauf, dass er die meisten ihrer Anschaffungen behielt – den Schreibtisch, die Grünlilien, die gesamte Küchenausstattung –, da sie nichts mit an die Uni nehmen würde, und er war einverstanden; Überflüssiges würde er verkaufen oder spenden. Erst zwei Jahre später ließen sie sich offiziell scheiden, eine unkomplizierte und billige Angelegenheit. Sie teilten nichts Materielles mehr; sie hatten kein Geld und keine Kinder.

»Ich hatte nicht vor, das alles vor dir zu verbergen«, sagte Elizabeth zu Margot. »Es ist auch eigentlich kein Geheimnis, nur eine Geschichte, die sich schwer portionsweise erzählen lässt. Am Stück ist es allerdings auch schwer. Es ist einfacher, es sein zu lassen. Ich glaube, man kann mich kennen, ohne all das über mich zu wissen.«

»Ich bin froh, dass du es mir erzählt hast«, sagte Margot. »Danke dafür.«

Sie blieben eine Weile still, während Margot ihren kalt gewordenen Tee austrank. Sie überlegte, wie sie Nick später davon erzählen würde, was sie drinlassen und was sie aussparen würde, welche Teile sie schon vergessen oder in der Erinnerung unabsichtlich manipuliert hatte.

»Wer weiß noch davon?«, fragte sie.

»Von den Leuten, die du kennst, niemand. Nur Ari. Das war's.«

Ihre Freunde in Stanford hatten nicht gewusst, dass sie verheiratet war und eine Scheidung durchmachte, und erst recht nicht, dass sie schwanger gewesen war und das letztlich so herbeigesehnte und geliebte Baby verloren hatte. Ari hatte es auch erst erfahren, nachdem sie schon ein Jahr zusammen waren; es noch länger zu verschweigen hätte wie bewusste Irreführung gewirkt, nicht wie passives Auslassen. Sie war gerade sechsundzwanzig, als sie in Stanford anfing, so wie die meisten ihrer neuen Kommilitonen – aber sie fühlte sich unfassbar alt, so alt, dass sie manchmal überrascht war, wenn ihr Gesicht im Spiegel oder auf Fotos ganz unverbraucht wirkte. Am meisten verblüffte sie, wenn andere ihr sagten, sie sehe jünger aus, und sogar davon ausgingen, dass sie direkt vom College kam.

Gleichzeitig fühlte sie sich sehr jung, fast wie ein Teenager, mehr wie ein Teenager als in Highschooltagen. Oft kam sie sich unsterblich vor, nicht zerbrechlich. Sie hatte überlebt, wovor viele Menschen sich panisch fürchteten, und hier war sie nun, in einer Bar in Palo Alto, und flirtete mit dem süßen Jungen, der ihr zweiter Ehemann werden würde, inmitten all dieser jungen klugen Köpfe, die vermutlich davon ausgingen, dass ihnen so etwas nicht passieren würde, dass sie keine Scheidung oder Fehlgeburt erwartete. Das war etwas, was anderen zustieß – netten Menschen, denen man ihr Unglück sicher nicht vorwerfen konnte, die aber an irgendeinem früheren Punkt ihres Lebens zu Unglücklichen bestimmt worden waren. Ihre neuen Freundinnen waren die Töchter von Hirnchirurgen und Wirtschaftsanwälten. Sie waren Jahrgangsbeste ihrer Highschools und herausragende Absolventinnen von Ivy-League-Unis. Ihre Talente gingen über Naturwissenschaften und standardisierte Tests hinaus – sie waren ehemalige Opernsängerinnen, gehörten zu den Landesbesten in Lacrosse und Schwimmen, und eine war Miss Idaho Teen USA gewesen, wie sie nach zwei Gläsern Wein peinlich berührt zugab. Sie hatte die Schwanenprinzessin auf Spitze getanzt. Miss Idaho war auch nicht die einzige Schönheit: Gut gekleidet und mit feinen Zügen wurden viele von ihnen noch hübscher durch die Anmut und den Witz, mit denen sie sich in Gesellschaft bewegten. Das waren nicht die ungelenken Trampel und Stubenhocker, die sie erwartet hatte. Sie waren immerzu einnehmend.

Wie eine Prophetin wider Willen wusste Elizabeth, dass

auch sie später Scheidungen oder Fehlgeburten oder beides oder Schlimmeres erleben würden. Sie würden einen Ehemann oder ein Kind verlieren, bei einem Autounfall, durch eine degenerative Autoimmunerkrankung oder einen unauffälligen, aber schnellen Krebs. Oder sie wären selbst betroffen. Aber manchen von ihnen würden die üblichen Tragödien erspart bleiben, und vielleicht schätzten die sich nicht nur glücklich – sie hielten sich auch für überlegen.

Hier war sie also, saß unter ihnen, trank ihr Indian Pale Ale und strich sich das Haar glatt, während sie lachte; sie benahm sich nicht wie eine von ihnen, sie war eine von ihnen. Und es ging ihr gut.

»Ich weiß nicht, ob ich stärker war durch das, was ich durchgemacht hatte«, sagte Elizabeth zu Margot, »aber ich war definitiv nicht schwächer.«

Elizabeth hörte wieder auf zu reden. Die Sonne vor dem Erkerfenster war fast untergegangen. Nick war vermutlich schon zu Hause und schickte Margot Nachrichten, weil er anfing, sich Sorgen zu machen. Ihr Telefon lag stummgestellt hinten im Buggy. Die Brüste taten ihr weh – sie würde Alex bald stillen oder Milch abpumpen müssen. Es war ungewöhnlich, dass er so lange schlief, und sie versuchte zu erkennen, ob sich seine kleine Brust hob und senkte, widerstand der Versuchung, mit der Hand seinen Atem zu fühlen.

Sie war sich nicht sicher, ob Elizabeths Geschichte zu Ende war und ob sie noch den Tag neulich ansprechen sollte. Vielleicht sollte sie Elizabeth sagen, dass sie nun etwas besser verstand, warum sie ihr an jenem Tag auf diese bestimmte Weise von ihrer Schwangerschaft erzählt hatte, warum sie es hasste, schwanger zu sein, und welche Angst es ihr machte. Und auch wenn Margot fand, ihre Freundin hätte trotzdem verstehen und mit ein paar Worten anerkennen können, welche Wirkung das auf sie gehabt hatte, war sie nicht länger verstimmt.

Aber Elizabeth schien nicht an neulich zu denken. Sie hatte die Geschichte nicht deshalb erzählt. Sie erwähnte den Tag nicht, und so tat Margot es auch nicht.

Sie sei froh, dass die Ehe vorbei war, sagte Elizabeth nach einer Weile. Wenn sie das Baby nicht verloren hätte, hätten sie vielleicht noch ein oder zwei Kinder bekommen, und vermutlich wäre es dann einige Jahre später zu einer sehr viel schlimmeren Scheidung gekommen - vielleicht ungefähr um diese Zeit, und dann wäre sie mit vierzig alleinerziehende Mutter von drei Kindern gewesen und hätte Gott weiß wo gewohnt. Ohne die Fehlgeburt wäre sie auch nicht nach Stanford gegangen und hätte Ari nicht kennengelernt, sie wäre nicht nach Alaska gezogen und hätte Phin nicht bekommen und wäre jetzt nicht schwanger mit dem neuen Baby. Ihr war jetzt klar, dass Sam und sie Kinder gewesen waren, die Angst vor der Welt und vor dem Alleinsein hatten. Alles, was sie taten - den Sommer auf seinem Futon verbringen, eine Fernbeziehung führen, in die Wohnung in Hadley ziehen, Pfannenwender kaufen, heiraten und schwanger werden -, waren verzweifelte Versuche gewesen, nicht allein zu sein, nicht verlassen zu werden, und das hatte sie vielleicht mehr motiviert als die Liebe füreinander. Sie hatte ihn nie richtig gekannt, nicht mal zum Schluss. Und er sie auch nicht.

Und doch trauerte sie immer noch um das tote Baby, das ihr dieses bessere Leben beschert hatte. Hätte sie die Möglichkeit, zurückzukehren und das Baby zu retten, sie würde es tun. Glaubte sie jedenfalls an manchen Tagen. Obwohl es Unsinn war, darüber nachzudenken. Es war damals nicht möglich gewesen und würde es nie sein.

»Ich habe in letzter Zeit viel an das Baby gedacht«, sagte

sie. »Mehr noch als während meiner Schwangerschaft mit Phin. Phin hat sich anders angefühlt, aber das hier erinnert mich an das verlorene Baby, das Gefühl ist ganz ähnlich. Es ist schwer zu erklären, ich verstehe es selbst kaum. Vor allem in dieser Woche musste ich viel daran denken, in der vierzehnten Woche.«

Nachdem Margot aufgelegt hatte, ging ich wieder rein, ein Ohr heiß vom Telefon, das andere kalt vom Wind. Es dämmerte, war fast dunkel. Isaac machte ein Stir-Fry mit Tofu und lauschte einem Podcast auf seinem Laptop; eine Stimme, die mir bekannt vorkam, erzählte etwas über Robocalls.

»Da bist du ja«, sagte Isaac. »Ich hab mich schon gewundert.« Er trocknete sich die Hände ab und unterbrach den Podcast. »Meinst du, diese Hoisinsoße ist noch gut?« Er hielt die Flasche unter seine Nase, dann unter meine. Mein Geruchssinn, immer schon besser als seiner, war in den letzten Wochen so fein geworden, dass wir damit alle möglichen Zutaten auf ihre Verträglichkeit überprüften. Ich konnte Salsa und Currypaste durch verschlossene Gläser riechen und Knoblauch- und Zwiebelsaft in den Fasern von Schneidebrettern, egal, wie oft sie gespült worden waren.

»Riecht perfekt«, sagte ich und küsste ihn auf die Wange.

»Alles in Ordnung? Ihr habt ja ewig geredet.«

»Sie hat mir von ihrer Freundin erzählt. Erinnerst du dich an ihre Freundin Elizabeth? Wir haben sie und ihren Mann Ari bei Margots Grillfest kennengelernt. Sie hatten einen Sohn in Alex' Alter, der die ganze Zeit geweint hat.«

»War das der Junge in Stammestracht?«

»Nein. Das war der Sohn von der Frau aus Finnland.«

Er gab die Hoisinsoße und etwas Knoblauch zum Tofu in die gusseiserne Pfanne, ein Hochzeitsgeschenk unserer Professorin, und rührte um. Dann probierte er ein Stück

Tofu vom Pfannenwender und gab noch mehr Soße dazu. Ich hatte plötzlich richtig Hunger, aber mir war nicht nach Tofu. Ich wollte rotes Fleisch mit Mayonnaise und löffelweise Meersalz.

»Elizabeth hat dunkle Haare«, sagte ich. »Sie sah ziemlich gut aus und kam zu spät. Ihr Mann meinte, eine Ehe hieße, mehr von dem zu machen, was man nicht machen will.«

»Kann ich mich nur vage dran erinnern.«

»Wie auch immer, Elizabeth war mal mit jemand anderem verheiratet, einem Typen, den sie noch als Schülerin kennengelernt hatte. Sie hatte eine Fehlgeburt in der vierzehnten Woche, und dann haben sie sich scheiden lassen. Margot wusste nichts davon.«

»Wie schrecklich. Was war mit dem Baby?«

»Weiß ich nicht. Das hat sie Margot nicht erzählt.«

Er hob noch ein Stück Tofu aus der Pfanne, pustete und probierte. Dann gab er noch ein bisschen Sojasoße dazu.

»Ich kann mich eigentlich nur an das Kind in Stammestracht erinnern«, sagte er beim Rühren. »An das Kind und seinen Vater.«

In dieser Nacht lag ich wach und versuchte, mich an die Begegnung mit Elizabeth zu erinnern, kramte in meinem Gedächtnis nach Hinweisen auf ihr früheres Leben. Das Grillfest war Margots Idee gewesen, damit Isaac und ich ihre Freunde kennenlernen konnten und sie uns und damit wir tagsüber etwas zu tun hatten, einen Anlass, um zu planen und einzukaufen. An diesem Punkt unserer Hochzeitsreise hatten wir uns zwar langsam an die hellen Sommernächte gewöhnt und schliefen besser, aber wir wurden es allmählich leid, die immer gleichen muffigen Klamotten aus dem Koffer zu tragen und in fremder Bettwäsche mit fremdem Duft zu schlafen.

Vor der Begegnung mit Margots Freunden, vor allem mit Elizabeth, war ich nervös. Ich zog mir das beste Oberteil an, das ich dabeihatte, eine weiße Leinenbluse, die allerdings vom hektischen Packen zerknittert war und nach den verschwitzten Socken im Koffer roch. Im Kellerbadezimmer trug ich Mascara und leichten Lippenstift auf und setzte schlichte Ohrstecker ein, um möglichst hübsch auszusehen – hübscher als Margot, muss ich zugeben –, aber nicht eitel zu wirken. Margot würde vermutlich das Gleiche tragen wie tagsüber, als wir eingekauft, staubgesaugt und Alex' Spielzeug weggeräumt hatten, ein locker sitzendes Flanellhemd und kein Make-up. Sie hatte nie auch nur ansatzweise erkennen lassen, dass ich eine Bedrohung darstellte, wie albern und unbedeutend auch immer, hatte nie den geringsten Aufwand betrieben, um mich zu beeindrucken. Ich nahm die Ohrstecker wieder raus, wischte mir den Lippenstift ab und trug stattdessen getöntes Lipgloss auf, aus Angst, ich könnte zu bemüht wirken.

Als Erstes traf ein Paar mit einem Jungen ein – ein Mann in den Fünfzigern vermutlich und eine etwas jüngere Frau, beide blond, wobei sein Haar dünn war und so hell, dass es fast weiß wirkte, während ihr Haar dick und aufwendig nach hinten geflochten war. Sie trug einen kurzen Namen, den ich nicht aussprechen konnte und an den ich mich nicht mehr erinnere, und hatte einen Akzent, den ich nicht zuordnen konnte.

Sie war schwanger. Mir war der gewölbte Bauch unter der Chambray-Bluse nicht aufgefallen, bis Margot zu ihr sagte: »Die Käse sind alle aus pasteurisierter Milch, und ich habe einen ganzen Karton Sprudelwasser mit Kokos für dich gekauft.«

Die Frau sagte: »Ach, du bist immer so aufmerksam!«

Der Sohn der beiden schien ungefähr vier zu sein. Er trug

ein Set aus Oberteil und Hose mit schwarzen und gelben Dreiecken darauf; es wirkte wie eine schlechte und vermutlich beleidigende Imitation traditioneller afrikanischer Stammeskleidung, wobei ich nicht hätte sagen können, welcher Stamm oder welche Region. Die Sachen waren aus dickem Canvas und wie OP-Kleidung geschnitten. Auch abgesehen vom Outfit sah der Junge ungewöhnlich aus: Seine Haut war so blass, dass man die blaue Vene an der Schläfe sehen konnte, und mit den hellgrauen Augen nahm er alle Erwachsenen im Raum genau ins Visier. Er starrte mich sekundenlang an, ohne zu blinzeln oder die Miene zu verziehen. Er sah nicht weg, bis Margot sagte: »Dein Outfit ist aber toll, wo hast du das her?« Da starrte er, ohne zu blinzeln oder die Miene zu verziehen, zu ihr hoch, bis Margot zu seinen Eltern blickte und unsicher lachte.

»Das war ein Geschenk meiner Schwester«, sagte die Mutter des Jungen. »Sie hat es ihm aus dem Urlaub in Johannesburg mitgebracht.«

»Er hat drauf bestanden, es heute anzuziehen«, sagte der Vater des Jungen augenrollend. »Er trägt es schon die ganze Woche. Ich sage ihm immer wieder, dass es scheußlich ist, aber das scheint ihm egal zu sein.« Der Sohn warf seinem Vater einen scharfen Blick zu. »Es wird ihm ohnehin bald zu klein sein. Uns gehen langsam die Klamotten aus. Und wenn das hier ein Mädchen wird, müssen wir alles neu kaufen. Es hört nie auf! Ich habe das Gefühl, wir kaufen ständig mehr Zeug. Wir haben nie genug Zeug, oder, Schatz?«

Er sah mich und Isaac an, als wenn er uns vorher gar nicht bemerkt hätte. Wir stellten uns vor und schüttelten ihm die Hand.

»Ich bin Margots Schwester«, sagte ich.

»Das sehe ich«, sagte er. »Ihr seid ein und dieselbe Person.«

Margot und ich sahen uns an. Als Mädchen hatten wir oft

gehört, dass wir uns ähnlich sehen, aber das war lange her. Ich wusste nie, ob es als Kompliment oder als Spitze gemeint war, und ich wusste auch nicht, was Margot davon hielt. Wir lächelten beide.

»Sie ist größer«, sagte Margot. »Und jünger.«

»Eigentlich nicht«, sagte er.

»Anna und Isaac haben gerade geheiratet«, ergänzte Margot und unterbrach damit die kurze Stille. »Sie sind auf Hochzeitsreise hier.«

»Herzlichen Glückwunsch!«, sagte seine Frau. »Das ist so eine besondere Zeit. Ich hoffe, Alaska gefällt euch.«

»Ich wusste, dass ihr keine Kinder habt«, sagte er, mehr an mich als an Isaac gerichtet. »Das sieht man euch an. Ich verrat euch was: *Macht es nicht.*«

Er lachte, und seine Frau schlug ihm auf den Arm, fester als bloß spielerisch. Sein Sohn ging auf die Veranda, wo Nick den Grill anheizte.

»Was?«, fragte der Vater des Jungen und schien es ehrlich zu meinen, nicht spöttisch. »Sie bekommen sowieso Kinder. Das machen alle.«

Bald traf ein weiteres Paar ein, direkt danach noch eins, dann noch eins, alle mit hübsch gekleideten kleinen Kindern, von denen keins älter als fünf war. Ich konnte nicht erkennen, welches Kind zu welchem Paar gehörte; sie waren alle weiß mit weizenblondem oder kastanienbraunem Haar. Ein Paar brachte Vanille-Cupcakes mit reichlich rosa Zuckerstreuseln mit, ein anderes einen Spender mit alkoholfreiem Bier von einer Brauerei aus der Gegend und frische Maiskolben für den Grill. Margots Freunde waren alle liebenswürdig und höflich und schienen ein ähnliches Feingefühl mitzubringen, als wüssten sie alle nur zu gut, dass sie die verantwortungsbewussten Eltern, Erwachsenen und Ärzte nur spielten, aber sie machten es hervorragend, so hervorragend, wie ihre Noten ihr Leben lang gewesen waren. Unsere Freunde, Isaacs und meine, die auch einen Master in Fine Arts machten, waren ebenfalls brillant, aber es umgab sie nicht diese Aura von Leichtigkeit und müheloser Anpassung. Margots Freunden war nichts anzumerken von früheren oder aktuellen Entbehrungen, die ihren Erfolg erst möglich gemacht hatten. Sie hatten glänzendes Haar, sie lachten gern, aber sie – und das beeindruckte mich am meisten – vermittelten dabei nicht den Hauch von Verlogenheit oder Oberflächlichkeit. Ich mochte sie.

Als der Käse halb aufgegessen und die erste Runde Burger fertig war, trafen Elizabeth und Ari mit Phin ein, den Ari sich vor die Brust geschnallt hatte. Phin weinte so laut, dass man ihn schon hörte, bevor die Tür aufging, über Father John Misty, Kindergeschrei und Gesprächsfetzen hinweg. Die beiden lächelten und grüßten beim Reinkommen, genauso charmant wie die anderen Paare, obwohl Phins Weinen und ihre müden Gesichter die Arbeit verrieten, die man den anderen weniger ansah.

Als mir klar wurde, dass diese Frau Elizabeth war, die Elizabeth, von der ich schon so viel gehört hatte, Margots engste Verbündete, empfand ich Missgunst, Erleichterung, Überlegenheit, Unterlegenheit und Zuneigung gleichermaßen.

»Tut mir leid, dass wir so spät dran sind«, sagte Ari, als sie in die Küche gingen. »Aber *ich* hab nicht dreimal in dreißig Minuten die Windel vollgekackt, ich schwöre.«

Man konnte sich das Chaos leicht vorstellen, das kurz vor ihrer Ankunft noch geherrscht haben musste: wie sie sich eingestanden hatten, dass sie eigentlich nicht kommen wollten, aber schon zugesagt hatten und nun aus der Nummer nicht mehr rauskamen, da es aber etwas zu essen geben würde und sie am Verhungern waren, würden sie kurz hingehen und nach dem Essen wieder verschwinden. Obwohl sichtlich gestresst, waren die beiden attraktiv. Ari war so groß wie Elizabeth, was ihn kleiner und sie größer wirken ließ. Er hatte dunkle Locken, einen Dreitagebart und ein breites jungenhaftes Lächeln; seine Brust schien nicht von Natur aus so kräftig zu sein. Elizabeth hatte ebenfalls dunkles Haar und dazu grüne Augen; ihre Haut war etwas dunkler als seine. Ich konnte nicht sagen, ob sie gebräunt war, vielleicht vom Wandern an den langen Tagen, oder ob es ihre natürliche Hautfarbe war. Ich erwischte mich dabei, wie ich Teint, Haar, Augen einzuordnen versuchte, wie ich ihre Herkunft zu bestimmen versuchte. Ich schämte mich dafür, wissend, dass sie meinen Blick erkennen, seine Bedeutung verstehen und sich daran stoßen musste und sich infolgedessen auch an mir stoßen musste. Ihre Kleidung war lässig, ein Stillshirt aus Baumwolle und Cargoshorts, was die Aufmerksamkeit auf ihren Verlobungsring lenkte, ein großer Diamant zwischen zwei Saphiren.

Margot stellte sie uns vor, und bei unseren Namen leuchtete Erkennen in ihren Gesichtern auf.

»Das ist die kleine Schwester!«, sagte Elizabeth. »In echt siehst du Margot ja noch ähnlicher. Wir haben schon so viel von dir gehört; wie schön, dich endlich kennenzulernen.«

»Schön, euch kennenzulernen.« Ich verkniff mir die Bemerkung, dass ich auch schon viel von ihr gehört hatte, denn ich wusste vermutlich viel mehr, als ihr recht war. Ich verkniff mir auch die Frage, was genau Margot ihr über mich erzählt hatte.

Phin weinte weiter. Ari tätschelte ihm den Kopf und machte *Schhh, schhh* mit immer mehr Nachdruck; er schien selbst den Tränen nahe. Mit einer Wärme und einem Interesse, das mich überraschte, gratulierte Elizabeth uns zu unserer Hochzeit, »die Bilder waren umwerfend«, und erkundigte sich nach unserer Reise und unseren Unternehmungen in

Anchorage, bis Phins Weinen so laut wurde, dass man es kaum noch übertönen konnte.

»Er braucht eine neue Windel«, sagte Elizabeth.

»Die hat er doch gerade bekommen«, sagte Ari.

»Ich weiß, aber ich glaube, er braucht trotzdem eine. Das ist dieses Weinen.«

»Ich dachte, das wäre das hungrige Weinen.«

»Nein, das hungrige ist das schrille.«

»Es ist immer schrill«, sagte Ari und sah mich Bestätigung heischend an.

»Ich geh ihn wickeln«, sagte Elizabeth. Sie machte Anstalten, die Babytrage von Ari zu lösen.

»Nein, ich geh mit ihm – Margot, hast du eine Windel, die wir uns leihen und nie zurückgeben können?«

Als er an uns vorbeikam, um Margot in den Flur zu folgen, sagte er lachend und mit Blick zu Isaac: »Willkommen in der Welt der Ehe! Heißt einfach: mehr von dem machen, was man nicht machen will.«

Als Ari Phin wickeln ging, setzte Elizabeth sich hin und schenkte sich einen Plastikbecher Chardonnay ein. Sie belegte Cracker mit Brie und aß sie. Sie nickte und lächelte über das, was die Mütter um sie herum erzählten – sie redeten darüber, dass ihnen erst mit Kinderwagen bewusst geworden sei, wie unzugänglich viele Orte für Menschen im Rollstuhl waren, wirklich schrecklich –, aber Elizabeth trug nichts dazu bei. Isaac war ins Wohnzimmer gegangen, um Alex und den anderen Babys und Kleinkindern zuzusehen. Er saß im Schneidersitz auf dem Teppich, ein Riese unter Zwergen, und baute einen Turm aus bunten Holzklötzen. Ich wollte gerade aufstehen und zu ihm gehen, als Elizabeth sich mir zuwandte und sagte: »Ich würde gern mehr über eure Reise hören. Wo fahrt ihr als Nächstes hin?«

»Wir fahren morgen nach Homer. Wart ihr da schon mal?«

»Ari und ich sind kurz nach unserem Umzug hingefahren. Es könnte ziemlich voll werden, aber es ist wunderschön. Wir haben damals ein Restaurant entdeckt, das wir total mochten, ich glaube, es hieß Alice's Champagne Palace. Witziger Laden. Erinnerst du dich noch an Alice's Champagne Palace?«, fragte sie Ari, der gerade wiedergekommen war. Phin hing quer in seinen Armen und war nun still, wirkte aber nicht weniger unglücklich als vor dem Windelwechsel.

»Wo war das?«, fragte Ari.

»In Homer.«

»Ist das die Bar voller Dollarscheine?«

»Nein – die war auf der Landzunge.«

»Kann mich nicht erinnern.«

»Na egal, dahin fahren sie als Nächstes.«

»Cool«, sagte er zerstreut. »Wird euch gefallen. Elizabeth, er hat Hunger.«

Sie nahm Phin zu sich. »Ich habe gerade etwas Wein getrunken.«

»In der Tasche ist Milch. Weißt du noch? Du hattest gesagt, dass du Wein trinken möchtest, deshalb habe ich Milch eingepackt.«

»Wo ist denn die Tasche?«

»Haben wir sie mit reingebracht?«

»Ich sehe sie nicht.«

»Dann ist sie wohl noch im Auto«, sagte er. »Ich hol sie.«

»Ich mach schon. Ich füttere ihn einfach im Auto.«

Phin an sich drückend, stand Elizabeth auf und verschwand, während Ari zur Kühlbox mit Bier ging. Danach ist mir von ihnen nur noch in Erinnerung, wie Elizabeth vom Auto zurückkam und Phin in ihren Armen schlief. Die Mutter des Jungen mit der Stammestracht brachte Elizabeth einen Burger, und dann unterhielten sich die beiden Frauen leise und mit ernsten Mienen, während Elizabeth versuchte, mit einer Hand zu essen.

Wenn ich mich recht erinnere, hatte ich da schon den Eindruck gewonnen, dass Elizabeth zwar eine nette Frau war, zweifellos auch klug, aber alles in allem nicht bemerkenswert. Nach der kurzen Zeit in ihrer Gegenwart verstand ich nicht, warum Margot sie all den anderen netten und klugen Frauen beim Grillfest und auch mir vorgezogen und zur engsten Vertrauten erkoren hatte.

Wie Isaac sind mir von diesem Fest nicht vor allem Elizabeth und Ari in Erinnerung geblieben oder einzelne Gespräche, sondern der Junge in Stammestracht und sein Vater. Ich weiß noch, wie der Junge im Verlauf des Abends oft den Raum mit Isaac und den Kindern verließ und zu seinem Vater auf die Veranda ging, um ihm einen kleinen Kratzer an der Hand oder eine orangefarbene Reißzwecke zu zeigen, die er auf dem Teppich gefunden hatte. Der Vater nickte seinem Sohn dann kurz zu, ohne sein Erwachsenengespräch zu unterbrechen. Ein paarmal nahm der Junge die Hand seines Vaters und versuchte, ihn ins Zimmer mit den Kindern zu ziehen – vermutlich, um dem Vater den Turm zu zeigen, der dank Isaac nun mehr als einen halben Meter hoch war. Aber der Vater lehnte kopfschüttelnd ab und ignorierte die Versuche irgendwann ganz. Der Junge ließ seinen Vater schließlich links liegen und krabbelte unter die Stühle, von wo er den Gästen, auch mir, mit beeindruckender Kraft in die Achillessehne kniff; dann verstellte er die Knöpfe des Grills, als Nick einen Moment nicht aufpasste. Irgendwann stieg er auf einen frei gewordenen Plastikstuhl, sodass er das Verandageländer erreichen konnte. Auf der anderen Seite des Geländers ging es etwa fünf Meter in die Tiefe, unten lagerten Rechen, Schaufeln und eine Schubkarre. Der Junge machte sich daran, über das Geländer zu klettern.

Ich und auch die anderen sahen ihn erst, als sein Vater
»Hey!« brüllte und zu dem Jungen hinstürzte, der schon ein
Bein über den Handlauf geschwungen hatte und mit Un-
schuldsmiene gerade das andere anhob. Es war das einzige
Mal, dass ich ihn lächeln sah. Bevor der Vater ihn erreichte,
war die Mutter zur Stelle, die ihren Sohn herunter und in
ihre Arme zog. Ein Pappteller mit Krebsscheren und Mais
war ihr vom Schoß gekippt, und das Essen hatte sich über
die Veranda verteilt. Sie nahm ihren Sohn ins Gebet, in einer
Sprache, die ich nicht erkannte. Sein Gesicht verhärtete sich,
aber er fing nicht an zu weinen. Sie setzte ihn ab, nahm ihn
an die Hand und redete weiter auf ihn ein, während sie ihn
nach drinnen führte. Den Vater würdigten sie beide keines
Blickes.

Als wir später in unserem Bett im Keller lagen, nachdem
das Geschirr gespült und kein Gast mehr da war, unterhielten Isaac und ich uns über den Jungen und seinen Vater.
Isaac sagte, der Junge sei eindeutig seltsam gewesen, aber
auch sehr süß, als sie den Turm aus Klötzen gebaut hatten,
und er habe gut mit Alex gespielt. Er habe immer einen Klotz
hochgenommen und Alex gesagt, welche Farbe er hatte. Der
Junge habe Isaac erzählt, dass er sich für seine Mutter freue,
weil sie noch ein Baby bekam, und dass es ihm egal sei, ob
Junge oder Mädchen, weil er alle Jungen und alle Mädchen
in seinem Kindergarten mochte. Ich berichtete Isaac, was
ich auf der Veranda gesehen und was Margot mir hinterher
beim Abwaschen erzählt hatte, als Isaac die Bauklötze wegräumte und Nick Alex ins Bett brachte.

Ich hatte Margot gefragt, wo die Mutter des Jungen her-
kam und wie der Vater so war.

»Sie wirkte sehr nett«, sagte ich. »Aber er gehört zu den
wenigen Menschen, die ich von Anfang an nicht mochte.«

Margot erzählte mir, dass der Sohn, als er noch ganz klein

war, nur mit seiner Mutter zusammen gewesen war. Der Vater war Neurochirurg und verdiente einen Haufen Geld, weshalb die Mutter sich länger freigenommen und erst kürzlich wieder angefangen hatte, in Teilzeit als Kinderärztin im Krankenhaus zu arbeiten, wo Margot sie kennengelernt hatte. Sie hatten sich schnell angefreundet. Der Junge und seine Mutter hatten so viel Zeit allein miteinander verbracht, dass Finnisch seine Muttersprache wurde. Er sprach schon mehrere Monate Finnisch, ohne dass der Vater etwas davon wusste. Er dachte, der Junge mache einfach komische Geräusche. Ihm war gar nicht klar, dass er Finnisch sprach, bis er ganze Sätze sagen konnte und seine Frau darauf mit den gleichen Lauten und Betonungen antwortete. Er war außer sich. Und schämte sich, dass er nicht mal die Muttersprache seiner Frau erkannte. Es fühlte sich an, als hätten seine Frau und sein Sohn eine Geheimsprache entwickelt, vielleicht, um ihn zu ärgern, und deshalb verbrachte er von da an so viel Zeit wie möglich zu Hause, ließ den ganzen Tag Radiogespräche und Podcasts laufen, las dem Jungen abends vor und bestand darauf, dass seine Frau zu Hause kein Finnisch mehr sprach und so schnell wie möglich wieder arbeiten ging.

Jetzt sprach der Sohn besser Englisch als Finnisch, und seine Mutter fürchtete, er könnte die Sprache komplett vergessen und vielleicht nie mit ihren Eltern reden, ohne dass sie übersetzte. Die Menschen, die sie am meisten liebte, wären vielleicht nie in der Lage, fließend miteinander zu sprechen, und würden sich nie richtig kennenlernen, nie richtig vertraut werden.

»Ich mochte ihn auch nicht, als ich ihm zum ersten Mal begegnet bin«, sagte Margot, während sie Geschirr mit einem feuchten Tuch abtrocknete. »Aber er ist nicht so übel. Mir ist aufgefallen, dass er auf solchen Festen immer so tut, als wäre er übers Vatersein hinweg, aber er liebt seinen Sohn sehr. Es war seine Idee, ein zweites Kind zu bekommen. Als sie das erste Mal schwanger war, vor dem Sohn, hat sie das Kind verloren; ich weiß nicht, was passiert ist, aber ich glaube, es war ziemlich traumatisch. Sie hat mir erzählt, dass sie sich während der Schwangerschaft mit ihrem Sohn gar nicht freuen konnte und dass sie das nicht noch mal durchmachen will. Ich weiß nicht, wie er sie doch überzeugt hat, aber ein paar Monate nachdem sie mir das erzählt hatte, wurde sie wieder schwanger.«

Als ich neben Isaac lag und mich an jenen Abend im letzten Sommer erinnerte, fragte ich mich, ob der Junge immer noch auf Finnisch träumte, in der Sprache seiner Mutter, und ob er wusste, dass diese Laute auch jenseits von ihr existierten, in einem weit entfernten Land oben auf dem Globus, umgeben von kaltem Salzwasser, wo die Sommertage und die Winternächte genauso lang waren wie in Alaska, dem einzigen Ort, den er kannte. Oder ob er glaubte, dass seine Mutter eine bestimmte Menge Wörter zur Verfügung hatte und sein Vater eine andere, sodass sie immer nur raten konnten, was der andere meinte, und ganz selten einmal richtiglagen.

CORRIE

Am Samstagmorgen ging ich zu Fuß zum Schwanger-schaftsyoga um zehn, an Studenten- und Graduiertenunter-künften vorbei zum University Town Center, dem kleinen Einkaufszentrum mit Trader Joe's, Delsushi, Peet's, In-N-Out und Shakti Yoga. Vor meiner Schwangerschaft hatte ich noch nie Yoga gemacht, von ein paar zwanzigminütigen Yoga-mit-Kelly-Videos auf YouTube einmal abgesehen, die ich in rastlosen Momenten aufgerufen hatte. Es kam mir ab-wechselnd zu leicht und zu anspruchsvoll vor, und ich war immer etwas peinlich berührt, wenn Kelly etwas auf Sans-krit sagte oder sich auf das dritte Auge bezog.

Der Kurs bei Shakti war ein Geschenk von Margot – kurz nachdem ich ihr von meiner Schwangerschaft erzählt hatte, wurde ich dreißig, und sie schickte mir eine Mail mit der Be-stätigung für eine Zehnerkarte bei Shakti Yoga, die ich vor meinem ersten Kurs dort am Empfang einlösen konnte. Ich hatte nichts dergleichen erwartet; wir schenkten uns schon seit Jahren nichts mehr.

»Ich bin auch nicht so der Yogatyp«, sagte Margot, als ich sie anrief, um mich zu bedanken, obwohl ich meine Skepsis gar nicht erwähnt hatte. »Aber Schwangerschaftsyoga fand ich toll. Probier's einfach aus. Vielleicht findest du ja auch eine schwangere Freundin.«

Das Yogastudio war in einem sanften Türkis gehalten, und vom Kurs vorher roch es stark nach Füßen und Weihrauch, eine angenehme Mischung. Die Schwangeren von Orange County trafen bald ein, suchten sich einen Platz in höflichem Abstand voneinander und holten Material aus einem Schrank, zwei Schaumstoffblöcke, eine mexikanische Decke und eine Rolle für Shavasana. Die Frauen waren mindestens so alt wie ich, aber dem Anschein nach auch nicht älter als vierzig, und alle hatten sie dunkelrot oder orange lackierte Fußnägel, Herbstfarben.

Sobald alle ihre Plätze eingenommen hatten, kam die Lehrerin herein, eine zierliche Frau mit leichtem deutschem Akzent. »Guten Morgen, meine Schönen!«, sagte sie und breitete ihre Matte vorn im Raum aus. Sie verband ihr Telefon mit den Boxen, stellte Musik mit Flöte und Chimes an und bat darum, dass sich alle der Reihe nach vorstellten, sagten, wie weit sie seien und welche Beschwerden sie gerade plagten.

»Fangen wir mit unserer Königin an«, sagte sie. »Wer ist heute unsere Königin?«

Die beiden Frauen mit den dicksten Bäuchen, eine groß, die andere klein, sahen sich an.

»Ich bin in der achtunddreißigsten Woche«, sagte die Kleine.

»Achtundfünfzigste«, sagte die Große, und alle lachten. »Fühlt sich jedenfalls so an. Eigentlich ist es die einundvierzigste«, sagte sie und lächelte der Frau in der achtunddreißigsten entschuldigend zu. »Der errechnete Termin war letzten Freitag.«

Die Königin war nie lange Königin. Seit ich vor einigen Wochen zum ersten Mal gekommen war, hielt ich nach den früheren Königinnen Ausschau. Königinnen wurden Mütter, schoben Kinderwagen über den Parkplatz des Einkaufszentrums, stillten auf den Bänken vor dem Burgerladen. Aber ich sah sie nie. Ich hielt auch nach den Frauen zwischen siebter und zehnter Woche Ausschau, den Wöchnerinnen in Wartestellung, die ein paar Samstage hintereinander kamen und dann nie wieder. Auch sie begegneten mir nie draußen in der Welt.

Die Königin spürte einen enormen Druck nach unten, sagte sie, außerdem Ischiasschmerzen, anfallartiges Stechen in der Scheide und ständige Übungswehen, aber nie die echten. Sie hatte Angst, dass die Geburt eingeleitet werden müsste und so unerträglich werden würde wie ihre erste, aber sie versuchte, achtsam zu bleiben. Die Frauen ergriffen nacheinander das Wort: Laura, Hae-Won, Deepa, dreißigste Woche, zwölfte Woche, fünfundzwanzigste Woche, Sodbrennen, Mutterbandschmerzen, Müdigkeit, Schwindel, Kreuzschmerzen, Kreuzschmerzen, Kreuzschmerzen. Nachdem ich erzählt hatte (fünfzehnte Woche, Sodbrennen und Mutterbandschmerzen), fragte die Lehrerin: »Und du?«, und blickte zu der letzten Frau in der Runde, der Frau neben mir. Ich hatte sie bis dahin noch gar nicht angesehen; in den Minuten vor Kursbeginn hatte ich mit gesenktem Blick die Bäuche der anderen inspiziert und die Zuwächse mit der Vorwoche verglichen, während sie ihre Pullis auszogen und Matten ausrollten. Trotzdem war ich überrascht, dass ich die Frau neben mir nicht bemerkt hatte.

Die Frau war ein Mädchen. Nicht älter als zwanzig. Und winzig. Der flache Bauch steckte in einem weißen Baumwollunterhemd, wie man es in Sechserpacks in Drogeriemärkten bekam, nicht in einem der schweißabsorbierenden Funktionsshirts, die wir anderen trugen. Ihre Beine ragten wie Zweige aus pinken Laufshorts hervor, und die Brüste konnte man nur erahnen. Sie sah nicht so aus, als könnte sie ein Kind austragen, und erst recht nicht so, als wäre sie gerade schwanger und weit genug, um davon zu wissen.

»Ich bin Corrie«, sagte sie. »Das ist meine erste Stunde.«

»Herzlich willkommen, Corrie«, sagte die Lehrerin. Die anderen Frauen, aufrecht im Schneidersitz, lächelten ihr zu, nahmen aber genau wie ich ihre schlanke Figur unter die Lupe.

»Ich bin in der zehnten Woche. Und mir geht's gut. Keine Beschwerden oder Schmerzen oder so.«

»Keine Müdigkeit?«, fragte die Lehrerin. »Kein Schwindel?«

»Nee.«

Die Lehrerin sah Corrie erwartungsvoll, fast herausfordernd an. Corrie sagte nichts weiter und erwiderte ruhig den Blick der Lehrerin, bis diese schließlich aufgab und meinte: »Nun, das ist toll! Vielleicht bist du einfach eine von den Glücklichen.« Dann lächelte sie, legte die Hände aneinander und wandte sich an alle im Raum.

»Okay, nehmt bitte eine bequeme Sitzposition ein, wenn ihr die nicht schon habt, und richtet eure Aufmerksamkeit auf euren Atem.«

Während der gesamten Stunde galt meine Aufmerksamkeit weniger meinem Körper als dem Corries. Sie bewegte sich voller Anmut und war stark, stärker, als ihre dünnen Arme vermuten ließen, wobei die häufigen Blicke zur Lehrerin und zu mir – einmal trafen sich unsere Blicke, als ich eigentlich in die andere Richtung gucken sollte – verrieten, dass sie mit Bezeichnungen wie Welpenhaltung, Taube, Eidechse oder Ragdoll-Pose nichts anzufangen wusste. Sie strahlte nichts Wohlhabendes aus, war also sehr wahrscheinlich nicht von hier – aber sie sah auch nicht aus wie die Studentinnen, die zum Beispiel in meinen Schreibkursen saßen, mit zu viel Make-up, knalligem Lippenstift und Designer-

Sportswear. Sie schien gar nicht geschminkt zu sein, und ihr weißblondes Haar wirkte strohig vom Shampoo. Nach den Härchen auf den Armen und den unrasierten Beinen zu schließen, war sie von Natur aus blond, unabsichtlich und zufällig blond, anders als viele der blonden Frauen im Kurs.

Die einzigen Anzeichen von Eitelkeit waren der silberne Ohrring oben an ihrem rechten Ohr und die Spitze einer Tätowierung, vielleicht ein Blatt oder eine Ranke, die auf der Schulter unter ihrem Unterhemd hervorlugte. Ihre Zehen und meine waren die einzigen im ganzen Kurs, die nicht lackiert und nicht professionell gepflegt waren.

Dass sie in diesem teuren Yogastudio in dieser wohlhabenden kalifornischen Stadt aufgetaucht war, wirkte wie ein Akt der Auflehnung gegen die vorherrschende Kultur, ob nun beabsichtigt oder nicht. Als die Lehrerin schließlich das Licht dimmte und wir die Rollen der Länge nach an unsere Schaumstoffblöcke lehnten, für ein leicht aufgerichtetes Shavasana – Corrie guckte sich den Aufbau bei mir ab –, wusste ich ihre Anwesenheit zu schätzen; meine anfängliche Unsicherheit war verflogen. Ich hatte sie gern neben mir.

Als wir zusammen im Dunkeln lagen und die einzigen Geräusche die langsame Instrumentalmusik und die Atemzüge der anderen waren, verlagerte sich meine Aufmerksamkeit nicht auf meinen Körper und das »Wahrnehmen meines Wohlbefindens durch diese Übung«, wozu uns die Lehrerin ermutigt hatte, sondern auf ein Gespräch mit Margot am Vorabend. Ich hatte die ganze Nacht und den ganzen Morgen bis zum Kursbeginn daran gedacht, und in dem Moment, als ich die Augen schloss, schob es sich wieder in mein Bewusstsein. Sie hatte angerufen, als Isaac und ich auf dem Sofa saßen und überlegten, was wir vor dem Schlafengehen im Fernsehen gucken sollten. Es war das erste Mal, dass wir uns sprachen, seit sie mir die Geschichte von Elizabeth erzählt hatte, und ich rechnete damit, dass es wieder darum gehen würde.

Aber als ich ans Telefon ging, fragte sie: »Hat Mom dich schon angerufen?«

Ich sagte: »Nein, hat sie nicht«, während ich mit dem Telefon in die Küche ging, und bevor ich fragen konnte: »Warum, ist alles in Ordnung?«, sagte sie: »Gut. Das sollte sie auch nicht.«

Sie wartete, bis der Groschen fiel.

»Bist du nicht«, sagte ich.

»Bin ich doch. Neunte Woche.«

Sie hatte am Freitag davor ihren ersten Ultraschall gehabt. Der Embryo hatte die richtige Größe, saß an der richtigen Stelle und hatte ein schlagendes Herz – so weit lebensfähig.

»Als wir uns das letzte Mal gesprochen haben«, sagte Margot, »und ich dir von Elizabeth erzählte, habe ich mich die ganze Zeit gefragt, ob ich dir sagen sollte, dass ich schwanger bin. Aber ich wollte noch ein bisschen warten.«

Isaac sah mich vom Sofa aus fragend an. *Schwanger!*, sagte ich lautlos und deutete eine Kugel über meinem eigenen gewölbten Bauch an. Er strahlte.

Sie habe vorgehabt, es mir nach dem zweiten Ultraschall zu erzählen, sagte sie, wenn sie mit dem ersten Trimester fast durch wäre, aber nach dem letzten Teichspaziergang mit Elizabeth habe sie es sich anders überlegt. Elizabeth und ihr Mann hätten bei ihrem letzten Termin erfahren, dass das Herz des Babys zwar stetig, doch zu langsam schlage. Dem Baby gehe es aller Wahrscheinlichkeit nach gut – die Ärztin hatte ihnen versichert, es sei nichts Ungewöhnliches, man solle es dennoch im Blick behalten –, aber Elizabeths blasse Gesichtsfarbe und ihr abwesender Blick hatten deutlich gemacht, dass sie nicht sehr zuversichtlich war. Als Elizabeth vom Ultraschall erzählte, von Aris unerträglichem Optimismus und ihren Schwierigkeiten, sich noch auf irgendetwas anderes zu konzentrieren, war Margot etwas klar geworden. Sollte ihre eigene Schwangerschaft scheitern, ein Verlust, auf den sie sich vorbereitete, seit sie vor Wochen den vertrauten Schmerz in den Brüsten gespürt hatte, wollte sie, dass Elizabeth davon erfuhr. Sie würde es ihr dann sofort erzählen. Deshalb gab es keinen Grund, ihr die Schwangerschaft noch länger zu verschweigen.

»Also habe ich es ihr erzählt«, sagte Margot, »und sie hat gelacht und gemeint: ›Ja, weiß ich, ich hab mich schon gefragt, wann du mir davon erzählst, du hast schon den gleichen süßen Bauch wie letztes Mal.‹ Und nachdem ich es ihr erzählt hatte, musste ich es auch Mom und Dad und dir erzählen.«

Margot hatte Elizabeth vor mir davon erzählt, und ich registrierte ein leichtes Aufflackern von Eifersucht, aber das ging bald vorbei; ich freute mich zu sehr über die Neuigkeiten. Es fühlte sich gut an, sich aufrichtig für sie zu freuen. Elizabeth zuerst davon zu erzählen schien außerdem eine spontane Entscheidung gewesen zu sein, das Gegenteil ihres ursprünglichen Plans.

»Es tut so gut, es auszusprechen«, sagte sie. »Dadurch ist es gleich viel realer, ein Grund zur Vorfreude. Ich habe keine Ahnung, wie es weitergeht, und ich hasse es zu warten, aber ich warte lieber schwanger als nichtschwanger.«

Nachdem wir aufgelegt hatten, empfand ich, neben Freude, Erleichterung und einem abklingenden Schuldgefühl bezüglich meiner eigenen Schwangerschaft, das mir gar nicht bewusst gewesen war, noch etwas Unangenehmes, nicht unähnlich der Übelkeit, die mich wochenlang begleitet und erst vor Kurzem aufgehört hatte, ein Gefühl wie Seekrankheit. Es kehrte zurück, als ich im dunklen Yogastudio lag und mich an das Telefonat erinnerte. Ein Bild stand mir vor Augen, kurz bevor die Lehrerin uns einlud, Zehen und Fingerspitzen zu bewegen und unsere Aufmerksamkeit wieder auf den Raum zu richten – vielleicht aus einem Traum in der Nacht davor, den ich vergessen hatte oder eben nicht –, ein Bild von Margot, Elizabeth und mir in einem kleinen Ruderboot auf rauer See, ein so kleines Boot, dass wir in den Wogen überhaupt nur überleben könnten, wenn eine von uns ins Wasser sprang und sich und ihr Baby opferte. Blieben wir stur im Boot sitzen und umklammerten unsere dicken Bäuche, ertränken wir alle zusammen, auf ewig verschollen in den schwarzen Weiten der See.

Nachdem die Stunde mit einer kurzen Atemübung und einem gemeinsamen Namaste geendet hatte, war Corrie die Erste, die Blöcke, Rolle und Decke zurück in den Schrank legte und schnell den Raum verließ. Ich fand sie draußen auf dem Gehweg wieder, in der nun grellen Sonne, ohne Matte unter dem Arm; sie hatte wohl eine im Studio geliehen. Sie blickte Richtung Delsushi, dann zum Campus, dann über den Parkplatz. Jetzt kamen auch die anderen Frauen in Zweier- und Dreiergrüppchen nach draußen, redeten und tranken aus ihren isolierten Wasserflaschen, wie sie es immer taten, bevor sie sich trennten. Die Königin und die Frau in der achtunddreißigsten Woche standen nah bei mir und lachten miteinander, ihre vorgewölbten Nabel berührten sich fast.

Das wünschte Margot sich für mich, dachte ich. Eine schwangere Freundin. Sie wollte für mich, was sie in Elizabeth gefunden hatte. Ich fragte mich, wie Margot es an meiner Stelle geschafft hätte, eine solche Freundschaft zu beginnen.

Ich blieb allein und beobachtete Corrie eine Weile, um zu sehen, ob sie in meine Richtung aufbrach, aber sie stand bloß da, sichtlich unschlüssig, aber nicht beunruhigt. Sie trug jetzt ein langärmliges schwarzes Baumwollshirt, das ihren Oberkörper noch schmaler wirken ließ.

Ich ging zu ihr und fragte: »Kann ich dir mit dem Weg helfen?«

Sie drehte sich um und lächelte mich an. »Ja, tatsächlich, danke. Ich weiß, dass ich von da gekommen bin«, sagte sie und zeigte auf Delsushi, »aber ich habe mich auf dem Hinweg verlaufen. Es muss einen schnelleren Weg geben.«

Im Sonnenlicht sah sie etwas älter aus als gedacht, vielleicht dreiundzwanzig, vierundzwanzig. Ich sah zu ihren pinken Laufshorts: keine Taschen. Auch keine Handtasche, kein Beutel. Kein Telefon.

»Wo willst du denn hin?«, fragte ich und holte das Telefon vorn aus meiner Yogatasche.

»Briarcrest Drive. Vielleicht auch Briarcrest Street. In University Hills.«

»Ich kenne University Hills«, sagte ich. Ich ging dort oft spazieren, es war das Viertel, wo die Dozenten und ihre Familien wohnten. Man konnte sich dort leicht verlaufen, wenn man sich nicht auskannte; die Straßen waren fast identisch, die Häuser alle beige mit Steingärten, in den Auffahrten Hybridautos und Dreiräder von Radio Flyer. Jemanden wie Corrie hatte ich in University Hills noch nie gesehen.

»Ich gehe selbst in die Richtung«, sagte ich, meine Wohnung in den Graduiertenunterkünften liege auf dem Weg (was beinahe stimmte), und ich könne sie bis dahin begleiten oder ihr den Weg erklären. Ich wies auf mein Telefon mit der Karte. Zu meiner Überraschung sagte sie, sie würde sich über Gesellschaft freuen, wenn es mir nichts ausmachte. Außerdem sei sie unfähig, sich Wegbeschreibungen zu merken; alleine würde sie vermutlich noch bis zum Einbruch der Dunkelheit durch die Straßen von Orange County irren.

Also gingen wir los.

Wir liefen über den Parkplatz zum Campus und durch den Aldrich Park, an den Platanen, Palisanderholzbäumen und anderen dürreresistenten Baumarten vorbei, die Augen mit der Hand vor der Sonne abgeschirmt. Von Weitem sahen wir vielleicht wie enge Freundinnen aus, so wie Elizabeth und Margot – und vielleicht wirkte wie bei Elizabeth und Margot auch hier nur eine der beiden Schwangeren schwanger, denn Margots Bauch dürfte zu diesem Zeitpunkt für die meisten, die sie nicht kannten, höchstens aufgebläht gewirkt haben, nicht wie ein Babybauch. Aber niemand beachtete uns; niemand würdigte Corries extreme Schlankheit auch nur eines Blickes, während sie mich jedes Mal wieder verblüffte, wenn ich sie direkt ansah. Im Kontrast dazu kam ich mir deutlich runder vor, als ich vermutlich war, sogar runder als jetzt, da ich runder bin als je zuvor.

»Sind deine Eltern Professoren?«, fragte ich.

»Nein«, sagte sie lachend. »Die nicht! Ich bin nicht von hier.«

Ich fragte, woher sie komme, aber sie antwortete nicht direkt, sondern sagte: »Ich bin bei meiner Schwester zu Besuch.«

Sie möge es hier nicht, erzählte sie, und sie wolle nicht länger bleiben als nötig – aber zurzeit gebe es auch kein Ziel, das sie mehr locke.

»Hier ist es echt zu schräg«, sagte sie und wies auf den gepflegten Park um uns herum. »Es wirkt wie ein Filmset. Nirgends liegt auch nur ein Fitzelchen Müll. Nicht mal Vogelscheiße.«

Sie erzählte, dass die früheren Besuche bei ihrer Schwester Leah sich immer wie Urlaub angefühlt hätten, aber diesmal nicht. Die Dynamik zwischen Leah und ihren Töchtern, den dreizehnjährigen Zwillingen Graciela und Natalie, sei schwerer zu ertragen denn je. Nat sei zwei Minuten älter als

Grace, erklärte sie, aber Grace sei ein Teenager und Nat noch ein Kind. Corrie ging es gegen den Strich, wie Grace ihre Mutter bestrafte; sie trug mit einer Schere zurechtgeschnittene Tops, um ihren kaum vorhandenen Brustansatz vorzuführen, und hing mit amüsiertem Dauergrinsen stundenlang am Telefon, das einzige Lächeln, das Corrie seit ihrer Ankunft vor einer Woche an ihr gesehen hatte. Nat wiederum bettelte mit Babystimme »Bitte, Mommy«, wenn sie vor dem Abendessen *Riverdale* gucken oder Tiefkühlwaffeln zum Frühstück essen wollte. Corrie hatte erfolglos versucht, Leah den Rücken zu stärken, vor allem wenn es abends Streit um die Bildschirmzeit im Bett gab; bei diesem Thema sprachen die Zwillinge mit einer Stimme. Als Grace Corrie eines Abends angeblafft hatte, sie solle sich raushalten – »Das hat mit dir nichts zu tun, weißt du«, ahmte Corrie sie nach –, zog sie sich ins Gästezimmer zurück und hörte nur noch zu, wie ihre Schwester in Unterzahl mürbe gemacht wurde und vor Erschöpfung schließlich nachgab.

»Aber es liegt vor allem an Paul«, sagte sie, »dass ich wegwill.«

Paul war Leahs Mann, folgerte ich, aber nicht der Vater der Zwillinge. Es waren nur kurze Momente, in denen Paul und Corrie allein zu Hause waren, aber diese Momente standen Corrie mittlerweile bevor: wenn Leah die Zwillinge morgens zur Bushaltestelle begleitete und Paul noch nicht zur Uni aufgebrochen war (er war Professor für organische Chemie) oder wenn er nach seinen Seminaren nach Hause kam, während Leah gerade bei der Bank, bei Target oder Trader Joe's war und Corrie auf dem Sofa YouTube auf Leahs Laptop guckte oder sich in der Küche ein Käsesandwich machte. Dann sagte er: »Ach, hallo! Hab gar nicht mit dir gerechnet!«, und es war nicht zu überhören, dass er panische Angst hatte, allein mit ihr zu sein.

Dabei war es nicht so, dass Corrie Paul nicht mochte. Er war in Ordnung. Nett, ein bisschen langweilig, aber offensichtlich versiert auf seinem Feld und wahrscheinlich ein fähiger Professor. Und er schien Leah und die Zwillinge gut zu behandeln, wenn auch nicht so, als wären sie seine eigenen Töchter – er tätschelte ihnen nie im Vorbeigehen die Schulter, alberte nie mit ihnen herum, schimpfte sie nie aus. Es war so, als wären sie ein erträglicher, aber leicht unangenehmer Geruch, den er, wollte er mit Leah zusammen sein, ohne das geringste Anzeichen von Widerwillen hinnehmen musste. Und er liebte Leah gerade genug, um das zu tun.

»Es liegt also eigentlich nicht an Paul«, sagte sie und schob sich eine Strähne hinters Ohr, »sondern eher daran, dass er sich mit mir so offensichtlich unwohl fühlt, sodass ich mich unwohl mit ihm fühle, und wenn wir uns beide unwohl fühlen und es so offensichtlich ist, wird alles nur noch peinlicher.«

Corrie konnte nicht immer sagen, wann sie und Paul allein sein würden, aber an diesem Morgen hatte sie es kommen sehen: Am Abend vorher hatte Leah erklärt, sie würde Grace und Nat zu ihrer Tennisstunde um acht bringen, und Paul hatte keine eigenen Pläne verkündet. Nach dem Aufwachen hatte Corrie sofort überlegt, wohin sie sich verziehen könnte. Als sie sich in der Küche ein Glas gefiltertes Wasser eingeschenkt hatte, war ihr der Shakti-Kursplan am Kühlschrank aufgefallen. Sie hatte noch nie Yoga gemacht, aber sie wusste, dass Leah es sehr mochte, seit sie hier wohnte, und meistens war es so, dass Corrie mochte, was Leah mochte.

Der Kurs für Schwangere begann um zehn. Es war erst halb acht, aber da sie aus dem Haus sein wollte, bevor Paul nach unten kam, zog sie sich an und machte einen langen Spaziergang durch University Hills und den Campus, umrundete den Park, den wir gerade durchquerten, und kehrte schließlich auf einen Kaffee bei Peet's ein (sie sagte nicht, ob entkoffeiniert oder normal, ob Koffein in der Schwangerschaft ein Thema für sie war), bevor sie nach nebenan zu Shakti ging.

Wir waren zügig unterwegs, zügiger, als ich es allein wäre, seit ich schwanger war, und ich kam ins Schnaufen. Ihr Atem ging ganz leicht, und sie sprach schnell. Ich hatte sie nicht so gesprächig erwartet, und der Nachdruck und die Dringlichkeit in ihrer Stimme ließen mich vermuten, dass sie es genoss, ein Publikum zu haben, egal wie klein und flüchtig. Erst da begann ich mich zu fragen, ob sie wirklich schwanger war oder ob sie am Morgen einfach nur zum Yoga hatte gehen wollen und der Kurs für Schwangere am einfachsten klang.

Lügen vor Fremden, hatte sie sich vielleicht gedacht, waren eigentlich keine richtigen Lügen.

»Du spürst also keine Übelkeit oder so«, warf ich in einer kurzen Pause ein. »Das macht mich neidisch. Ich bin in der fünfzehnten Woche, und mir geht's gerade erst ein bisschen besser.«

»Ja«, sagte sie. »Mir geht's gut.«

Aber wenn sie jemanden täuschen wollte, dachte ich, dann hätte sie vermutlich ein oder zwei Symptome genannt, um keinen Verdacht zu erregen. Vielleicht stimmte also, was die Lehrerin gesagt hatte. Vielleicht war sie eine von den Glücklichen.

»Zu welcher Frauenarztpraxis gehst du?«, fragte ich.

»Ich hab noch keine. Ich glaube, ich such mir eine, wo immer ich als Nächstes lande.«

Ich wollte sagen, du solltest unbedingt untersuchen lassen, ob der Embryo einen Herzschlag hat und sich an der richtigen Stelle eingenistet hat, verhaltene Fehlgeburten sind nicht so selten, und Eileiterschwangerschaften können ziemlich gefährlich werden, die Frauenärzte im UCI Medical Center in Orange sind bislang wirklich toll, und du bist so, so dünn, weißt du eigentlich, wie dünn du bist? Aber sie sprach schon darüber, dass ihr Unwohlsein im Haus, abgesehen von Pauls Unwohlsein, auch mit dem Haus selbst zu tun hatte.

»Es ist so groß und sauber, dass ich gar nicht weiß, wo ich mich hinsetzen soll und was ich anfassen darf«, meinte sie. »Das Haus ist nagelneu, es riecht sogar ganz neu, und im Garten wächst noch gar kein Gras.«

Corrie und Leah seien in Riverside aufgewachsen, erklärte sie, in einem kompakten kleinen Apartment in einem Wohnkomplex direkt an der 215, mit drei Schlafzimmern für sechs Personen. Leah und Corrie teilten sich ein breiteres Doppelbett und ihre kleinen Schwestern ein schmaleres. Es gab nichts, was nur für eine Person gedacht war, keinen Stuhl, kein Sofakissen, keinen Schreibtisch. Sogar das Badezimmer war häufig voller Menschen; das Türschloss war wie alle anderen Schlösser von den Vormietern zerstört und nie repariert worden. Sich so etwas wie Privatsphäre zu wünschen wäre Corrie nie eingefallen.

Sie hatte sich oft gefragt, wie ihr Leben wohl ausgesehen hätte, wären sie in wohlhabenden Verhältnissen aufgewachsen, wie sie ihr Zuhause eingerichtet, welche Vorhangfarbe sie gewählt, welche Bilder sie aufgehängt hätten und so weiter, und nun hatte sie es direkt vor Augen, nun war sie mittendrin, jetzt zeigte sich, wie Leah lebte, wenn das Geld da war. Grace und Nat hatten jede ihr eigenes Zimmer mit eigenem Doppelbett, Wandschrank, Fenster, Schreibtisch. Sie hatten ihre eigenen Kommoden und Schminktische, ihre eigenen Tablets, Handys und Kopfhörer. Corrie wohnte im Gästezimmer, und auch dieser Raum verfügte über einen eigenen Wandschrank, in dem ein paar dickere Jacken und festlichere Kleider zur Seite geschoben waren, und eine leere Kommode. Ihre Kleidung hätte gerade mal eine Schublade gefüllt, aber sie ließ sie im Koffer, bereit zum Aufbruch, wann immer ihr danach war.

Leah und Paul hätten sich auf Match.com kennengelernt, erzählte Corrie. Sie seien knapp ein Jahr zusammen gewesen, als Paul ihr einen Antrag machte.

»Wie lange sind sie schon verheiratet?«, fragte ich.

Der Umgang mit Grace und Nat, die gerade erst Teenager geworden waren, fuhr Corrie fort, ohne auf meine Frage einzugehen, habe sie an die Zeit erinnert, als sie selbst in ihrem Alter war, vielleicht ein bisschen älter. Im Rückblick verstehe sie nun, dass das der Punkt in ihrem Leben war, der alles, was sich seither ereignet hatte, angestoßen, wenn nicht gar vorherbestimmt hatte. Sie denke nun fast ununterbrochen an diesen Jungen namens Danny, an den sie sowieso schon öfter als sonst habe denken müssen, seit sie wieder schwanger war.

»Du warst schon mal schwanger«, sagte ich.

»Das ist lange her.«

Sie sah mich beim Reden nicht an, sondern schirmte weiter mit einer Hand die Augen ab. Ein Mädchen kam an uns vorbei, telefonierte auf Vietnamesisch, vermutlich, sah uns nicht an. Der Park war ruhig an diesem Samstag, wie meistens an den Wochenenden. Auf der anderen Seite des Rasens stand ein älteres Paar schweigend nebeneinander, die Hände locker hinter dem Rücken verschränkt.

Sie habe die Geschichte noch nicht oft erzählt, sagte sie, und sie erzähle sie auch nur Menschen, denen sie nie wieder begegnen würde. Kneipenbekanntschaften in Städten, in denen sie nicht wohnte. Sitznachbarn auf langen Busfahrten. Sie glaube, sie habe ein Talent, Leute auszumachen, die eine solche Geschichte hören wollten, wobei es ihr deutlich schwerer falle, jene Fremden auszumachen, die selbst eine Geschichte erzählen wollten.

»Bei dir«, sagte sie und sah mich an, »wusste ich, sobald du mir Hilfe angeboten hast, dass du zuhören wolltest. Aber ich konnte nicht erkennen, ob du auch was zu erzählen hast.«

»Habe ich nicht.«

»Hätte mich auch gewundert«, sagte sie mit einer gewissen Schärfe, wertend. Sie lächelte und blickte dann wieder stur geradeaus, und den ganzen restlichen Weg sah sie mich nicht mehr an, bis wir uns am Briarcrest Drive trennten, in dem unausgesprochenen Wissen, dass wir uns sehr wahrscheinlich nie wiedersehen würden.

Corrie begann ihre Geschichte so: Während der ständigen Streitereien mit ihrem Vater oder vielmehr dem, was sich aus Corries Perspektive wie ein einzelner, ihre gesamte Kindheit umspannender Streit anfühlte, habe ihre Mutter oft damit gedroht, den Vater zu verlassen, wenn er nicht aufhörte, mit anderen Frauen zu schlafen. Ihr Vater hatte die Anschuldigungen immer entschieden von sich gewiesen. Er hatte Beweise gefordert, die ihre Mutter nicht beibringen wollte; sie hatte nur gesagt: »Ich bin doch nicht dumm«, und er hatte sie Schlampe, Hure, Fotze genannt. Sie hatten sich nie geschlagen und auch nie damit gedroht – aber sobald sich die Mienen ihrer Eltern erhitzten, hatten Corrie und ihre drei Schwestern Angst vor Gewalt gehabt. Sie verkrochen sich in Leahs und Corries Bett und sangen Songs von den Spice Girls, um das Geschrei zu übertönen.

Oft machte ihre Mutter die Drohung wahr. Sie verschwand am frühen Morgen, wenn noch niemand wach war, und kehrte mehrere Tage, manchmal einen Monat lang nicht zurück. Corries Vater war Fernfahrer, und die meiste Zeit ihrer Kindheit blieb ihre Mutter zu Hause, solange er weg war, und verschwand erst, wenn er zurückkam. Aber als Corrie ungefähr dreizehn war, verschwand ihre Mutter immer öfter, auch dann, wenn ihr Vater unterwegs war, und manchmal waren die Mädchen dann drei Wochen lang allein.

Corrie wusste nicht, wohin ihre Mutter verschwand, ob es einen Mann gab, den sie besuchte, und ob sie wiederkommen würde oder nicht. Doch immer dann, wenn Corrie zu dem Schluss gekommen war, dass ihre Mutter sie endgültig verlassen hatte, rief ihre Mutter von einer unterdrückten Nummer aus an, und ohne zu wissen, welche ihrer Töchter am Apparat war, sagte sie lallend: »Du fehlst mir, Schätzchen, ich bin nur in der Wüste, vergiss deinen Erzeuger, sei schön brav, pass gut auf deine Schwestern auf, ich bin bald wieder da.« Sie kam immer wieder – bis sie eines Nachts nicht mehr kam –, und zwar mitten in der Nacht, wenn alle schliefen. Corrie fand sie dann morgens am Küchentisch vor, mitgenommen, aber glücklich. Meistens roch sie nicht mehr ganz frisch, verlangte eine Umarmung und einen Kuss und versprach, sie nie wieder allein zu lassen.

Es wurde nie geklärt, wer den Unfall verursachte. Sowohl ihre Mutter als auch der andere Fahrer, ein Achtzehnjähriger, der nach einem Besuch bei seiner Freundin zurück nach Twentynine Palms wollte, hatten reichlich Alkohol im Blut. Beide wurden noch am Unfallort für tot erklärt.

Nach dem Tod der Mutter übernahm der Vater zusätzliche Schichten und fuhr kreuz und quer durchs ganze Land, manchmal bis tief nach Kanada hinein. Das behauptete er jedenfalls. Dann kam er für ein paar Tage nach Hause, wusch seine Wäsche, verschlief den halben Nachmittag und machte sich wieder auf den Weg. Eines Tages nahm er Leah mit zur Bank in der Innenstadt und eröffnete ein separates gemeinsames Konto, damit Leah die Miete und die Nebenkosten bezahlen konnte, wenn er unterwegs war. Nach dem

Abendessen zeigte er Leah am Küchentisch, wie sie einen Scheck ausstellte. Corrie sah genau hin, beneidete Leah um die Aufmerksamkeit und übte hinten auf den Hausaufgaben ihre eigene Unterschrift mit C in verschiedenen Höhen und Breiten.

»Das ist mein Mädchen«, sagte ihr Vater, als Leah den ersten Scheck ohne Hilfe fehlerlos ausgestellt hatte. »Was bist du groß geworden.«

Seine Touren dauerten länger und länger, und schließlich kam er gar nicht mehr nach Hause. Er hatte seine Töchter nicht vergessen – am Monatsende war das Konto immer ausreichend gedeckt, um Miete, Nebenkosten und Lebensmittel zu bezahlen –, aber er wollte sie nicht mehr. Diese Erkenntnis, die sich nicht schlagartig eines bestimmten Tages einstellte, sondern im Verlauf von Wochen und Monaten, schmerzte Corrie mehr als der Tod ihrer Mutter. Ihre Mutter hatte sich wieder und wieder entschieden, sie zu verlassen, aber sie hatte sich auch wieder und wieder entschieden zurückzukehren. Sie hasste ihr Leben vielleicht, aber soweit Corrie sagen konnte, hatte sie sich den Tod, der sie für immer trennte, nicht ausgesucht. In Corrie reifte der Verdacht, dass ihr Vater nicht nur untreu gewesen war, wie ihre Mutter vermutlich auch, sondern dass er eine andere Frau hatte, in irgendeinem weit entfernten Bundesstaat, vielleicht eine Frau, die er liebte, vielleicht eine Frau, mit der er weitere Kinder gezeugt hatte.

Das war jedenfalls die Geschichte, die Corrie glauben wollte. Lieber glaubte sie, er habe seine Töchter aus Liebe verlassen als aus einem Mangel daran.

Die Mädchen riefen keine Onkel oder Tanten an. Von den Großeltern lebte nur noch der Vater ihres Vaters, irgendwo im ländlichen Oregon, aber nach dem wenigen, was sie über die Kindheit ihres Vaters gehört hatten, mochten sie auch den nicht anrufen. Auch das Jugendamt wurde nicht informiert, weder von ihnen selbst noch von anderen. Sie fälschten die Unterschriften ihrer Eltern wenn nötig, täuschten am Telefon reifere Stimmen vor, hielten sich aus allen Schwierigkeiten heraus. Sie waren auf sich gestellt, und so sollte es bleiben.

Für Leah und Corrie, siebzehn und fünfzehn, war es nicht ganz neu, sich um sich selbst und die Zwillinge Jenna und Bella zu kümmern, die gerade neun geworden waren. Aber die Rolle fühlte sich jetzt anders an, einerseits schwerer, weil sie von Dauer zu sein schien, und andererseits leichter, weil die Zeiten, in denen sie bang auf die Rückkehr der Eltern gewartet hatten, nun hinter ihnen lagen. Auf dem Heimweg von der Schule besorgten sie Lebensmittel bei Albertson's. Sie bemühten sich, Dinge zu kaufen, die nicht gekocht werden mussten: Grillhähnchen und fertigen Kartoffelbrei, Schwarzwälder Schinken von der Feinkosttheke, Erdnussbutter und Traubengelee zum Lunch. Milch, Saft oder andere Getränke kauften sie nie, die waren schlicht zu schwer, um sie mit den anderen Lebensmitteln, den Schulbüchern und Mappen nach Hause zu tragen.

Abends, wenn Jenna und Bella von der Nachmittagsbetreuung im Jugendzentrum zurück waren, aßen sie gemeinsam, was sie eingekauft hatten, das Fleisch immer zuerst. Finger und Wangen glänzten vor Fett. Sie aßen auf dem Sofa, mit Papiertüchern auf dem Schoß, und guckten *Glücksrad* oder *Jeopardy!*. Wenn sie noch Hunger hatten, was oft der Fall war, wickelten sie den Aufschnitt um dicke Cheddarscheiben. Für den Nachtisch liefen sie zwei Blocks am Freeway entlang zur Chevron-Tankstelle, immer eine jüngere Schwester an der Hand einer älteren, und dort auf dem Parkplatz ließen sie sich Twizzlers und Jelly Beans schmecken, während die sinkende Sonne den Himmel rosa färbte und die Autos unablässig in die Wüste im Osten und ans Meer im Westen strömten.

Wenn Corrie und Leah nachts im Bett lagen, in den alten T-Shirts ihrer Mutter, dann beichteten sie. Sie beichteten einander, was sie tagsüber Schreckliches gedacht hatten oder welches Geheimnis ihnen anvertraut worden war, die erste Periode, der erste Zungenkuss, der erste Blowjob einer Freundin. Corrie konnte sich nicht erinnern, jemals nicht in einen Jungen verliebt gewesen zu sein, jemals nicht an Jungen gedacht zu haben, wenn sie sich spätnachts, nachdem Leah eingeschlafen war, selbst berührte. Die Latenzphase hatte nichts erstickt, und die Pubertät hatte ihre Gelüste nur intensiviert. Sie erzählte Leah von den Jungen, die sie begehrte und die oft älter waren – Männer in ihren Augen, Highschoolmänner, Männer, die den Asphalt der Sherman Street ausbesserten, Männer, die sie an Grund- und Mittelschule unterrichtet hatten. »Mr Everett«, sagte sie seufzend im Dunkeln. »Ist der nicht zum Anbeißen? Aber vielleicht sollte er lieber mich anbeißen.«

Leah hatte umgekehrt keine Gelüste zu beichten. Corrie hatte sie mehr als einmal gefragt, ob sie vielleicht auf Mädchen stand, und Leah hatte immer gründlich überlegt, bevor sie Nein sagte, nein, sie glaube nicht. »Ich denke nur einfach nicht an so was«, sagte sie. Das alles beschäftige sie nicht, und es sollte Corrie auch nicht so beschäftigen.

Es erschien Corrie wahnsinnig unfair, dass sie diejenige war, die für Männer brannte, die sie nicht besitzen konnte, weil sie zu jung war und nicht hübsch genug, während Leah sowohl älter als auch hübscher war. Sie sahen sich zweifellos ähnlich – beide hatten das mandelförmige Gesicht und die Skischanzennase ihres Vaters und die helle Haut ihrer Mutter –, aber die wenigen feinen Unterschiede zwischen ihnen hatten dazu geführt, dass Corrie drahtig und unscheinbar wirkte und Leah zart und vornehm.

Leah beichtete Corrie, dass sie manchmal glaube, ein Genie zu sein, nur nicht in irgendeinem Schulfach, weshalb sie ihre wahren Begabungen vielleicht nie entdecken würde. Sie beichtete, dass ihre beste Freundin Rachel Beck zu viel Make-up trug und sie nicht wusste, ob sie sie auf die Linie an ihrem Kinn hinweisen sollte, die verriet, dass ihr Hals eine ganz andere, hellere Hautfarbe hatte. Wenn die Mädchen müde wurden und es nichts mehr zu beichten gab, schliefen sie ein, und Corrie träumte von Flutwellen und Lähmung, von schwarzem Teer, der ihre Lunge füllte. Dann wachte sie keuchend auf.

Der erste Junge, den Leah nachts im Bett erwähnte, war Danny Rosario. »Kennst du Danny Rosario?«, flüsterte sie Corrie im Dunkeln zu, auf eine Weise, als hätte sie seinen Namen schon tagelang im Kopf bewegt. Corrie hatte schon mal von ihm gehört, kannte ihn aber nicht und verband auch nichts mit ihm.

»Ich glaube, er mag mich«, sagte Leah. »Vielleicht, keine Ahnung. Es ist so dumm.«

Obwohl Corrie das Gesicht ihrer Schwester nicht erkennen konnte, hörte sie ihr Lächeln heraus.

Zuerst habe sie sich über Dannys Gefühle für sie amüsiert, sagte Leah, wie sehr er sich bemühte, obwohl sie sich nicht sicher war, ob sie ihn auch mochte. Sie waren beide im vorletzten Schuljahr, hatten aber nur wenige Kurse gemeinsam – er war überwiegend in Begabtenklassen –, darunter Kunst, Informatik und Gesundheit. Im Frühjahr kamen sie im Gesundheitsunterricht ins Gespräch; sie waren zusammen für ein Referat über den Einfluss von Marihuana auf das Erinnerungsvermögen eingeteilt worden, und als das Referat geschafft war, hinterließ Danny Zettel in Leahs Spind, auf denen stand: *Hey, kann ich dich ins Kino einladen?* oder: *Hey, du siehst heute superschön aus.* Es dauerte nicht lange, bis sich Leahs Amüsement über Dannys Zuneigung in erwiderte Zuneigung verwandelte und diese Zuneigung in ein so starkes Gefühl, dass Leah es nur für Liebe halten konnte.

Nachdem sie einmal seinen Namen genannt hatte, drehten sich Leahs nächtliche Beichten nur noch um Danny, darum, welche Nachricht er ihr hinterlassen oder wie er sie angelächelt hatte – dann darum, wie gut er küssen konnte, wie sie überall Gänsehaut bekam, wenn er ihr Haar berührte, und wie er am letzten Abend vor den Sommerferien nicht mit seinen Freunden feiern gegangen, sondern mit Leah nach Box Springs gefahren war. Er hatte eine Luftmatratze, frisch bezogene Kissen aus seinem Zimmer, ein Zelt und Campinglampen eingepackt. Als Leah klar geworden war, worauf die Nacht hinauslaufen könnte, war sie nervös geworden, aber sie wollte ihn so sehr wie er sie. Für Leah wäre es das erste Mal, aber nicht für Danny. Alle wussten, dass er im Jahr zuvor mit Nicole Goodwin geschlafen hatte und auch mit Molly Tan, wobei Leah nur gehört hatte, dass sie miteinander im Bett waren, nicht, dass irgendetwas Negatives vorgefallen wäre – nichts Erzwungenes, nichts Respektloses; ihr waren auch keine Gerüchte zu Ohren gekommen über Fotzen, die nach Fisch stanken, oder wirklich miese Blowjobs, Gerüchte, die jahrelang an Mädchen kleben blieben, wie Post-its am Rücken. Alles deutete darauf hin, dass Danny gut zu den Mädchen war, mit denen er geschlafen hatte, und die Details für sich behielt.

In jener Nacht, im Wurfzelt in der Kälte, schliefen sie zum ersten Mal miteinander. Und zum zweiten und dritten Mal.

»Hat es wehgetan?«, fragte Corrie in der Nacht nach Leahs Rückkehr und lauschte gebannt ihrer Beichte. »Hast du geblutet? Was hast du mit dem Sperma gemacht?«

Leah lachte, und zum ersten Mal strahlte sie aus, dass sie älter war als Corrie, dass sie etwas Bestimmtes durchlebt hatte und ihre kleine Schwester noch nicht. Ihr Haar roch immer noch nach Holzrauch. Aber Corrie hakte nach, weigerte sich, außen vor zu bleiben, vor allem jetzt, da ihre Schwester die Welt berührt hatte, nach der sie sich selbst so sehr verzehrte: die Welt der Männer und des Sex.

Danny sei sanft, erzählte Leah, obwohl es immer noch wehgetan habe, vor allem am Anfang. Es habe einen Moment gedauert, bis ihr Körper – »bereit« war, wie sie sagte. Danny hörte immer auf, wenn sie zuckte oder sich verkrampfte, und fragte, ob er weitermachen solle. Sie sagte immer Ja. Manchmal stieß er unabsichtlich schneller und fester, und obwohl das die schmerzhaftesten Momente waren, genoss sie, dass ihr Körper diese Wirkung auf ihn hatte. Sie konnte ihn dazu bringen, die Kontrolle zu verlieren. Im Gegenzug bot er an, ihr Vergnügen zu bereiten, und nach einer Weile, als sie ihre Schüchternheit überwunden hatte, ließ sie zu, dass er sie mit der Hand berührte, und dann, nachdem er darum gebettelt hatte, machte er es ihr mit dem Mund.

»Erst kitzelt es«, sagte Leah, »aber dann fühlt es sich gut an und dann *richtig* gut.«

Corrie stellte sich lebhaft vor, was Leah ihr im dunklen Zimmer erzählte. Sie konnte es fast fühlen: sein Gewicht auf ihr, er in ihr, wie er sie mit der Zunge massierte. Das Bild von Leah unter Schmerzen schmerzte auch Corrie, aber etwas anderes verstörte sie mehr: Die Vorstellung der beiden zusammen – Leah, die sich rhythmisch bewegte, keuchte, stöhnte, und Danny schwitzend und konzentriert, entrückt – erregte sie.

Sobald sie regelmäßiger miteinander schliefen, hörte Leah auf, Corrie so detailliert davon zu erzählen, und bald sprach sie kaum noch davon. Leah war jetzt eine Frau, die liebte, kein verknalltes Mädchen mehr, und ihre intimsten Geheimnisse gehörten nun Danny. Corrie bohrte nicht nach, sondern war eher erleichtert, dass ihr Leahs Beschreibungen und das damit einhergehende Gefühlschaos erspart blieben.

Corrie erzählte ihrer Schwester auch nicht mehr von ihren Schwärmereien, zum Teil, um Leahs Rückzug zu spiegeln, und zum Teil, weil sie in ihren unerwiderten Gefühlen für irgendwelche Jungs gar keine Gefühle mehr sah, sondern bloß die Launen eines Kindes.

»Hat sie ihn je mit nach Hause gebracht?«, fragte ich.

Corrie schien genervt von der Unterbrechung oder vielleicht von der Frage an sich, als hätte ich einen alternativen Handlungsverlauf für die Erzählung vorgeschlagen, die sie so sorgsam entworfen hatte. Wir kamen gerade an den brutalistischen Gebäuden der Geisteswissenschaften vorbei, durchquerten den kühlen Schatten auf dem Betonvorplatz. Sie zog sich die Ärmel ihres schwarzen Shirts über die Hände.

»Wir hatten nie Besuch«, sagte sie nach ein paar wortlosen Schritten. »Wir hatten Angst, jemand könnte rausfinden, dass unser Vater weggegangen war, und uns melden oder den eigenen Eltern davon erzählen oder so was. Aber nachdem Leah und Danny ein paar Monate zusammen waren, hatte sie ihn schon eingeweiht und zur Geheimhaltung verpflichtet. Sie beharrte darauf, dass wir ihm vertrauen könnten. Und da sie ihm schon alles erzählt hatte, hatten wir eigentlich auch keine Wahl.«

Corrie verstummte und sah in meine Richtung, ohne mich allerdings direkt anzusehen, so als wollte sie fragen: *Darf ich fortfahren?* Ich entgegnete nichts, ließ sie weitermachen. Nach kurzem Überlegen, wo sie gewesen war, ehe ich sie unterbrochen hatte, fing sie wieder an zu erzählen.

Sie verbrachten den Sommer miteinander, Danny und Leah, fast jeden Tag und bis in die Abende, die warm und trocken waren; wobei es immer trocken war, aber in diesem Sommer besonders. Leahs Locken wurden glatt und schlaff, die braunen Hügel im Osten brannten, die Stadt roch nach Rauch, und der Himmel war immer gelb getönt. Sie trennten sich, wenn Danny nach Hause musste, spätestens um zehn sollte er wieder im wohlhabenden Sierra Grove sein, und er kam nie zu spät. Leah arbeitete morgens an der Kasse bei Albertson's, was fünfzehn Prozent Rabatt mit sich brachte, und Danny absolvierte ein unbezahltes Praktikum bei einem Kollegen seines Vaters, einem Immobilienentwickler, dessen Büro sich in einem Gebäudekomplex nicht weit von Albertson's an der Calabasas Avenue befand. Wenn sie beide fertig waren, fuhr Danny mit Leah zum Santa Ana River oder nach Box Springs. Meistens aber, vor allem wenn die trockene Hitze zu heftig wurde, verbrachten sie die Nachmittage und Abende zu Hause bei Corrie, die den ganzen Sommer auf Jenna und Bella aufpassen musste.

Zum ersten Mal kam er an einem quälend heißen Tag Anfang Juni. »Hey«, sagte er beim Reinkommen, Leahs Hand in seiner. »Corrie, richtig?« Corrie nickte, plötzlich sprachlos. Leah hatte oft gesagt, er sehe gut aus, er sei »so, so süß«, aber Corrie war dennoch verblüfft, wie harmonisch seine Züge waren. Seine Augen, sein Lächeln, die Wangen und Lippen hatten etwas Weiches an sich, das seinem straffen Körper gut stand, und er hatte lange, fast feminine Wimpern. Er gab ihr die Hand. Corrie konnte die Muskeln in seiner Handfläche spüren – keine Schwielen, saubere Nägel. Es überraschte sie, dass er ihr in der Schule noch nicht aufgefallen war, trotz der Masse an Schülern, und dass er noch nicht zu der Auswahl an Männern gehörte, die ihre Fantasien bevölkerten.

Er schien sich in der Wohnung sofort wohlzufühlen, ohne sich wie ein Pascha aufzuführen. Er nahm auf dem Sofa Platz und legte einen Arm um Leah, und als Corrie sich auf den Boden setzen wollte, warf er ihr ein Kissen zu. Als er häufiger kam, ging er sich selbst Gläser mit Leitungswasser holen und bot immer auch den Mädchen welches an; sein Glas stellte er später selbst oben in den Geschirrspüler. Manchmal brachte er ihnen Limettenlimonade mit, die Sorte, die überall auf den Philippinen verkauft wurde, das Sommergetränk seiner Kindheit, das er hier nur an der Tankstelle am Buscador Boulevard gefunden hatte; dafür nahm er einen zehnminütigen Umweg in Kauf. Er schenkte allen gleich viel ein, gab je einen Eiswürfel dazu, und dann tranken sie die Limonade beim Fernsehen, während sie auf ein Abklingen der Hitze warteten, eine Hitze, die, wenn es nach Corrie ging, nun Tag und Nacht hätte herrschen dürfen.

Wenn Danny da war, schien der Raum sich in zwei Richtungen gleichzeitig zu verändern. Der Gestank und die Geräusche vom Freeway drängten sich mehr auf, die braunen Flecke auf dem Teppich, dem Sofa und den Arbeitsflächen traten stärker hervor, die Decken wirkten niedriger, und die Schritte der Nachbarn über ihnen wütender. Genau der richtige Ort für Kinder, deren Eltern sie nicht mehr haben wollten. Aber die Wohnung wirkte auch gemütlicher und lebendiger, wenn Danny da war. Dann wollte Corrie nirgendwo anders sein. Dannys Zuhause in Sierra Grove stellte sie sich still, sauber und geruchlos vor – vielleicht bis auf den Lavendelduft von Handtüchern und Laken. Sie stellte sich frische Lilien in Kristallvasen auf dem Küchentisch vor, wie von Zauberhand dort platziert, und Vollmilch und frisch gepressten Orangensaft im Kühlschrank. Corrie war noch nie in Sierra Grove gewesen und Leah ihres Wissens auch nicht. Obwohl man über die 215 Richtung Süden in fünfzehn Minuten da sein konnte, wenn man gut durchkam, blieb es für die Schwestern ein mystischer, verbotener Ort, der nur existierte, um ihnen Danny Nacht für Nacht zu rauben, damit er duschen, Zähne putzen, schlafen und morgens in frische Kakishorts und ein anderes Polohemd schlüpfen konnte.

Leah hatte ein paarmal erwähnt, dass Dannys Eltern sehr streng und christlich seien, dass sie bestimmte Erwartungen für seine Zukunft hätten, die er unmöglich erfüllen zu können glaubte. Er würde an die University of Southern California gehen. Er würde die Immobilienfirma seines Vaters übernehmen. Er würde den Wohlstand noch mehren, dem er entsprang, eine ergebene Philippinerin heiraten und seine Familie in der Nähe seiner Eltern ansiedeln, sodass sie jeden Sonntag gemeinsam essen konnten. Doch Danny nahm seinen Eltern diese Erwartungen nicht übel, wie Leah erwartet hätte. »Es ist komisch«, meinte sie, »aber ich glaube, er will das alles selbst.« Corrie wusste nicht, wo Dannys Eltern ihn zwischen Praktikum und Nachhausekommen vermuteten, aber bestimmt nicht im Wohnzimmer der Tabor-Mädchen. Es verstand sich von selbst, dass Dannys Familie mit jemandem wie Leah nicht einverstanden wäre: weiß, ungläubig, mutterlos und arm. Dass Danny sich gegen die Wünsche seiner Eltern und seine eigenen vermeintlichen Wünsche stellte, rückte seine Gefühle für Leah noch mehr in die Nähe wahrer, filmreifer Liebe.

»Es kommt mir vor, als wären wir Tony und Maria«, sagte Leah eines Nachts im Dunkeln zu Corrie. *West Side Story* gehörte zu den wenigen DVDs, die sie besaßen, und sie hatten den Film schon so oft geguckt, dass sie fast mitsprechen konnten. »Nur dass hier niemand in einer Gang ist oder so. *Aber du gehörst auch nicht zu uns*«, sagte sie mit übertriebenem Akzent.

»*Und ich gehöre auch nicht zu euch*«, ergänzte Corrie.

Bald sehnte Corrie sich nach Dannys Lachen, das den ganzen Raum ausfüllte, und sie tat alles, um es heraufzubeschwören. Danny lachte schnell, über etwas im Fernsehen, darüber, wie die jüngeren Schwestern den *Jeopardy!*-Moderator und bestimmte Soundeffekte nachäfften – aber wenn er über einen Witz von Corrie lachte, wurde ihr ganz warm. Dann heftete sie den Blick auf den Fernseher, um ihre Zufriedenheit zu verbergen.

»Der Typ sieht aus wie 'ne traurige Mischung aus George W. und dem Weihnachtsmann«, sagte Corrie einmal, als sie alle zusammen *Jeopardy!* guckten.

Danny lachte und meinte: »Genau, du hast voll recht. Oder wie Bush und Mr Navarro.«

»O Gott, ja, total«, stimmte Corrie ihm zu, obwohl sie gar nicht wusste, wie Mr Navarro aussah; sie wusste nur, dass er Danny, aber nicht Leah in der Englisch-Begabtenklasse unterrichtet hatte.

»Machst du jetzt Comedy, oder was?«, schimpfte Leah. »Sie ist sonst nicht so. Immer nur, wenn du da bist.«

Sie saßen zusammen auf dem Sofa, Leah zwischen Corrie und Danny; Jenna und Bella lagen bäuchlings auf dem Boden, die Köpfe in die Hände gestützt, ein schwacher Ventilator direkt vor ihnen. Corries Oberschenkel klebten verschwitzt am Sofa.

»Stimmt ja gar nicht«, sagte Corrie. »Und wie bin ich sonst nicht?«

»So albern«, sagte Leah.

Wut stieg in ihr auf, eine Wut, die sie schon oft empfunden hatte, auf ihre Eltern, auf sich selbst, aber nur selten auf Leah.

»Leah«, sagte Danny gespielt streng, »du kennst Corrie nicht so wie ich. Das mit uns ist 'ne lange Geschichte. Wir sind supereng.«

Leah verdrehte die Augen, und er legte den Arm um sie. Der Arm, braun gebrannt und im hellblauen Polohemd noch dunkler wirkend, war stark und definiert, obwohl Danny nie erwähnt hatte, dass er trainierte. Die Jungs in ihrem Alter waren Kinder, dachte Corrie. Es war nicht fair.

Sie hatten dünne, unbehaarte Arme und Beine, Vogelhälse und brechende Stimmen, Zahnspangen mit gelben und lila Gummibändern, die Farben der Lakers. Danny schien sich seiner Schönheit und seiner Wirkung auf die Tabor-Mädchen überhaupt nicht bewusst zu sein. Sogar Jenna und Bella wollten immer huckepack genommen werden, was er ihnen nie verwehrte. Sie nahmen seinen Kopf zwischen ihren Beinen in die Zange.

Leahs Schönheit aber schlug ihn eindeutig in Bann. Corrie hatte das Gefühl, dass nur sie und Danny sehen konnten, wie schön Leah wirklich war; sie war von einer Schönheit, die immer stärker wirkte, je länger man hinsah. Danny starrte sie regelrecht an – er schien Sensoren dafür zu haben, wo sie sich im Verhältnis zu ihm befand, und versuchte immer, ihr näher zu kommen.

»Ja«, sagte Corrie. »Wir sind supereng«, aber Danny beachtete sie schon nicht mehr. Er sah Leah zu, wie sie ihr langes, nach Gurke-Melonen-Shampoo duftendes Haar über Kopf nach vorn warf und dann zurück und in einen hohen Dutt band. Dann hob sie sanft die blonderen Härchen in ihrem Nacken an. Er berührte die Stelle mit den Fingern, dann mit den Lippen.

»Wie auch immer«, sagte Leah jetzt freundlicher und lehnte sich an Danny. »Ich finde, er sieht eher aus wie 'ne Mischung aus Bush und Barbara Walters.«

Leah legte den Kopf auf Dannys Schulter, er flüsterte ihr etwas ins Ohr, sie standen auf, und Danny sagte: »Bis später, Leute.« Dann folgte er Leah durch den Flur ins Schlafzimmer. Corrie stellte mitten in einer Quizfrage den Fernseher aus und erklärte den protestierenden Zwillingen, dass es Zeit für einen Spaziergang und Snacks von der Tankstelle sei, egal, wie heiß es war, egal, was sie schon eingekauft hatte.

Corrie hatte Leah und Danny nur einmal dabei erwischt. An einem Samstagmorgen Anfang Juli war sie mit den Zwillingen zum Spielplatz hinter der Grundschule gegangen, bevor es zu heiß wurde. Leah war nicht da gewesen, als Corrie aufwachte; vermutlich war sie mit Danny unterwegs, ohne Corrie, wie so oft. Auf dem Spielplatz hatte sie Jenna zugesehen, die »Der Boden ist aus Lava« spielte, während Bella sich mit ein paar schaukelnden Mädchen unterhielt (Bella war die Vorsichtigere der beiden), als sie plötzlich etwas Nasses zwischen den Beinen gespürt hatte und wusste, dass es ihre Periode war. Sie hatte sie erst seit sechs Monaten und bekam sie immer, wenn sie überhaupt nicht damit rechnete. Mal nach sechs Wochen, dann nach sieben Wochen, dann vier, und jedes Mal war sie stärker geworden, das Blut jetzt rot und dick, statt vereinzelte rosafarbene oder braune Flecke. Diesmal bekam sie Panik; sie fürchtete, die Jeans zu ruinieren, die ein besonderes Geschenk ihrer Mutter gewesen war, keine abgelegte Hose von Leah. Corrie vergewisserte sich schnell, dass genügend ältere Geschwister und Eltern da waren, um kurz auf die Zwillinge aufzupassen, und rannte die paar Straßen nach Hause.

Corrie machte sich nicht durch Rufen bemerkbar. Sie sah auch die Sandalen neben der Tür nicht. Sie ging schnell Richtung Bad, und als sie an ihrer Schlafzimmertür vorbeikam, sah sie, dass diese nicht wie üblich offen stand, aber auch nicht ganz geschlossen war. Der Luftzug vom Fenster wehte die Tür immer wieder auf, und wenn Corrie wirklich einmal Privatsphäre brauchte, um ihren Körper zu inspizieren, die Brüste, die nie größer wurden, oder ein paar neue Schamhaare, legte sie ein Buch als Stopper davor. Jetzt hielt nichts die Tür geschlossen, niemand rechnete mit einer Zeugin.

Durch den offenen Spalt sah sie Dannys langen braunen Rücken, seinen angespannten Po und Leahs blassen Arm, die Hand, die in sein schwarzes Haar griff. Nur ihre Atem-stöße waren zu hören. Corrie eilte ins Bad, setzte sich auf die Toilette und drückte eine von Leahs Binden in die ruinierte Unterhose – die Jeans war verschont geblieben. Dann ging sie wieder durch den Flur, konnte aus dieser Richtung aber nicht ins Zimmer gucken, dazu hätte sie stehen bleiben und sich umdrehen müssen, aber das tat sie nicht, sie ging weiter und zur Tür hinaus, zog sie leise hinter sich zu, und dann rannte sie zum Spielplatz zurück, wo Jenna und Bella immer noch spielten, als hätten sie ihre Abwesenheit kaum bemerkt.

Corrie hatte alles nur einen Augenblick lang gesehen, aber das Bild brannte sich ihr ein, und sie rief es immer wieder auf und übermalte es, bis es ihr vorkam, als hätte sie minu-tenlang und aus viel größerer Nähe zugeguckt. Sie wollte es noch mal sehen, wollte ihnen länger zugucken, sie seuf-zen und stöhnen hören, rausfinden, welche Laute sie beim Kommen machten. Wenn Corrie aber Schwierigkeiten hatte, selbst zu kommen, allein oder mit jemand anderem, dann half ihr immer ein Fantasiebild, das die Szene aus einem anderen Winkel zeigte, eins, auf dem Dannys verzücktes Gesicht zu sehen war, und er fickte nicht Leah, sondern eine andere, veränderte Frau, Leah und doch nicht Leah, und er wünschte sich, er ficke Corrie.

Im September habe Leah herausgefunden, dass sie schwan-ger war, sagte Corrie, als wir an der Bougainvillea vorbeika-men, die die Westwand der Bibliothek für Ingenieurwissen-schaften bedeckte. In der ersten Woche des Abschlussjahrs. Sie erzählte es Corrie vor dem Einschlafen, die erste Beichte, die eine der beiden seit Monaten ablegte.

»Bist du dir sicher?«, fragte Corrie.

»Meine Periode ist sechs Tage überfällig. Und ich habe vier Tests gemacht.«

Corries Lunge füllte sich mit Eis. Sie war froh über die Dunkelheit, froh, dass es Leahs Gesicht war, das von der gelben Straßenlaterne erhellt wurde.

»Hast du es Danny schon erzählt?«

Leah schüttelte den Kopf.

»Willst du's ihm nicht sagen?«

»Doch, natürlich. Ich weiß nur noch nicht, wann.« Sie schien in Corries Schweigen zu lesen. »Du findest, ich sollte es ihm nicht sagen.«

»Nein – das habe ich nicht gesagt.«

»Du findest, ich sollte es nicht behalten.«

Corrie blieb still und überlegte, ließ erst mal den Gedanken sacken, dass Leah schwanger war. Sie war automatisch davon ausgegangen, dass Leah es nicht würde behalten wollen. Sie hatte angenommen, dass es bei ihrer Beichte eigentlich darum ging: dass sie schwanger war, es nicht behalten wollte und Danny vielleicht, vielleicht aber auch nicht davon erzählen würde. Erst eine Woche zuvor hatte Leah zum ersten Mal vom College gesprochen. Sie hatte in der Schulbibliothek ihre Bewerbungen ausgedruckt. Sie hatte erzählt, dass sie vielleicht Psychologie studieren und irgendwann Therapeutin werden wolle, sie glaubte, das könnte sie gut. Sie wollte Pflege- und Waisenkindern helfen. Danny würde sehr wahrscheinlich an die USC gehen, und Leah könnte es an der California State in L. A. probieren oder am Santa Monica College. Sie könnten sich immer noch die ganze Zeit sehen, vielleicht sogar zusammenwohnen. Wenn Corrie daran dachte, dass Leah in einem Jahr, in weniger als einem Jahr, ausziehen würde, empfand sie zugleich Angst und Erleichterung. Jetzt spürte sie nur die Kälte in der Brust.

»Ich weiß nicht, was du tun sollst«, sagte Corrie, und es stimmte.

»Ich weiß es auch nicht«, sagte Leah. »Ich meine, ich weiß

nicht, was richtig ist. Aber ich will es. Ich weiß, dass ich es behalten will. Ist das dumm? Ich kann nichts dafür. Ich glaube nicht, dass ich es wegmachen lassen könnte, selbst wenn es das Richtige wäre.«

Ein paar Tage später erzählte sie es Danny, gleich nach der Schule auf dem Parkplatz, im perlweißen Prius seines Vaters. Er sei schockiert gewesen, sagte sie zu Corrie. Er habe immer wieder gesagt: »Bist du dir sicher? Das ist kein Witz?«, und als sie sagte, nein, darüber würde sie keine Witze reißen, starrte er durch die Windschutzscheibe ins Leere, rieb sich die Schläfen, holte tief Luft. Als er sie überreden wollte, es zu behalten, unterbrach sie ihn. Sie sagte, sie habe sich schon dafür entschieden. Da kamen ihm die Tränen, und er wurde ganz aufgedreht, er nahm Leahs Hände und sagte, er liebe sie so, so sehr und nie werde er sie und ihr gemeinsames Baby verlassen, ihr Baby, das er schon so lieb gewonnen hatte.

Ein paar Wochen lang bemerkte Corrie an ihrer Schwester keine Veränderungen außer einer neuen Wachsamkeit. Leah und Corrie waren immer zu Fuß zur Schule gegangen, eine Meile entlang der 215, dann über eine Ecke des UC Riverside Campus, um Jenna und Bella an der Grundschule abzuliefern. Aber jetzt holte Danny sie alle ab und fuhr sie hin, Leah auf dem Beifahrersitz. Sie schnallte sich nun immer freiwillig an und warnte ihn, wenn ein Fahrer vor ihm seltsam fuhr oder die Ampel auf Gelb umsprang. Wenn sie Burger briet, zerteilte sie sie mit dem Pfannenwender, um sicherzugehen, dass sie gut durchgebraten waren, und sie überprüfte das Haltbarkeitsdatum auf der Ketchupflasche, bevor sie einen Klecks neben das Fleisch gab und Corrie den Teller reichte. Aber das war alles. Sie übergab sich nicht, sie wurde nicht runder, und sie strahlte nicht.

Bis eines Morgens Leahs flacher Bauch plötzlich hervorragte, als hätte er sich über Nacht an seinen Zustand erinnert, und nun passte sie nicht mehr in ihre Jeans, die sie immer lockerer getragen hatte als Corrie. Hektisch rannten Leah und Corrie nach oben ins Schlafzimmer ihrer Eltern, das sie sonst nie betraten, und suchten nach Jeans ihrer Mutter, die nicht viel größer gewesen war als sie. Der Raum wirkte gespenstisch, als glaubte auch er nicht mehr an die Rückkehr der Eltern, und war ohne das Bett viel geräumiger: Im Sommer hatten die Mädchen die Matratze zum Müllcontainer gezerrt, weil sie einen fürchterlichen Hefegeruch absonderte. Bis auf ein paar glitzernde Kleider, die sie nie an ihrer Mutter gesehen hatten, waren der Schrank und die Kommode leer – ihr Vater musste die meisten Sachen gleich nach ihrem Tod gespendet haben. Leah ging schließlich in Leggings und einem langen Flanellhemd zur Schule und zog die gleichen Sachen am nächsten Tag wieder an. Dann allerdings mit einer Jeansjacke darüber, damit dasselbe Hemd nicht auffiel, obwohl es immer noch so heiß war wie im Sommer. In der Schulmittagspause habe sie dann plötzlich großer Ekel überfallen, als sie Rachels Putenchili roch, erzählte sie Corrie, und sie musste zur Toilette rennen, um sich zu übergeben. Sie habe den ganzen Tag den Geschmack von Galle auf der Zunge gehabt.

Als sie sich schließlich mehrmals täglich übergab, versuchte sie eines Tages, die Schulkrankenschwester davon zu überzeugen, dass es sich um eine Magenverstimmung handelte und sie sich nur kurz hinlegen, ein paar Cracker und Gingerale zu sich nehmen und Sport ausfallen lassen müsste. Aber die Krankenschwester ließ sich nicht täuschen. Sie bestand auf einem Schwangerschaftstest. Leah ruderte zurück, aber die Schwester insistierte so lange, bis Leah sagte: »Ich brauche keinen Test, ich hab schon vier gemacht.« Zu ihrer eigenen Überraschung geriet sie dort auf der Liege zum ersten Mal, seit sie von ihrer Schwangerschaft wusste, in Panik. Die Schwester wies sie an, langsamer zu atmen und die Zehen anzuspannen, bis sie wieder sprechen konnte. Als Leah ihr das Datum ihrer letzten Periode nannte, holte die Schwester ihr eigenes Handy heraus und half Leah, einen ersten Arzttermin zu buchen, den sie eigentlich schon vor Wochen hätte haben sollen.

»Sag es deiner Mutter«, meinte die Schwester. »Ich werde sie nicht für dich anrufen, das kann ich nicht, aber du gehst jetzt nach Hause und sagst es ihr.«

Ein paar Tage später verließen Leah und Danny die Schule früher, um zum Ultraschall im UCR Medical Center an der University Avenue zu fahren. Hinterher kam Leah allein nach Hause. Corrie öffnete gerade eine Packung Tiefkühlhähnchen fürs Abendessen und drehte sich zu Leah um, die sich noch mit Rucksack an den Küchentisch setzte. Danny sei bei seinen Eltern, sagte sie, und erzähle ihnen, dass sie ein Paar waren, dass sie ein Kind bekommen würde und dass er sie liebte. Sie wartete auf seinen Anruf.

»Du wirst es nicht glauben«, sagte sie mit einem monotonen Lachen, das Gesicht in den Händen. »Ich bekomme Zwillinge.«

Corrie war sprachlos. Sie wiederholte den Satz in Gedanken, ließ ihn auf sich wirken.

»Genau das hab ich auch gesagt«, meinte Leah und lachte wieder. Ihre Augen wirkten angestrengt, müde.

»Wie meinst du das?«, fragte Corrie.

»Wie meinst du das, wie meine ich das?«

»Was haben sie denn gesagt?«

»Sie meinten: ›Sieht aus, als bekämst du Zwillinge.‹ Liegt wohl in der Familie. Also pass bloß auf.«

Danny habe daraufhin geweint, meinte Leah, im Ultraschallzimmer vor der Assistentin, und sie habe nicht erkennen können, welchem Gefühl seine Tränen entsprangen. Sie selbst empfand irgendwas zwischen Euphorie und Schrecken, als sie die zwei grauen Flecke vor dem schwarzen Hintergrund aus Gebärmutter und Blut sah.

Bis dahin war ihr nicht klar gewesen, dass ein Teil von ihr, ein winziger Teil, den sie nicht wahrnehmen wollte, darauf gehofft hatte, irgendwas könnte nicht in Ordnung sein. Sie wollte nicht abtreiben, aber sie war sich auch nicht ganz sicher, dass sie ein Kind wollte, nicht mal mit Danny, den sie so sehr liebte, dass sie nicht glaubte, noch einmal in ihrem Leben einen Mann so sehr lieben zu können.

Vielleicht wollte sie keine Abtreibung, weil sie glaubte, Danny wolle keine, überlegte Leah laut, und vielleicht sagte Danny nur, dass er keine Abtreibung wolle, weil er glaubte, sie wolle keine, und jetzt waren sie als Teenager auf dem besten Weg, Eltern zu werden, weil keiner von ihnen sich zu sagen traute: Vielleicht sollten wir das nicht tun.

Doch jetzt, mit zwei winzigen Köpfen, zwei schlagenden Herzen, vier Armknospen und vier Beinknospen, war aus der Möglichkeit einer Abtreibung schlagartig eine Unmöglichkeit geworden.

Einem ein Ende zu setzen war eine Sache, aber zweien war etwas ganz anderes.

Corrie hörte ihrer Schwester mitfühlend zu. Sie machte Hähnchen mit Reis in Sojasoße, spülte und wischte alles ab, half den Mädchen mit ihren Hausaufgaben und brachte sie ins Bett. Leah legte sich hin, mit dem Telefon am Bett, und wartete auf Dannys Anruf. An diesem Abend und in all den Jahren danach behielt Corrie für sich, dass sie glaubte, Leah mache einen großen Fehler.

Danny kam spätnachts, lange nachdem sie alle ins Bett gegangen waren. Corrie lag noch wach und grübelte, als sie das Klopfen hörte. Sie stand so leise wie möglich auf, um Leah nicht zu wecken, voller Angst, es könnte ihr Vater sein. Als sie Danny durch den Spion sah, wurde ihr bewusst, dass sie nur eine Unterhose und ein altes T-Shirt ihrer Mutter trug, eins, das ihre Brüste erahnen ließ. Sie verschränkte die Arme, um sie zu verbergen, dann löste sie sie wieder, der Stoff blieb an den Brustwarzen kleben, und sie machte auf. Er lächelte entschuldigend, als er sie sah. Sie hatte ihn noch nie so ernst, so müde gesehen.

»Hey«, sagte er. Er hatte seinen Schulrucksack auf dem Rücken, einen Rollkoffer in der einen Hand und seine Laufschuhe an den Schnürsenkeln in der anderen. »Kann ich eine Weile hierbleiben?«

In dieser Nacht und in vielen weiteren schliefen Danny und Leah im Bett und Corrie auf dem Sofa. Corrie schlief furchtbar schlecht. Die Polster waren so weich, dass sie darin versank, und der raue Stoff roch nach altem Popcorn. Sie hatte Danny ihr frisch bezogenes Kopfkissen überlassen und ihren bisherigen Bezug über ein Zierkissen gestülpt, in der Hoffnung, der vertraute Stoff und Geruch würden sie an ihr Bett erinnern, aber das Zierkissen war zu dick und fest, und die Stickereien bohrten sich ihr in die Wange. Die Straßenlaternen verbreiteten ein helles, kränkliches Gelb, heller als im Schlafzimmer, und von oben waren pausenlos die schweren Schritte der Nachbarn zu hören, manchmal im Gleichtakt mit dem Pochen in ihren Schläfen.

Nach einer Woche unruhiger Nächte und wirrer Träume, in der sie morgens mit steifem Hals und schmerzenden Knien aufwachte und sich in der Schule kaum noch konzentrieren konnte, ging Corrie wie so oft eines Nachts zur Toilette, um drei Uhr dreißig, wie die Uhr am Herd anzeigte. Als sie auf dem Rückweg am Schlafzimmer vorbeikam, stand die Tür weiter auf als sonst. Sie hoffte und hoffte zugleich nicht, dass sie sah, was sie im Sommer gesehen hatte – wider Willen erregte sie schon der Gedanke –, aber die beiden schliefen einfach. Leah wie immer auf der Seite, der Tür zugewandt, und Danny auf dem Rücken auf Corries Hälfte. Seine nackte Brust bewegte sich mit den Atemzügen.

Sie öffnete die Tür ein bisschen weiter und trat ins dunkle Zimmer. Sie ging nicht zu ihrer Bettseite, obwohl neben Danny mehr Platz war. Stattdessen setzte sie sich bei Leah auf die Bettkante und legte sich dann so leise wie möglich neben ihre Schwester.

»Corrie?« Leah hob den Kopf. »Alles okay?«

»Kann ich hier schlafen? Nur ein paar Stunden?«

Sie flüsterten, aber Danny wurde trotzdem wach. Er richtete sich auf und blickte zu den Schwestern rüber. Sein Gesicht lag im Dunkeln; durchs Fenster hinter ihm fiel das gelbe Licht der Straßenbeleuchtung.

»Corrie«, sagte Leah, »geh wieder aufs Sofa. Du kannst hier nicht schlafen.«

»Das ist schon in Ordnung«, sagte Danny. Er rückte näher Richtung Fenster. »Es ist genug Platz. Gar kein Problem.«

Leah blieb kurz reglos, dann rutschte sie zu ihm und machte Platz für Corrie. Mit Leahs, Dannys und ihren eigenen Atemzügen im Ohr schlief Corrie schnell ein.

So ging es weiter. Corrie begann die Nacht auf dem Sofa, dann wechselte sie zu Leah und Danny ins Bett. Manchmal wurden die beiden wach, wenn sie ins Bett kroch und sich das Laken bis unters Kinn hochzog. Es war wichtig, dass Leah und Danny vor dem Einschlafen Zeit für sich hatten, beieinanderliegen konnten, sich übers Haar streichen, Händchen halten, sich küssen, miteinander schlafen (wenn sie das noch machten), die Hände auf ihren wachsenden Bauch und die Brüste legen, sich im Dunkeln Dinge beichten. Was sie einander beichteten, konnte Corrie nur raten. Welche Züge des anderen ihre Kinder erben sollten. Ob sie sich Jungen,

Mädchen oder beides wünschten. Was in Leahs Innerem noch schiefgehen konnte, was passieren konnte, wenn die Babys auf der Welt waren und während sie auf die Welt kamen. Wo sie leben und wie sie Geld verdienen würden, welche Form ihr Leben als Familie annehmen würde.

Diese Geständnisse waren nicht für Corries Ohren bestimmt, sie wollte sie auch gar nicht hören. Deshalb wartete sie bis weit nach Mitternacht, bis die beiden sicher schliefen, dann ging sie durch den Flur und schlüpfte in ihr Bett.

Im weiteren Verlauf der Schwangerschaft wurde Leahs Schlaf tiefer. Sie wachte nicht mehr mitten in der Nacht auf, weil sie pinkeln oder sich übergeben musste, und vereinzelte Schmerzen und Krämpfe beunruhigten sie nicht mehr so wie am Anfang. Morgens erzählte sie von den intensivsten Träumen ihres Lebens – vom Ertrinken, vom Aufplatzen, von Babys, die aus ihrer Gebärmutter rutschten und die sie mit Armen und Beinen auffing. Bald rührte sie sich überhaupt nicht mehr, wenn Corrie sich neben sie legte, und Corrie legte sich immer neben sie, bis zu dieser einen Nacht, als Leah sich an die Bettkante geschoben hatte und für Corrie kein Platz mehr war. Danny schlief wie immer auf dem Rücken, nah an Leah, die nackte Brust hob und senkte sich. Corrie blieb stehen, unschlüssig, was sie tun sollte, wissend, was sie tun wollte, und dann ging sie so leise wie möglich zur anderen Bettseite und legte sich auf ihr altes Kissen, das nun nach Danny roch, nach dem Shampoo, dessen Duft sie unter der Dusche wahrnahm. Sea Breeze, salzig und türkis.

Als sie sich auf die Seite drehte, zu ihm hin, wurde er wach. Er sah sie an. Sein Gesicht wurde von der Straße gelb erleuchtet, und sie sah ihn schläfrig lächeln, als er sie bemerkte, die Augen kaum geöffnet.

»Hey«, flüsterte er. Sein Gesicht war ganz nah, sein Atem wie Milch, aber nicht sauer.

»Hey«, sagte sie.

»Hast du genug Platz?«, fragte er. Er schob sich näher an Leah heran.

»Ja, danke.«

»Gute Nacht«, sagte er.

»Gute Nacht.«

Als sie morgens aufwachte, schliefen Danny und Leah noch, und falls Leah wusste, dass Corrie in dieser Nacht auf Dannys Seite geschlafen hatte, so erwähnte sie es nie.

Es sei nichts passiert, sagte Corrie, als wir die grüne Brücke über den Anteater Drive überquerten, die die Graduierten-apartments mit dem Campus verband, erst eine Weile später, nachdem sie schon ein paar Wochen im Bett der beiden geschlafen hatte, manchmal auf Leahs Seite, aber öfter nun auf Dannys. Leah schien mit jedem Tag dicker zu werden, und als es Winter wurde, schlief sie mit einem Kissen im Rücken, einem Kissen zwischen den Knien und bald auch mit einem kleinen Kissen unter dem Bauch. Zwischen ihnen war immer weniger Platz. Wenn Corrie aufwachte, war Danny manchmal so nah, dass sie seinen feuchten warmen Atem im Nacken spürte, genau da, wo er Leah auf dem Sofa immer geküsst hatte, wenn sie ihr Haar zusammenband. Sie spürte seine Brust an ihrem Rücken, manchmal seine Füße an ihren. Seine Füße waren immer kühler als ihre, und sie genoss es, wenn seine Füße sich erwärmten und sie wusste, dass es ihr zu verdanken war, ein stummer Austausch ihrer Körper. Wann immer sie sich neben ihn legte, wachte er auf, blinzelte im Laternenlicht und sagte »Hey«, dann rückte er an Leah heran und schlief wieder ein.

Corrie liebte es, wie er »Hey« sagte. In Gedanken spielte sie es immer wieder ab. Sie wurde feucht davon, es ließ sie an seinen Mund, seine Lippen und seine Zunge denken, daran, wie sie über sie wanderten. Es kam ihr vor wie die verschlüsselte Übereinkunft, dass in Ordnung war, was immer zwischen ihnen passierte, ihr Geheimnis – dabei passierte eigentlich gar nichts. Die kleinen nächtlichen Berührungen, anfangs tröstlich und erfüllend, wurden bald zu einer quälenden Versuchung. Bald hasste sie mindestens so sehr, wie sie es vorher ersehnt hatte, wenn seine Brust ihren Rücken fand, denn dann war an Schlaf nicht mehr zu denken, sie wollte sich umdrehen, ihn küssen, alles mit ihm machen, was er zuließ, und umgekehrt auch ihn alles machen lassen.

Seit der Mittelschule hatte sie mit vielen Jungs rumgemacht, und im ersten Highschooljahr hatte sie Harris O'Riley nach dem Frühlingsball einen runtergeholt, und im Sommer dann noch ein paarmal in seinem Bett, als seine Eltern nicht zu Hause waren. Er versuchte auch, es ihr mit den Fingern zu machen, aber er war zu ungeschickt und seine Hände zu trocken, da machte sie es sich lieber später selbst zu Hause. Harris hatte sie auch einmal gefragt, ob sie mit ihm schlafen würde, und sie hatte entgegnet, vielleicht später mal, und es auch so gemeint, aber dann hatten sie das Interesse aneinander verloren, und sie dachte kaum noch an ihn. Sie war froh, dass sie nicht mit Harris geschlafen hatte. Jetzt gab es niemanden, mit dem sie schlafen wollte, außer Danny – all die anderen Jungen und Männer, die sie begehrt hatte, waren vergessen –, und sie fantasierte die ganze Zeit über ein Gefühl, das sie noch nie empfunden hatte und nur aus Leahs Schilderung kannte, das Gefühl, vom Körper eines Mannes erfüllt zu sein, von Dannys Körper.

In der Nacht, als es passierte, legte sie sich wie so oft neben ihn, aber in dieser Nacht wachte er nicht auf. Sie wartete, drehte sich auf die Seite, sah ihn an, aber ihre Bewegung weckte ihn nicht. Sie studierte in aller Ruhe sein Gesicht, das hatte sie noch nie tun können. Seine Nase war glatt, die Spitze rund und anziehend, die Nasenlöcher fast perfekte

Kreise. Die langen dunklen Wimpern lagen leicht auf der Wange auf. In entspanntem Zustand zeigten seine Lippen leicht nach unten, und in den Mundwinkeln waren kleine Fältchen zu sehen, die sie noch nie bemerkt hatte.

»Hey«, sagte sie, etwas lauter als flüsternd. Unter der Decke berührte sie seine Schulter, das erste Mal, dass sie ihn im Bett so berührte, und unmissverständlich mit Absicht. Er schlug die Augen auf, lächelte, sagte »Hey«, und diesmal rutschte er nicht zu Leah. Er hielt die Augen geöffnet, und sie beobachtete ihn.

»Alles okay?«, fragte er.

Sie schob sich näher an ihn heran, und er ließ es zu. Langsam näher, noch näher, bis ihre Lippen sich berührten. Sie küsste ihn, und nach einem Moment der Reglosigkeit erwiderte er den Kuss. Sie küsste ihn wieder, zog sich nicht zurück, seine Zunge fand ihre, sie presste ihren Körper an seinen, ihre Lippen an seine, und seine Brust berührte ihre Brüste unter dem Baumwollshirt. Sie ließ die Hände über seinen Rücken wandern, dann nach vorn, dann tiefer. Er war hart geworden in seinen Boxershorts und wurde noch härter, als sie ihn berührte, erst durch den Stoff, dann darunter, Haut auf Haut. Jetzt waren seine Hände auf ihr, umfassten ihre Brüste, schoben sich durch den ausgefransten Bund ihrer Unterhose. Sie bewegten sich schnell, hektisch und stumm. Fast hätte sie vor Spannung aufgestöhnt. Er legte sich auf sie, mit seinem ganzen Gewicht, eine Schwere, die sie seit Wochen, Monaten, schon ewig herbeigesehnt hatte, und rasch zog er ihre Unterhose und seine Shorts herunter und trat das Bündel irgendwo ans Fußende. Mit einem langen Ausatmen drang er in sie ein. Sie biss sich auf die Lippe, der Schmerz durch ihn in ihr unerwartet und stechend, und obwohl die Lust, die seine Berührungen ihr bereitet hatten, in Schmerz verpuffte, wollte sie nicht, dass er ihren Körper verließ. Sie empfand eine Fülle, die sie nicht erwartet hatte, eine Überfülle, und fürchtete, ihn nicht aufnehmen zu können. Doch mit ein paar tiefen Atemzügen lösten sich ihre Muskeln, und er drückte die Stirn in ihre Schulter, verbarg sein Gesicht, und seine Bewegungen und Atemzüge zeigten ihr, dass alles war, wie es sein sollte, dass sie tat, was sie tun sollte. Sie hob die Hüften und versuchte, sich gegen ihn zu bewegen, und beinahe sofort begann er seltsam zu zucken. Sie wollte sein Gesicht sehen, wollte sehen, ob er die Augen geöffnet hatte, aber sie fürchtete auch, dass alles vorbei und der Bann gebrochen wäre, wenn ihre Blicke sich träfen, so als wäre nie etwas geschehen. Dann schob er sich tiefer in sie hinein, und sie zuckte zusammen, als er etwas Zartes, Rotes in ihr berührte, ihren tiefsten Punkt.

Er kam zur Ruhe. Seine Haut wurde klamm, und er atmete nun in längeren Zügen gegen ihren Hals. Dann zog er sich zurück und drehte sich auf den Rücken. Er streifte die Boxershorts wieder über und sie ihre Unterhose, die Nässe jetzt kalt. Sie sah zu ihm, und kurz trafen sich ihre Blicke. Sie machte ein neutrales Gesicht, dann lächelte sie und wollte ihn küssen. Doch er drehte sich auf die Seite, weg von ihr, hin zu Leah.

Corrie lag totenstill da. Sie schmeckte seinen Speichel auf der Zunge, spürte sein Sperma aus sich tropfen. Der Schmerz und die Befriedigung über die Fülle in ihr waren nur noch Erinnerungen.

Als sie morgens aufwachte, war Danny nicht mehr im Bett. Leah schlief noch, die neuen vollen Brüste schwer unter dem Shirt. Im Dämmerlicht untersuchte sie das Laken. Sie schüttelte die Kissen auf, zog die Decken zurecht. Ihre Unterhose war getrocknet und ein bisschen hart. Sie sah hinein und dann noch einmal über das Laken. Kein Blut.

In der folgenden Nacht schlief sie wieder im Bett der beiden, neben Danny. Wäre sie wieder aufs Sofa umgezogen, hätte Leah es als Schuldeingeständnis verstehen können und Danny als Hinweis, dass sie es nicht wieder tun wollte, doch sie wollte es wieder tun. In dieser Nacht rührte er sie nicht an, auch nicht in der danach, aber als sie ihn in der dritten Nacht küsste, reagierte er wie zuvor. Als Danny sich auf sie legte und in sie eindrang und der Schmerz in ihr aufflammte, gab er ein leises Grunzen von sich. Leah, die von ihnen abgewandt dalag, sagte: »Danny?«, und blitzschnell zog er sich zurück, drehte sich zu Leah, küsste sie auf die Schulter und sagte: »Ich bin hier, Baby, alles okay?«, und danach drehte er sich nicht mehr zu Corrie um.

Nachdem sie eine Weile vor sich hingestarrt hatte, darauf wartend, dass Danny wieder zu ihr kam, sie irgendwo berührte, kehrte sie aufs Sofa zurück und lag dort bis zum Morgen wach. In der nächsten Nacht ging sie nicht ins Schlafzimmer. Mit verkrampftem Hals und Kopfschmerzen vom Kissengeruch harrte sie auf dem Sofa aus und widerstand der Versuchung, zu ihm zu laufen. Die Stunden vergingen, die Nachbarn oben stritten, stampften und verstummten schließlich. Sie hatte nicht das Gefühl, geschlafen zu haben, wenn, dann nur ganz kurz, aber sie wurde von dem starken Gefühl wach, dass irgendwer oder irgendwas in der Nähe war und sie ansah. Sie schlug die Augen auf und bekam Herzklopfen. Danny war da, in Boxershorts und einem Unterhemd, das sie noch nie an ihm gesehen hatte, stand er neben dem Sofa.

»Hey«, flüsterte er. »Ich wollte dich nicht erschrecken.«

»Hast du nicht«, sagte sie. Auf dem Sofa war weniger Platz als im Bett, aber sie schlug die Decke zurück und rutschte an die Lehne, lud ihn ein, sich zu ihr zu legen. Er blieb reglos stehen, als hätte er sich geschworen, ihr nur zu sagen, dass sie einen Fehler gemacht hatten, dass es sich nicht wiederholen konnte und sie es nie jemandem erzählen durften, sie liebten Leah viel zu sehr, um sie noch weiter zu verletzen.

Doch er sagte nichts. Er stand nur da, sodass Corrie sich schließlich zu ihm bewegte. Sie setzte sich auf und sah zu ihm hoch, er sah zu ihr hinunter und schien sie zum ersten Mal wirklich zu sehen. Langsam zog sie ihm die Boxershorts runter, rechnete mit Protest, aber es kam keiner. Sie beugte sich vor und nahm ihn in den Mund, und sobald er ganz hart war, fasste er sie am Kinn und zog sich zurück, und mit ein paar schnellen Bewegungen war er mit ihr auf dem Sofa, sie diesmal oben, ihr Gesicht in seine Schulter drückend, wie er es getan hatte, die Augen voreinander verborgen, während sie sich wiegten.

Dann hörte er plötzlich auf, als er gerade in sie eindrang.

»Wir müssen aufpassen«, sagte er mit heißen Lippen an ihrem Ohr.

»Ich verrate nichts.«

»Das meinte ich nicht.«

Er blieb in ihr, drang tiefer ein, die Qual, sich zurückzuhalten, in seinem Atem.

»Ich nehm die Pille.«

Er verharrte und sah sie einen Moment an, fragte aber nicht, für wen.

»Echt jetzt?«, fragte er.

»Ich schwöre. Ich lüge nicht.«

Er wartete noch ein paar Sekunden, sah sie weiter an, dann bewegte er sich wieder und umfasste ihre Hüften. Es tat nicht mehr so weh, und sie sehnte sich jetzt nach dem Moment, wenn er an den zarten Punkt tief in ihrem Innern vorstieß. Nachdem er gekommen war, schob sie sich von ihm runter, und sie lagen nebeneinander, und dann küsste er sie ohne ein Wort auf die Stirn, fand seine Boxershorts auf dem Boden – das Unterhemd hatte er anbehalten und sie auch ihr T-Shirt –, zog sie an und ging durch den Flur. Corrie wartete ein paar Atemzüge ab, lange genug, dass er sich neben Leah legen und sie vielleicht aufwachen konnte. Dann ging sie leise ins Bad, die Muskeln zusammengepresst, bis sie auf der Toilette saß. Dort ließ sie locker, ließ ihn aus sich heraussickern, bis sie wieder leer war. Den Rest wischte sie weg, dann spülte sie und wusch sich die Hände.

Diese Geste, die ein Ritual werden würde, ließ sie beinahe selbst glauben, dass ihr Wort etwas galt und sie niemand war, der Lügen erzählte.

Die hastigen Minuten mit Danny im Dunkeln waren alles, woran Corrie in den öden Stunden dachte, schlaflos auf dem Sofa, in der Schule, beim Einkaufen, wenn sie Jenna und Bella zur Tankstelle begleitete, ihnen Abendessen machte und sie ins Bett steckte. Im Kopf ließ sie das letzte Mal mit ihm immer wieder ablaufen und sehnte das nächste Mal herbei. Wann es dazu käme, konnte sie nie genau sagen; tagsüber gab es keine Anzeichen dafür, dass er in dieser Nacht aufwachen, zum Sofa kommen, ihr Haar berühren und »Hey« sagen würde. Einmal kam er zwei Nächte in Folge, dann zwei Nächte gar nicht, dann jede zweite Nacht, dann jede dritte, dann wieder zweimal hintereinander. Die Dunkelheit, der Halbschlaf, das gelbe Licht von der Straße auf seinem Gesicht verliehen dem Sex etwas Surreales, wie ein Traum, eine Fantasie, die sie kaum für möglich hielt.

Manchmal hoffte sie, es wäre alles nicht wahr. An den Wochenenden und gelegentlich auch unter der Woche guckten sie abends immer noch zusammen *Jeopardy!*, aber seit er Corrie nachts besuchte, kam er selten dazu. Er blieb länger in der Schule, wo er angeblich in der Bibliothek seine Hausaufgaben machte, obwohl Corrie den Verdacht hatte, dass er manchmal mit Freunden auf Partys ging, zu denen

Leah nicht eingeladen war, oder zu Hause in Sierra Grove vorbeischaute, um sich, wenn seine Eltern nicht da waren, neue Klamotten zu holen und seine Wäsche zu waschen. Er brachte seine Sachen nie zusammen mit den Mädchen in den Waschsalon, und seine Shirts rochen immer frisch, auch über dem süßsäuerlichen Geruch, den er nachts verströmte. Wenn sie doch einmal alle zusammen fernsahen oder aßen, redeten Danny und Corrie nie direkt miteinander. Ihre Blicke tänzelten voneinander weg, bevor sie sich irgendwann doch mit unangenehmer Intensität begegneten, wenn sie glaubten, der andere sähe in die andere Richtung. Ihre Blicke trafen sich auch, wenn er aus dem Bad kam, als sie gerade klopfen wollte (seit Danny bei ihnen wohnte, klopften die Mädchen an und versuchten, die Badezimmertür so gut wie möglich zu schließen), oder wenn er auf der Fahrt zur Schule in den Rückspiegel sah, während sie gerade seinen Blick auf die Straße studierte, die Bewegung seiner dunklen Augenbrauen, wenn er mit Leah sprach.

Wenn sich ihre Blicke auf diese Art trafen, sie beide schnell wegsahen und Corrie ein tiefes Ziehen im Unterleib spürte, dann wusste sie ohne jeden Zweifel, dass wirklich passierte, was zwischen ihnen passierte, dass es keine Einbildung, keine wiederkehrende Träumerei oder Fantasie war, und dass er sich genauso daran erinnerte wie sie.

»Es war so kurz und seltsam und immer im Dunkeln«, sagte Corrie, als wir am fast leeren Sportschwimmbecken von University Hills vorbeikamen, das abgestandene Wasser mit gelben Blättern gesprenkelt. »Ich denke immer noch daran. Ich kann mich an jede einzelne Nacht lebhafter erinnern als an ganze Beziehungen. Ich vergleiche andere Männer immer noch mit ihm, obwohl ich weiß, dass wir gar nicht zueinanderpassten. Wenn Danny und ich hätten zusammen sein können, wenn er nie was mit Leah gehabt hätte, wäre es wahrscheinlich eine ziemlich kurze Affäre geworden, keine große Liebesgeschichte, nicht mal so eine wie die mit Leah. Es hätte sich nach ein paar Monaten erledigt, und ich würde nicht mehr an ihn denken.«

Nachdenklich verstummte sie, und ich gab ihr Zeit. Ich musste an Vince Balsamo denken; die Erinnerung an ihn war während Corries Erzählung aufgestiegen und trat jetzt schärfer hervor. Vince war für kurze Zeit Margots Freund in der Highschool gewesen, ein schlaksiger Junge und super Läufer, der in seinem Abschlussjahr das Leichtathletikteam verlassen und sich für das Theaterstück entschieden hatte. Mit herzzerreißendem Ernst hatte er den John Proctor in *Hexenjagd* gegeben. Wenn Vince zu Besuch kam, behandelte Margot mich wie eine Plage – »Kannst du nicht einfach *irgend*wohin verschwinden?« –, aber er sah mich mit seinen hellen Augen an, als teilten wir ein Geheimnis, ein Blick, den ich erwiderte. Ich sprühte mich mit Country Apple Bodyspray ein, bevor er kam, und las Margots Chats mit ihm, die sie auf dem Computer offen ließ, suchte nach Bezügen auf mich, aber fand nie welche. In meinen Tagträumen ließ ich ihn mit mir machen, was immer er wollte.

Mehr als alles andere, sagte Corrie nach ein paar Schritten und hielt die Hand vor die Augen, weil die Sonne gerade hinter einer dünnen Wolke hervorgekommen war, habe die beiden wohl die gemeinsame Liebe für Leah und auch eine gewisse Furcht vor ihr verbunden, das Gefühl, durch ihre Schwangerschaft und alles, was sie ihnen abverlangen würde, in der Falle zu sitzen. Vielleicht hatten sie beide das verzweifelte Bedürfnis gehabt, rücksichtslos, grausam und egoistisch zu sein, solange sie noch konnten.

»Aber was weiß ich«, sagte sie kopfschüttelnd. »Vielleicht ist das der Grund, warum ich es Leah nie erzählt habe. Sie würde mich fragen, warum, und ich hätte keine Antwort darauf, und sie verdient eine Antwort.«

Im März fingen Danny und Leah an, nach Wohnungen in Mead Valley zu suchen. Sie wollten kurz vor der Geburt der Babys umziehen – zwei Mädchen, wie sie nun wussten. Der errechnete Termin war der sechzehnte Juni, aber die Ärzte hatten ihnen geraten, sich auf ein früheres Datum einzustellen. Es sollte alles fertig sein, damit sie mit den Babys aus dem Krankenhaus direkt nach Hause kommen konnten; ihnen gefiel der Gedanke, dass der Tag des Nachhausekommens auch ihr erster Tag als Familie wäre.

Mead Valley lag nah genug an Riverside, dass sie oft zu Besuch kommen und Corrie bei Bedarf als Babysitter einspannen könnten, aber weit genug weg, dass sie weder Dannys Eltern über den Weg laufen würden noch Leuten aus der Schule, die Leah nun als Schlampe oder Trash beschimpften oder sie komplett ignorierten. Sogar Rachel redete nicht mehr mit Leah. »Sorry, Leelee«, äffte Leah Rachels hohes Geleier nach, »ich hab dich sooo lieb. Das Problem sind meine Eltern. Die scheinen zu glauben, 'ne Schwangerschaft wär ansteckend oder so. Die sind echt so von gestern.« Danny hingegen war im Ansehen der anderen nicht gesunken, soweit Corrie erkennen konnte, obwohl er viel mehr zu verlieren hatte als Leah oder eins der anderen Tabor-Mädchen. Wenn Corrie sich zwischen den Kursen in die Korridore der älteren Schüler wagte, in der Hoffnung, ihn zu sehen, und dadurch zum nächsten Kurs zu spät kam, entdeckte sie ihn umgeben von Jungs, die alle wie schlechte Kopien von ihm aussahen, dabei aber großkotziger und reicher wirkten. Sie sah auch Mädchen mit ihm reden, sogar mehr als früher. Diese Mädchen waren hübscher als Corrie, aber nicht als Leah, doch sie hatten, was Leah fehlte: Designerjeans, volles

Haar, flache Bäuche. Danny unterhielt sich mit ihnen, lachte mit ihnen, stand dicht bei ihnen. Sie wussten nicht, dass er mit Leah zusammen war, und erst recht nicht, dass er Vater wurde – niemand wusste davon oder niemand hielt es für möglich. Es erfüllte Corrie mit einer Wut, die weit über Eifersucht hinausging.

Also fing sie an, sich mit Jungs aus dem Abschlussjahr einzulassen, auf dem Parkplatz in der Mittagspause, während der Freistunden und Wahlfächer. Sie machte es ihnen mit der Hand, selten mit dem Mund, und ließ sich manchmal von ihnen befingern. Die Jungs hatten alle ihren eigenen Geschmack und Geruch, fühlten sich anders an und lockten ihre Zunge auf eine andere Art hervor. Max Ahern war der Erste und der, den sie am häufigsten traf. Er hatte weiche Hände, seine Flanellhemden rochen nach süßem Gras und Ökodeo, und manchmal wenn sie ihm auf dem Rücksitz des elterlichen Ford EcoSport einen blies, am äußersten Rand des Parkplatzes, wo sie jedes Näherkommen sofort bemerkten, mit seltsam verrenkten Gliedern, stellte sie sich vor, wie seine Mutter die Unterhose, die ihm nun um die Knie hing, mit den Flanellhemden und den langen weißen Sportsocken in den Schonwaschgang warf und die verkrusteten Flecke bestmöglich ignorierte.

Sanderson Hart, Jesse Kleiner und Derek Polanco blieben einmalige Abenteuer; es gefiel ihr nicht, wie sie ihren Kopf in ihren Schoß drückten, und sie mochte ihre dicken, rauen Zungen nicht, die alle unterschiedlich nach Maischips schmeckten. Nathan Lao war grob, aber auf eine Weise, die ihr nichts ausmachte und manchmal sogar gefiel. Sie machte es nur ein paar Mal mit ihm, bis er ihr sagte, er date Greta Ricci und sie werde langsam misstrauisch. Nathan biss Corrie in die Lippe und zog an ihren Haaren, wenn sie rummachten und sich erst über den Hosen, dann darunter streichelten. Seine Bisse waren spielerisch, aber manchmal zu fest, und dann hatte sie für den Rest des Tages den Geschmack von Blut im Mund. Er bestand immer darauf, sie zuerst zum Kommen zu bringen, bevor sie etwas für ihn tat. Seine Hände waren geschickt, und sie war schon feucht, bevor er den Sitz zurückkippte und ihr Jeans und Unterhose runterzog. Um zu kommen, rief sie sich immer die veränderte Erinnerung an Danny und ihre Schwester an jenem Sommernachmittag wach, Danny, der sich wünschte, so malte sie es sich aus, er ficke Corrie.

Von den Jungs aus dem Abschlussjahrgang ließ sie sich nie ficken, nicht richtig. Das war allein Danny vorbehalten; sie fürchtete, er würde merken, dass ein anderer in ihr gewesen war, und das würde ihn dann, mehr als irgendwas mit Leah oder den Babys, davon abhalten, nachts zum Sofa zu kommen.

»Du wirkst in letzter Zeit irgendwie anders«, sagte Leah eines Tages zu Corrie, als sie Tuna Melt Sandwiches zum Abendessen machten, mit nur einer Scheibe Toast, damit das Brot länger reichte. Danny war nicht da, vielleicht in der Bibliothek. Er kam immer später nach Hause, während Leah immer direkt nach der Schule kam, statt noch zu Rachel zu gehen oder mit ihren Freunden im Boba Tea House im Einkaufszentrum abzuhängen. »Verrätst du mir seinen Namen?«

Corrie wandte den Blick nicht von der Pfanne ab, wo der Cheddar Blasen schlug.

»Was?«, fragte Corrie. »Wie meinst du das?«

»Ich meine, dass du in letzter Zeit irgendwie anders wirkst. Als hättest du was zu verheimlichen, und zwar einen Jungen.«

Da sah Corrie ihre Schwester an, die am Kühlschrank lehnte. Ihr Bauch war riesig, das magentafarbene Schwangerschaftstop, das Danny ihr erst wenige Wochen vorher zu Weihnachten geschenkt hatte, spannte schon. Ihr Gesicht war voller geworden, nun eher rund als oval, was sie nur noch schöner machte. Corrie tröstete sich mit den Pickeln an Leahs Haaransatz.

Leah lächelte Corrie an, ein wissendes Lächeln, kein misstrauisches.

»Okay, na gut«, sagte Corrie. »Kennst du Max Ahern?«

»Den Dealer?«

Corrie zuckte mit den Schultern.

»Max Ahern«, sagte Leah lachend. »Du verdienst was Besseres.«

Das erfüllte Corrie mit einer Wut, die sie nicht verstand. Max Ahern war niemand, für den man sich schämen musste. Er war nicht sehr schlau und nicht sehr reich, aber er war kein Trash. Er hatte keinen Hass auf Frauen. Er kiffte und trank, ja, klar, aber nicht annähernd so viel wie seine Freunde, und er hatte nur ab und zu was verkauft, um auf ein eigenes Auto zu sparen. Doch Corrie machte sich nichts aus Max Ahern. Wenn er nie wieder eine Nachricht in ihrem Spind hinterließ, um sie in der Mittagspause in sein Auto einzuladen, wäre das auch egal. Sie wäre vielleicht sogar erleichtert.

»Er ist in Ordnung«, sagte Corrie. »Es ist auch nichts Ernstes.«

»Ich dachte, er hätte was mit Kendra Alvarez.«

Leah nahm ein Buttermesser aus der Schublade, kratzte den Cheddar von der Pfanne, pustete und aß ihn vom Messer.

»Vielleicht, keine Ahnung.«

Corrie hörte zum ersten Mal von Max und Kendra, und obwohl sie Zweifel hatte, dass es stimmte, fühlte sie sich bei dem Gedanken irgendwie hohl.

»Ich wünschte, du hättest mehr Selbstachtung«, sagte Leah und warf das Messer ins Spülbecken. »Danny meinte, er hätte dich am Dienstag nach der Mittagspause mit Nathan Lao vom Parkplatz kommen sehen.«

Corrie drückte das Brot fest in die Pfanne. Es brannte langsam an. Sie hasste die Vorstellung, dass er sie beobachtete, wenn sie ihn nicht sah. Sie hasste den Gedanken, dass er mit Leah über sie redete. Danny redete mit Corrie nie über Leah. Sie nahmen ihren Namen nicht in den Mund. Sie redeten nie über irgendwas.

»Max kann machen, was er will, genau wie ich. Wir sind ja schließlich nicht verheiratet oder so.« Sie brach ab und sagte dann mit fester Stimme: »Ich habe sehr wohl Selbstachtung.«

Leah bedachte Corrie mit dem Blick, der signalisierte, dass sie älter, weiser, reifer war als ihre jüngere Schwester. Sie war jetzt achtzehn; sie musste nicht mehr so tun, als wäre sie erwachsen. Der Blick erinnerte Corrie an ihre Mutter.

»Und du und Danny, ihr seid auch nicht verheiratet«, sagte Corrie da und zeigte auf Leahs Bauch. »Sieh dich an. So viel zur Selbstachtung.«

Leahs selbstzufriedene Miene verrutschte, und sie wurde rot. Sie schien den Tränen nahe.

»Tut mir leid«, sagte Corrie schnell. »Tut mir leid. Das habe ich nicht so gemeint. Wirklich nicht«, aber Leah verschwand schon aus der Küche. Sie tauchte nicht wieder auf, bis Danny ein paar Stunden später nach Hause kam, und auch dann sah sie Corrie nicht an.

Ein paar Tage lang zeigten sie sich die kalte Schulter, redeten nur, um zu besprechen, was einzukaufen war, was es zu essen geben sollte, ob die andere den Scheck mit der Miete schon beim Vermieter eingeworfen hatte. Einmal in dieser Zeit kam Danny zu ihr, weckte sie mit seiner Zunge an ihrem Hals, und sie bereiteten sich mit den Mündern Vergnügen, stöhnten in die Zierkissen. Corrie wachte mit seinem Geschmack im Mund auf, ein kleiner Sieg über Leah. Sie brauchte keine Selbstachtung, sie hatte ja das.

Ein paar Tage später kam Leah mit Kopfschmerzen nach Hause und legte sich ein bisschen hin, wie so oft. Aber an diesem Tag rührte sie sich auch dann nicht, als Jenna und Bella aus der Nachmittagsbetreuung kamen. Corrie ließ Leah schlafen, bis sie ein Wimmern aus dem Schlafzimmer hörte. Sie fand sie bei heruntergelassener Jalousie im Bett, weinend vor Schmerz, benommen, wie sie sagte.

»Irgendwas stimmt da nicht«, sagte sie und fuhr sich durchs verklettete Haar. »Ich fühle mich wie unter Wasser. Als würde ich ertrinken. Irgendwas stimmt da nicht.«

Corrie vergaß ihre Wut und fühlte ihrer Schwester die Stirn, die heiß und feucht war. Sie rief Danny an, und er war in fünfzehn Minuten da. Mit kaum einem Wort zu Corrie half er Leah aus dem Bett und fuhr sie ins Krankenhaus, während Corrie zu Hause auf die Mädchen aufpasste. Sie wartete auf ihren Anruf. Aber das Telefon klingelte nicht, auch nicht, als sie den Mädchen mit den Hausaufgaben half, ihnen Cheerios mit frischer Banane machte, ihnen die Haare flocht, damit sie sich am nächsten Morgen kräuselten. Ihre Mutter hatte das immer gemacht, aus schlechtem Gewissen, wenn sie mal wieder abgehauen war, oder wenn sie wollte, dass die Mädchen sie ihrem Vater vorzogen. Sie hatten es alle viel zu sehr geliebt, wenn sie mit ihren langen Fingernägeln über ihre Kopfhaut fuhr, als dass sie hinterfragt hätten, was dahintersteckte. Es schien das Einzige zu sein, woran sich die Zwillinge noch erinnerten und was sie an ihr vermissten.

Als sie eingeschlafen waren, blieb sie auf dem Sofa und ließ den Fernseher laufen, dann stellte sie ihn irgendwann aus und lag im Dunkeln wach. Sie war immer noch wach, als sie den Schlüssel im Schloss hörte. Sie gab nicht vor zu schlafen. Es war Danny, allein.

»Hey«, sagte er.

»Wie geht es ihr?«

»Ihr geht es gut. Sie hatte wohl richtig hohen Blutdruck. Sie wird eine Weile dableiben müssen.«

»Und die Babys?«

»Sie glauben, dass alles in Ordnung ist. Sie sind sich nicht vollkommen sicher, aber sie glauben es.«

Danny setzte sich ans Sofaende, neben ihre Füße. Corrie machte keine Anstalten, ihn zu küssen, obwohl sie es so gern getan hätte. Nicht wie eine geheime Geliebte, sondern wie eine Freundin oder Ehefrau. Wie er zusammengesackt und erschöpft dasaß, sah sie ihn ganz deutlich als Mann in mittleren Jahren vor sich, ein müder Vater, der von der Arbeit nach Hause kam. Sie saßen lange schweigend da.

»Wir können das nicht mehr machen«, sagte er und sah sie endlich an, das Gesicht im Dunkeln. »Wir hätten es nie machen sollen.«

»Okay«, sagte sie. Mehr gab es nicht zu sagen. Ihr war kalt, und sie fand sich kindisch und dumm. Sie setzte sich auf und legte ihm fest eine Hand auf den Arm im Pulli. Er zuckte nicht zurück, sondern berührte ihre Hand mit seiner, dann legte er ihre Hand zurück.

»Schlaf du im Bett«, sagte er. »Ich schlafe hier.«

»Das Sofa macht mir nichts.«

»Ich möchte heute Nacht nicht im Bett schlafen«, sagte er. »Außerdem ist es deins.«

»Okay.« Sie stand auf, unterdrückte alle Impulse und ging in den Flur, weg von ihm.

In dieser Nacht schlief sie zum allerersten Mal allein in einem Bett.

Die Zwillinge seien am zweiten Mai zur Welt gekommen, fuhr Corrie fort, sechs Wochen zu früh, nach einer langen Geburt, die im Geometrieunterricht ihren Anfang nahm und mit einem Notfallkaiserschnitt endete. Leah verlor viel Blut, und eine Weile sah es so aus, als würde sie eine Transfusion benötigen. Die Zwillinge wurden nach der Geburt sofort weggebracht, um zu überprüfen, ob sie selbstständig atmeten, und diese Minuten waren für Leah die qualvollsten ihres Lebens: Mit offenem Bauch auf dem OP-Tisch, unfähig, sich unterhalb der Taille zu bewegen, unfähig, etwas zu fühlen außer dem Ziehen und Drücken fremder Hände in ihrem Unterleib, die Fremden blau gekleidet und verschwommen hinter der aufgespannten Plastikfolie, die die obere Hälfte ihres Körpers von der unteren trennte, in der Luft der schwindelerregende Geruch von Krankenhaus und ihren eigenen Eingeweiden, so lauschte sie, ob irgendwo über dem Gelärm der Maschinen und den hektischen Worten der Fremden zwei weinende Säuglinge zu hören waren, und hörte weder zwei noch einen.

Als die Babys wieder bei ihr waren, nach gefühlten Stunden der Ungewissheit, hielt Leah eins in jedem Arm und untersuchte ihre rauen rosa Gesichter, ihre verschrumpelten Finger. Erst da fragte sie nach Danny. Die Babys würden noch eine Weile zur Beobachtung auf der Intensivstation bleiben müssen, informierte sie eine Stimme in Blau, aber sehr wahrscheinlich wäre alles bestens.

Leah taufte das Baby mit der schmaleren Oberlippe Natalie, nach Natalie Wood in *West Side Story*, und Danny taufte das andere Graciela – das Baby, das ihm ähnlicher sah, wie sie beide fanden –, nach seiner geliebten Großtante, die sich auf den Philippinen um ihn gekümmert hatte, als er noch ein Baby war, und in den Sommern seiner Kindheit. Die Mädchen waren zu klein für ihre Namen und zu klein für die Bodys und Mützen, die Leah und Corrie über Monate aus dem Secondhandladen zusammengetragen hatten. Nat und Grace waren keine eineiigen Zwillinge, aber trotzdem schwer auseinanderzuhalten – Nat verweigerte die Brust, und Grace verweigerte Schlaf, aber sie schienen es beide zu lieben, wenn man sie im Arm hielt und ihnen vorsang, und sie beruhigten sich, zumindest ein bisschen, wenn Danny ihnen mit dem Finger über die Augenbrauen strich.

Der Mietvertrag für die Wohnung in Mead Valley galt erst ab dem ersten Juni, und so wurde das erste Zuhause der Zwillinge die Wohnung der Tabors. Sie glich bald einem Bienenstock; alle arbeiteten rund um die Uhr daran, alle satt, trocken und am Leben zu halten. Corrie brachte Jenna und Bella bei, wie man einfache Mahlzeiten auf dem Herd zubereitete, sie erklärte ihnen, sie seien keine Kinder mehr, sondern schon elf, und könnten nun allein zu Albertson's, zur Tankstelle und zum Waschsalon gehen. Sie müssten ein Auge dafür haben, was zu tun war, und es unaufgefordert tun, ohne auf eine Belohnung zu hoffen.

Corrie verbrachte die Nächte wieder auf dem Sofa und schlief weniger als je zuvor, sie hörte die Zwillinge weinen und Danny und Leah gurren, flüstern und zanken. »Nein, mach es so«, hörte sie Leah motzen. »Das ist zu locker.« Wenn sie jetzt nachts ins Schlafzimmer ging, dann, um Hilfe anzubieten, aber ihr wurde immer gereizt und zugleich entschuldigend gesagt, sie solle wieder aufs Sofa gehen, sie könne nichts tun. Leah hatte kaum genug Milch für beide Kinder, und sie schien nun Tag und Nacht im Halbschlaf auf dem Bett zu sitzen, mit einem Baby an der Brust und dem anderen weinend im Bettchen, bis es an der Reihe war.

Damit die Naht nicht wieder aufging, durfte Leah mehrere Wochen lang nichts Schweres heben, auch die Babys nicht, weshalb Danny und Corrie sie von Leahs Brust entgegennahmen und von Zimmer zu Zimmer trugen, in der Hoffnung, dass der Rhythmus ihrer Schritte sie beruhigte. Schwindelig von ihrer eigenen Erschöpfung, wanderten sie durch die Wohnung, flüsterten *Schhhh, schhhh, alles gut, mein Schatz*, hielten den Blick nur auf das kleine Mädchen in ihren Armen gerichtet und vermieden es, einander im Dunkeln zu nahe zu kommen.

Einmal stand Corrie spätabends im Türrahmen, nachdem sie ein anderes Weinen als sonst gehört hatte und helfen wollte, und stellte fest, dass die Zwillinge tief und fest schliefen und Leah diejenige war, die weinte. Danny lag auf dem Rücken wie in den Nächten, als Corrie neben ihm ins Bett geschlüpft war, berührte abwesend mit einer Hand Leahs Rücken und massierte sich mit der anderen die Schläfen.

Die Wohnung in Mead Valley bezogen sie nie, und auch keine andere. Ende Mai, ein paar Wochen vor dem Schulabschluss, erzählte Danny Leah, dass seine Eltern, trotz allem und ohne es ihm zu sagen, für seine Bewerbung an der USC gesorgt hatten. Sie mussten seine Essays geschrieben, alle Formulare ausgefüllt und seine Unterschrift gefälscht haben. Und er war angenommen worden. Er sagte, er sei außer sich vor Wut und werde nicht hingehen. Er werde mindestens ein ganzes Jahr mit Leah in Riverside bleiben, bis sie für ihren Abschluss zurück an die Highschool gehen könne und dann weiter ans College – sie müsse ja nur noch ein paar Kurse zu Ende machen, das gehe ganz schnell. Dann könnten sie sich mit den Babys eine Wohnung in L. A. nehmen. Das sei ja der Plan gewesen, und er könne es immer noch sein. »Und wer soll auf die Mädchen aufpassen, wenn wir Unterricht haben?«, fragte Leah, und Danny sagte, da finde sich schon jemand, er wisse es noch nicht, das würden sie regeln, wenn es so weit sei, und Leah erkannte in seiner Art zu reden den vagen Optimismus, dass sich in absehbarer Zeit schon alles fügen werde, der davon rührte, Eltern mit Geld zu haben.

»Seine Eltern und er reden also miteinander?«, fragte Corrie, als Leah ihr von dem Gespräch am Vorabend erzählte, während Corrie Nat wickelte und Leah Grace stillte. Danny war in der Schule, bei der Probe für die Abschlussfeier.

»Anscheinend«, sagte Leah. »Und anscheinend wollen sie auch die Mädchen besuchen. Ich weiß nicht, wie lange sie schon wieder miteinander reden. Sie haben den ganzen Scheiß hier bezahlt«, sagte sie mit einem Wink über Windeln, Feuchttücher und Babypuder, »von dem ich dachte, Danny hätte ihn selbst bezahlt. Sie wollen sich versöhnen und ihre Enkelinnen kennenlernen. Jedenfalls solange Danny an die USC geht.«

Danach sagte Leah Danny, dass er nicht mehr so oft bei ihnen übernachten solle, nun, da er wieder nach Hause zu seinen Eltern konnte. Leah erklärte, sie schlafe besser ohne ihn, und die Zwillinge auch. Ihre Naht war verheilt, und sie konnte die Babys selbst tragen, Jenna sorgte für die Einkäufe, Bella machte die Wäsche, und die Babys akzeptierten ohne großen Protest die Flasche, sodass Corrie sie füttern konnte, wenn Leah eine Pause nötig hatte. Sie brauchten Danny nicht mehr so sehr wie am Anfang. Er erklärte sich bereit, bei seinen Eltern zu schlafen, wenn sie das wirklich wollte. Erst fuhr er nur ein-, zweimal die Woche hin, aber bald war er mehr dort als bei ihnen, und Leah und Corrie erwarteten ihn nicht mehr.

Der erste Juni kam und ging, und von der Wohnung in Mead Valley war nie wieder die Rede.

In den Nächten, in denen Danny in Sierra Grove blieb, kehrte Corrie auf ihre Seite des Bettes zurück, und wenn sie wach wurde, nahm sie die Mädchen in den Arm und streichelte den Rücken der weinenden Leah. Sie hörte sich

Leahs Beichten an, beichtete selbst aber nicht mehr. Leah erzählte davon, wie Dannys Eltern gekommen waren, um die Mädchen kennenzulernen, als Corrie in der Schule war, und dass sie freundlicher und warmherziger gewesen waren, als Leah gedacht hätte. Sie seien nervös gewesen im Umgang mit ihr und hätten versucht, sie zu beeindrucken. Gekleidet wie für einen Geschäftstermin, hätten sie selbst gebackene Mandelkekse und Plüschelefanten für die Mädchen mitgebracht, und das alles habe es für Leah nur noch schmerzhafter gemacht. Ihre Töchter würden diese Menschen, ihre einzigen Großeltern, lieben, solange sie Teil ihres Lebens waren. Nach dem Besuch in der Wohnung der Tabors hatten sie Leah allerdings eingeladen, zukünftig lieber zu ihnen zu kommen. Aber Leah war nicht gern dort – »es ist wie 'ne leere Ferienanlage«, meinte sie –, sodass Danny die Zwillinge schließlich für ein paar Stunden mit nach Sierra Grove nahm und sie abends wiederbrachte. Sie kamen ausgeruht und ruhig zurück, rochen nach frischem Talkumpuder und Zitrone.

Zum Wintersemester fing Danny an der USC an. Bald danach begannen seine Eltern Leah Schecks zu schicken, fünfhundert Dollar im Monat, die sie aus Stolz ein paar Monate lang nicht einlöste und dann schließlich doch, aus Verzweiflung und ein bisschen Boshaftigkeit. Das Geld, das ihnen ihr Vater auf dem Konto hinterließ, hatte früher gerade so gereicht, aber für sechs Mädchen reichte es nicht mehr. Allein das Milchpulver, auf das Leah bald angewiesen war, als der Appetit der Babys übertraf, was ihre ausgelaugten Brüste hergaben, war so teuer, dass sie auf den Kauf von Fleisch verzichtete, um die Miete bezahlen zu können. Sich mit ihrem Vater in Verbindung zu setzen kam für Leah und Corrie nicht infrage. Wenn er mehr hätte beisteuern können, was vermutlich nicht der Fall war, dann wollten sie es nicht.

Leah fragte Danny nie, ob er von den Schecks seiner Eltern wusste. Sie redeten nur noch wenig miteinander, und wenn, dann nur über die Zwillinge, nicht über sich selbst. Irgendwann in den Tagen nach der Geburt und bevor Danny zu seinen Eltern zurückkehrte, vielleicht sogar genau an dem Tag, als Danny ihr von der USC erzählt und sie gewusst hatte, auch wenn er es selbst noch nicht sah, dass er sie und die Kinder verlassen würde, irgendwann da war aus der Liebe, die sie so lange zusammengehalten hatte, eine andere Art der Verbundenheit geworden, immer noch voll Zuneigung, aber distanziert, fast professionell.

Sein Leben und sein Weg und ihr Leben und ihr Weg waren vorgezeichnet, und vielleicht war es dumm von ihnen gewesen, je zu glauben, es könnte anders kommen.

Corrie erzählte weder Leah noch Danny noch sonst irgendwem, nur Jahre später fremden Zuhörern wie mir, dass sie schwanger geworden war. Als sie nach vier Wochen, dann nach fünf, dann sechs ihre Periode nicht bekam, ging sie einfach davon aus, dass sie mal wieder spät dran war, auch wenn sie im Herbst und Winter regelmäßiger gekommen war. Sie war acht Wochen überfällig an dem Abend, als Danny mit großem Abstand auf dem Sofa saß und sagte, wir können das nicht mehr machen. Vielleicht auch sieben oder neun. Eine weitere Woche verging, ihre Brüste wirkten doppelt so groß und schmerzten bei jedem Schritt, der Bund ihrer Hosen wurde eng, und sie war so erschöpft, dass sie mehrere Unterrichtsblöcke die Woche im Zimmer der Krankenschwester verschlief, angeblich wegen Migräne.

Übergeben musste sie sich nie. Ihr war auch nicht schwindelig, nicht so wie Leah. Aber sie wusste schon lange, dass sie schwanger war, als sie den Bus zu Planned Parenthood über dem Tacoladen an der Jenson Street nahm, während Leah auf Jenna und Bella aufpasste, weil Corrie vorgegeben hatte, wegen eines Scheidenpilzes dringend zum Arzt zu müssen.

Nachdem Corrie in einen Plastikbecher gepinkelt hatte, wartete sie allein in einem kleinen fensterlosen Raum, neben englischen und spanischen Broschüren, die, mit hübschen jungen Frauen divers bebildert, über sexuell übertragbare Krankheiten und häusliche Gewalt informierten. Eine Frau, kaum älter als sie selbst, teilte ihr schließlich mit, der Test sei positiv, sie sei tatsächlich schwanger. Corrie sagte ihr, sie wisse nicht, ob sie es behalten sollte oder nicht, sie wolle aber wissen, was sie tun könnte, falls nicht. Geduldig und wie auswendig gelernt zählte die Frau auf, welche Optionen Corrie im Moment und im weiteren Verlauf der Schwangerschaft hatte und wann ihr nur noch die Option Geburt blieb, was dann der Zeitpunkt wäre, um eine Adoption in Erwägung zu ziehen.

»Müssen meine Eltern informiert werden«, fragte Corrie, »wenn ich mich für eine Abtreibung entscheide?« Die Frau lächelte, sie hatte die Frage schon oft gehört, und sagte: »Nein, das müssen sie nicht. Nicht in Kalifornien.«

Aber Corrie wartete, und dann wartete sie noch ein bisschen. Es war nicht nur die Fantasie von einem Baby oder mehreren Babys, sollte sie Zwillinge bekommen wie Leah, und dass diese Babys die Dannys wären und ihn für immer an sie binden würden, ihre DNA unlösbar miteinander verquickt, und auch nicht die Fantasie, rund zu werden, wie Leah rund geworden war, und zu spüren, was ihre Schwester in sich gespürt hatte, die sie so lange vom Besuch der Klinik abhielten. Es war vor allem die Vision, dass sie alle als Familie zusammenleben könnten. Sie erträumte sich eine nahe Zukunft, in der Danny, Leah, Corrie und drei zappelnde Babys zusammen in einer Wohnung lebten, die einen Tick zu klein für sie alle war, sodass sie sich immer berühren mussten, einander ständig nah waren. Sie konnte sich kein Zuhause mit mehr Liebe vorstellen.

Die Wohnung – oder das kleine Haus, ein Bungalow vielleicht, wenn sie alle arbeiten gingen – wäre heller und sauberer als die Wohnung in Riverside, vor den Fenstern stünden keine gelben Straßenlaternen, der Freeway wäre nicht zu hören und auch kein Gestampfe von oben. Sie malte sich aus, wie Danny ihnen Abendessen kochte, überbackene Hähnchenbrust oder Pasta mit Hackbällchen, ein Geschirrtuch über der Schulter und das Radio an, wie ihre Mutter es getan hatte, wenn sie doch einmal kochte. Sie malte sich aus, wie Leah buntes Holzspielzeug vom Boden sammelte und in Kisten räumte, während Corrie am Spülbecken die kleinen Kinderhände mit milder Seife wusch, bevor sie sich zum Essen setzten. Sie malte sich Wochenendmorgen in einem großen Bett aus, wo sie alle sechs mit verschlungenen Gliedern und verwuscheltem Haar den Tag verstreichen ließen.

Sie hielt es für möglich, dass Danny Corrie und Leah gleichermaßen mit Haut und Haar und in aller Offenheit lieben könnte und würde und dass die Schwestern nicht von Eifersucht und Konkurrenz auseinandergetrieben würden, sondern seine Liebe sie enger zusammenschweißte; sie wären vereint im Wissen um die Liebe desselben Mannes und die Tatsache, dass er der Vater ihrer Kinder war. Sie wären alle so verbandelt und abhängig voneinander, dass niemand einfach gehen könnte, dass Abhauen keine Option war, keine leeren Zimmer und keine leeren Betten.

So vergingen die Wochen, und Corrie trug ihre übergroße Cabanjacke auch dann, wenn es heiß war, und wie Leah die alten Flanellhemden ihres Vaters, um ihre rundere Form zu verbergen. Bis eines Tages Max Ahern im EcoSport über ihre Brüste und ihren Bauch strich und fragte: »Hat dich wer geschwängert oder hast du bloß zugenommen?« Er lachte dabei, wirkte aber ernst und, als sie nicht in sein Lachen einstimmte, panisch – denn mittlerweile, nachdem Danny nicht mehr zum Sofa kam und nie wieder kommen würde, hatte sie sich manchmal von Max ficken lassen, wobei sie immer auf ein Kondom bestanden und es ihm selbst übergezogen hatte. »Fick dich«, fuhr sie ihn an, »und verpiss dich«, und schob seine Hand weg. Mit offenem BH verließ sie das Auto. Sie sah das Innere des Autos nie wieder, ignorierte Max' Nachrichten in ihrem Spind und seine Blicke auf dem Korridor – und obwohl sie fieser zu ihm war, als er verdiente, schien es ihr sicherer, fies zu sein als ehrlich.

Am nächsten Tag rief sie bei Planned Parenthood an, erklärte, was sie machen wolle, und fragte, wo sie hinmüsse.

Planned Parenthood war die nächsten drei Wochen ausgebucht, weshalb sie ans Krankenhaus verwiesen wurde, wo es einen Termin in zwei Wochen gab. Da war es dann schon Mitte April, die Luft heißer und trockener, die Hügel bereit zu brennen und Leah siebzehn Tage von der Geburt entfernt, aber das konnte zu diesem Zeitpunkt niemand wissen. Nach der Mathearbeit in der zweiten Stunde nahm Corrie den Bus zum UCR Medical Center, eine Fahrt von fünfundvierzig Minuten mit einmal Umsteigen an der Ecke Coronado und Beech, eine halbe Ewigkeit. Sie hörte über Kopfhörer Musik, aber die Verkehrsgeräusche und das Gezanke auf den Sitzen hinter ihr verwandelten die Musik in Lärm. Dann versuchte sie, alle roten Autos, alle roten Jacken, alle roten Ampeln zu zählen, aber sie verlor schnell den Überblick und musste von vorn anfangen.

Sie sei in der fünfzehnten Woche plus ein paar Tage, erklärte die Schwester. Jedenfalls wenn man den Beginn ihrer letzten Periode zugrunde legte, ein Datum, das Corrie förmlich aus der Luft gegriffen hatte. Im Frühling hatte sich die Zeit angefühlt wie eine Illusion; sie hatte Abgabetermine in der Schule verpasst, vergessen, welcher Tag gerade war, und manchmal geglaubt, denselben Tag wieder und wieder zu erleben. Die Schwester gab Corrie zwei kleine weiße Tabletten und wies sie an, zu warten und sich nach Möglichkeit zu entspannen; dann blieb Corrie allein auf einer Art Zahnarztstuhl zurück und zählte die Löcher in der Decke. Die Zeit verging, zwanzig Minuten oder eine Stunde, vielleicht mehr, bis ein Schmerz in ihrem Unterleib erblühte, ein dichter, pulsierender Schmerz, wie sie ihn noch nie erlebt hatte, sodass sie kaum Luft holen oder sich aufrichten konnte, ein Gefühl, als würde sie sich gleich übergeben oder umkippen oder Durchfall bekommen, weshalb sie vornübergebeugt in den Korridor ging und ihre Hose blutgetränkt fand, sie rief die Schwester, und die kam schnell und sagte, mal sehen, ob sie dich jetzt nehmen können, du bist vielleicht noch nicht geweitet genug, aber schauen wir mal, so eine Reaktion haben die meisten Frauen nicht, und bald war Corrie in einem anderen Zimmer mit einer anderen Schwester in einem anderen Zahnarztstuhl, umklammerte ihren krampfenden Bauch, während sich eine Nadel in das zarte Weiß ihrer Armbeuge bohrte, und das war das Letzte, woran sie sich erinnerte, bevor sie in grellem Licht und mit dem Wissen aufwachte, dass erledigt worden war, was erledigt werden sollte, und dass es nun etwas war, das ihr passiert war, nicht mehr etwas, das passieren könnte oder sollte oder nicht passieren sollte. Es war erledigt.

Sie nahm den Bus zurück, stieg wieder an der Ecke Coronado und Beech um, fühlte sich unwohl mit der steifen Klinikbinde, die an den Beinen festklebte, und der OP-Hose, die beim Aufwachen neben ihr gelegen hatte, die blutbeschmierte Jeans zusammengefaltet daneben, wie frisch gewaschen. Auf dem Weg nach draußen hatte sie die Jeans im Foyer in den Müll geworfen. Sie wusste noch nicht, wie sie

Leah die OP-Hose erklären sollte, und auch nicht, wie sie die beachtliche Krankenhausrechnung bezahlen sollte – aber das war etwas für die Zukunft, für die nächsten Stunden und Jahre.

Ihre Krämpfe waren gedämpft, aber immer noch schmerzhaft, trotz der extrastarken Ibuprofen, die man ihr mitgegeben hatte. Die Rückfahrt dauerte länger wegen des Berufsverkehrs, der Himmel war rosa, gelb und hellblau. Noch tagelang hatte sie Krämpfe und Blutungen und weinte nachts ins Sofakissen, doch dann, mit der Zeit, kehrte ihr Körper zu seiner früheren Form zurück: schlank, schlicht, hohl.

An diesem Punkt hörte Corrie auf zu reden, obwohl ich nichts gesagt hatte, und die Beschaffenheit ihres Schweigens deutete darauf hin, dass sie nicht vorhatte weiterzureden. Wir waren an drei Tennisplätzen mit Wochenendmatches vorbeigekommen, an zwei Spielplätzen, auf denen die Kinder am Kunstrasen knibbelten, während die Mütter, Nannys oder Tanten durch ihre Handys scrollten. Dickere Wolken hatten sich vor die Sonne geschoben, und ein kühler Wind war aufgekommen. Corrie schien nicht zu frieren und machte keine Anstalten, das langärmlige Shirt überzuziehen, das sie mittlerweile um die Hüfte trug. Wieder fiel mir auf, wie extrem schmächtig sie war, wie wenig es von ihr gab.

Den Briarcrest Drive hatten wir vor ein paar Minuten passiert, vielleicht vor einer halben Stunde, als sie ausführlich den nächtlichen Sex mit Danny auf dem Sofa beschrieben hatte, aber ich hatte sie nicht auf die gesuchte Straße hingewiesen, weil ich sie nicht wieder unterbrechen und daran erinnern wollte, dass ich da war und zuhörte und mir alles merkte, was sie erzählte. Doch wenn jemand uns durch die Straßen von University Hills führte, dann ohnehin Corrie, nicht ich. Erst da wurde mir mit einiger Verspätung klar, dass sie den Briarcrest Drive auch gesehen und sich die Lage gemerkt hatte. Wir hatten die Straße in einem Radius von drei bis fünf Blöcken umkreist, ohne näher zu kommen, bis jetzt, als sie in die Vista Bonita abbog, die uns direkt auf das Haus zuführen würde, in dem Leah, Nat und Grace vermutlich schon eine Weile vom Tennis zurück waren und sich fragten, wo Corrie steckte und wann sie wiederkäme. Dass Corrie eine Nachricht hinterlassen hatte, war eher unwahrscheinlich.

»Was ist passiert, nachdem Danny weg war?«, fragte ich. »Seid ihr alle zusammen in der Wohnung geblieben?«

Sie nickte und wirkte mit einem Mal sehr müde.

»Ein paar Jahre«, sagte sie. »Als die Kleinen zwei waren, kam Leah mit einem Typen namens Tyler zusammen und zog bei ihm ein. Er war ein guter Mann, mehr oder weniger jedenfalls. Geschieden. Er hatte einen Sohn im Alter der Zwillinge. Sie waren fünf oder sechs Jahre zusammen, dann zog er nach San Diego, um mit seinem Bruder ein Restaurant aufzumachen, und wollte nicht, dass Leah und die Mädchen mitkommen. Danach war sie lange Single. Sie leitete Tylers altes Restaurant und verdiente gut, aber sie wollte immer noch gern Therapeutin werden. Sie redete viel davon, ihren Highschoolabschluss nachzuholen. Sie brauchte nur noch ein paar Punkte, dann hätte sie ans College gehen, dann ein Graduiertenprogramm machen können. Aber daraus wurde nie was.«

Dann, nach all den Jahren allein, hatte sie vor drei Jahren Paul kennengelernt. Corrie wusste nicht, was sich verändert hatte, warum sie nach so langer Zeit wieder anfing zu daten. Die Schwestern beichteten sich schon lange nichts mehr, wobei es auch keine Konflikte gab. Nachdem Leah mit den Zwillingen zu Tyler gezogen war, kam Corrie oft vorbei, und auch nach Tylers Abgang passte sie auf die Zwillinge auf, wenn sie in der Stadt war und Leah arbeiten musste; sie bot Leah immer an, dass sie einspringen konnte. Sie ermutigte sie zu studieren, sie könne auf die Mädchen aufpassen, solange sie studierte, doch irgendwann merkte sie, dass es Leah nicht inspirierte, an ihren Traum von einer anderen Zukunft erinnert zu werden. Es tat ihr nur weh, sie wurde still und wechselte das Thema, redete über das Leben, das direkt vor ihr lag: Die neue Empfangsdame im Restaurant kam immer zu spät, Grace hatte ständig Mittelohrentzündungen.

Paul hatte eine einjährige Gastprofessur an der UCR, als sie sich kennenlernten, und bevor er nach Irvine zurückkehrte, hielt er um Leahs Hand an und lud sie alle ein, hier mit ihm zu leben, in University Hills. Und Leah sagte Ja.

»Ich liebe ihn, wirklich«, sagte Leah, als sie Corrie am Telefon von der Verlobung erzählte und bevor Corrie etwas entgegnen konnte. Corrie hatte Paul nur einmal kurz getroffen und sich noch keine Meinung gebildet. »Du kannst es vielleicht nicht verstehen, das ist okay. Genau diese Art von Liebe will ich.«

Ich fragte Corrie, wo sie gewesen war, als sie nicht in der Stadt war. Sie erzählte mir, sie habe nach der Highschool Vollzeit als Nanny gearbeitet – ihr Vater hatte im Jahr davor einfach aufgehört, Geld zu überweisen, ohne Ankündigung oder Erklärung –, und Jenna und Bella hätten an den Wochenenden für eine Cateringfirma gejobbt. Sie kamen über die Runden und fanden zu dritt zu einer neuen Harmonie, bis die Mädchen mit der Schule fertig wurden und Riverside verließen, Jenna für ihren Freund in Fontana und Bella für ein Vollstipendium an der Kunsthochschule. Nach ihrem Auszug war Corrie zum ersten Mal allein. Und es war in Ordnung. Sie mochte es sogar. Ziemlich plötzlich überkam sie dann das dringende Bedürfnis nach einem Ort mit mehr Stille und mehr Platz, die zwei Dinge, die sie ihr ganzes Leben gemieden hatte. Es zog sie in die Wüste.

Sie machte sich auf zum Joshua-Tree-Nationalpark, im Wagen so viel Hab und Gut, wie reinpasste, den Rest hatte sie gespendet. Sie war noch nie dort gewesen. Die Wüste hatte immer etwas Verbotenes an sich gehabt, es war der Ort ihrer Mutter, dorthin war sie verschwunden, wenn sie sie verlassen wollte, aber nun sagte ihr eine starke innere Stimme, dass sie hinfahren musste.

Sobald sie die lang gestreckte Stadt am Twentynine Palms Highway erreicht hatte und durch den Parkeingang gefahren war, in dem Wissen, dass sie die Stelle passiert hatte, an der ihre Mutter gestorben war, wenn sie auch nicht genau wusste, wo, senkte sich das Licht, die baumlosen Felshügel leuchteten braun und orange, und mit einem Mal erfüllte sie ein tiefer Frieden. Sie fragte sich, ob ihre Mutter hier vielleicht Tage größter Ruhe verbracht hatte, nicht größter Selbstzerstörung. Vielleicht hatte dieser Ort sie so lange am Leben erhalten, wie es eben ging.

Corrie fand schnell Arbeit, tagsüber als Rezeptionistin im Lost Horse Inn und abends als Barkeeperin im Rimrock Saloon, einem Restaurant mit Livemusik am Wochenende, das bei jungen Touristen und Kletterern aus L.A. und Orange County beliebt war. Sie campte im Park oder schlief auf dem Sofa einer Kollegin, bis sie sich ein kleines Einzimmerapartment in Yucca Valley leisten konnte, das sie zögerlich mit gerahmten Drucken und Holzmöbeln vom Trödel einrichtete, unsicher, wie sie einen eigenen Raum am besten mit eigenen Dingen füllte. Ihr teuerster Kauf war ein Einzelbett samt neuer Bettwäsche, neuen Kissen und einer echten Daunendecke. In diesem Bett, an die Wand unter dem Fenster geschmiegt, das die trockene, saubere Luft aus der Mojave-Wüste hereinließ, schlief sie gut und allein.

Sie lebte ein paar Jahre dort und war zufrieden, manchmal glücklich. Körper und Geist waren zur Ruhe gekommen, und je mehr Zeit sie allein verbrachte, desto mehr genoss sie ihr Alleinsein. Sie fand einen Sinn, sogar Vergnügen in ihrer Arbeit und lernte neue Freunde lieben, aber am Ende des Tages wollte sie nur zurück in ihre kleine Wohnung, zu ihren Sachen und sich selbst. Man wurde in der Wüste nicht so leicht einsam, weil hier jeder allein war, und alle, die ihr begegneten, schienen sowohl verlassen worden zu sein als auch verlassen zu haben.

»Da bin ich auch dem Typen begegnet«, sagte sie und meinte damit offenkundig den Mann, der sie geschwängert hatte. Ich hatte ganz vergessen, dass sie schwanger war oder es zumindest behauptete. Sie verstummte wieder. Mehr würde sie nicht sagen über den Mann, ihre Begegnung und warum sie jetzt hier war, ohne ihn.

Wir erreichten die Ecke Briarcrest Drive. Eine ruhige Straße mit neuen Häusern, noch neuer als in anderen Ecken von University Hills, erst im letzten Frühjahr gebaut. Die Fenster waren makellos, an manchen klebten noch die Sticker des Bauunternehmens.

»Ich weiß nicht mehr, welches Haus«, sagte sie. »Paul hat einen kleinen roten Jetta, aber den sehe ich nicht.«

Wir gingen die Straße entlang, betrachteten Fenster und Auffahrten, bis Corrie vor einem der Häuser stehen blieb und sagte: »Ich find's schon allein, danke. Du musst nicht mehr mitkommen.«

»Schon okay, das macht mir nichts«, sagte ich. Ich holte mein Telefon raus. »Willst du Leah anrufen?«

»Nein«, sagte sie etwas ungeduldig. »Ich find's schon.« Zum ersten Mal, seit sie angefangen hatte, ihre Geschichte zu erzählen, sah sie mir in die Augen und sagte sanfter: »Aber danke.«

Wir standen einen Moment da, und dann sagte ich: »Okay, viel Glück, es war wirklich nett, dich kennenzulernen, und vielleicht bis bald, ich gehe hier oft spazieren.« Sie lächelte, aufrichtig, wie es schien, und sagte: »Okay, ja, vielleicht sieht man sich mal« – obwohl wir beide wussten, dass das nicht passieren würde, und wenn wir uns zufällig bei Trader Joe's oder in den Straßen von University Hills oder auf dem Parkplatz des Einkaufszentrums über den Weg laufen würden, vor allem in Begleitung von Isaac oder Leah oder Paul oder Nat oder Grace, dann würden wir wohl den Blick abwenden und in die andere Richtung gehen, aus so etwas Ähnlichem wie Respekt.

Ich machte kehrt und ging zurück durch den Briarcrest Drive, Richtung Süden zu den Graduiertenunterkünften. Ein Blick auf mein Telefon zeigte: Niemand hatte mir geschrieben oder angerufen oder gemailt, seit ich das Yogastudio verlassen hatte (abgesehen von einer Werbemail von Peet's), was mich zugleich überraschte und enttäuschte, dabei war es Samstag, und seit dem Yoga war nicht wirklich viel Zeit vergangen. Ich überlegte, Margot anzurufen und ihr meine alberne Schwärmerei für Vince Balsamo vor fünfzehn Jahren zu gestehen. Ich würde ihr erzählen, dass ich ihn nur so angesehen hatte wie er mich, um sie zu verletzen, um ein Gefühl von Macht über sie auszukosten, die ich überhaupt nicht hatte – auf ewig die Plage, nie eine Rivalin. Und ich würde ihr sagen, dass ich mich trotz meiner Fantasien, trotz meines Begehrens entsetzt zurückgezogen hätte, wenn er sich mir je genähert hätte; ich hätte ihn nie wieder angesehen.

Doch ich ließ die Idee schnell fallen; damit wäre nichts geklärt, und ich war mir fast sicher, dass sie die Spannung zwischen uns nie wahrgenommen hatte – wenn Vince mich überhaupt je so angesehen hatte, wenn es nicht nur ein Spiel gewesen war, das ich mitgespielt hatte. Ich überlegte, sie anzurufen und nur zu sagen, dass ich an sie dachte, dass ich mich fragte, wie es ihr ging – aber ich wollte nicht, dass sie bereute, mir so früh von ihrer Schwangerschaft erzählt zu haben, weil ich mich zu oft nach ihr erkundigte. Ich würde tun, was wir schon so lange taten, ich würde abwarten, bis sie mich irgendwann anrief.

Nein, dachte ich. Ich würde ihr nach meinem nächsten Ultraschall eine Nachricht schicken, nach dem Anatomiescan in drei Wochen, und sie wissen lassen, ob sie eine Nichte oder einen Neffen bekäme.

Ich steckte das Telefon weg und sah mich um. Corrie ging ein paar Straßen hinter mir, jetzt auch Richtung Süden, nicht weit von dort, wo wir uns verabschiedet hatten. Sie musste gesehen haben, dass ich mich umdrehte. Falls sie lächelte und winkte, bekam ich es nicht mit.

Ich entfernte mich weiter, ging durch den Park mit dem Fußballfeld, den Grills und dem Spielplatz mit Rindenmulch. Jetzt waren mehr junge Familien da, Babys in Tragen vor der Brust ihrer Mutter, Kleinkinder und Schulkinder, die Fangen spielten. Manche Mütter sahen mich an, als würden sie mich wiedererkennen, lächelten leicht und nickten, manche sagten Hallo, schönen Nachmittag. Das war neu, dieses Wiedererkennen. Mein Körper war jetzt deutlich sichtbar schwanger und weckte ganz von selbst das Interesse von Frauen, die auf Ringe an Ringfingern und Bäuche mit Babys achteten, Frauen, wie ich eine wurde. Ich lächelte zurück und sagte, hallo, schönen Nachmittag und ging weiter.

Ein paar Teenager saßen an einem Picknicktisch, tranken Softdrinks und lachten über Sachen auf ihren Handys, schlaksige Jungen und hübsche Mädchen, soweit ich im Vorbeigehen sehen konnte, und ich fragte mich, ob ich Nat und Grace erkennen würde, sollten sie mir begegnen. Sie wären bestimmt sehr schön, mit langem schwarzem Haar, mandelförmigem Gesicht und Skischanzennase. Ein Junge legte den Arm um die Schulter eines Mädchens, und sie ließ es zu, und mit einem Mal wollte ich ganz dringend nach Hause zu Isaac. Er lag jetzt sicher mit einem Buch auf dem Sofa, samstags um diese Zeit las er eigentlich immer, und wenn ich nach Hause käme, würde er das Buch auf den Sofatisch legen und mich und meinen Bauch küssen. Ich wollte mit ihm in unserem Bett liegen, die Glieder von uns gestreckt. Im Kopf probte ich schon, was ich ihm von Corrie erzählen würde und was nicht, wie ich die Details ihrer Geschichte ausschmücken oder verändern würde, sie mit anderen Geschichten anreichern würde, von denen ich gehört oder gelesen hatte, wahre und erfundene.

Schlange – nur knapp an meinem Fuß vorbei, rasch, braun und lautlos über den Weg ins hohe Gras, ein peitschender dünner Schwanz. Ich erstarrte und schrie auf, ein junger Laut. Ein Paar in der Nähe blickte verwirrt hoch. Ich lächelte ihnen zu, alles okay. Unwillkürlich umklammerte ich meinen Bauch und hielt die Luft an. Einen Moment lang ging ich nicht weiter, wartete darauf, dass mein Herzschlag sich beruhigte, der Atem wieder mühelos ging.

Den Rest des Weges legte ich langsam mit gesenktem Blick zurück, forschte bei jedem Stock, ob sich etwas bewegte, ein Schwanz klapperte. Aber sie waren alle leblos, aus den Ästen über mir gefallen, warteten darauf, von Kindern aufgehoben zu werden, um Striche in die Erde zu malen oder sie in kleine Stücke zu brechen, die dann aus feuchten kleinen Mündern geborgen werden mussten.

In der Nacht träumte ich von Schlangen, die sich um meine Arme und Beine wanden und an meinem Hals leckten, mit gespaltenen Zungen, so rot wie Liebesäpfel.

KEIN BLAU

Ich weiß jetzt, was gemeint ist, wenn sie sagen, sie hätten das Baby verloren. Sie meinen, dass sie nicht wissen, wo das Baby ist.

–

»Ach Schatz«, sagt meine Mutter durchs Telefon. Ich habe sie vom Klinikparkplatz aus angerufen. So hat sie es noch nie gesagt. Schatz wie Blei. Man kann hören, wie sie die Hand aufs Brustbein presst, sehen, wie ihr Blick zu Boden fällt, spüren, wie sie sich erinnert.

»Ach Schatz. Meine arme Kleine.«

–

FREITAG, 4. JANUAR 2019
14 UHR
UNIVERSITY OF CALIFORNIA IRVINE MEDICAL CENTER
ORANGE, KALIFORNIEN

»Mit dem Herz des Babys ist etwas nicht in Ordnung.«

Die Frauenärztin hat blondes Haar, ein weißer Rahmen um ihr weißes Gesicht in einem dunklen Raum.

»Sehen Sie sich die linke Herzkammer an. Sehen Sie hier das Blau und das Rot. In der linken Herzkammer ist kein Blau. Da, wo es blau sein sollte, ist es weiß.«

Ich weiß nicht, wo ich anfangen soll. Das sollte nie Teil dieses Romans sein.

–

Isaac fährt uns unter einer hoch stehenden Sonne von der Klinik nach Hause. Auf meinem Telefon habe ich Google Maps geöffnet und sage ihm, wann er welche Ausfahrt nehmen soll, welche Spur die beste ist: ganz rechts, zweite von rechts. Die 5 Richtung Süden, die 55 Richtung Süden, dann die 73, und ab da kennen wir den Weg.

Zu Hause setzen wir uns aufs Sofa und gucken *Avengers: Age of Ultron*; das Sonnenlicht, das durchs Fenster fällt, bleicht den Bildschirm aus. Isaac macht mir Toast mit Butter, Zimt und Zucker und isst selbst nichts. Er gibt mir Hintergrundinformationen zum Film und ordnet ihn in den größeren Kontext des Avengers Franchise und des Marvel Cinematic Universe ein. Er erklärt mir Infinity-Steine, Thanos, Ultron, welche Rolle Samuel L. Jackson in dem Ganzen spielt.

Dann gucken wir *Thor: Ragnarok* und *Avengers: Infinity War*, und wir weinen beide heftiger, als wir schon den ganzen Nachmittag weinen, als Thanos mit den Fingern schnippt und Black Panther und Groot und die Krieger von Wakanda und Elizabeth Olsen alle zu Staub zerfallen, und wir verlieren vollends die Fassung, als Tom Holland auf Robert Downey Jr. zustolpert und sagt: »Mr Stark, ich fühl mich nicht so gut, ich weiß nicht, was passiert, ich will nicht sterben, ich will nicht sterben, Sir, bitte, bitte, ich will nicht sterben, ich will nicht sterben, es tut mir leid«, und dann wird sein Gesicht für einen Moment ganz ruhig, bevor es sich auflöst wie die anderen.

Um nach dem Film irgendetwas anderes zu fühlen, fangen wir an, John Mulaneys Netflix-Special *Kid Gorgeous at Radio City* zu gucken, das Isaac in Teilen schon kennt, ich aber gar nicht.

»Wie hätte das denn funktionieren sollen?«, fragt Mulaney das Publikum und läuft in seinem schwarzen Smoking über die Bühne. Er ist hinreißend und clever und erinnert uns an alte Freunde, bei denen wir uns zu selten melden. »Jahre später auf dem College will ich gerade einem süßen Schnuckel einen blasen, und dann soll ich mich fragen: ›Moment mal, was würde Leonard Bernstein machen?‹«

Nachdem wir ein paarmal gelacht haben, sind wir zu müde, um noch mehr zu sehen, und so stelle ich mich lange unter die Dusche, ohne die Haare zu waschen, putze mir die Zähne, nehme meine pränatalen Vitamine und gehe ins Bett.

Den ganzen Tag und die ganze Nacht tritt und tritt und tritt er ohne jeden Rhythmus.

Schhhh, Baby, denke ich an ihn gerichtet. *Schhh, schlaf ein, jetzt ist nicht die Zeit zum Spielen.*

»Kannst du ihn spüren?«, frage ich Isaac, als wir nicht einschlafen können. Ich drücke seine Hand auf meinen Bauch.

»Hier. Spürst du was?«
»Nein«, sagt er.

—

Im ersten Satz dieses Kapitels ist die Rede von SIE im Plural, wobei das Subjekt häufig auch SIE im Singular ist – im Sinne von SIE HABEN DAS BABY VERLOREN oder SIE HAT DAS BABY VERLOREN –, aber es heißt selten SIE HABEN IHR BABY VERLOREN oder SIE HAT IHR BABY VERLOREN, und noch seltener hört man ICH HABE MEIN BABY VERLOREN oder gar ICH HABE DAS BABY VERLOREN.

Der bestimmte Artikel ist seltsam und erinnert mich daran, wie Isaac und ich während unserer Hochzeitsplanung irgendwann unwillkürlich anfingen, DIE HOCHZEIT statt UNSERE HOCHZEIT zu sagen, obwohl ich ihm eine Weile vorher erzählt hatte, dass es mich immer über die Maßen gestört hat, wenn Paare DIE HOCHZEIT sagen, und falls ich jemals hören sollte, wie er mich als DIE BRAUT oder DIE FRAU bezeichnet, selbst wenn er es ironisch meint, würde ich anfangen, ihn MEINEN ERSTEN MANN oder, schlimmer noch, DEN ERSTEN MANN zu nennen.

VERLOREN ist übrigens auch oft das Wort der Wahl statt irgendeine Variation von TOT oder GESTORBEN oder, gegebenenfalls, GETÖTET. ABGEBROCHEN sagen manche, andere ERMORDET. Wer von ABGEBROCHEN spricht, wird vermutlich auch das Objekt zu FÖTUS oder EMBRYO oder sogar ZEUGUNGSPRODUKT verändern, anstelle von BABY oder KIND oder UNGEBORENES.

TÖTEN: den Tod herbeiführen (einer Person, eines Tieres oder eines anderen Lebewesens).

ERMORDEN: die illegale, vorsätzliche Tötung eines Menschen durch einen anderen.

ABBRECHEN: beenden.

VERLOREN impliziert auch ein Versehen, wie in ICH HABE MEINE LESEBRILLE VERLOREN oder ICH HABE DEN VERSTAND VERLOREN, denn absichtliches Verlieren wäre natürlich überhaupt kein Verlieren, sondern Verstecken/Verbergen/Verschleiern.

Das Passiv könnte in diesem Kontext angebracht sein, da es in den meisten Fällen keinen Ausführenden gibt, der den Tod des Babys verursacht hat, oder wenigstens eine Verbverbindung wie VERLOREN GEHEN, aber DAS BABY IST VERLOREN GEGANGEN oder IHR (Plural oder Singular) BABY IST VERLOREN GEGANGEN ergibt einen seltsamen Euphemismus; es funktioniert eigentlich nur in wörtlicher Bedeutung: IHR BABY GING FÜR FÜNF STUNDEN AN DER PENN STATION VERLOREN, BEVOR EINE REINIGUNGSKRAFT ES UNTER DER SUSHIBAR ENTDECKTE.

Mein Ziel ist es, Sätze im Aktiv zu bilden, die nach Möglichkeit keine Euphemismen oder unnötige bestimmte Artikel enthalten, aber es fühlt sich immer noch falsch an, wenngleich es faktisch richtig ist, wenn ich sage: ICH HABE MEIN BABY GETÖTET.

–

In der Erzählung, die Isaac ein paar Monate später hierüber schreiben wird, ist die namenlose Frau in der fünfundzwanzigsten Woche, als sie mehrere Stunden lang die Tritte des Babys nicht mehr spürt. Sie schickt ihrem Mann, dem Vater des Babys, unserem (ebenfalls namenlosen) Erzähler eine Nachricht und fragt, ob sie sich Sorgen machen müsse. Er versichert ihr, nein, sie müsse sich keine Sorgen machen, das Baby schlafe wahrscheinlich nur.

Nach zehn Stunden – es ist jetzt sehr früh am nächsten Morgen, und die beiden haben kaum geschlafen – fahren die Frau und der Mann ins Krankenhaus, und die Frauenärztin findet mit dem Doppler keine Herztöne, dann bestätigt der Ultraschall, dass das Baby tot ist. Nach der Einleitung und einer langen, schmerzvollen Geburt bringt die Frau das Kind zur Welt. Abgesehen vom Keuchen der Frau ist der Kreißsaal ganz still.

Die Frau will das Baby nicht angucken, aber der Mann sieht sein Gesicht – nicht mit Absicht, aber auch nicht ganz aus Versehen. Das Baby sieht exakt so aus wie die Frau, bemerkt der Mann, aber er beschreibt nicht, worin genau die Ähnlichkeit besteht. Das Baby ist ein Junge, und es war die erste Schwangerschaft der beiden.

»Du hast eine Totgeburt daraus gemacht«, sage ich nach der Lektüre. »Warum hast du eine Totgeburt daraus gemacht?«

»Es ist fiktiv«, sagt er. »Es ist nicht unsere Geschichte. Ich weiß nicht, ob ich unsere Geschichte schreiben will.

Sie gefällt dir nicht«, schiebt er hinterher. Wir sitzen nebeneinander auf dem Sofa. Er sieht die Seiten durch, stoppt, wo ich etwas mit Bleistift angemerkt habe.

»Nein«, sage ich. »So meine ich das ganz und gar nicht. Du

hast es besser gemacht. Es ist das Beste, was du je geschrieben hast.«

–

FREITAG, 4. JANUAR 2019
14 UHR
UNIVERSITY OF CALIFORNIA IRVINE MEDICAL CENTER
ORANGE, KALIFORNIEN

»Ja ich sehe dass da kein Blau ist aber was heißt das. Was heißt kein Blau.«

»Kein Blau heißt es strömt kein Blut in die linke Herzkammer.«

»Ja ich weiß aber was heißt das. Ich meine ist es ein bisschen schlimm oder sehr schlimm.«

»Kein Blau heißt dass das Kind nach der Geburt nicht in der Lage sein wird zu atmen.«

–

Vielleicht ist es faktisch aber auch überhaupt nicht richtig, zu sagen ICH HABE MEIN BABY GETÖTET, und es wäre faktisch richtiger, zu sagen ICH HABE MIT MEINER UNTERSCHRIFT AUF EINEM FORMULAR DER TÖTUNG MEINES BABYS ZUGESTIMMT oder ICH HABE ANGEORDNET, DASS MEIN BABY GETÖTET WIRD, das Passiv hier, weil ich nicht genau weiß, wer mein Baby getötet hat. Ich habe ihre Gesichter nicht gesehen und ihre Namen nicht erfahren. (Seltsamerweise fühlt es sich unaufrichtig, sogar verboten an, SOHN statt BABY zu sagen.) Im OP waren viele Menschen, alle in Blau gehüllt. Eine Frau fragte, welche Musik ich hören wolle, während ich mich unters Messer legte.

»Wir haben Bob Marley«, sagte sie. »Sarah McLachlan. Grateful Dead. Was immer Sie wollen.«

Ich kannte nur die Frauenärztin und die Namen der Assistenzärztinnen, die ich zu ihrer Sicherheit für mich behalte – nennen wir sie Dr. Pak und Dr. Serrano –, aber ich weiß nicht, ob sie ihn getötet haben, wobei ich vermute, dass es Dr. Serrano war, unter der Aufsicht von Dr. Pak, die die Nabelschnur durchtrennte und fünfundzwanzig Minuten darauf wartete, dass sein Herz von allein zu schlagen aufhörte, bevor sie fortfuhren.

–

Wie schrieb ich noch, als die Figur, die ich Elizabeth nenne, Margot davon erzählt?

IN DER VIERZEHNTEN WOCHE HABE ICH ES VERLOREN, sagte sie, UND SAM BRACH ZUSAMMEN.

ICH HATTE EINE FEHLGEBURT, so sagte sie es ihrer Mutter. So stellte ich mir vor, dass sie es ihrer Mutter sagte, meine ich. Ich weiß nicht, wie die echte Frau, die mir als Inspiration für die Figur namens Elizabeth diente, mit ihrer Mutter darüber redete, ob sie überhaupt mit ihr redete.

Einen solchen Satz habe ich für die Figur, die ich Corrie nenne, nicht geschrieben. Die echte Frau, die mir als Inspiration für die Figur namens Corrie diente, hat ein paarmal das Wort ABTREIBUNG verwendet, nie ABBRUCH und auch keine Variation von VERLOREN.

–

ROSEMARY'S BABY (1968)

Letzte Szene.

131. INNEN CASTEVETS APARTMENT – (ABENDDÄMMERUNG)

Rosemary steht in der Tür zum Raum und beobachtet die Zusammenkunft der Hexengesellschaft. Sie hält ein Messer umklammert. Auf der anderen Seite des Raums befindet sich ein schwarzer Stubenwagen, umwickelt mit schwarzem Taft. Das Baby darin ist nicht zu sehen. Ein Kruzifix hängt kopfüber an einem schwarzen Band, das um die Fußknöchel Jesu geschlungen ist. Mr Castevet, der Anführer der Gesellschaft, sieht Rosemary, und der Raum wird still.

MR CASTEVET

Rosemary.

ROSEMARY

Halten Sie den Mund.

MR CASTEVET

Bevor du hinsiehst –

ROSEMARY

Halten Sie den Mund. Sie sind ja in Dubrovnik. Ich kann Sie gar nicht hören.

Rosemary geht näher an den Stubenwagen heran und fängt an, den schwarzen Himmel wegzuziehen, um das Baby zu enthüllen. Als sie es entdeckt, verfliegt ihr erwartungsfrohes Lächeln; sie ist entsetzt. Sie tritt zurück und sieht sich hektisch um, das Messer an der Brust.

ROSEMARY

Was habt ihr mit ihm gemacht? Was habt ihr mit seinen Augen getan?

MR CASTEVET

Er hat die Augen seines Vaters.

ROSEMARY

Was heißt das, wieso? Guys Augen sind doch normal. Was habt ihr ihm angetan, ihr Wahnsinnigen?

MR CASTEVET

Satan ist sein Vater, nicht Guy. Er kam herauf aus der Hölle und zeugte einen Sohn mit einer Sterblichen!

STIMMEN

Heil Adrian! Heil Satan! Heil Adrian! Heil Satan! [...]

GUY

Nimm an, du hättest ein Baby gehabt und es verloren, wäre es nicht dasselbe?

–

Und wie drückt Euripides es aus?

CHOR

Deine Kinder sind tot, gestorben durch die mütterliche Hand.

[...]

IASON

Meine Kinder sind tot.

[...]

MEDEA

Deine Kinder sind tot. Ich sag's, damit du leidest.

Medea schwebt in einem von Drachen gezogenen Wagen über dem Palast, ihr schönes Gesicht gerahmt von wirrem schwarzem Haar. Ein cremefarbener Chiton reicht ihr bis zu den Knöcheln und ist um ihre breiten Schultern, die Hüften und Brüste geschlungen. Die Leichname ihrer jungen Söhne liegen reglos in ihren Armen, die Chitone sind wie ihrer blutgeschwärzt, die Stichwunden bluten noch.

MEDEA

Drum nenn mich Ungeheuer, wenn du willst.

–

Lasst es mich anders schreiben.

ANNA & RUTH

Ich sitze auf einer Art Zahnarztstuhl, noch voll bekleidet in einer Umstandstunika, die Margot mir erst vor einer Woche geschenkt hat – sie besitze die gleiche in Dunkelblau, habe sie ständig getragen und werde es bald wieder tun –, und den schwarzen Leggings, die über meinen Bauch reichen und die ich fast jeden Tag anhabe, seit mir meine Jeans aus der Zeit vor der Schwangerschaft nicht mehr passen.

Dürre Kuh, habe ich erst vor ein paar Tagen gedacht, als ich ein Paar Levi's mit hohem Bund hochhielt, die ich hinten in meiner Schublade gefunden hatte. *Wie konnte sie sich nur für einen Wal halten?*

Das Untersuchungszimmer, in dem ich jetzt sitze, ist mir vertraut; ich war hier schon für andere pränatale Untersuchungen. Vom Fenster sieht man über den Parkplatz und das flache Outletcenter, dahinter drei Kirchtürme. An den Wänden hängen die gleichen Poster wie in den anderen Zimmern auf dieser Etage, die Zimmer mit dem Blick nach Westen zur 55, die rosa- und beigefarbenen Schaubilder des weiblichen Fortpflanzungssystems und der Querschnitt einer schwangeren weißen Frau, das Kind mit geschlossenen Augen kopfüber in ihrem Becken.

Ich habe nicht damit gerechnet, dass man mich in diesem Zimmer oder in einem der anderen, in denen ich schon mal war, untersuchen würde. Aber natürlich ist es so – wo hätten sie mich sonst hinschicken sollen? Es müsste ein Trauriges Zimmer geben, extra eingerichtet mit einem bequemeren Stuhl, Pfefferminztäfelchen, Spitzengardinen vor dem Fenster und Aloe-vera-getränkten Kleenex-Tüchern in Keramikspendern statt der gesprenkelten Pappschachteln, die aussehen wie der Linoleumboden einer Highschool.

Das Zimmer ist mir vertraut, aber ich habe die Frau noch nie gesehen, die jetzt in einem weißen Kittel und mit stylisher Brille mit dicker melierter Fassung hereinkommt. Sie stellt sich als die Assistenzärztin vor, Dr. Serrano – »Freut mich, Sie kennenzulernen« –, und reicht mir eine zarte Hand ohne Ring, noch feucht vom Desinfizieren.

Dr. Serrano ist jung, vielleicht jünger als ich, wobei ich gar nicht mehr so jung bin oder jedenfalls nicht mehr so jung, wie ich einmal war. Diese offenkundige und ewige Wahrheit hat für mich immer etwas eigentümlich Tröstliches gehabt, aber jetzt verstärkt sie nur die brodelnde Panik in mir. Zusätzlich zu dem Baby, das ich verloren habe – oder das ich gleich verlieren werde, wenn der Prozess des Verlierens unwiderruflich in Gang gesetzt wird, in dreißig Minuten oder zwanzig oder zehn? –, habe ich Zeit verloren, habe ich zigtausend fruchtbare Minuten verschwendet, versunken in Übelkeit, Erwartung, Hoffnung. Zeitverschwendung darin zu sehen suggeriert, dass das Baby selbst Verschwendung ist, etwas Entbehrliches, Müll, obwohl niemand so etwas auch nur angedeutet hat, nur ich selbst, in den finstersten Winkeln meines Verstandes.

Die Winkel, wo folgende Gedanken wohnen:

Die Levi's werden mir schneller wieder passen als gedacht.

Das wird meinen Roman nur besser machen.

Ich hasse alle Mütter von gesunden Babys.

Ich hasse alle gesunden Babys.

Ich habe das nicht verdient.

Ich habe das verdient.

Nicht zum ersten Mal an diesem Tag oder sogar in dieser Stunde sehe ich ein Bild vor mir, die abgetrennten Glieder meines winzigen Babys in einem Müllsack am Bordstein, zusammen mit Kaffeebechern aus Styropor und verdorbenem Aufschnitt, und ich möchte würgen, weinen und schreien. Aber das tue ich nicht. Ich bin gefasst, eine höfliche Patientin.

Dr. Serrano setzt sich auf einen Hocker vor einem Computerbildschirm und bewegt die Maus, bis der Bildschirm blau erstrahlt, dann loggt sie sich schnell ein.

»Es tut mir so leid«, sagt sie, während das Programm hochfährt, dann beugt sie sich vor und sieht mir fest in die Augen. »Das muss sehr schwer sein. Ich bedaure, dass wir uns unter diesen Umständen begegnen.«

Obwohl ihre mitfühlende Haltung etwas Einstudiertes hat, weiß ich die Geste zu schätzen. Ich bin froh, dass auch so etwas Teil der Ausbildung ist.

»Ich auch«, sage ich. »Danke.«

Dr. Serrano erklärt, dass sie und die verantwortliche Ärztin, Dr. Pak, heute mit der Weitung für den operativen Abbruch beginnen werden, der morgen früh stattfindet, doch zuerst müsse sie mir ein paar Fragen stellen. Es sollte nicht lange dauern.

Ich bestätige meinen Namen (Anna Chase), das Geburtsdatum (1. September 1988), den Beginn meiner letzten Periode (22. August 2018), den errechneten Entbindungstermin

(28. Mai 2019) und die Schwangerschaftsdauer (20 Wochen, 2 Tage). Dr. Serrano wendet sich vom Bildschirm ab und mir zu, wenn ich antworte – *suchen Sie Blickkontakt, wenn die Patientin spricht* –, und gibt die Antworten dann zum Bildschirm gewandt ein.

»Ist dies Ihre erste Schwangerschaft?«

»Ja.«

»Wie haben Sie das Kind gezeugt?«

»Auf natürlichem Weg.«

»Über wie viele Menstruationszyklen haben Sie versucht, ein Kind zu zeugen?«

»Einen.« Ich lächele entschuldigend, fast beschämt über die mühelose Empfängnis. Ich frage mich, ob Dr. Serrano ein Kind hat, ein Kind will, ein Kind verloren hat. Sie zeigt keine Reaktion. Sie bemitleidet mich nicht, und dafür mag ich sie.

Es ist noch nicht so lange her, gar nicht lange, dass Isaac und ich zum ersten Mal mit Zeugungsabsicht miteinander schliefen. In einem Hotelzimmer des Denver Marriott am Hochzeitswochenende seines jüngeren Bruders Robbie. In der gehetzten Stunde zwischen einem Abstecher zu Target, um Last-minute-Luftschlangen für die Brautparty zu besorgen, und dem Probedinner. Die brutale Klimaanlage, die sich nicht runterstellen ließ, der Dunstschleier vor den Fenstern, gelb gefärbt von den Waldbränden, die schon den ganzen Sommer wüteten. Die Fantasiebilder, die mich seit meiner Jugend zuverlässig erregten und die mich nun im Stich ließen, sodass ich kein bisschen feucht wurde. Isaac, der zum ersten Mal in mir weich wurde und meinte, ich weiß, dass ich dir wehtue, und ich will dir nicht wehtun. Ich fragte ihn, ob er wirklich bereit sei, und er sagte, ja, ja, er wolle ein Baby mit mir machen, so sehr wie nur irgendwas. Wir versuchten, uns mit Pornos zu behelfen, die wir auf meinem Handy aufriefen, was wir noch nie getan hatten, fragten uns gegenseitig: »Was magst du denn?«, beide zu schüchtern, eine Wahl zu treffen. Wie wär's hiermit oder damit? Mir egal – sag du. Wir entschieden uns schließlich für zwei weiße Kids auf einem Strandbett, beide nicht älter als zwanzig, langgliedrig und rasiert; sie klatschten ihr Fleisch aufeinander und stöhnten wie Katzen. Wir kamen beide so heftig wie seit Monaten nicht.

Ich wurde nicht schwanger. Der Eisprung war erst eine Woche später, wie mir aufging, als ich schließlich meine Tage bekam; die Trockenheit hätte mir verraten sollen, dass es zu früh war. Schwanger wurde ich im nächsten Monat, als ich die Vorhersage meiner App ignorierte und stattdessen mein Toilettenpapier genauer untersuchte. An den Sex in jener Woche kann ich mich nicht erinnern. Auf jeden Fall zu Hause, in unserem Bett. Tage bevor ich mir erlaubte, einen Test zu machen, schmerzten meine Brüste schon wissend.

»Na ja, zwei«, korrigiere ich mich. »Aber beim ersten Mal hatten wir nicht zum richtigen Zeitpunkt Verkehr. Also nur ein Zyklus mit dem richtigen Timing. Ich weiß nicht, ob das als einer oder zwei zählt.«

Dr. Serrano tippt nur nickend. *Nicken Sie, um zu zeigen, dass Sie aktiv zuhören.*

»Irgendwelche Komplikationen während dieser Schwangerschaft?«, fragt sie.

»Nein«, sage ich, und es stimmt. Ich könnte ihn austragen, wenn ich wollte. Ich könnte es immer noch tun. Obwohl meine Schwangerschaft perfekt verlief und alle Risikofaktoren gleich null waren, hatte ich umfassende Ängste gehabt und gegrübelt, was alles schiefgehen könnte mit mir und dem Baby und der fragilen und komplexen Maschinerie, die uns verband. Aber ich hatte nicht gefürchtet, was jetzt passierte. Nicht genau das.

Hättest du nur.

Hättest du nur nach Robbies Hochzeit Sex gehabt. Nicht davor.

Hättest du nur nicht mit Isaac Sex gehabt.

Mein Telefon vibriert in meiner Tasche auf dem Boden. Nur einmal: eine Kurznachricht. Wahrscheinlich wieder Margot. Ich mache keine Anstalten zu antworten.

»Was wissen Sie über den Zustand des Babys?«, fragt Dr. Serrano.

»Es ist sein Herz.«

Sie wartet, dass ich es weiter ausführe, und als ich es nicht tue, holt sie Luft, als wollte sie mir noch mal alles detaillierter erklären, die Besonderheiten der Komplikation, wie sie es nennen, was sie für seine Lebensqualität bedeuten, sollte er überleben. Ich weiß das alles schon und möchte es nicht noch einmal hören.

»Es fließt kein Blut in die linke Herzkammer«, sage ich, bevor sie anheben kann. »Deshalb entwickelt sie sich nicht, wie sie sollte, und wird immer weniger funktionsfähig werden. Er wird vermutlich binnen Minuten nach der Geburt ersticken oder bald darauf.«

Aber es besteht die Chance, dass er länger lebt.

Aber es besteht die Chance, dass er leben will, so gut es eben geht.

»Ja«, sagt sie nickend. »So ist es, im Großen und Ganzen. Ich kann es Ihnen noch genauer erklären, wenn Sie wollen? Wenn Sie noch Fragen haben?«

Mein Telefon vibriert wieder. Ein Erinnerungsbrummen oder eine neue Nachricht. Meine Mutter dürfte Margot erzählt haben, dass heute die Weitung ist. Ich habe meiner Mutter gesagt, sie könne Margot alles erzählen, was ich ihr erzählt habe; ich hätte nichts zu verbergen, aber ich könnte auch nicht alles zweimal erzählen. Jetzt schickt Margot mir die gleichen Nachrichten, die ich ihr vor nicht allzu langer Zeit geschickt habe, *Kann ich irgendwas für dich tun?; Ich denk an dich.* Ihre gehen weiter als meine, sie sagt, wie krank sie das alles mache, dass sie sofort herfliegen würde, wenn ich sie hierhaben will. Ich bin mir sicher, dass meine Mutter sie gebeten hat, mir das anzubieten, und in dem Wissen, dass ich nie und nimmer annehmen würde, war es bestimmt nicht schwer. Ich wollte sie nicht sehen. Ich wollte niemanden sehen. Wenn sie anrief, ließ ich die Mailbox anspringen und hörte die Nachricht nicht ab. Meine Kurznachrichten waren knapp, ausreichend freundlich, aber mit ihr telefonieren konnte ich nicht. Wann immer ihr Name auf meinem Display erschien, sah ich sie in ihrer Küche in Anchorage vor mir, wo sie Alex Grießbrei fütterte, in ihrem kleinen Babybauch ihr kleiner Fötus, und dann erfüllten mich Neid und Wut und dann ein schlechtes Gewissen deswegen, und ich konnte nicht aufhören zu weinen, und ich war es leid zu weinen.

Sie hätte den späten Verlust und ich den frühen erleiden sollen.

Sie hat schon ein Kind.

Blöde Gans, nur Dummköpfe glauben an Fairness.

Er tritt.

»Er tritt gerade«, sage ich. »Er kann nichts fühlen, oder? Er wird nichts fühlen, oder?«

»Nein«, sagt Dr. Serrano. »Keine Sorge. Er wird nichts fühlen.«

Ihr Gesichtsausdruck verändert sich, vielleicht unterdrückt sie einen Gedanken, den sie nicht mitteilen möchte, ein Bild dessen, was mich erwartet. Mir fällt auf, dass sie hübsch ist hinter ihrer Brille, ziemlich hübsch. Ihr Gesicht ist angenehm schlicht zurechtgemacht, das Make-up sorgsam aufgetragen. Eine Andeutung von Katzenauge in Nachtschwarz, eine Spur Rouge, unsichtbarer Concealer. Sie wendet sich wieder dem Bildschirm zu.

»Wie ich sehe, hatte Ihre Mutter auch ein Kind mit angeborenem Herzfehler, ist das richtig?«

»Ja, das stimmt.«

»Hat sie einen Gentest gemacht?«

»Nein, das gab es damals noch nicht. Das war in den Acht-zigern.«

»Stimmt, tut mir leid, natürlich. Leider ist es aufgrund der begrenzten Informationen schwer zu sagen, ob es mehr als Zufall ist. Haben Sie vor, einen Gentest zu machen?«

»Ja.«

»Das wird uns vielleicht ein bisschen mehr über das Risiko sagen, dass so etwas noch mal auftritt. Aber meistens er-geben die Tests keine Auffälligkeiten.«

»Ich weiß«, sage ich schroffer als beabsichtigt. »Die Gene-tik-Frau hat uns das Gleiche gesagt.«

Ihre Miene verändert sich wieder; der Mund wird gerade. Mir kommt der Gedanke, dass ich vielleicht eine der ers-ten Patientinnen für eine Spätabtreibung sein könnte, die sie allein befragt, ohne Beaufsichtigung durch die verant-wortliche Ärztin. Oder ich bin heute schon die zehnte.

Das macht dich nicht zu etwas Besonderem.

Du bist jetzt interessanter als früher.

»Hatte noch jemand in Ihrer Familie einen Herzfehler, außer Ihrer Schwester?«

»Nein, nicht dass ich wüsste.« Ich erzähle ihr von Mar-gots gesundem zweijährigem Sohn und ihrer derzeitigen Schwangerschaft, ihrer frühen Fehlgeburt im Herbst.

»Die gute Nachricht ist: Selbst wenn es sich als vererbt her-ausstellen sollte, ist es unwahrscheinlich, dass es das Baby betrifft, mit dem sie gerade schwanger ist. Sie werden ver-mutlich zur Sicherheit einen zusätzlichen Anatomiescan durchgeführt haben.«

»Gut, das ist gut.«

Da erst verstehe ich, dass sie von meiner Schwester Jane spricht, nicht von meiner Schwester Margot. Ich habe Jane nie als meine Schwester angesehen. Jane ist der Name, den meine Eltern dem Baby gaben.

–

Ich hatte meine Mutter zwei Tage nach dem Ultraschall angerufen, vier Tage vor der OP, während ich am frühen Abend durch die Apartmentanlage wanderte, in einem dicken Sweatshirt, um meine Figur vor vorbeikommenden Müttern zu verbergen. Ich fragte sie nach Jane – ich sagte, die Genetik-Frau habe angerufen, mit Fragen zu ihrer Diagnose, die ich nicht beantworten konnte. Meine Mutter erzählte mir, woran sie sich noch erinnerte. Obstruktion der Lungenarterie. Kammern zu groß, Kammern zu klein. Sie wäre nach der Geburt erstickt.

Jane war kein Tabuthema, aber es wurde selten über sie gesprochen, und wenn, dann von meiner Mutter. Janes Geschichte war eigentlich gar keine Geschichte, sondern eine Aneinanderreihung von Fakten: Sie war das Baby, das krank gewesen war, das noch im Bauch gestorben war, dessen Tod mein Leben ermöglicht hatte. Meine Mutter hatte ihre Trauer um Jane immer eine »abgeschlossene Trauer« genannt, eine Trauer mit einem Anfangs- und einem Enddatum – ganz anders als die Trauer, die sie um Granjan empfand und Jahre nach ihrem Tod immer noch empfindet, oder die um ihre beste Freundin vom College. Die Trauer um Jane begann am Tag des Ultraschalls und endete am Tag meiner Geburt. Obwohl die Art, wie meine Mutter über Jane sprach und nicht sprach, deutlich machte, dass die Trauer anhielt und immer noch anhält. Die Trauer hat jetzt nur eine andere Beschaffenheit, da Janes Tod nicht das Ende ihrer Familiengeschichte war.

»Ich weiß nicht, ob du die Geschichte hören willst«, sagte

meine Mutter, als ich die California Avenue Richtung University Hills überquerte. »Ich weiß nicht, ob dir das jetzt helfen würde oder ob es das Letzte ist, was du hören willst. Ich erinnere mich an mehr.«

»Ja«, sagte ich. »Ich will alles hören.«

»Die Geschichte fängt eigentlich«, sagte sie, »im Frühjahr 1983 richtig an, als Alex diesen Juckreiz bekam.«

Sie wohnten damals in Somerville, in einer winzigen Wohnung im zweiten Stock zwischen Davis Square und Porter Square, eine Wohnung, die immer nach den Muffins und Scones roch, die im Café nebenan gebacken wurden. Sie waren zwei Jahre vorher dort eingezogen; in dieser Wohnung vollzogen sie die Wandlung von Freund und Freundin zu Verlobtem und Verlobter, zu Mann und Frau – ein Statuswechsel, der nicht die geringsten Auswirkungen auf sie zu haben schien. Sie waren vorher verliebt gewesen, und sie waren es immer noch.

Das Jahr ihrer Hochzeit war auch das Jahr, in dem sie beide ihren Juraabschluss machten, und sie beschlossen, in Boston zu bleiben; meinem Vater wurde eine Stelle bei Hall & Neiman angeboten, einer Kanzlei in der Innenstadt mit Schwerpunkt Umweltrecht, und meine Mutter setzte sich für Mieterrechte in Southie ein. Obwohl sie sehr an ihrer Wohnung in Somerville hingen, wollten sie dort nicht mehr lange bleiben. Sie sahen sich dort nicht mit Familie: Es gab kein Kinderzimmer, keinen Garten, und meine Mutter war sich sicher, dass die von sämtlichen Fensterbänken abblätternde Farbe bleihaltig war. Sie studierten die Immobilienangebote im *Globe* und kreisten mögliche Kandidaten in den Vororten entlang der Pendlerbahnlinie ein – Brookline, Newton, manchmal sogar in Needham draußen, aber sie gaben nie ein Gebot ab. Sie gingen nicht mal zu offenen

Besichtigungsterminen. Sie würden erst noch ein bisschen mehr Geld verdienen, in ihren neuen Jobs ankommen, und im Frühling würden sie dann ihr Glück mit einem Kind versuchen und nach einem Haus mit mehr Zimmern und einem ausreichend großen Garten Ausschau halten, den man bepflanzen und mit einem Planschbecken, vielleicht auch mit einer Schaukel versehen konnte.

Im März bekam mein Vater Juckreiz. Erst an den Beinen, dann an den Füßen, Armen und Händen. Er wachte mit Blut unter den Fingernägeln und auf dem Laken auf, weil er sich im Schlaf gekratzt hatte, und bald bekam er nachts Schweißausbrüche und verlor schnell an Gewicht, dabei hatte er nicht viel Gewicht zu entbehren. Über Monate, vom Frühling bis in den Sommer, wachte er jede Nacht zitternd in schweißgetränkten und blutigen Pyjamas auf, nachdem er den Schorf von alten Wunden gekratzt hatte. Der saure Geruch von Krankheit erfüllte das Schlafzimmer und war auch durch ständiges Waschen und Lüften nicht zu vertreiben. Er kam aus seinen Poren, seinem Atem.

Meine Mutter fürchtete, es könnte HIV sein; über die Krankheit war damals so wenig bekannt, sie verbreitete sich rasant und schien nur die klügsten und liebenswürdigsten Männer dahinzuraffen, darunter einer ihrer Kommilitonen aus dem Jurastudium und ein Arbeitskollege meines Vaters. Mein Vater war ihm wenige Wochen vor seinem Tod im Büro begegnet, weiß wie Schnee, sogar die Augen hatten ihre Farbe verloren.

Der Arzt meines Vaters war nicht besorgt. Er solle sich ausruhen und hypoallergenes Waschmittel kaufen.

Eines Morgens Anfang Juni drehte meine Mutter sich nach dem Aufwachen zu meinem Vater um und entdeckte eine Geschwulst von der Größe eines Tischtennisballs auf seiner linken Schulter. Sie ließ ihn schlafen, während sie ihn betrachtete und ihre Gedanken rasten. Sie schloss die Augen in der Hoffnung, dass sie wieder einschlafen würde und das Geschwür nach dem nächsten Aufwachen weg wäre, dass es nur eine optische Täuschung oder ihre Müdigkeit gewesen war – es war unmöglich, dass so etwas über Nacht wuchs, und es war unmöglich, dass sie es bis jetzt nicht bemerkt hatte –, aber als sie die Augen wieder aufschlug, war die Wucherung immer noch da. Als er schließlich aufwachte, erzählte sie ihm davon.

»Bis dahin«, sagte meine Mutter, »war ich die Einzige gewesen, die sich Sorgen machte. Ich war diejenige, die ihm gesagt hatte, er solle den Arzt anrufen, eine zweite Meinung einholen, auf Tests bestehen. Alex war der Meinung, es sei nichts, und wollte die Ärzte nicht belästigen. Der gelassene Optimismus, den ich immer so an ihm gemocht hatte, wurde zu einer Passivität gegenüber der eigenen Gesundheit, die mich wahnsinnig machte. Aber an diesem Morgen, als er das Geschwür befühlte und im Badezimmerspiegel sah, entglitten ihm die Züge, und ich wusste, dass er an seinen Vater dachte.«

Nach Wochen voller Untersuchungen, Tests und Warten, Warten, Warten erfuhren sie, dass er Morbus Hodgkin im vierten Stadium hatte. Wenn er nicht sofort mit der Chemotherapie anfing, wäre er wahrscheinlich in zwei Wochen tot.

Die Onkologin, Dr. Joan Raczkowski, informierte sie darüber in einem kleinen Untersuchungszimmer im vierten Stock des Brigham and Women's Hospital, zwei Stockwerke unter dem Zimmer, in dem Granjan dreißig Jahre später sterben würde, und ein Stockwerk über dem, in dem Margot und ich zur Welt kommen würden. Dr. R war älter als meine Eltern, aber nicht viel, und sie hatte, wie meine Mutter gern glauben wollte, ein besonderes Interesse daran entwickelt, meinen Vater zu behandeln. Er war jung und klug, ruhig und höflich, und das schwarze Haar und die blauen Augen hinterließen immer noch Eindruck, auch wenn er ausgemergelt und blass war. Meine Mutter versuchte, zu verstehen und aufzunehmen, was Dr. R sagte, die spezielle Art und Weise, auf die der Körper meines Vaters versagte, und warum, und was passieren würde, wenn dieses oder jenes, aber sie konnte sich nur merken, dass er sterben würde, welche Rolle spielte der Rest da noch? Und so versuchte sie, Dr. R gewissermaßen per Willenskraft dazu zu bringen, sich in meinen Vater zu verlieben. Wenn sie in ihn verliebt wäre, würde sie alles in ihrer Macht Stehende tun, um ihn zu retten. Dass er sich im Gegenzug auch in Dr. R verlieben könnte, und wie sollte er sich nicht in die brillante Frau verlieben, die ihm das Leben rettete, war ein Risiko, das meine Mutter gerne einging, in dem Wissen, dass er das Gleiche für sie täte.

Irgendwann hörte Dr. R auf zu reden. Dann fragte sie meine Eltern, ob sie sich Kinder wünschten.

»Ja«, sagten sie beide, ohne sich anzusehen, obwohl sie seit Wochen nicht ans Kinderkriegen gedacht hatten. Es sich auch nur vorzustellen – sich überhaupt etwas in der Zukunft vorzustellen – schien das Schicksal herauszufordern, obwohl sie an das Schicksal eigentlich nicht glaubten.

»Wenn Sie sich die Chance, ein Kind zu zeugen, erhalten wollen«, sagte Dr. R, »müssen Sie bis morgen früh eine Samenspende abgeben, bevor wir mit der Chemotherapie anfangen. Wenn Sie die Chemo erst mal im System haben, werden Sie faktisch unfruchtbar sein.«

Sie erklärte ihnen, die Wahrscheinlichkeit für eine Schwangerschaft aus aufgetautem Sperma, vor allem wenn es nur eine einzige Samenspende gab, sei extrem gering. Die meisten Ärzte würden ihren Patienten von dieser Option gar nicht erzählen, weil sie sich zu große Hoffnungen machen würden und der Kummer umso größer wäre, wenn es nicht klappte. Das Verfahren existiere erst seit ein paar Jahren und die Ergebnisse seien entmutigend – wobei sie sich allmählich verbesserten. Das gefrorene Sperma bleibe nur ein Jahr, höchstens achtzehn Monate brauchbar und es sei unwahrscheinlich, dass es in diesem Zeitraum signifikante Fortschritte gebe.

»Aber«, sagte Dr. R, »letzten Endes ist es Ihre Entscheidung.«

Es war ein Strohhalm, mehr nicht, aber meine Eltern mussten nicht darüber reden. Sie hatten keine Sorge, dass sich ihre Hoffnungen zerschlagen könnten; sie sorgten sich eher, dass sie schon die Fähigkeit verloren hatten, sich überhaupt Hoffnungen zu machen. Früh am nächsten Morgen, als die Schwestern alles für die Chemo vorbereiteten, gaben sie meinem Vater einen Plastikbecher und ein altes Playboy-Heft von sonst woher, zogen den Vorhang um sein Bett zu und warteten auf sein Zeichen, dass er fertig war.

Die Chemotherapie dauerte zwölf Monate. Das Gesicht meines Vaters schwoll an, es ging ihm permanent schlecht, er übergab sich im Auto auf dem Rückweg vom Krankenhaus und manchmal auch auf dem Hinweg in Erwartung dessen, was ihm bevorstand. Aber die Behandlung schlug an. Der Krebs zog sich zurück, und am Ende der Therapie war er weg. Mein Vater nahm ein bisschen zu, dann ein bisschen mehr, bis sein Körper allmählich wieder seine frühere Form annahm – er war immer noch schlank, war immer schlank gewesen, aber meine Mutter konnte nicht länger seine Rippen und den knochigen Rand seiner Augenhöhlen sehen. Das Haar blieb ihm erhalten, immer noch dick und schwarz, nur die Haare in seinem Nacken wuchsen nie nach.

Noch während der Chemotherapie forderten sie gefrorenes Sperma an, sobald es so aussah, als würde er eher leben als sterben. Die Spende war in neun Halme aufgeteilt, wie es hieß: neun Chancen auf Zeugung. Sie wurden in einem Labor in New Orleans aufbewahrt, für zweihundert Dollar Gebühr im Jahr. Ein paar Tage nachdem meine Mutter einen Halm bestellt hatte, wurde ihnen eine Box zugestellt. Sie befand sich in einem Behälter mit Trockeneis, der aussah wie eine Gasflasche für den Grill. Beigelegt waren ein Merkblatt mit einer illustrierten Anleitung, wie der Samen aufzutauen und einzuführen war, ein Basalthermometer und ein Instrument, von dem meine Mutter sagte, es habe exakt wie eine Truthahn-Bratenspritze ausgesehen.

Am Tag ihres Eisprungs war mein Vater im Krankenhaus, dehydriert vom Erbrechen und delirierend vor Erschöpfung, und so ging meine Mutter ins Schlafzimmer, breitete alle Utensilien ordentlich in einer Reihe aus, las wieder und wieder die Anleitung, legte sich aufs Bett, schob sich ein Kissen unter die Hüften und nahm die Insemination allein vor.

Dass sie schwanger war, sei ihr zehn Tage später klar geworden, sagte sie, als sie frühmorgens mit dem dringenden Bedürfnis aufwachte, zum ersten Mal überhaupt zum Schlachter zu gehen, 2,5 Kilo Stielkoteletts zu kaufen, sie in Butter und Knoblauch zu schmoren und tagelang nichts anderes zu essen.

Ein solches Glück zu haben versetzte sie gleichermaßen in Panik und helle Aufregung. Sie wartete ungeduldig auf den Tod – des Embryos, meines Vaters oder ihren eigenen. Seit mein Vater den Juckreiz entwickelt hatte, schlief sie schon nicht mehr gut, doch jetzt schreckte sie ständig aus Albträumen hoch, in denen klumpiges Blut ihre Schenkel tränkte oder mein Vater im Schlaf neben ihr starb, übersät von Tumoren in Melonengröße. Sie versuchte, ihren Geist zu erschöpfen, indem sie von Porter Square nach Inman Square nach Harvard und wieder zurück lief, und sie übernahm so viele Fälle, wie ihre Kanzlei zuließ, trotz des Schwindels, der sie erfasste, sobald sie sich erlaubte, für einen Moment zu fühlen oder zu denken. Doch mit dem Baby sei alles gut, sagte ihre Frauenärztin, und mit meinem Vater sei auch alles gut, sagte Dr. R. Beide konnten natürlich für nichts garantieren, aber sie sahen keinerlei Anzeichen, dass meine Eltern verlieren könnten, was sie gerade erst gewonnen hatten.

Eines Morgens legte mein Vater schließlich die Zeitung vor meine Mutter auf den Küchentisch. Der Immobilienteil war aufgeschlagen; drei Anzeigen waren mit blauer Tinte eingekringelt.

»Da ist am Samstag eine offene Besichtigung«, sagte er und zeigte auf ein Haus mit drei Schlafzimmern in Medford. »Lass uns hingehen. Nur zum Spaß.«

Ein paar Wochen später kauften sie das Haus in Myrtle Terrace in Winchester – vier Schlafzimmer, »Das Haus der radikalen Hoffnung«, wie mein Vater es nannte –, zu einem Preis, den sie sich gerade eben leisten konnten, ein Bruchteil dessen, was es Jahrzehnte später wert sein würde. Ein rotes Haus im Kolonialstil mit einer überdachten Terrasse hinten und einer großen Veranda vorn, Tageslicht in der Küche, zweitausend Quadratmeter Garten mit Kastanien und Silberahornen und ruhigen Nachbarn. Es war das einzige Haus von allen besichtigten, in dem meine Mutter die Kinder, die sie noch nicht hatten, mit einem Gefühl der Ruhe vor sich sah, ohne gleich darauf von vorweggenommener Angst und Trauer gequält zu werden.

»Wir fühlten uns wie die glücklichsten Menschen der Welt«, sagte meine Mutter, »wir hatten ein Haus, Alex ging es gut, und ich war schwanger. Wir kauften Vorhänge und Teppiche, pflanzten Blumenzwiebeln, und Alex strich die Veranda. Obwohl ich bis zum Tag der Geburt Vollzeit gearbeitet habe, kommt es mir in meiner Erinnerung so vor,

als hätte ich die letzten zwanzig Wochen der Schwangerschaft im Wohnzimmer im Ledersessel verbracht, dem alten
von Granjan, der jetzt im Fernsehzimmer steht, und hätte
durchs Erkerfenster den Winter kommen sehen und Natur-
joghurt gegen das Sodbrennen gegessen.«

Am 5. Februar 1985 kam Margot zur Welt, in der achtunddreißigsten Woche.

Im August kehrte der Krebs zurück.

–

Dr. Serrano tippt eine Weile, länger als vorher, klickt und
scrollt. Sie richtet den Bildschirm anders aus, weg von mir.
Ich weiß nicht, wie viel Zeit vergangen ist und wie viel Zeit
noch bleibt. Ich weiß, dass noch Zeit ist, es zu verhindern.
Ich könnte mir meine Tasche schnappen und raus ins Wartezimmer rennen, Isaac an die Hand nehmen und ihm sagen,
dass wir verdammt noch mal die Biege machen.

Die Ärzte haben sich geirrt.

Dem Baby geht es gut.

»Welches Geschlecht hat Ihr Kind?«, fragt sie.

»Es ist ein Junge.«

»Stimmt, tut mir leid. Das steht ja hier. Gentests sind
bei Jungen einfacher. Bei einem Mädchen ist es manchmal
schwer zu erkennen, ob wir nicht versehentlich das Gewebe
der Mutter testen.«

»Es ist ein Junge«, sage ich wieder. »Mein Mann dachte, es
wird ein Mädchen.«

Sie lächelt – höflich, aber desinteressiert.

Ich habe das dringende Bedürfnis, ihr mehr zu erzählen,
die Zeit anzuhalten, ihr zu schildern, wie Isaac unsere Tochter so klar vor sich sah – ein großes Mädchen mit braunen
Locken wie ich, das die Nase gern in Bücher steckte. Er hatte

Scout als vorläufigen Namen vorgeschlagen, Scout aus *Wer die Nachtigall stört*, ein süßer Name, aber nicht zu süß, nach der Figur, die wir beide mochten, die aber für keinen von uns eine besondere Vorgeschichte hatte. Ich selbst würde das Baby auch vor mir sehen, wollte ich Dr. Serrano erzählen, aber immer als Jungen, der genauso aussah wie Isaac als Kind: rundgesichtig und langgliedrig. Ich war nicht der Meinung, dass das bedeutete, ich würde einen Jungen bevorzugen; ich war nicht die Sorte Frau, die einen Sohn einer Tochter vorzog. Die Vorstellung eines Jungen rührte vermutlich daher, dass ich nur eine Schwester hatte und immer schon neugierig darauf war, wie eine männliche Manifestation meiner Gene aussehen könnte, und das war vielleicht auch der Grund, warum Isaac, der nur seinen Bruder Robbie hatte, sich ein Mädchen vorstellte.

Aber mit der Zeit, möchte ich ihr sagen, als der Termin näher rückte, an dem wir das Geschlecht des Babys erfahren würden, konnte ich vor mir selbst nicht länger verbergen, dass ich auf einen Jungen hoffte, wirklich sehr hoffte – ein Gedanke, den ich für mich behielt. Online studierte ich nur Listen mit Jungennamen: *Die 50 meistunterschätzten Jungennamen, Jungennamen zum Verlieben, 100 einzigartige Jungennamen, die Sie nicht bereuen werden.* Ich las lange von Fachleuten geprüfte Artikel über Nutzen und Risiken einer Beschneidung. Im Wohltätigkeitsladen kaufte ich heimlich Babykleidung für Jungen, Bodys für einen Dollar mit Eisbären und aufgestickten Herrenfliegen darauf, und überlegte mir, was ich Isaac sagen würde, falls er sie in meiner Sockenschublade fände: dass Jungensachen vielseitiger seien als Mädchensachen, diese Kleidchen in Bonbonrosa oder Kuchenglasurweiß, Kostüme für Puppen mit hohlen Plastikköpfen.

An einem rastlosen Tag allein zu Hause steckte ich die Bodys in die Waschmaschine, und als sie noch warm aus dem

Trockner kamen, hielt ich sie mir wie einen Talisman an die Brust.

Beim Ultraschall in der sechzehnten Woche, der Ultraschall vor dem, der unser letzter sein würde, als Dr. Mousavi uns in den dunklen Raum ein paar Türen neben dem jetzigen führte und warmes Gel auf meinem Bauch verteilte und Scout auf dem Bildschirm erschien und ich den kleinen Knopf zwischen seinen strampelnden Beinen entdeckte, bevor sie sagen konnte: »Sieht aus, als bekämen Sie einen Jungen«, da war ich überwältigt vor Erleichterung. Einem Film gleich sah ich alle möglichen Bilder dieses kleinen Jungen vor mir ablaufen – wie er auf einer nicht näher bestimmten Wiese durchs hohe Gras rennt, wie er sich neben Isaac, beide in karierten Pyjamas, die Zähne putzt und ihm gerade bis zur Hüfte reicht, wie er als Teenager, ein Wesen aus Gliedmaßen, mühelos wächst, bis er Isaac überragt, die Hände groß, das Lächeln breit, und schließlich er als Mann, kräftiger um Hals und Brust herum, wie er sich anmutig, selbstbewusst und frei durch die Welt bewegt. Ich war mir sicher, dass er gut und freundlich werden würde wie sein Vater, ein Mann, der Frauen auf gute Art liebte und mich nicht als Spiegelbild seines unvermeidlichen Verfalls sähe, wie es eine Tochter wohl täte, sondern als seine Mutter, die er unkompliziert lieben könnte.

Sobald mich die Erleichterung überkam, schlug ich die Hände vors Gesicht und versuchte, meine Freude zu verbergen, damit Dr. Mousavi mich nicht verurteilte. Isaac lachte und sagte: »Fantastisch! Ich war mir sicher, es wird ein Mädchen!«, er klang aufrichtig überrascht, aber überhaupt nicht enttäuscht und traf genau den richtigen Ton. Ich sagte: »Ach, das ist ja toll«, so unaufgeregt, wie ich nur konnte. »Ja, Isaac dachte wirklich, es wird ein Mädchen.« Ich spielte meine Freude wohl so überzeugend runter, dass Isaac mich im Fahrstuhl sofort fragte: »Bist du enttäuscht? Du darfst ruhig enttäuscht sein.« »Was?«, fragte ich. »Weil wir einen Jungen bekommen? Nein, ich bin nicht enttäuscht. Überhaupt nicht. Bist du enttäuscht?« Und er sagte, nein, sei er nicht. Er freue sich auf einen Jungen genauso sehr wie auf ein Mädchen, er müsse sich nur noch ein bisschen an den Gedanken gewöhnen. Und das, so schien es, gelang ihm schnell.

Dr. Serrano sieht mich an, ihr schönes Gesicht erwartungsvoll, verwirrt. Sie hat mir eine Frage gestellt, vielleicht schon vor einer Weile.

»Nein«, sage ich. »Ich meine – Entschuldigung. Was?«

»Hätten Sie gern einen Fußabdruck des Babys, mit Tinte?«

»Oh. Ja, bitte.«

Sie klickt noch mal und schiebt sich die Brille die Nase hoch.

»Könnten Sie einmal wiedergeben, welche Optionen Sie Ihrem Verständnis nach bei dieser Schwangerschaft haben?«

»Ich kann ihn austragen oder ich kann die Schwangerschaft abbrechen, entweder indem die Geburt eingeleitet wird und ich ihn vaginal zur Welt bringe oder durch Weitung und Ausschabung. Ich habe mich für Letzteres entschieden.«

Sie nickt, tippt und sagt nicht: *Gute Wahl! Das Verfahren mit Weitung und Ausschabung ist tatsächlich die moralisch überlegene Option.* Stattdessen erklärt sie, wie mir heute Stäbchen aus Seetang in den Muttermund eingeführt werden, die in den nächsten Stunden durch Körperflüssigkeit aufquellen und mich um einige Zentimeter weiten werden. Morgen früh um sieben Uhr folgt dann die OP. Ich muss um sechs im Krankenhaus sein.

Nur Feiglinge entscheiden sich für Weitung und Ausschabung.

Starke Frauen gebären ihre toten Babys.

Du wirst nie sein Gesicht sehen.

Ich verspüre plötzlich den Drang zu lachen, aber dann schließe ich die Augen, bedecke sie mit den Händen und tue so, als wäre ich unsichtbar.

»Während der OP werden Sie unter Vollnarkose sein«, sagt sie. »Sie werden nichts mitbekommen.«

Das weiß ich alles. Ich bin heute Morgen um fünf Uhr aufgewacht und habe mich durch die Onlineforen gearbeitet, die ich längst kannte. Die Posts der Frauen waren sehr genau und ausführlich, die meisten mehrere Absätze lang mit gut gewählten atmosphärischen Details. Manche Frauen waren über Staatsgrenzen hergeflogen und hatten allein in Hotelzimmern geblutet. Andere gingen pleite, als sich herausstellte, dass ihre Versicherung den Eingriff nicht übernahm. Die gleichen Phrasen tauchten wieder und wieder auf: *Hab mir tagelang die Augen ausgeweint. Die körperlichen Schmerzen waren nichts im Vergleich zum Herzschmerz. Weitung war eine Qual. Traurig, aber erleichtert. Sieht vom Himmel aus zu.*

»Okay«, sage ich. »Das ist gut.«

Sie tippt, klickt Kästchen an, dann steht sie auf und geht zur anderen Seite des Zimmers, und ich fürchte schon, das Gespräch ist vorbei, es ist Zeit anzufangen – bitte, halt die Zeit an oder überspring die Zeit, Schnitt zum nächsten Morgen, zerschlagen und hohl – oder nein: *ein Jahr später* –, aber sie geht nur zum Schrank über dem Waschbecken. Sie holt eine Plastiktüte mit dem Krankenhauslogo heraus, reicht sie mir und nimmt wieder auf dem Hocker Platz. Während sie hin- und hergeht, erklärt sie mir, dass ich ab zwölf Stunden vor der OP nichts mehr essen und trinken dürfe, ein reichhaltiges Abendessen sei also empfehlenswert.

»Heute Abend müssen Sie duschen und sich mit dem Mittel und dem Schwamm aus dieser Tüte waschen. Das Gleiche wiederholen Sie morgen früh. Aber nach heute Abend dürfen Sie sich nicht mehr die Haare waschen. Das ist sehr wichtig.«

Ich nicke, bin mir meiner Haare bewusst, des fettigen Knäuels im Nacken. Ihr Haar ist sauber und glatt, gerade geföhnt.

Moment – möchte ich sagen, bevor sie weitermachen kann. Jetzt möchte ich Ihnen etwas anderes erzählen, die Rede vom Duschen hat mich an einen Moment erinnert, den ich nicht vergessen möchte, einen Moment, der Ihnen oder irgendjemand anderem nicht sehr eindrucksvoll vorkommen mag, und ich habe bis jetzt ehrlich gesagt auch nicht viel daran gedacht, aber ich fürchte, dass ich ihn wieder vergessen werde, wenn ich ihn mir nicht sofort ins Gedächtnis rufe. Er ereignete sich in Crestline, in den San Bernardino Mountains, wo Isaac und ich das lange Thanksgiving-Wochenende verbrachten. Ich war ungefähr in der dreizehnten Woche. Als wir aufbrachen, war es in Irvine und Riverside klar, aber sobald wir in die Berge hinauffuhren – Isaac fuhr –, senkte sich ein dichter Nebel herab, und wir konnten nicht weiter als drei Meter sehen, bis wir den Gipfel erreichten. Von dort oben waren die Lichter und das Durcheinander von L. A. und dem Inland Empire vollständig von Kumuluswolken verdeckt; es sah aus wie ein Fjord im Himmel. Am eigentlichen Thanksgiving-Tag kurvten wir durch die Straßen des Ortes und um Lake Gregory herum, auf der Suche nach einem geöffneten Restaurant, und irgendwann stießen wir auf ein Wohltätigkeitsessen, das der Rotary Club für die Gemeinde in einem Veranstaltungszentrum am See ausrichtete. Wir aßen frittierten Truthahn, Dosenbohnen, stark gesalzenen Dosenmais, Soße, Kartoffelpüree und Apfelkuchen; mein Appetit kehrte zu dieser Zeit endlich zurück. Isaac spendete dreißig Dollar, und wir spazierten um den See, bis uns zu kalt wurde, dann fuhren wir zurück in unser Airbnb-Quartier, wo wir *The Americans* guckten und früh einschliefen. Obwohl es nur wir beide waren, empfand ich es als unser erstes Thanksgiving als Familie.

Als wir ins Airbnb zurückgekommen waren, bevor wir *The Americans* guckten, war ich unter die Dusche gegangen, um mich aufzuwärmen. Die Duschkabine war riesig, eine der größten, die ich je benutzt hatte; es hätten problemlos fünf bis sechs Erwachsene hineingepasst. Das Mosaik aus Steinen am Boden massierte mir die Füße, der Duschkopf ließ sich abnehmen, der Wasserdruck war unglaublich. Die Wände waren aus klarem Glas, und wenn man sich zum Schlafzimmer drehte, blickte man in einen langen Spiegel, man konnte sich also selbst beim Duschen zusehen; tatsächlich war es fast unmöglich, sich *nicht* beim Duschen zuzusehen, und ich blieb immer wieder unabsichtlich an der sich bewegenden Gestalt im Spiegel hängen, bevor ich beschloss, ganz bewusst hinzusehen. Ich betrachtete meinen nackten Körper im Spiegel, der sich vom heißen Wasser langsam pink färbte.

Noch ein paar Monate zuvor hätte ich mich beim Anblick meines Spiegelbilds, auch wenn ich rundum schlanker war, abgewendet. Ich hätte versucht, mich davon zu überzeugen, dass das Spiegelbild verzerrt war, genau wie mein Selbstbild, und dass diese Verzerrungen übereinandergelegt ein Bild meines Körpers ergaben, das mich abstieß, das aber nicht der Wirklichkeit entsprach. Ich hätte versucht, mich stattdessen auf das heiße Wasser auf meinem Rücken und die Steine unter meinen Füßen und den Duft des Shea-Butter-Duschgels zu konzentrieren und an etwas anderes als meinen Körper und sein Aussehen zu denken, an etwas anderes als daran, wie leid ich es war, mein Spiegelbild abzulehnen und wegen dieser Ablehnung Schuldgefühle zu haben, denn mein Körper war schließlich tüchtig, gesund, relativ jung, frei von chronischen Krankheiten und Unwohlsein und für manche sogar schön, vor allem für Isaac, das war das Wichtigste.

An diesem Abend unter der Dusche in Crestline wirkten meine Brüste geschwollen, säugetierhaft. Die linke Brust war ein bisschen größer und hing etwas tiefer als die rechte, was mir noch nie aufgefallen war. Meine Oberschenkel waren dick und weich, und es war nicht länger zu leugnen, dass sich mein Bauch in eine vollkommen glatte Kugel verwandelte, zweigeteilt von einer zart angedeuteten Linea nigra. Langsam wusch ich jeden Zentimeter meines Körpers, seifte mich gründlich ein, sogar zwischen den Zehen.

Ich weiß nicht, ob es daran lag, dass ich mich noch nie so eins mit meinem schwangeren Körper gefühlt hatte oder dass mir mein schwangerer Körper noch nie so fremd gewesen war, aber es war mir mit einem Mal möglich, ihn anders zu sehen als je zuvor. Plötzlich wusste ich all die mikroskopisch kleinen Geschenke zu schätzen, die mir mein Körper seit dem Moment meiner Zeugung machte, Geschenke, die über Generationen weitergereicht worden waren, die Weisheit der Zellen wurde unmerklich immer größer. Dann wurde mir bewusst, dass ich Teil davon war, meine Rolle in der Evolution war genauso bedeutend wie die aller anderen – und gleichzeitig war es tröstlich, zu wissen, dass meine Rolle auch völlig unbedeutend war, denn sollte ich in diesem Moment unter der Dusche sterben, würden die Vorgänge in meinem Körper immer noch in Milliarden anderer Körper ablaufen. Was ich sagen will: Ich sah meinen Körper nicht nur als meinen Körper, sondern als eine Variante des weiblichen menschlichen Körpers schlechthin. Wenn ich also meinen Körper hässlich und schwach nannte, wie ich es so oft getan hatte, dann nannte ich alle weiblichen Körper hässlich und schwach, auch den von Virginia Woolf und Alice Munro und Adrienne Rich und Frida Kahlo und meiner Mutter und Doris Lessing und Emily Dickinson und Toni Morrison und Margot und Mia Farrow und Serena Williams und Sylvia Plath und Sharon Olds und Michelle Obama und Elizabeth Bishop und Elizabeth Taylor und Lady Gaga und June Jordan und Audre Lorde und Mavis Gallant und Joan Didion und Judy Garland und Sappho und Colette und Elena Ferrante und Beyoncé und immer so weiter, aber ich glaube, Sie verstehen schon.

Während ich Ihnen das erzähle, wird mir klar, dass ich diese Gedankenkaskade schon oft gedacht habe, viele Male, und dass der Moment unter der Dusche des Airbnb in Crestline keine Epiphanie darstellte, sondern die Wiederholung einer Epiphanie, die ich unregelmäßig genug erlebe, um sie jedes Mal wieder als Epiphanie zu empfinden. Jedenfalls für einen kurzen Moment.

Nachdem ich mich abgespült und abgetrocknet hatte, legte ich mich nackt neben Isaac ins Bett, der auf seinem Laptop gerade Aufsätze korrigierte. Das akute Gefühl von Liebe für meinen Körper und eines größeren Zusammenhangs war da schon verklungen und anderen Gedanken gewichen, doch ich empfand tiefe Ruhe und Zufriedenheit, als ich in dem fremden Bett mit dem Nebel und den Kiefern vor dem Fenster langsam vollständig trocknete. Kurz nachdem wir *The Americans* anfingen, fiel ich in einen tiefen Schlaf, der bis zum späten Morgen andauerte.

–

Von den Monaten, nachdem der Krebs zurückgekehrt war, dem Herbst 1985, war meiner Mutter nur noch in Erinnerung, dass sie stundenlang mit Margot in der Babytrage über die Holzpfade der Middlesex Fells gelaufen war. Die Wege im Park erstreckten sich über viele Meilen, und sobald sie länger als zehn Minuten unterwegs war, wähnte sie sich mitten in der Wildnis, nicht in einem Reservat in der Stadt, und sie stellte sich vor, sie streife durch den Wald hinter Granjans Haus in Vermont, in North Pomfret, wo sie mit ihren Brüdern und Schulfreunden die besten Nachmittage ihrer Kindheit verbracht hatte, mit Erkundungstouren und Festungsbau. An den Tagen, wenn sie nicht im Büro war – sie arbeitete nun Teilzeit und verfasste Schriftsätze so oft wie möglich zu Hause –, ging sie mit Margot gleich nach dem Aufstehen raus, dann noch mal am Nachmittag und noch mal am Abend; sie verbrachte also genauso viel Zeit damit, sie beide an- und auszuziehen und sich Margot vor die Brust zu schnallen und wieder abzunehmen, wie mit den eigentlichen Spaziergängen.

Abends badete sie lange in Epsom-Salz, um die Verspannungen in Rücken und Schultern zu lösen, obwohl Margot kaum etwas wog. Sie war winzig. Bei der Geburt war ihr Gewicht normal gewesen, etwas über drei Kilo, aber dann wuchs sie nur wenig und fiel auf die zweite Perzentile zurück und blieb dort bis zur dritten Klasse.

»Sie hörte auf zu wachsen, sobald Alex wieder krank wurde«, erzählte mir meine Mutter. »Alex und ich aßen auch nicht gerade viel. Zum ersten Mal in meinem Leben vergaß ich ganze Mahlzeiten, und erst wenn ich mitten in der Nacht aufwachte und mir vor Hunger schwindelig war, fiel mir auf, dass ich seit dem Frühstückstoast mit Marmelade nichts mehr gegessen hatte. Ich verlor schnell an Gewicht, bei all den Spaziergängen und vergessenen Mahlzeiten und vor allem der unablässigen Sorge. Ständig versuchte ich, Margot zu stillen, aber sie verweigerte die Brust oder trank nur ein bisschen und schüttelte dann den Kopf wie eine Erwachsene, als wollte sie sagen: *Das trifft nicht ganz meinen Geschmack.* Meine Milch versiegte, aber Milchpulver nahm sie auch nicht. Ich hätte sie am liebsten angeschrien, weil sie nicht so viel aß, wie sie sollte. Ich hätte ihr am liebsten verboten, mir Sorgen zu bereiten, bis Alex entweder gesund oder tot wäre.«

Granjan kam in dieser Zeit oft aus Vermont zu Besuch, manchmal blieb sie über eine Woche und passte auf Margot auf, während mein Vater zur Chemo musste und meine Mutter zur Arbeit. Sie schlief im Gästezimmer, das später mein Zimmer wurde, und hatte immer einen kleinen Koffer mit Kleidung und einen großen mit Büchern dabei. Wenn meine Eltern aus dem Krankenhaus zurückkamen, war sie schon im Supermarkt gewesen und hatte Pekannusskekse gebacken, die meine Mutter verschlang, und im Ofen garte ein knuspriges Hähnchen. Sie kochte Milchreis mit einer Zimtstange für Margot, und Margot vertilgte klaglos eine ganze Schüssel, mit Reisspuren auf Gesicht und Armen; es war das Einzige, was sie in dieser Zeit aß. Während Granjan sie fütterte, erklärte sie Margot: »Das ist Zimt, das ist Zucker, das ist Reis, und das ist Milch.«

Eines Tages nachdem meine Eltern von der Behandlung im Krankenhaus zurückgekommen waren, fühlte mein Vater sich so krank und deprimiert wie lange nicht. Meine Mutter half ihm ins Bett, zog ihm Schuhe und Strümpfe aus, häufte mehrere Decken auf ihn gegen den Schüttelfrost. Das Schlafzimmer, ja das ganze Haus war von Muff und Siechtum erfüllt, es roch langsam wie im Krankenhaus, aber es war zu kalt, um die Fenster zu öffnen. Meine Mutter ging nach unten, sah Granjan am Küchentisch gerade Margot füttern und sagte: »Lass uns mal raus, lass uns Alex irgendwas besorgen. Ich halte es hier nicht mehr aus.«

»Okay«, sagte Granjan, dann zu Margot: »Zum Teufel, raus mit uns«, und alle drei stiegen sie in den Taurus.

»Ich wusste gar nicht, wo ich hinwollte, deshalb bin ich

einfach auf der 93 Richtung Norden gefahren«, erzählte meine Mutter. »Es war Nachmittag und weniger Verkehr als sonst, und nach nicht mal fünfzehn Minuten dachte ich, wenn ich noch länger fahre, fahre ich nach New Hampshire und nach Kanada und wer weiß wohin noch. Ich würde vor der Grenze noch mal tanken, und wenn Granjan und Margot ausgestiegen wären, würde ich ohne sie abhauen und weiter nach Norden fahren und Alex einfach sterben lassen, sollte er mich eben hassen statt lieben, das würde ihm das Sterben nur leichter machen, und dann könnte Margot bei Granjan aufwachsen, Milchreis und knuspriges Hähnchen essen und selbst den Wald durchstreifen, sie wäre glücklich dort, es wäre gut für sie und für Granjan auch, und ich würde in irgendeiner unbedeutenden kleinen Stadt noch mal von vorn anfangen. Ich war noch nicht mal dreißig.

Gegen jeden Impuls sagte ich: ›Wir müssen umdrehen.‹ Ich sagte irgendwas darüber, dass ich Alex nicht allein zu Hause lassen könne, ich ertrüge den Gedanken nicht, dass er aufwachen könnte und wir nicht da wären. Ich hätte ihm nicht mal einen Zettel hingelegt. ›Halt mal an, Ruth‹, sagte Granjan. ›Halt einfach mal an. Fahr an der nächsten Tankstelle raus.‹ Das machte ich dann auch, obwohl der Tank noch drei viertel voll war. Wir blieben vor dem Tankstellenshop im Auto sitzen, und ich weinte, und Margot weinte, und Granjan wartete, bis wir fertig waren. ›Ich fahre‹, sagte sie, als es so weit war, und stieg aus, und wir tauschten die Plätze. Als sie gerade auf die Straße einbiegen wollte, sah ich auf der anderen Straßenseite ein Tierheim. Ich schlug vor, dass wir uns dort umsähen, vielleicht würde uns der Anblick der Welpen und Kätzchen ein bisschen aufheitern, und falls er uns eher deprimierte, würden wir eben wieder gehen.

Das war der Tag, an dem wir Vivi adoptierten«, sagte sie. »Erinnerst du dich noch an Vivi?«

Vivi war kein kleines Kätzchen. Sie war verwildert, hatte verfilztes graues Fell und zinnfarbene Augen, gekrümmte Schnurrhaare. Sie lag die ganze Zeit ruhig da, während die anderen Katzen um die Zuneigung der Besucher buhlten und maunzten. Die Katze und Margot starrten sich lange an, ohne je den Blick abzuwenden, und dieses Starren bannte Margot in einen plötzlichen tiefen Schlaf, gleich da, in den Armen meiner Mutter. Die Katze habe alle Impfungen, sagte die Frau vom Tierheim, und sie sei schon mehrere Monate da; für die älteren Katzen sei es viel schwerer, ein neues Zuhause zu finden, als für die jungen.

»Diese Dame ist sehr liebenswürdig«, fuhr die Frau fort, »aber sollte es ihr gelingen, nach draußen zu entwischen, sehen Sie sie wahrscheinlich nie wieder.«

Die Katze kostete nichts. Für dreißig Dollar kauften sie einen grünen Transportkorb und eine Packung Trockenfutter, an ein Katzenklo samt Streu dachten sie nicht. Sie hieß noch nicht Vivi; im Tierheim hatte man sie Princess oder vielleicht auch Duchess getauft. Auf der Rückfahrt, die stille Katze im festgeschnallten Korb auf der Rückbank, diskutierten sie mögliche Namen.

Granjan meinte: »Meine Mutter hat ja immer gesagt: Nach mir wurde nicht mal eine Katze benannt.«

Davon hatte meine Mutter schon gehört und es bis dahin eher komisch als tragisch gefunden. Ihr Name war Genevieve gewesen, ein Name, der meiner Mutter immer gefallen hatte und den sie sich vielleicht für eine zukünftige Tochter vorstellen konnte. Genevieve; Vivi. Genevieve war gestorben, als meine Mutter sieben war, aber meine Mutter hatte noch vage Erinnerungen oder Rekonstruktionen von Erinnerungen daran, wie sie in einer warmen Küche auf ihrem Schoß saß und eine große Ruhe empfand, eine Ruhe nicht unähnlich der, die diese Katze auslöste. Und zu diesem

Zeitpunkt glaubte meine Mutter nicht, dass sie noch einer Tochter einen Namen geben würde.

Zu Hause angekommen, trug meine Mutter Vivi auf dem Arm nach oben; sie wehrte sich nicht, vergrub sich auch nicht in ihrem Busen. Sie legte Vivi neben meinen Vater, während er irgendwo zwischen Schlaf und Wachsein schwebte; er schien nicht gemerkt zu haben, dass sie weg gewesen waren. Meine Mutter wusste nicht, ob er Katzen mochte. Er war nicht mit ihnen aufgewachsen und hatte nie den Wunsch geäußert, eine haben zu wollen. Sie selbst mochte Katzen eigentlich nicht – mag sie immer noch nicht –, aber sie liebte Vivi. Als mein Vater die Augen aufschlug, sagte meine Mutter: »Wir haben dir eine Katze mitgebracht, wir dachten, du magst sie vielleicht, aber keine Sorge, sie hat nichts gekostet, und man kann sie zurückgeben. Wir können sie sofort zurückbringen, wenn du sie nicht magst.« Meine Mutter dachte, wenn er sie nicht liebt, wenn er sie nicht mal mag, dann trage ich sie nach unten und lasse sie raus, und wir werden nie wieder ein Wort darüber verlieren.

»Aber er hatte sie gleich gern, wie wir alle«, erzählte mir meine Mutter. »In diesem Herbst und im Winter und weitere neun Jahre schlief sie an seiner Seite, bis zu dem Tag, als sie an der Tür jammerte und kratzte, darum bettelte, hinausgelassen zu werden, wie sie noch nie gebettelt hatte, und während der Rest der Familie woanders war, hast du, damals vielleicht sieben Jahre alt, die Hintertür geöffnet und Vivi ziehen lassen, über die Auffahrt, ins hohe Gras und aus den Augen.«

An diesem Tag, als sie meinen Vater neben Vivi schlafen sah, beschloss meine Mutter, dass sie versuchen würde, wieder schwanger zu werden, egal, ob mein Vater das Baby oder auch nur dessen Zeugung noch erlebte oder nicht.

Ein paar Tage danach bestellte sie einen Halm aus dem Labor in New Orleans, wurde aber nicht schwanger. Im nächsten Monat probierten sie es wieder, und im Monat darauf auch, aber sie wurde nicht schwanger. Mittlerweile waren nur noch drei Halme übrig. Margot war ein Glückstreffer gewesen, vielleicht war es naiv, zu glauben, sie könnte noch mal schwanger werden, naiv, es überhaupt zu versuchen. Mittlerweile wäre das Sperma ohnehin unbrauchbar, hatte Dr. R gewarnt. Verdorben.

Meine Mutter sagte zu meinem Vater: »Lass es uns noch einmal probieren, und wenn es nicht funktioniert, dann ist es eben so.«

Sie bestellten noch einen Halm, und in diesem Monat wurde sie schwanger.

»Nur zwei Szenen aus dieser Schwangerschaft sind mir in Erinnerung geblieben«, sagte sie. »Die erste ereignete sich gegen Ende des ersten Trimesters, im März. Über Nacht hatte es heftig geschneit, zum letzten Mal in diesem Winter. Ich wachte auf, sah nach draußen und entdeckte Alex in all seinen Wintersachen – der blaue Daunenparka von L.L. Bean, den er immer noch zur Gartenarbeit anzieht –, wie er einen Weg von der Haustür zur Auffahrt freischaufelte. Er bewegte sich langsam, ich sah ihm an, dass es ihn anstrengte, aber es war das erste Mal seit fast einem Jahr, dass er sich körperlich betätigte. Er hatte die zweite Chemotherapie hinter sich, und die Ärzte meinten, es habe funktioniert, und zwar sehr viel besser, als sie es für möglich gehalten hatten. Ich weinte, während ich zusah, wie er zur Garage ging und Salz auf die Stufen und den Weg streute; er sah aus wie ein normaler gesunder Mann.

Die zweite Szene ereignete sich, als die dreiundzwanzigste Woche anbrach, auf den Tag genau die dreiundzwanzigste.

Alex und ich hatten einen Urlaub im Yosemite-Nationalpark geplant, wo er als Kind gewesen war und es geliebt hatte, während ich noch nie da war. Margot war zwei, gerade alt genug, dachten wir, um die Reise zu ertragen und vielleicht sogar zu genießen. Wir würden zehn Tag dort sein; ich wäre in der fünfundzwanzigsten Woche und könnte noch ein paar leichte Wanderungen unternehmen. Bei Margot hatte ich keinen Ultraschall gehabt – die gehörten damals noch nicht zur Routine, aber die Frauenärztin meinte, wir sollten vor unserer Reise vielleicht einen machen. Nur für den Fall, dass es etwas Besorgniserregendes gebe; damit wir Bescheid wussten, bevor ich mich zu weit von einem Krankenhaus entfernte.

Der Termin war am Mittwochnachmittag im Brigham. Das Zimmer war klein, und als das Licht gelöscht war, sah man nur noch den Monitor. Wir sahen sie sich bewegen – wir wussten noch nicht, dass es eine Sie war. Ich spürte ihre Tritte, einen Sekundenbruchteil bevor ich sie sah. Wir hörten ihr Herz schlagen, die schnellen *Wuschs*, und es klang kräftig. Wir sahen ihr eine Weile zu, warteten, dass sie sich in eine gute Position drehte, und obwohl ich spürte, dass die medizinisch-technische Assistentin ungeduldig wurde, hätte ich dem Baby stundenlang zusehen können. Als sie sich schließlich auf die Seite drehte und einschlief, vermaß die Assistentin die Gliedmaßen, das Gehirn, die Wirbelsäule und erklärte uns dabei, welchen Teil sie gerade maß.

Als sie zum Herz kam, verharrte sie dort länger als irgendwo sonst. Sie zoomte rein und wieder raus, maß wieder und wieder die gleichen Stellen. Das Blut wurde mir kalt, als ich das Gesicht der Assistentin studierte, die den Bildschirm studierte, obwohl ich noch nicht dachte: *Etwas stimmt nicht, etwas stimmt nicht mit dem Baby*. Ich fühlte es, bevor ich es dachte. Die Assistentin sagte nichts, während sie maß. Dann ging sie die Frauenärztin holen, und nach einer gefühlten Ewigkeit kam die Frauenärztin herein und maß genau dieselben Stellen. Dann sagte sie: »Mit dem Herz des Babys ist etwas nicht in Ordnung.«

–

»Ms Chase?«

Dr. Serrano wirkt gleichermaßen besorgt und irritiert.

»Ja. Entschuldigung. Was?«

»Hatten Sie schon einmal eine Narkose?«

»Nur bei meinem Weisheitszahn, als ich achtzehn war. Ich glaube, ich habe sie gut vertragen. Ich kann mich nicht daran erinnern, Schmerzen gehabt zu haben, bis ich zu Hause im Bett lag.«

Irgendwelche anderen Operationen? Allergien gegen Medikamente? Nehmen Sie irgendwelche Medikamente, abgesehen von den pränatalen Vitaminen?

Nein und nein und nein.

»In der Broschüre in der Tüte finden Sie noch mal alle Anweisungen, falls Ihnen etwas entfallen sein sollte«, sagte sie. »Ich muss Sie darauf hinweisen, dass gewisse Risiken bestehen, darunter ein Zervixriss, eine Uterusperforation, anhaltende Blutungen, Infektionen, zurückgebliebenes fetales Gewebe. Es kann auch passieren, dass Sie nicht gut auf die Narkose ansprechen. Aber das ist sehr selten.«

»Okay.«

Sie tippt, und die Zeit schreitet voran.

»In welcher Beziehung stehen Sie zum Vater des Kindes?«

»Er ist mein Mann.«

»Übt er Druck auf Sie aus, diese Schwangerschaft abzubrechen?«

»Nein.«

»Übt jemand anders Druck auf Sie aus, diese Schwangerschaft abzubrechen?«

»Nein.«

»Übt jemand Druck auf Sie aus, dieses Kind auszutragen?«

»Nein.«

»Haben Sie je Angst vor Ihrem Mann?«

»Nein, nie.«

Bis auf den kurzen Augenblick, als wir neu füreinander waren, als er mich in einem spielerischen Anflug von Begierde hochhob und aufs Bett warf, auf die Matratze am Boden seines stickigen Apartments in Northampton, und ich Angst hatte, mir das Genick zu brechen –

»Bitte entschuldigen Sie die Fragen. Ich muss sie stellen.«

»Ich weiß, schon in Ordnung. Ich verstehe das.«

»Wollen Sie und Ihr Mann nach diesem Abbruch wieder versuchen, ein Kind zu zeugen?«

»Das weiß ich nicht. Wir haben noch nicht darüber gesprochen.«

»Welche Form der Verhütung werden Sie nach der Operation anwenden?«

»Kondome, glaube ich. Vielleicht lasse ich mir wieder eine Spirale einsetzen. Aber nicht sofort.«

»Haben Sie in der Vergangenheit schon einmal unter Depressionen gelitten?«

»Ja.«

»Haben Sie jemals über Selbstmord nachgedacht?«

»Ja.«

»Haben Sie jemals einen Selbstmordversuch unternommen?«

»Nein.«

Das hängt allerdings davon ab, was man eigentlich unter Selbstmord versteht, ob man darunter versteht, dass ich mich tatsächlich umbringe, mein Herz mit einem Messer, mit Tabletten, Gas oder einem Seil zum Stillstand bringe, oder ob gemeint ist, dass ich das Selbst umbringe, das ich geworden bin, alles zerstöre, was Anna zu »Anna« macht, was immer das bedeuten soll, alles außer meinem Herzen. All die Jahre des gescheiterten Hungertodes, die ihren Anfang nahmen, als ich meinen Körper als den Körper einer Frau erkannte, ein ermüdendes Schauspiel meiner eigenen Auslöschung, das nur dazu führte –

»Haben Sie in letzter Zeit über Selbstmord nachgedacht?«

»Das könnte ich Isaac nicht antun. Zurzeit nicht.«

»In der Mappe in der Tüte befindet sich eine Liste mit Therapeuten, die sich auf den Verlust eines Kindes in der Schwangerschaft spezialisiert haben, falls Sie das Gefühl haben, es könnte hilfreich sein, mit jemandem zu sprechen, nachdem –«

»Danke. Das habe ich vor.«

Sie tippt weiter, klickt, scrollt den Bildschirm hoch.

»Okay, das wären so weit alle Fragen. Danke für Ihre Geduld. Ich lasse Sie jetzt kurz allein, während Sie sich fertig machen. Bitte ziehen Sie Ihre Hose, Strümpfe und Unterhose aus; obenrum können Sie alles anlassen. Dr. Pak und ich sind in ein paar Minuten wieder bei Ihnen, und dann beginnen wir mit der Weitung.«

»Moment.«

Ich weiß nicht, was ich sagen soll. Sie sieht mich erwartungsvoll an. Es ist noch Zeit, das alles zu verhindern, und zwar jetzt.

»Ja?«

Ich könnte ihr die Geschichte erzählen, wie Isaac und ich uns kennengelernt haben, in Northampton im Sommer nach dem College, auf der Party in dem windschiefen viktorianischen Haus in der Nähe der Cherry Street. Oder die Geschichte, wie wir zum ersten Mal unsere eigenen Texte miteinander geteilt haben und ich mich nackter fühlte als bei unserem ersten Sex oder bei meinem ersten Sex überhaupt, und wie wir uns beide um MFA-Programme bewarben und wussten, wenn wir das Glück hätten, überhaupt irgendwo angenommen zu werden, würden wir drei Jahre lang in unterschiedlichen Bundesstaaten leben, sofern uns die Distanz nicht vorher entzweite, und wie ich an dem Tag, als wir beide in Irvine angenommen wurden, unter all der ungläubigen Freude fürchtete, dass wir gerade alles Glück unseres Lebens verspielten. Und wie ich das immer noch fürchte. Oder die Geschichte, wie wir dazu kamen, uns für ein gemeinsames Kind zu entscheiden, eigentlich kaum eine Entscheidung, eher nächtliche Diskussionen darüber, wann und wo, obwohl wir uns einig waren, dass Kinderkriegen in diesen Zeiten auf diesem Planeten durch nichts zu rechtfertigen und möglicherweise sogar moralisch verwerflich war. Oder ich erzähle ihr von all den Momenten in den letzten Jahren, in denen mir bewusst wurde, dass ich Isaac mehr liebte, als ich je jemanden geliebt hatte und je jemand anderen lieben könnte, und all den Momenten in den letzten Wochen, als mir bewusst wurde, dass ich dieses Kind nun schon mehr liebte.

Aber ich kann mich an keinen dieser Momente genau erinnern, nicht jetzt.

»Kann mein Mann bei mir sein?«

»Wenn Sie das möchten, natürlich. Ich kann ihn aus dem Wartezimmer holen.«

Sie steht auf, schiebt den Hocker weg, und ich möchte ihre Hand packen und schreien, zucken und in Zungen sprechen und sehen, wie sie reagiert.

»Moment.«

Sie bleibt an der Tür stehen.

»Wird es sehr wehtun?«

»Das ist bei jedem anders«, sagt sie. »Aber es wird wehtun. Ich wünschte, ich könnte Ihnen was anderes sagen. Die meisten Frauen sagen, die Weitung sei das Schlimmste, und die dauert nicht allzu lang.«

»Okay«, sage ich, und sie verharrt mit der Hand an der Klinke.

Ich möchte es nicht mehr verhindern. Ich möchte, dass es vorbei ist.

»Danke«, sage ich. »Das ist alles. Ich mache mich fertig.«

Sie lächelt, sagt, sie sei gleich wieder da, und dann ist sie weg, und ich bin allein.

–

»Fünf Tage später wurde die Geburt eingeleitet«, erzählt mir meine Mutter. »Eine Weitung und Ausschabung wurde mir nicht angeboten, sonst hätte ich mich dafür entschieden; das hat man damals einfach noch nicht gemacht. Einleitung und Entbindung war die einzige Option. Von der Geburt weiß ich nicht mehr viel, außer wie groß die Schmerzen waren, so groß wie bei der Geburt von Margot, aber diesmal war es schwerer, zu atmen und zu pressen, weil ich so geweint habe, und es war schwerer, durch den Schmerz hindurchzupressen, weil ich wusste, dass das Baby nicht rauskommen wollte. Vor der Einleitung war mir schon irgendein Gift in den Bauch gespritzt worden; sie war schon tot. Während ich presste, überkamen mich lebhafte Erinnerungen an die Geburt von Margot, und für einen kurzen Augenblick war ich trotz der Schmerzen voller Freude und Hoffnung, dass ich ein gesundes Kind zur Welt bringen würde, bevor mir wieder einfiel, dass diesmal alles anders war.

Als ich sie schließlich gebar, war der Raum ganz still. Die Schwestern machten sie in aller Ruhe sauber und gaben sie mir dann. Sie meinten, ich könne sie so lange halten, wie wir wollten, und dann ließen sie uns allein. Bis dahin hatten wir nicht gewusst, dass es ein Mädchen war. Sie sah aus wie Margot, wie eine winzige Margot. Erst als ich dich bekam, wurde mir klar, dass sie aussah wie du. Sie hatte deinen Mund, dein Kinn.

Ich sagte zu Alex: ›Ich glaube, wir müssen ihr einen Namen geben.‹ Er fragte, ob ich mir sicher sei, und ich meinte, ja, das sei ich. Ich konnte sie nicht ohne einen Namen gehen lassen. Als ich mit Margot schwanger war, hatten wir schon einmal über den Namen Jane gesprochen; ich hatte eine Tochter nach Granjan benennen wollen, aber der Name Janet gefiel mir nicht so richtig. Jane jedoch mochte ich sehr. Margot Jane zu nennen hatte sich nicht richtig angefühlt, ich weiß nicht genau, warum, aber dieses Baby konnte Jane heißen. Ich hatte eine Kinderfreundin dieses Namens gehabt, Jane Wainwright, und ich hatte sie geliebt. Wir haben immer im Wald hinter dem Haus in Vermont Verstecken gespielt, obwohl wir eigentlich noch viel zu klein dafür waren, allein zu spielen. Ich habe ihren Namen immer wieder gerufen, ›Jane! Jane! Jane!‹, und mochte den Klang. Also, wenn ich jetzt so darüber nachdenke: Vielleicht fiel mir in dem Moment der Name Jane ein, weil es der Name eines Mädchens war, das ich geliebt hatte, aber mit Verlust assoziierte, ein Mädchen, das ich im Wald nie leicht finden konnte und das im Sommer nach der sechsten Klasse mit der ganzen Familie nach Phoenix zog und von dem ich nie wieder gehört habe.

Alex und ich blieben eine Weile mit Jane im Kreißsaal. Den Gang hinunter hörten wir Frauen schreien und Babys brüllen. Ich weiß nicht, wie lange wir dort blieben und sie anstarrten, und ich weiß auch nicht mehr, ob wir noch irgendwas sagten, nachdem wir ihr einen Namen gegeben hatten. Als wir bereit waren, drückte Alex den Rufknopf, und eine

Schwester, die wir nicht kannten, kam rein, wickelte Jane in eine weiße Frotteedecke und brachte sie weg.«

Als sie an diesem Tag nach Hause kamen, ging meine Mutter nach oben ins Schlafzimmer und fiel in einen tiefen, traumlosen Schlaf. Als sie schließlich wach wurde, irgendwann am Nachmittag, war ihr Bauch flach, und ihre Brüste schmerzten schon von der Milch. Sie ging im Nachthemd nach unten und stieß auf meinen Vater und Margot – sie weiß nicht mehr, wer auf Margot aufgepasst hatte, wo Granjan war –, die am Küchentisch Haferbrei aßen. Vivi hatte sich in einem Sonnenfleck auf dem Boden zusammengerollt. Meine Mutter nahm Margot so lange in den Arm, wie sie es erlaubte, obwohl es an den Brüsten wehtat und Margot sich schon nicht mehr so gerne drücken und auf den Schoß nehmen ließ.

Während sie schlief, hatte mein Vater alles eingesammelt, was mit dem Baby zu tun hatte – die gelb-weißen Wollsöckchen, die Granjan eine Woche zuvor geschickt hatte, den Plüschkoala, den sie auf einem Kunsthandwerksmarkt gekauft hatten und ein paar von Margots alten Babysachen, die noch etwas taugten. Er hatte alles in Plastikkisten gepackt und in der Kammer neben der Haustür verstaut, hinter den Schneeschuhen.

»Ich wusste nicht, ob ich damit auf dich warten sollte«, sagte er, »oder ob du es allein machen wolltest, aber ich konnte einfach nicht länger warten.«

Dann sagte er: »Ich wollte gerade die Tickets stornieren.«

Meine Mutter hatte keine Ahnung, wovon er redete.

»Ich werde auch die Hotels stornieren«, fügte er hinzu. »Ich weiß nicht, ob wir so kurzfristig noch Geld zurückbekommen, aber ich möchte trotzdem absagen. Mir widerstrebt der Gedanke, dass das Zimmer leer bleibt.«

Yosemite. Das hatte sie ganz vergessen.

»Ist heute Donnerstag?«, fragte sie.

»Freitag.«

»Wollten wir Sonntag losfahren?«

»Samstag. Also morgen.«

»Lass uns fahren«, sagte sie, ohne nachzudenken.

»Was?« Er lachte. »Wirklich?«

»Ich mein's ernst«, sagte sie, und als sie kurz darüber nachdachte, wusste sie, dass sie fahren wollte, dass sie fahren musste, es war das Einzige, wozu sie sich in der Lage fühlte: in ein Flugzeug steigen und abhauen, egal wohin. Also packten sie am Abend ihre Sachen und brachen früh am nächsten Morgen auf. Sie flogen von Logan nach San Francisco und übernachteten im Hyatt in der Nähe des Embarcadero. Als meine Mutter in der Lobby stand und darauf wartete, dass das Zimmer fertig wurde, spürte sie eine plötzliche Nässe und so etwas wie Erleichterung, und als sie an sich hinunterblickte, bemerkte sie ihr milchgetränktes Hemd.

»Wir fuhren in einem gemieteten Buick in den Yosemite-Nationalpark. Zum Wandern fühlte ich mich nicht in der Lage, meine Brüste waren so verstopft, dass es sogar im Sitzen wehtat, und Margot wurde zu schwer, um länger getragen zu werden, konnte aber auch noch nicht lange allein laufen, weshalb wir meistens mit dem Auto durch die Gegend fuhren und aus dem Fenster sahen. Ich kann mich nicht erinnern, dass wir Fotos gemacht hätten. Aber selbst vom Auto aus war es beeindruckend, und die Ausmaße der Felswände und des Tals ließen mich für kurze Zeit vergessen, was passiert war. Alex sagte, er wolle vor unserer Abreise noch etwas tun, um Janes zu gedenken. Er wolle an einer schönen Stelle anhalten und ihr ein paar Augenblicke widmen, so drückte er es aus. Aber wir hielten nie an, entweder weil er nicht daran dachte oder weil ihm keine Stelle richtig vorkam; die meisten Aussichtspunkte waren überfüllt. Er verlor kein Wort mehr darüber bis zu unserem letzten Tag, als wir schon auf dem Weg aus dem Park hinaus waren. Nach ein oder zwei Stunden Fahrt auf kurvenreichen Straßen durch dichten Wald kamen wir zu einer weiten Lichtung, wo der Fluss mit zwei kleineren Wasserläufen zusammenfloss. Tuolumne Meadows hieß die Stelle. Schon der Name begeisterte mich. Alex sagte: ›Das ist es‹, und ich wusste, was er meinte.«

Mein Vater parkte am Straßenrand, und sie gingen ein kleines Stück von der Straße weg. Margot war im Auto eingeschlafen und wurde auch nicht wach, als er sie hochnahm und in die Au hineintrug. Am Straßenrand parkten zwar noch weitere Autos, aber eine ganze Weile sahen oder hörten sie keine anderen Menschen. Es war ein kalter Tag mit hohen weißen Wolken über den Bergen, die sich im Fluss spiegelten. Die Ärzte hatten ihnen nicht angeboten, Janes Leichnam oder ihre Asche zu behalten, und sie hätten so ein Angebot vermutlich auch nicht angenommen, aber in diesem Moment bedauerte meine Mutter, dass sie nichts hatte, was sie an der Stelle zurücklassen oder behalten konnte. Meine Eltern standen lange nebeneinander in der Au und schwiegen.

Als Margot aufwachte, wollte sie auf eigenen Beinen stehen, und sie ließen sie herumlaufen, aber sobald sie das nasse Gras am Flussufer erreichte, kam sie zu ihnen zurück. Die ganze Reise über hatte sie darauf bestanden, dasselbe Dodgers-Sweatshirt zu tragen, ein Geschenk von Onkel Frank, und mittlerweile waren die Vorderseite und die Ärmel von rätselhaften Flecken verkrustet. Sie hatten sie seit Tagen nicht mehr gebadet und ihr die Haare gewaschen. Sie sah wild aus und glücklich. Auf dem Boden ordnete sie Kiesel in einer Weise an, die sie nie ganz zufriedenzustellen schien – schon damals war sie sehr genau, sagte meine Mutter –, und als mein Vater sah, wie sie einen Kiesel zum Mund führte, stürzte er hin und schritt ein.

»Mmh, Snack«, sagte Margot und machte nach, was sie beim Füttern zu ihr sagten. Sie führte die dreckigen Finger an die Lippen, küsste sie, sagte »Köslich!« und bog sich dann vor Lachen. Bald wurde ihr kalt, und sie wollte gehen, aber meine Mutter mochte noch nicht aufbrechen, obwohl auch sie fror und die Milch in ihrem BH es noch schlimmer machte. Als Margot wieder sagte: »Na Hause«, sah mein Vater meine Mutter an und fragte, ob sie bereit sei; als sie nickte, kehrten sie zum Mietwagen zurück.

Bevor sie einstiegen, sah meine Mutter, wie mein Vater auf den Kieselstein blickte, den er vor Margots Mund gerettet hatte, klein und weiß in seiner Handfläche, und ihn dann in die Hosentasche steckte.

Nachts im Hotelbett in Manteca, wo sie Station machten, lag meine Mutter wach, driftete in fiebrige Träume, schwebte im Halbschlaf. In diesem Zustand sah sie Jane vor sich, die für die Autopsie bei lebendigem Leib mit einem Hackmesser zerteilt wurde; sie hielt sich den abgetrennten Kopf an die Brust und stillte sie. Sie sah die Krankenschwester vor sich, die Jane in der weißen Frotteedecke weggebracht hatte und die nun sagte, sie hätten sich geirrt und mit Jane sei alles in Ordnung gewesen, sie hätten die Autopsie gemacht und ein perfektes Herz gefunden, der Irrtum tue ihnen schrecklich leid. Daraufhin erhob sich meine Mutter vom Krankenhausbett, das eigentlich ihr eigenes Bett war, und ging an der Schwester vorbei auf den Krankenhausflur, öffnete das Fenster, das sich eigentlich nicht öffnen ließ, hob ein Bein über den Rahmen, dann das zweite, blickte auf den Verkehr und die Baustellen und die Menschen unter sich, die aus großer Höhe winzig wirkten, und dann, eher von einem Magnet bewegt als aus freiem Willen, ließ sie sich fallen.

–

Ich liege auf dem Rücken und warte. Mir fallen weitere Details des Zimmers auf: Ein Lichtpaneel an der Decke ist mit Kolibris verziert, die aus Margeriten trinken, und es gibt keine Griffe, um das Fenster zu öffnen. Isaac sitzt neben mir auf einem Metallklappstuhl, so nah, dass ich seine Hand halten könnte, wenn ich ihn darum bäte.

»Das hat ja lange gedauert«, sagt er. »Ist alles in Ordnung?«

»Alles in Ordnung.«

»Im Wartezimmer lief *Parks & Recreation*. Ich habe eine ganze Folge geguckt.«

»Welche denn?«

»Die, in der Jerry in Rente geht.«

»Ich glaub, die kenne ich nicht.«

»Möchtest du sie sehen? Ich könnte sie auf dem Telefon suchen.«

»Nein«, sage ich. »Schon okay. Sie werden nicht lange brauchen.«

Er gibt mir einen Kuss auf die Schläfe.

»Sag mir, was du brauchst.«

»Nur dich.«

Isaac hat die Geschichten seiner Studenten dabei und bietet an, daraus vorzulesen, um uns beide abzulenken, aber ich bitte ihn um eine eigene Geschichte.

»Es war einmal ein Frosch«, sagt er.

»Ein Frosch? Wie heißt er?«

»Ihr Name ist Brenda.«

»Was will Brenda?«

»Brenda will nach Prag.«

»Brenda, der Frosch, will nach Prag.«

»Ja, sehr. Es gibt nur ein großes Problem.«

»Und das wäre?«

»Sie kann es sich nicht leisten! Als Trainerin im Sumpfstudio verdient sie gerade genug für die Miete, und sie ist weit im Rückstand mit den Zahlungen für ihren Studienkredit.«

Auf dem Korridor herrscht Unruhe. Dr. Serrano sollte eigentlich schon wieder hier sein, genau wie Dr. Pak. Irgendwas ist mit der Patientin nebenan. Ich kann nicht verstehen, was geredet wird, aber der Tonfall, die schnellen Schritte und die Verzögerung machen klar, dass etwas nicht so gelaufen ist, wie es sollte.

Tritt. Er tritt immer wieder, links von meinem Nabel.

»Er tritt«, sage ich zu Isaac. »Willst du mal fühlen?«

Er steht auf und beugt sich über mich, und ich drücke seine Hand auf meinen Bauch.

»Genau da. Spürst du was?«

»Nein.« Er wartet, schließt konzentriert die Augen. »Es wäre zu schön, aber ich spüre ihn gar nicht.«

Es klopft, und dann kommen Dr. Serrano und Dr. Pak herein. Dr. Serrano sieht anders aus – sie hat das Haar in einem hohen Knoten zurückgebunden, und sie wirkt kleiner, scheint sich bewusst zu sein, dass sie nun unter Beobachtung steht. Dr. Pak ist auffällig groß und stellt sich mit einer tiefen, samtigen Stimme vor. Sie sagt, es tue ihr so leid. Das müsse sehr schwer sein. Sie bedaure, dass wir uns unter diesen Umständen begegnen.

»Haben Sie noch Fragen?«, fragt sie an uns beide gerichtet.

»Nein«, sage ich.

»Ich glaube nicht«, sagt Isaac.

»Sie sind bereit?«

»Ja.«

Sie setzt sich auf den Hocker, auf dem Dr. Serrano vorhin saß, und rollt schnell zum Fuß des Untersuchungsstuhls, beugt sich zwischen meine Beine.

»Wenn Sie noch ein kleines Stück näher rutschen könnten,

noch ein kleines Stück, bis Sie die Kante fühlen – ja, so ist es perfekt. Und jetzt lassen Sie die Knie auseinanderfallen, so locker, wie es geht.«

Das Spekulum ist nicht kalt, aber es zerrt an meinen Schamlippen, es fühlt sich an, als würden sie gleich reißen, doch dann ist es in mir und macht mich weit auf.

»Sie verkrampfen sich«, sagt Dr. Pak. Sie führt meine Knie sanft mit der Hand auseinander und erinnert mich ans Atmen. »Ich gebe Ihnen jetzt die Betäubung, okay?«

»Okay.«

»Jetzt pikst es einmal.«

Eine Spritze wie ein heißer Schürhaken trifft mich tiefer drinnen, als je irgendwas zuvor, mitten in die Eingeweide, und ich halte mir den Bauch. Tritt unter meinem Zeigefinger. Dr. Serrano steht hinter Dr. Paks Schulter und guckt zu.

»Warum übernehmen Sie nicht die nächste«, sagt Dr. Pak, und sie tauschen die Plätze.

»Zwei Uhr?«, fragt Dr. Serrano.

»Ich würde sagen, eher vier. Ja, genau da.«

»Jetzt pikst es einmal«, sagt Dr. Serrano.

Die Spritze schlägt zu, tiefer als die erste.

»Versuchen Sie zu atmen«, sagt Dr. Pak. »Ich weiß, dass es unangenehm ist. Die Betäubung sollte schnell wirken. Versuchen Sie, Ihre Atemzüge zu zählen.«

Sie thront über mir und reicht mir die Hand, und Isaac hält meine andere.

»Ich werde Sie ablenken«, sagt Dr. Pak. »Ich bin die Meisterablenkerin. Was machen Sie beruflich?«

»Ich mache einen MFA. In Kreativem Schreiben, an der UCI.«

»Großartig! Was schreiben Sie denn?«

»Weiß ich eigentlich nicht. Fiktion. Die Frage kann ich immer nur ganz schlecht beantworten. Au, *au*. Fuck.«

»Sagen Sie mir, wo es wehtut.«

»Ich weiß nicht, wie ich das beschreiben soll.«

Sie tritt einen Schritt zurück und sieht über Dr. Serranos Schulter.

»Es ist die Scheidenwand«, sagt Dr. Pak. »Sie hängt im Spekulum fest.«

»Ist es so besser?«, fragt Dr. Serrano.

»Ein bisschen.«

»Jetzt kommt ein starker Krampf«, sagt Dr. Serrano.

Jetzt sind sie nicht mehr zwei Frauen für mich, sondern eine Frau mit Nadeln und vier Händen. Isaac drückt meine Hand, seine andere Hand ruht in meinem Haar.

Der starke Krampf kommt. Er hört gar nicht mehr auf. Der Kleine tritt und tritt, und ich versuche zu atmen eins atmen zwei atmen drei, und die Zeit, es noch zu verhindern, ist verstrichen.

»Ich lese wahnsinnig gern«, sagt Dr. Pak. Sie thront wieder über mir. »Ich wünschte nur, ich hätte mehr Zeit. Ich versuche, auf dem Weg zur Arbeit Audible zu hören, aber ich kann mich nur schwer darauf konzentrieren, und ganz oft kann ich die Sprecherstimme nicht *aus*stehen. Was lesen Sie gern?«

»Es krampft immer noch. Richtig doll. Ich kann kaum atmen. Ich weiß nicht, ob es so wehtun soll.«

»Es soll wehtun«, sagt sie. »Ich kann nicht sagen, wann es aufhört, aber ich kann Ihnen versprechen, dass es nicht ewig dauert. Bitte versuchen Sie zu atmen. Es wird um einiges leichter, wenn Sie atmen.«

Dann schmilzt die Zeit.

Den Rest des Tages schwitze ich vor Schmerzen. Er tritt und tritt und tritt ohne jeden Rhythmus. Am Nachmittag schlafe ich lange in einem roten Traum, bevor es dunkel wird. Isaac zieht die Vorhänge zu, holt sich einen Stuhl aus der Küche und setzt sich in eine Zimmerecke, wo er im Licht der Schreibtischlampe liest.

»Zeit für Paracetamol«, sagt Isaac.

Die Zeit vergeht.

»Zeit für Ibuprofen.«

»Zeit für Toast.«

Die Zeit vergeht.

»Zeit zu duschen.«

Ich dusche mit der flüssigen orangefarbenen Seife und dem Schwamm, während Isaac auf dem Toilettendeckel sitzt und mir die Anweisungen aus der Broschüre vorliest. Ich sage ihm, dass es wehtut und sich anfühlt, als würde ich gleich ohnmächtig.
»Setz dich doch lieber hin«, sagt er.
Er fasst mich am Arm, hilft mir, mich auf den Wannenboden zu setzen, und tränkt den Schwamm mit der orangefarbenen Seife. Er fragt mich, ob ich es machen will oder ob er es übernehmen soll. Ich sage, ich mache es lieber selbst. Er reicht mir den Schwamm, ich seife mich ein, und es riecht gut, wie die Handseife auf einer Flughafentoilette.
»Möchtest du nicht wissen, warum Brenda, der Frosch, nach Prag will?«
»Warum will sie nach Prag?«
»Prag hat das schönste Froschfitnessstudio der Welt. Die

besten Froschathleten aller Kontinente kommen nach Prag, um zu trainieren. Brenda träumt davon, bei der Weltmeisterschaft im Hüpf-a-thon anzutreten.«

»Im Hüpf-a-thon?«, frage ich spöttisch. »Was Besseres ist dir nicht eingefallen?«

»*Mir* ist gar nichts eingefallen. Die Geschichte ist zu hundert Prozent wahr.«

Als ich fertig bin, bitte ich ihn, das Wasser abzustellen. Er tritt in die Dusche und hilft mir, ganz langsam aufzustehen, sodass mein Blut sich mit mir bewegt. Ich mache sein T-Shirt nass, mit meinem nassen Körper, meinen Tränen, meiner Spucke, während er mich in ein Handtuch wickelt und mich lange umarmt.

»Du warst noch nie so blass«, sagt er und nimmt den Kopf zurück, um mich anzusehen. »Du siehst wirklich nicht gut aus.«

»Ich wünschte, er wäre tot«, sage ich. »Ich wünschte, es hätte ihn nie gegeben.«

Isaac entgegnet nichts. Ich presse die Wange an seine Brust.

»Wir müssen es den Leuten bald sagen«, sage ich.

»Darüber müssen wir uns jetzt nicht den Kopf zerbrechen.«

»Was werden wir den Leuten sagen?«

»Die Wahrheit, denke ich.«

»Ich muss Carol mailen und ihr sagen, dass ich im Frühjahr doch unterrichten kann. Was, wenn sie meinen Aufgabenbereich schon jemand anderem gegeben haben? Ich sollte ihr sofort mailen.«

»Es ist schon spät – du kannst ihr morgen mailen.«

»Ich werde einfach trotzdem in den Mutterschutz gehen. Ich stopfe mir Kissen unters Hemd. Oder ich besorge mir einen von diesen künstlichen Babybäuchen, die wir im Gesundheitsunterricht tragen mussten. Ich wette, die kann man bestellen; die kosten bestimmt nicht viel. Müssten billiger sein als ein Autositz.«

»Einen Versuch wär's wert«, sagt er, lacht aber nicht.

Das Handtuch wird langsam kalt, und meine Muskeln verhärten sich schmerzhaft.

»Ich brauche mehr Paracetamol.«

»Du sollst nicht noch mehr nehmen.«

»Ich muss mich hinlegen.«

»Deine Mom ruft dauernd an. Ich habe eine Weile mit ihr geredet. Ich habe ihr gesagt, du hättest starke Schmerzen, aber es wäre so weit okay. Sie meinte, ich solle dir ausrichten, dass du sie anrufen kannst, falls du mit ihr reden willst, aber wirklich nur, falls du willst. Willst du sie anrufen? Ich kann dir dein Telefon holen. Und ich weiß nicht, ob ich dir das jetzt sagen sollte, aber Margot hat auch angerufen. Sie hat mir eine Nachricht geschickt und gemeint, sie verstehe, wenn du jetzt nicht mit ihr reden kannst, aber sie wolle, dass du weißt, dass sie dich sehr liebt. Sie hat uns einen Gutschein für Postmates geschickt, damit wir morgen was zu essen bestellen können.«

»Ich kann nicht mit ihr reden. Kannst du ihr schreiben, dass ich sie auch liebe?«

»Natürlich.«

»Ich muss mich hinlegen.«

–

»Kurz nachdem Janes errechneter Geburtstermin vorbei war, haben wir noch einen Halm bestellt«, erzählte meine Mutter. »Und den Rest kennst du ja. Nachdem du geboren warst, war nur noch ein Halm übrig, immer noch im Labor in New Orleans, und obwohl wir wussten, dass wir kein weiteres Kind wollten, konnten wir uns nicht davon verabschieden. Wir behielten ihn noch acht Jahre, dann hörten wir auf, die Gebühren zu zahlen, und ließen ihn tauen.

Eines Sommers, ich glaube, Margot war ungefähr elf, also musst du sieben gewesen sein, waren wir auf Martha's Vineyard und aßen gerade Softeis auf ein paar Bänken in Chilmark, in der Nähe vom Haus meines Bruders Frank. Die Straße hinunter bemerkte ich eine Frau, von der ich hätte schwören können, dass es Dr. R war, Alex' Onkologin aus Boston, als er das erste Mal krank war. Sie kam mit einem Mann, vermutlich ihr Ehemann, in unsere Richtung. Der Mann sah aus wie Alex, schlank, mit schwarzem Haar, und ich fragte mich, ob sie nicht doch in ihn verknallt gewesen war, ob das nicht irgendwie zu seiner Rettung beigetragen hatte. Sie war kurz nach dem Ende der ersten Behandlung weggezogen, irgendwo nach Connecticut, glaube ich, und wir hatten uns aus den Augen verloren. Im Verlauf der Jahre hatte ich immer mal wieder überlegt, sie ausfindig zu machen und ihr zu schreiben, dass Alex überlebt hatte, dass ich schwanger geworden war, dass wir zwei Kinder bekommen hatten. Ich wollte ihr danken. Aber letztlich hatte ich es nie gemacht. Immer wenn es mir wieder einfiel, schien ich gerade keine Zeit zu haben, und dann verflog der Gedanke, und es vergingen Jahre, bis ich wieder daran dachte.

Als ich auf sie zeigte und zu Alex sagte: ›Sieht die Frau nicht genau aus wie Dr. R?‹, stimmte er mir zu, obwohl er sich an die Zeit weniger klar erinnerte als ich. Er wollte nicht, dass ich sie rief, selbst wenn sie es war. Er meinte, er wolle sie nicht stören und sie würde sich nie im Leben an uns erinnern. Ich rief sie trotzdem, und sie erkannte uns sofort wieder. ›Seit zehn Jahren hat mich niemand mehr Dr. R genannt!‹, sagte sie. ›Nicht seit ich geheiratet habe. Sie haben mich gerade auf eine Zeitreise geschickt.‹ Wir unterhielten uns ein paar Minuten, und sie stellte uns ihren Mann vor, der von Nahem weniger wie Alex aussah, aber immer noch ein bisschen. Sie waren für die Hochzeit ihrer Nichte auf Martha's Vineyard und mussten sich beeilen, sie waren schon spät dran für das Probedinner. Sie konnte gar nicht glauben, wie gut Alex aussah.

›Darf ich Ihnen meine Töchter vorstellen‹, sagte ich, bevor sie ging. Und ihr habt beide mit eurer freien Hand gewinkt und gesagt: ›Schön, Sie kennenzulernen.‹«

–

Die Zeit vergeht, und dann wache ich auf, als es noch dunkel ist. Isaac ist schon angezogen und riecht nach Kaffee und Zahnpasta, und sein Gesicht ist ganz nah an meinem.

–

»Anna, Zeit, wach zu werden.«

»Anna, du musst jetzt aufstehen. Wir müssen bald los.«

»Du musst noch duschen.«

Ich wasche mich wieder mit der orangefarbenen Seife und dem Schwamm, diesmal stehe ich, halte mein Haar vom Wasser fern. Isaac sitzt auf dem Toilettendeckel und redet mit mir, damit ich wach bleibe. Ich starre auf meinen Bauch; er verdeckt die Zehen. Der Schmerz ist weg.

Ich trockne mich ab, ziehe mich an, und Isaac sagt: »Wir müssen jetzt wirklich los.«

»Meinst du, ich kann mir die Zähne putzen?«

»Weiß ich nicht. Ich glaube nicht. In der Broschüre steht nichts davon.«

»Ich habe solchen Durst.«

»Ich weiß, Schatz. Du kannst bald was trinken.«

»Hast du geschlafen?«

»Nein. Du?«

Ich nicke. So gut habe ich seit Wochen nicht geschlafen.

Ich habe einen schlechten Geschmack im Mund, aber meine Haut ist sauber von der orangefarbenen Seife. Keine Tritte. Er hat seit gestern Abend nicht mehr getreten, aber er ist noch am Leben. Er schläft. Isaac hat schon einen Beutel gepackt, mit Crackern, Keksen, Apfelmus, einem meiner Pullis und einem Schal.

»Bereit?«, fragt er.

»Nein«, sage ich lachend, und wir gehen zum Auto.

Die Straße ist ganz still; die Sonne erhellt den Himmel nur an den Rändern.

»Ich will es wieder versuchen«, sage ich.

Isaac antwortet nicht sofort.

»Das müssen wir nicht jetzt entscheiden.«

Tritte – zwei zarte Tapser gegen meine Handfläche.

Schhh, Baby. Schhh, Liebes. Bitte, bitte schlaf weiter. Es wäre besser, wenn du schläfst.

»Ich will es auch wieder versuchen«, sagt er in mein Schweigen und dreht sich zu mir. »Nur nicht sofort. Ist das in Ordnung? Ich glaube, ich brauche noch ein bisschen.«

Ich nicke, aber er kann mich nicht sehen. Ich gucke aus dem Fenster, auf die müden Gesichter der anderen Fahrer, zum Himmel, der weiß und rosa und pfirsichfarben wird, und auf das Grau des Asphalts, den Wechsel von Schiefer zu Asche.

MARISOL

Der Rimrock Saloon am Twentynine Palms Highway in Joshua Tree wurde von Lichterketten entlang der Deckenbalken nur schwach erleuchtet und sah wegen der Gemälde von Wildpferden auf weiten Ebenen eher nach Wyoming als nach Kalifornien aus. An den Tischen drängten sich schöne junge Touristen aus L. A., woher auch sonst, sie trugen Vintage-Samt, Spitze und knalligen Lippenstift, und daneben saßen ein paar junge Familien in extraleichter Wanderkleidung. Auf der schwarz gestrichenen Bühne am anderen Ende des Speiseraums sang eine junge Frau mit rotblondem Haar einen Song von Joni Mitchell: *To say I love you right out loud, dreams and schemes and circus crowds.*

Ein Samstagabend Ende Mai, die Woche, in der vielleicht mein Baby zur Welt gekommen wäre, wenn es zur Welt gekommen wäre, und ich war allein in die Wüste gefahren. Ich hatte mich an die Bar gesetzt, auf einen gepolsterten Hocker am äußeren Ende; alle anderen am Tresen schienen auch allein zu sein, bis auf ein älteres Paar, das gerade zahlte. Ich bestellte mir ein Glas Chardonnay und einen Korb mit Süßkartoffelpommes zum Abendessen.

Neben mir saß eine Frau; sie saß schon da, als ich Platz nahm, und wir hatten uns kurz zugelächelt, unser Alleinsein anerkannt, aber nicht miteinander geredet. Ich schätzte sie auf Mitte vierzig, Latina, ihr Bier wirkte schwarz in der dunklen Kneipe. Ich spürte, dass sie schon eine Weile da war und dass sie es gewohnt war, allein in Bars zu trinken; sie hatte diese selbstvergessene Präsenz, kein Herumspielen am Handy, kein durch den Raum huschender Blick. Sie trank ihr Bier; sie sah der Sängerin zu. Der weiße Mann auf meiner anderen Seite war wohl in den Fünfzigern, er sah kurz von seinem Telefon auf, als ich mich setzte, und beim Anblick meiner Reiseklamotten und meines fehlenden Make-ups nickte er einmal und wandte sich wieder seinem Telefon zu.

Falls Isaac mir Nachrichten geschickt und mich angerufen hatte, mit der dringenden Bitte, ihm zu sagen, ob ich wohlbehalten eingetroffen sei und zurechtkomme, bekam ich es nicht mit. Ich hatte mein Telefon absichtlich im Hotel gelassen, am Ladekabel auf dem Nachttisch, aber nun vermisste ich es und bedauerte die Idee, einmal auszuprobieren, ob ich es eine Weile ohne Telefon aushielt, ob ich auch auf diese Weise allein sein konnte. Was hatte ich denn zu beweisen und wem? Ich war schon ausreichend allein.

»Ich glaube, ich muss an dem Wochenende in die Wüste«, hatte ich Isaac vor einigen Wochen gesagt, spätabends im Bett.

»Gute Idee«, hatte er entgegnet. »Ich überlege auch schon die ganze Zeit, was man da machen könnte. Irgendwie kam mir bisher nichts richtig vor.«

Als ich ihm sagte, dass ich glaubte, allein fahren zu müssen, machte er keinen Druck. Ich war noch nie allein verreist, noch nie allein in einem Hotelzimmer eingeschlafen, und ich hatte das Gefühl, jetzt musste es sein. Seit der OP fiel es uns schwerer denn je, voneinander getrennt zu sein, und mir war bewusst, dass unsere trauergetränkte Einigkeit langsam zu gegenseitiger Abhängigkeit gerann. Er begleitete mich zu meinen Kursen, wenn er selbst nicht unterrichtete, verbrachte die Stunde in der geisteswissenschaftlichen Bibliothek, ohne etwas zu lesen, und begleitete mich dann wieder nach Hause. Wir duschten oft zusammen, und wenn wir es nicht taten, saß ich auf dem Toilettendeckel und redete mit ihm, während er unter der Dusche stand, oder sortierte abgelaufene Antihistaminika aus, bis er fertig war, und half ihm dann, ein Hemd auszusuchen.

Ich wollte, dass der Entbindungstermin kam und ging, und zwar an einem Ort, den ich nicht kannte und der mich nicht kannte und den ich vielleicht nie wiedersehen würde. Ich dachte, ich könnte vielleicht einfach zerfließen, wenn keine Zeugen anwesend wären.

Und schon kamen mir die Tränen, gleich dort an der Bar. Wegen des flüchtigen Gedankens daran, morgen früh in den Nationalpark zu fahren, wenn der Termin endlich hinter mir läge, oder vielleicht auch nur wegen des Weins, der mir ins Blut schoss, ich wusste es nicht. Die Tränen kamen immer noch anfallartig, heftig, wenn auch zunehmend seltener, und sie machten sich nicht immer die Mühe, sich zu erklären. Isaac und ich lachten darüber. »Na hallo, meine kleine Heulsuse«, sagte er dann und küsste die Tränen von meinen Wangen, »was verschafft mir die Ehre?« Ich hatte es aufgegeben, mich gegen die Tränen zu wehren, davon bekam ich nur schreckliche Kopfschmerzen; jetzt ließ ich sie einfach laufen, dankbar für den dunklen Raum. Ich tupfte mir die Augen mit der Serviette ab und aß meine Pommes, fetttriefend und perfekt.

Auf meinem Unterarm wurde es warm. Die Frau neben mir hatte ihre Hand dorthin gelegt und nahm sie nicht weg, und daraufhin kamen mir die Tränen noch stärker, als hätte sie ihnen mit ihrer Berührung die Erlaubnis dazu erteilt.

»Möchten Sie etwas Wasser?«, fragte sie.

Die Frau hatte breite Schultern, dichtes schwarzes Haar, das ihr bis zur Taille reichte und über die vollen Brüste fiel, dazu grüne, kohlumrandete Augen mit kleinen Krähenfüßen. Ihre Lippen zogen mich besonders an, auberginefarben angemalt, die Oberlippe voller als die Unterlippe. Sie nahm die Hand weg, und meine Haut kühlte ab.

»Nein, danke, ich habe welches«, sagte ich. »Tut mir leid.«

»Es muss Ihnen nicht leidtun«, sagte sie, eher berichtigend als tröstend.

Ich nahm einen großen Schluck Wasser, dann Wein, und tupfte mir wieder das Gesicht ab.

»Alles in Ordnung?«, fragte sie.

»Nein, eigentlich nicht«, sagte ich lächelnd. »Aber ich komme klar. Ich wollte Sie nicht stören.«

Das stimmte, dennoch bedauerte ich meine Worte sofort; sie sollte nicht glauben, ich wolle nicht, dass sie mit mir redete, mich berührte, mich sah.

»Ich heiße Anna«, sagte ich, damit sie bei mir blieb.

»Marisol.«

Wieder kamen mir die Tränen, und diesmal wehrte ich mich dagegen, konnte sie aber nicht aufhalten, mir lief die Nase, und ich trocknete mir einmal mehr das Gesicht mit der Serviette ab, das dünne Papier war schon ganz nass und löste sich auf. Ich verbarg das Gesicht in der Serviette und wartete auf das Ende des Anfalls, es dauerte nie lang. Ich wollte mich nicht unsichtbar machen, aber ich war lieber unsichtbar als hässlich.

»Es tut mir leid«, sagte ich lachend. »Das passiert mir einfach.«

Sie sah mich warmherzig an, vielleicht auch einfach verwundert.

»Ich dachte, ich würde ein Kind bekommen«, sagte ich.

»Ah, verstehe.«

Ich wollte, dass sie wieder meinen Arm berührte oder ihre Handfläche an meine feuchte Wange legte, wie meine Mutter es zu tun pflegte, aber sie hielt nur ihr Bierglas fest. Am Ringfinger trug sie einen schlichten goldenen Ring.

»Sie sind jung«, sagte sie rundheraus. »Sie werden eins bekommen, wenn Sie wollen. Das Leben ist lang.«

Mir gefiel nicht, dass sie das sagte. So jung war ich nicht, nicht in dieser Hinsicht. Und sie konnte nicht wissen, was mir passieren oder nicht passieren würde, genauso wenig wie ich.

»Danke«, sagte ich, entschied mich für Freundlichkeit. »Ich weiß. Es ist nur nicht leicht, das im Kopf zu behalten.«

Ich trank meinen Wein und Marisol ihr Bier, und als der Barkeeper vorbeikam, bestellte ich noch ein Glas. »Ich nehme auch noch eins«, sagte sie und nahm den restlichen Schluck in einem Zug. Neben ihr kam ich mir klein vor – das war ich nicht gewohnt, obwohl ich seit ein paar Monaten wieder in meine Levi's mit hohem Bund und die alten BHs passte. Ich beobachtete, wie sich ihre Lippen weiter öffneten, um das schwarze Bier hineinzulassen.

Sie drehte sich zu mir und sagte: »Ich habe Sie heute schon gesehen, wissen Sie. Im Lost Horse Inn.«

»Wohnen Sie da auch?«, fragte ich.

Sie nickte. »Nur heute Nacht.«

Ich hatte vorhin dort eingecheckt, aber weder sie noch andere Gäste bemerkt. Das Hotel war gespenstisch leer gewesen. Es war mir unangenehm, dass sie mich gesehen hatte und ich sie nicht, aber mir gefiel, dass ich ihr aufgefallen war und sie sich an mich erinnerte.

»Ich auch. Nur heute Nacht.«

Dabei wollte ich nicht in unsere Wohnung in Irvine zurückkehren, nicht morgen und nicht am Tag darauf. Ich wollte nur hier sein, in der lauten Behaglichkeit der Bar, neben einer Fremden mit einer warmen Hand, Wein auf den Lippen. Marisol erklärte, dass sie alte Freunde in L.A. besucht habe und die Frau, bei der sie übernachten wollte, nach Sacramento habe fahren müssen: Ihre Mutter war gestürzt, und sie musste sich um die Hunde kümmern. Marisol habe es vorgezogen hierherzukommen, statt allein in der Wohnung ihrer Freundin zu bleiben, und sie sei sehr froh darüber.

Wir bedankten uns beim Barkeeper, als er die Getränke vor uns hinstellte. Er war auf jungenhafte Weise gut aussehend, obwohl wahrscheinlich mindestens Mitte dreißig. Ungezwungen bewegte er sich hinter dem Tresen, schenkte schnell und anmutig Drinks ein. Er arbeitete schon lange hier. Ich fragte mich, ob er Corrie kannte. Ich hatte den Namen des Restaurants vergessen, in dem sie gearbeitet hatte, aber ich wusste noch, dass es in Joshua Tree war – es lag nahe, dass es der Rimrock Saloon gewesen war, der einzige Laden mit Livemusik am Wochenende –, und mir fiel wieder ein, dass sie an diesem Ort glücklich gewesen war, dass sie alleine gut geschlafen hatte, dass sie glaubte, ihre Mutter habe hier etwas Frieden gefunden. Es schien ein Ort zu sein, der einen veränderte, wenn man ihn darum bat.

Marisol hatte sich dem Raum zugewandt, in Richtung der Bühne – die Sängerin trank zwischen zwei Songs gerade einen Schluck Wasser –, und aus der Gesprächspause zwischen uns wurde Schweigen. Ein natürliches Ende für einen Austausch zwischen zwei einzelnen Gästen; wenn wir noch länger stumm blieben, wäre ich wieder allein.

»Haben Sie Kinder?«, fragte ich.

Marisol nahm einen Schluck Bier, ihre Augen begegneten meinen, sie taxierte mich mit einem gewissen Amüsement. Ich war mir nicht sicher, ob sie antworten würde. Es war eine unhöfliche Frage für eine Frau über dreißig mit einem Ehering, allein in einer Bar in der Wüste, übergriffig und aufgeladen, und das wusste sie, ihrem Blick nach zu urteilen. Ich hätte sie genauso gut nach ihrem Alter, ihrer Hosengröße, der Höhe ihrer Ersparnisse fragen können. Es fühlte sich gut an, gefragt zu haben. Sie hatte einfach keine, schätzte ich, und sie wollte keine. Oder sie hatte welche, und sie hatten sich entfremdet, sie lebten bei ihrem Vater in einem anderen Bundesstaat; sie schien zu jung zu sein, um Kinder zu haben, die schon irgendwo allein lebten, ohne irgendeine Geschichte von Verlust oder Betrug oder gescheiterter Liebe.

Solche Geschichten brauchte ich jetzt. Ich brauchte sie wie Wasser und Salz, brauchte sie, damit sie mir sagten, was möglich war im Verlauf eines Lebens, nachdem das Leben, das man geplant hatte, in einem gestorben war. Ich suchte überall nach diesen Geschichten, in Romanen und Memoiren, Filmen, Fernsehsendungen und YouTube-Testimonials, ich bekam nie genug. Ich brauchte sie, damit sie mir verrieten, wie man unversehrt blieb.

Ich widerstand der Versuchung, mich zu entschuldigen; es tat mir nicht leid. Ich war es leid, »Tut mir leid« zu sagen, wenn es gar nicht so war, und ich war es leid, mich kleinzumachen.

Marisol trank einen großen Schluck Bier und setzte das Glas ab.

»Mein Vater war ein Riesenfan von Stevie Nicks«, sagte sie. »Er hätte es nie zugegeben. Aber er hat sie immer gehört.«

Ich verstand nicht recht. Verwirrt sah ich sie an, und sie wies auf die Sängerin, die gerade wieder ans Mikro getreten war. *Dare my wild heart, dare my wild heart.*

»Er hat mich und meine Brüder immer in die Cheyenne Mountains mitgenommen, als wir klein waren«, sagte sie. »Diese Platte haben wir auf der Hinfahrt immer gehört. Und auf der Rückfahrt auch.«

Es war, als hätte sie meine Frage nicht gehört, aber das hatte sie – ich hatte gesehen, wie sie sie verdaute. Mir war der Song auch vertraut; auf dem Heimweg nach der OP lief er im Radio. Isaac und ich waren so müde gewesen. Ich hatte keine Schmerzen gehabt. Er kannte den ganzen Text, konnte aber nicht sagen, woher, und wir hatten ein bisschen über das Gedächtnis, Gerüche und Lieder geredet. Das war alles, was mir von dem Tag noch in Erinnerung war. Das und das Blut im Toilettenwasser, das Schockierende und Schöne daran, die pinken und roten und schwarzen Kringel, die langsam hinabsanken.

Je länger ich zuhörte, desto weniger überzeugt war ich, dass es genau dieses Lied gewesen war, es konnte auch ein anderes von ihr oder von Fleetwood Mac gewesen sein. Diesen Song kannte ich nicht.

»Dort hat er sich das Leben genommen«, fuhr Marisol fort. »Kurz nachdem ich ans College gegangen war. Ein paar junge Wanderer fanden ihn, nicht weit von der Stelle entfernt, an der wir oft campiert hatten, in dem 1953er Ford Pick-up, an dem er den ganzen Sommer herumgeschraubt hatte. Er hatte das Gewehr seines Vaters im Schoß und ein Loch vom Kinn bis zur Schädeldecke.«

Ich nickte, versuchte so gut es ging, Mitgefühl auszustrahlen, aber ich war mir nicht sicher, ob ich noch länger bleiben wollte. Ich überlegte, zurück ins Hotel zu gehen, lange zu duschen und mir einen Film im Fernsehen anzuschauen oder eine alte Sitcom mit einer Familie, die immer im Wohnzimmer sitzt, irgendwas mit einer Lachkonserve. Ich aß ein paar Pommes.

»Ich gebe Ihnen die lange Antwort«, sagte sie, in Reaktion auf meine schwindende Aufmerksamkeit.

»Oh«, sagte ich, peinlich berührt, weil ich so durchschaubar war. »Es tut mir leid. Ich hätte das nicht fragen sollen. Sie müssen nicht antworten.«

»Ich weiß«, sagte sie, und ich verkniff mir noch eine Entschuldigung.

Ich sah sie überlegen, gedankenverloren spielte sie mit ihren Armreifen aus Jade und Hammerschlag-Messing.

»Nach seinem Tod«, fuhr sie fort, »schwor ich mir, nie mehr nach Hause zurückzugehen.«

Zu Hause sei eine Stadt namens Prosperity gewesen, fuhr sie fort, ein Ort mit Tankstelle und Schnapsladen in der Hochebene nahe der Route 36, eine Stunde westlich von Denver. Sie hatte Prosperity in der Woche ihres Highschoolabschlusses verlassen, und mit vierundvierzig war sie dem Split-Level-Haus ihrer Kindheit seitdem nicht näher gekommen als bei einem hektischen Zwischenstopp am Denver International Airport, als sie von ihrem Zuhause in Mexico City nach Calgary unterwegs war, zu einem zehnwöchigen Künstleraufenthalt. Sie hatte aus dem Fenster gesehen, als das Flugzeug im Landeanflug war, obwohl sie auf einem Mittelplatz auf der Westseite saß, mit Blick Richtung Berge und Skyline – die Vororte hatten sich in den Jahren ihrer Abwesenheit enorm ausgedehnt, und die Skyline vor den Rocky Mountains war höher und breiter geworden –, doch als sie über den Gang und den strubbeligen Schopf eines kleinen Jungen hinweg zur anderen Seite geblickt hatte, hatte sie das flache braune Land unter dem flachen blauen Himmel gesehen, beides völlig unverändert, und nicht das geringste Bedürfnis verspürt, es sich noch genauer anzusehen.

Dank einer Mischung aus Begabten- und Bedürftigenstipendien, die fast die gesamten Gebühren abdeckten, studierte sie am Cabot Institute, einem kleinen College für bildende Künste in einem Bostoner Vorort, das seitdem von einer größeren Schule in der Nähe geschluckt worden war und seinen Namen eingebüßt hatte. Eine Woche bevor das erste Semester vorbei war, rief Marisols Mutter sie zum allerersten Mal seit ihrem Auszug an und sagte: »Dein Vater ist tot.«

Sein Tod kam eigentlich nicht unerwartet. Er rauchte seit seinem zwölften Lebensjahr, und wenn er abends aus der Fabrik kam, trank er Southern Comfort ohne Eis, und außerdem verachtete er Ärzte und jeden, der sie bereitwillig konsultierte – Marisol hatte nie erwartet, dass er älter als sechzig werden würde, und das war er auch nicht geworden –, aber die besonderen Umstände seines Todes überraschten sie, genau wie die Trauer, die damit einherging.

Er sei nüchtern gewesen, sagte ihre Mutter am Telefon. Er habe seit sechs Monaten nicht mehr getrunken, nicht seit Marisol weggegangen war. Marisol fand das schwer zu glauben, obwohl ihr Vater sein Trinken nie verborgen hatte und ihre Mutter bei all ihren Fehlern keine Lügnerin war. Ihr Vater war ein sentimentaler und phlegmatischer Trinker gewesen – nicht wütend, nicht gewalttätig, nicht impulsiv. Es war so untypisch für ihn, aber vielleicht entsprach es seinem Charakter mehr, als sie ahnte; offensichtlich kannte sie ihn nicht sehr gut. Die Dämonen seiner Jugend, was immer in Vietnam passiert war, was immer er mit angesehen hatte – und wovon er nicht ein einziges Mal gesprochen hatte –, mussten ihn mehr gequält haben, als sie sich vorstellen konnte.

Ihre Mutter war diejenige, die ohne einen Tropfen Alkohol lilablaue Flecke auf Marisols Armen und Hals hinterließ, wenn sie aufsässig wurde. Ihre Mutter war diejenige, die vor

Wut Gläser zerbrach und einmal auch Marisols Handgelenk, und sie war diejenige, die Marisol nur mit dem Zucken ihrer Lippe dazu bringen konnte, nach oben in ihr Zimmer zu stürmen und sich für den Rest des Tages und die Nacht zu verkriechen. Marisol verbrachte Stunden im Schneidersitz auf dem Fußboden, mit immer tauberen Beinen, und zeichnete Porträts der Puppen, mit denen sie nie spielte, und Fantasielandschaften, in denen sie eines Tages in Frieden leben würde.

Dann waren da noch die Schulden. Auch die waren keine Überraschung, aber sehr viel höher, als Marisol sich je hätte träumen lassen. Die Familie war pleite, und Marisol konnte das Cabot Institute kein weiteres Jahr besuchen, denn die Studiengebühren und die Lebenshaltungskosten, die sie selbst zu tragen hatte, waren zu hoch.

»Wir hätten dich da gar nicht hingehen lassen sollen«, sagte ihre Mutter, bevor Marisol auflegte. »Sieh nur, was passiert ist, seit du weg bist. Du hast sein Blut an den Händen, Mädchen. Du musst auf der Stelle zurückkommen und deiner Familie helfen, oder vielmehr dem, was davon übrig ist.«

Marisol begann hektisch nach Arbeit zu suchen, egal was, und im März fing sie bei Wild Oats an, einem Bioladen in Framingham. Wenn man sie im Juni aus dem Cabot-Wohnheim warf, wollte sie etwas Geld und einen Plan haben, der auf keinen Fall die Rückkehr nach Hause beinhaltete, das schwor sie sich.

Die Stellenausschreibung für die Atelierassistenz bei einem Künstler in Faraday Falls, Maine, entdeckte Marisol am Schwarzen Brett vor dem Keramikatelier, das sie ein paar Wochen vor Semesterende regelmäßig absuchte. Der Aushang war auf weißes Kopierpapier gedruckt und zum Großteil verdeckt von grelleren, neueren Anzeigen für Sommerpraktika und Aufenthaltsprogramme, deren Bewerbungsfristen lange verstrichen waren. Der Zettel hatte oben mehrere Reißzweckenlöcher, und das Papier war nicht mehr frisch; er hatte schon lange dort gehangen, aber sie hatte ihn immer übersehen, ihn aussortiert, bevor sie ihn richtig beurteilt hatte.

Marisol war noch nie in Maine gewesen und hatte keine rechte Vorstellung davon, und von Faraday Falls hatte sie noch nie gehört. Faraday Falls – der Klang gefiel ihr; es klang nach einem Ort, an dem niemand, der sie kannte, je gewesen war oder je nach ihr suchen würde. Es klang kalt und grün und ruhig. Der Aushang versprach fünfzehn Dollar die Stunde, wenn man dem Maler George Bradbury – auch von ihm hatte sie noch nie gehört – bei seinen »neuen Arbeiten« zur Hand ging. *Eigene Hütte auf dem Grundstück inklusive – mietfrei.* Sie nahm den Aushang ab, aus Angst, dass die Stelle plötzlich bei Studenten begehrt sein könnte, die noch nach einem Sommerjob suchten, und später, als sie allein in ihrem Wohnheimzimmer war, rief sie bei der Telefonnummer an.

Nach mehrmaligem Klingeln meldete sich ein Mann.

»Ach ja«, sagte er nach einer kleinen Denkpause. »Die Assistenz ist noch verfügbar. Warum kommen Sie nicht nächste Woche vorbei und wir sprechen alles durch. Sind Sie am MECA? Oder Bates?«

Sie erklärte ihm, dass sie am Cabot studiere, aber nächstes Wochenende sowieso nach Maine wolle und Faraday Falls keinen großen Umweg bedeute.

»Cabot«, sagte er. »Hat Jenkins also endlich meinen Aushang aufgehängt. Den habe ich ihm letztes Frühjahr geschickt. Nichts bewegt sich so langsam wie ein Akademiker.«

Marisol lachte, obwohl sie den Witz nicht ganz verstand, und erwähnte nicht, dass der Aushang wohl schon ein Jahr hing. Sie wusste auch nicht, wer Jenkins war.

»Also«, sagte er. »Wann möchten Sie vorbeikommen?«

Sie verabredeten sich für nächsten Freitag; er würde ihr das Atelier und die Hütte zeigen, sie würden über die Stelle sprechen und gucken, ob sie noch interessant für sie wäre, und er würde ihre Fähigkeiten beurteilen – wobei Letzteres nicht explizit gesagt wurde. Nach dem Auflegen starrte Marisol das Telefon an und fragte sich, worauf sie sich gerade eingelassen hatte. Sie hatte nicht auf die Karte geguckt; sie wusste nicht, wie weit im Norden Faraday Falls lag oder wie sie dort hinkommen würde, aber das bereitete ihr kein Kopfzerbrechen. Das Gespräch hatte keine vier Minuten gedauert, und währenddessen war die Sorge, was sie als Nächstes tun sollte, die Sorge, die in den vergangenen Wochen an Panik gegrenzt hatte, weitgehend verflogen und einem rastlosen Optimismus gewichen.

Obwohl sie noch einen Monat im Wohnheim bleiben konnte und wusste, dass sie noch nicht eingestellt worden war und es vielleicht nie werden würde, saß sie am frühen Freitagmorgen in einem Peter-Pan-Fernbus, der auf der 95 Richtung Norden nach Lewiston fuhr, mit einem Koffer, der ihr gesamtes Hab und Gut enthielt, und all ihren Ersparnissen von Wild Oats, mit einem Gummiband zusammengehaltene Scheine, die in einer Socke im Rucksack steckten.

Nach der Ankunft rief sie von einem öffentlichen Telefon am Busbahnhof bei George an, wie er sie angewiesen hatte. Aber niemand nahm ab. Sie hinterließ keine Nachricht. Eine gefühlte Ewigkeit saß sie im Foyer des Busbahnhofs, einem geschlossenen Raum mit Metallbänken und einem an der Wand montierten Fernseher, der die immer gleichen Bilder zeigte: Timothy McVeigh, das zerstörte Gebäude, der Feuerwehrmann mit dem toten Kleinkind im Arm. Sie wandte den Blick ab und sah zu, wie zwei Busse ankamen und einer abfuhr, wie sich das Foyer füllte und leerte, und es kam ihr vor, als würden manche der Passagiere sie im Vorbeigehen fragend, sogar vorwurfsvoll ansehen. Ihre Haut war heller denn je, aber immer noch dunkler als die der meisten – nein, nicht der meisten, dunkler als die aller Anwesenden am Busbahnhof. Es war der weißeste Ort, an dem sie je war.

Sie fühlte sich klein und jung. Sie band sich das Haar zu einem Pferdeschwanz, legte ihren Daunenmantel ab, der zu warm war, aber nicht mehr in den Koffer gepasst hatte, und wartete, erst mit abgewandtem Blick, dann wieder auf die alten Fernsehbilder starrend, nun von Ted Kaczynski in orangefarbenem Overall, und nach einer Weile kaufte sie eine Tüte Brezeln aus dem Automaten, obwohl sie im Rucksack ein paar Müsliriegel hatte. Sie aß sie langsam, ließ sich das Salz auf der Zunge zergehen.

Kein George.

Sie rief ihn wieder an, und wieder nahm niemand ab, und sie hinterließ keine Nachricht. Allmählich fragte sie sich, was sie machen sollte. Wo würde sie schlafen und wo würde sie essen und was würde sie am nächsten Tag machen und am Tag danach. Ihr Plan war gewesen, George zu fragen, wo sie hinkönnte, falls er nicht anböte, gleich bei ihm zu bleiben. Plötzlich kam ihr der Plan, wenn man ihn überhaupt so nennen konnte, vollkommen dämlich vor, kindisch, zu vertrauensselig. Der Mann war ein Fremder, und der Ort war nichts für sie. Soweit sie wusste, lebte er allein. Sie ging im Kopf noch mal die Nachforschungen durch, die sie in der Vorwoche in der Bibliothek angestellt hatte, und konnte sich nicht daran erinnern, dass eine Ehefrau oder Freundin erwähnt worden wäre, überhaupt keine Frau. Also hatte sie einen Mann angerufen, über den sie nichts wusste, und ihn gebeten, sie in sein Haus mitten in den Wäldern von Maine zu bringen. Niemand wusste, wo sie war; sie hatte ihrer Mitbewohnerin und ihren neuen Freunden erzählt, sie würde wegen einer kränkelnden Tante in Colorado früher ausziehen. Eine halb gare Lüge, die niemanden überzeugt hatte. Sie hatte ihnen nicht erzählt, dass sie im Herbst nicht wiederkäme.

Der Fahrplan verriet ihr, dass der letzte Bus nach Boston schon vor Stunden gefahren war, und der nächste ging erst am nächsten Morgen. Sie musste die Socke nicht hervorholen, um zu wissen, dass sie genau 532 Dollar besaß, genug für ein Hotelzimmer, ein Abendessen, ein paar Tage Zeit, aber mehr nicht.

Sie wollte gerade jemanden mit einem Namensschild bitten, ihr ein Taxi zu rufen, ohne zu wissen, wohin überhaupt, als sie einen weißen Mann mit weißem Bart ins Foyer kommen sah. Er war viel älter als der Mann, der in Georges Profil im *Art & Artists Magazine* abgebildet war; er schien ungefähr sechzig zu sein, vielleicht ein bisschen jünger, im Alter ihres Vaters. Aber es war George Bradbury: Er hatte das gleiche quadratische Gesicht, die hohe Stirn, die hellen Augen. Er trug Jeans und eine dicke Canvasjacke, Arbeitsstiefel und eine ausgeblichene Red-Sox-Kappe. Er lächelte, als er sie sah. Als Marisol ihn erkannte und sah, dass er sie ebenfalls erkannt hatte, überkam sie Erleichterung und Furcht zugleich. Die Gelegenheit zur Flucht war verstrichen.

»Marisol?«, fragte er, und sie nickte automatisch. »Ich hatte gehofft, vor Ihnen hier zu sein. Ich wollte Sie nicht warten lassen. Aber nun mussten Sie warten. Das tut mir leid. Kommen Sie, ich habe den Motor angelassen.«

In seinem blauen Pick-up fuhr er sie vom Parkplatz und durch die Ausläufer von Lewiston, nicht viel mehr als ein paar alte Fabriken, ein paar Kirchtürme und ein breiter Fluss, und bald fuhren sie eine lange gerade Straße zwischen Feldern entlang, die sie an die Ebene von Prosperity erinnerte. Sie bekam ein bisschen Platzangst, ausgelöst vom muffigen Geruch des Trucks und den Abgasen, die durchs offene Fenster hereinwehten. Aber hier war es grün. Das hier war der Osten, nicht der Westen. Die Felder waren grün, die Bäume auf den niedrigen Hügeln in der Ferne waren grün. Die Bäume wuchsen höher, stießen in den bewölkten Himmel vor.

»Ich hätte Ihnen etwas zu essen mitbringen sollen«, sagte George. »Ich hoffe, Sie haben keinen zu großen Hunger. Ich glaube, ich habe hinten noch ein paar Erdnüsse.«

»Ich habe keinen Hunger«, sagte sie, doch sie hatte schrecklichen Durst vom Brezelsalz. »Aber danke.«

»Sagen Sie einfach Bescheid, wenn doch.«

»Das mache ich.«

»Es ist nicht weit.«

George stellte ihr ein paar Fragen – woher sie komme, wie ihr Cabot gefalle, was sie studiere. Sie antwortete aufrichtig, aber vage, dass sie aus der Nähe von Denver stamme, seit einem Jahr am Cabot sei und bisher nur ein paar Einführungskurse belegt habe, aber figürliches Zeichnen am liebsten möge. Marisol wusste nicht, was sie ihn im Gegenzug fragen sollte, und sie wollte sich nicht anmerken lassen, dass sie schon recherchiert hatte. Sie wusste, hauptsächlich aus dem *Art & Artists*-Profil, dass er ursprünglich aus einer Mormonenfamilie in Idaho stammte, dass er die Highschool abgebrochen hatte und eine Zeit lang auf einer abgelegenen Insel in British Columbia lebte, um nicht nach Vietnam eingezogen zu werden (unwillkürlich malte Marisol sich das Gesicht ihres Vaters aus, in Anbetracht der Nachricht, dass seine einzige Tochter für einen Kriegsdienstverweigerer arbeiten würde), und auf dieser Insel hatte er angefangen zu malen. Er hatte an verschiedenen Colleges des Landes unterrichtet, zuletzt am Bates College, war nun aber pensioniert. George füllte das Schweigen mit kleinen Anmerkungen darüber, wem eine bestimmte Farm gehörte, welche Straße zum

See führte. Er wies sie auf die Hauptstraße des Ortes hin und sagte: »Willkommen in Faraday Falls!« – ob mit echter oder ironischer Begeisterung, konnte sie nicht sagen. Der drei Querstraßen große Ort verfügte über einen Eisenwarenladen, einen Diner, eine Bücherei, eine Tankstelle und einen Supermarkt. Nach ein paar Minuten bogen sie auf einen Schotterweg ein und hielten dann vor einem großen kornblumenblauen Haus. Eine Frau in einem breitkrempigen Sonnenhut stand vornübergebeugt davor und zupfte Unkraut entlang des gepflasterten Wegs, der zur Haustür führte. Sie hob eine Hand, als sie sie sah, und widmete sich dann schnell wieder ihrer Arbeit.

»Das ist Ellen, meine Freundin«, sagte er, und Marisol spürte, wie sich etwas in ihr löste, wenn auch nur leicht. Eine Frau lebte hier, allerdings konnte sie ihr Gesicht nicht sehen.

George ging mit Marisol zur Hütte, die nicht größer war als ihr früheres Kinderzimmer. Drinnen gab es ein Einzelbett, eine Bank mit gefalteten Wolldecken darauf, ein kleines Heizgerät, einen Minikühlschrank, eine Kochplatte und eine Mikrowelle sowie ein paar Regale über einem Waschbecken, die Becher und Teller enthielten. Fließendes Wasser gebe es nicht, erklärte er, weshalb sie das Wasser aus dem Poland-Springs-Kanister auf der Arbeitsplatte nehmen und das angebaute Klohäuschen aufsuchen müsse. »Aber unser Haus steht Ihnen immer offen«, sagte er, »für eine Dusche oder ein Wannenbad oder wenn Ihnen einfach nach einem richtigen Badezimmer ist.« Dann zeigte er ihr das Atelier, eine kleine, drinnen überraschend kahle Scheune mit zwei Klapptischen voller Farbtöpfe und Pinsel in leeren Bohnendosen. In einer Ecke lagerten mehrere ungespannte Leinwände und leere Rahmen. Sie mochte den Geruch sofort, nach Holz und Acryl und Dachshaarpinseln.

Als die kurze Führung vorbei war, ging George mit ihr

zum offenen Gelände hinter dem Atelier und zeigte auf den Garten (»Ellens neuestes Projekt«) und den Pfad in den Wald, der schließlich zur Hundred-Mile Wilderness führte. Auf dem Rasen sagte er, sie könne die Stelle haben, wenn sie wolle, und sie sagte bereitwillig Ja, und sie könne so schnell anfangen, wie es ihm passe. »Ich könnte sogar morgen anfangen«, fügte sie lachend hinzu, und er lächelte, stimmte aber nicht in ihr Lachen ein. Mittlerweile hatte sie verstanden, dass er verstand, dass sie gar nicht übers Wochenende nach Maine gekommen war und kein weiteres Ziel hatte. Vielleicht hatte er es schon begriffen, als er sie am Busbahnhof sah, allein mit ihrem Gepäck und dem Daunenmantel; vielleicht hatte er sie eine ganze Weile beobachtet und überlegt, ob er sie nun ansprechen sollte oder nicht. Und vielleicht bedauerte er es jetzt. Aber so wie er sie ansah, mit einer Mischung aus Mitleid und Neugier, glaubte sie das nicht.

»Dann fangen Sie morgen an«, sagte er. »Wenn Sie es ernst meinen, wenn Sie wollen. Sie können in der Hütte übernachten. Es sei denn, Sie haben sich schon woanders angekündigt.«

»Danke«, sagte sie. Er lud sie ein, mit ihm und Ellen zu Abend zu essen, es gebe wahrscheinlich Brathähnchen – doch Marisol lehnte ab. Sie sei zu müde von der Fahrt, sagte sie, was stimmte, und außerdem hatte sie noch die Müsliriegel ganz unten im Rucksack. Vor allem aber war sie sich unsicher, ob sie seine Freundlichkeit nicht überstrapazieren würde und ob sie das Kornblumenhaus betreten und die gesichtslose Frau mit dem Sonnenhut kennenlernen wollte, die so überaus gründlich Unkraut gezupft hatte und nicht dazugekommen war, um sich vorzustellen.

George drängte nicht weiter, sondern ging ins Haus und kam mit Bettwäsche und neuen Schwämmen für die Hütte zurück, und sie verabredeten, dass sie nach dem Aufwachen, wann immer das wäre, ins Atelier käme und sie anfangen würden.

Den ganzen Sommer über wachte Marisol früh auf. Die Hütte, vor einer Reihe dürrer Kiefern am Rand des Grundstücks gelegen, hatte durchscheinende cremefarbene Vorhänge, die es erschwerten, nach Sonnenaufgang weiterzuschlafen, doch zum ersten Mal in ihrem Leben genoss es Marisol, früh wach zu werden. Nach nur wenigen Tagen konnte sie kaum glauben, dass sie auf diesem Anwesen in Maine derselbe Mensch war wie an den beiden anderen Stationen ihres Lebens; die physische Distanz zu ihrer Vergangenheit fing an, sich zeitlich anzufühlen, und wenn Erinnerungen in ihr aufstiegen, wirkten sie eher wie Bilder aus Filmen oder Träumen als wie etwas, das sie selbst erlebt hatte. Sie überlegte kurz, sich einen anderen Namen zuzulegen, etwas Weißeres, einen Maine-Namen, vielleicht Melissa oder Meredith oder Mary. Aber eigentlich hatte sie ihren Namen immer gemocht, er war eins der wenigen Geschenke ihrer Mutter, und sie fürchtete, dass sie bei einem Namenswechsel in kürzester Zeit vollkommen vergessen würde, wer sie war. Und sollte sie das vergessen, sollte sie vergessen, woher sie kam und warum sie weggegangen war, liefe sie eher Gefahr zurückzukehren.

Wenigstens das also: Sie hieß dort Marisol, und sie hieß hier Marisol.

Hier dehnte Marisol nach dem Aufwachen die Beine und machte ihr Bett, und dann setzte sie sich auf den Campingstuhl vor der Hütte und zeichnete. Sie machte grobe Bleistiftskizzen von allem, was sie vor sich sah, von den Weinranken und den mit schwarzen Plastiknetzen abgedeckten Blaubeersträuchern, was gegen die Rehe und Krähen nichts ausrichtete, von den Schieferwegen, die die Hütte mit dem Atelier und das Atelier mit dem Kornblumenhaus verbanden, von ihren eigenen Zehen. Diese morgendliche Praxis wurde ihr Ritual, und bald erfüllte es sie mit Zufriedenheit, wie das, was sie sah, und das, was sie zeichnete, immer weniger auseinanderklaffte, je mehr Hand und Auge sich aufeinander einstellten.

Den Großteil des Tages verbrachte sie damit, George im Atelier zu helfen, meistens indem sie mit dicker schwarzer Ölfarbe nachmalte, was er am Tag zuvor mit Bleistift skizziert hatte, oder indem sie verschiedene Bereiche mit den Farben füllte, die er vorgab und ihr hinstellte – ein riesiges Malen nach Zahlen, wie er es nannte. Georges Hände fingen schnell an zu zittern; er konnte keine geraden Linien mehr ziehen oder konsequent innerhalb festgelegter Grenzen bleiben, weshalb er auf sie angewiesen war. Er meinte, ordentlich ausmalen sei sowieso nie seine Stärke gewesen. Marisol verbrachte Stunden über den Arbeitstisch gebeugt, bis ihr das Kreuz schmerzte und sie alles verschwommen sah, wenn sie aufblickte, um ihren Augen eine Pause zu gönnen und sich die verkrampften Handflächen zu massieren.

Sie arbeiteten fast vollkommen wortlos. Er hörte Musik auf seinem Discman und summte mit – mehrmals die Woche erkannte sie den Refrain von »You're So Vain« und »I Feel the Earth Move« – und sprach nur das Nötigste mit ihr, oft nicht mal in vollständigen Sätzen. »Hier« war manchmal das einzige Wort in Stunden, wenn er ihr den Pinsel oder Anspitzer reichte, nach dem sie gesucht hatte. Oder: »Das ist perfekt, nur hier ein bisschen dicker.« George gab ihr seine Arbeiten immer nur portionsweise, Leinwandstücke, die nicht größer als zwanzig mal fünfundzwanzig Zentimeter waren, sodass sie sich das Werk als Ganzes nur schwer vorstellen konnte; aber aus den Skizzen, die er mit Klebefilm an den Wänden befestigt hatte, schloss sie auf ein Mosaik aus Leinwänden, vielleicht ein Wandgemälde, das so groß war wie der Boden des Ateliers, mit Formen, von denen manche an Ahornblätter erinnerten, andere an Korallen und wieder andere an weibliche Brüste und Schlüsselbeine. In den meisten Formen konnte sie keine Ähnlichkeit zu etwas Bestimmten ausmachen. Es hatte nichts mehr zu tun mit den realistischen Landschaften seiner früheren Werke – »Landstudien« wurden sie im *Art & Artists*-Profil genannt –, die in einigen Galerien in mittelgroßen amerikanischen Städten ausgestellt worden waren.

Sie gab ihre Hypothesen bald auf, welche Form sie gerade ausmalte und welche Art Projekt sie ihm schaffen half, und fokussierte sich nur noch auf das, was vor ihr lag, während sie Umrisse nachmalte und mehr Lila- und Blauschattierungen – gegen Ende des Sommers dann Gelb- und Orangetöne – auftrug, als sie für möglich gehalten hatte.

In jenem Sommer verließ Marisol kaum einmal das Grundstück. Sobald es dämmerte, hörte George auf zu arbeiten und bot ihr an, sie in die Stadt mitzunehmen oder ihr etwas vom Supermarkt mitzubringen, auch wiederholte er das Angebot, dass sie sich jederzeit den Pick-up leihen könne. Sie begleitete ihn nur selten, nur wenn sie Dinge wie Deo, Tampons oder Ähnliches benötigte, das sie selbst auswählen wollte. Auf diesen Ausflügen wurde ihr wieder bewusst, wo sie sich befand, in einem Land, in dem weiße Gesichter ihr prüfende Blicke zuwarfen, sodass sie sich klein und jung vorkam und ängstlich und wütend wurde. George sah sie nicht so an; er sah sie generell kaum an, aber er wusste um ihre Isolation. »Am Bates College gibt es Studenten in deinem Alter«, sagte er mehr als einmal. »Viele bleiben den Sommer über. Nette Kids.« Marisol zeigte sich interessiert, sie kennenzulernen, und meinte es fast so. Gleichzeitig fühlte sich der Gedanke, jemanden in ihrem Alter zu treffen, geradezu unmöglich und verboten an. Sie vermutete, dass die Mädchen in ihrem Alter, die, die sie kannte, und die, die sie nicht kannte, immer zusammen waren, zusammen essen und feiern gingen und mit süßem Wein im Blut tanzten und Jungs küssten, die sie nicht lieben wollten.

Dieses Leben wäre noch da, dachte sie, und wartete auf sie, wenn sie sich wieder in die Welt der Jugend begeben wollte; sie wäre noch viele Jahre lang jung – aber das hier, was sie auf diesem Anwesen in Maine hatte, ein Reich abseits von allem anderen, das existierte nur jetzt und dann nie wieder.

George hörte nicht auf, sie zum Abendessen einzuladen, und nachdem sie mehrmals hintereinander abgesagt hatte, bat er sie eines Abends in der dritten Woche mit neuem Nachdruck, ihnen Gesellschaft zu leisten.

»Ellen fragt dauernd nach dir«, sagte er. »Bitte, komm heute Abend. Sie würde dich wirklich gern kennenlernen.« So wie er es sagte, wurde deutlich, dass eine weitere Absage eher als Beleidigung und nicht mehr als schüchterne Höflichkeit aufgefasst werden würde.

»Ich komme gern«, sagte sie. Nachdem die Arbeit im Atelier getan war, ging sie zurück in die Hütte, wusch sich Hände und Gesicht mit dem Wasser aus dem Kanister, zog sich eine Bluse mit Knopfleiste an, zerknittert und muffig vom Koffer, da sie seit der Zeit am Cabot nicht mehr getragen worden war, und ging rüber zum Kornblumenhaus, wohlwissend, dass sie mit leeren Händen kam.

George machte ihr auf und führte sie nach hinten in die Küche, von der Marisol bisher nur einen kleinen Ausschnitt gesehen hatte, auf dem Weg zur Treppe, wenn sie duschen ging. Die Küche erstreckte sich weiter nach hinten, als sie gedacht hatte, es gab eine lange Reihe von Schränken und eine Kücheninsel mit einem Gitter darüber, daran zahlreiche Töpfe und Pfannen mit Kupferböden. Der Raum wirkte rustikal und etwas in die Jahre gekommen, aber die Oberflächen waren sauber, und die Geräte glänzten. Ellen rührte in einem Gericht auf dem Herd, das nach Sojasoße, Knoblauch und Zucker roch.

Sie drehte sich zu ihnen um und sagte: »Wie schön, dass du kommst, Marisol!«

Ellen war groß, mit feinen Gliedern, aber kompakter in der Taille, und trug das weißblonde Haar in einem geflochtenen Zopf, der den Rücken hinunterreichte. Die Gartenstunden hatten ihrer blassen Haut auf Wangen und Nase einen rosa Hauch verliehen. Sie war jünger als Marisols Mutter, ja bestimmt nicht älter als fünfundvierzig, jünger, als sie gedacht hatte, und deutlich jünger als George.

Marisol streckte ihr die Hand entgegen, aber Ellen nahm sie in den Arm, schnell und fest, und sagte: »Ich habe mich langsam gefragt, ob du vielleicht nur eine Ausgeburt von Georges wunderbarer Fantasie bist.«

Marisol hatte Ellen seit ihrer Ankunft kaum gesehen, selbst aus der Ferne nicht, aber sie hatte von ihrer Anwesenheit gewusst, wegen des Pick-ups in der Auffahrt und der Essensdüfte, die manchmal die Hütte erreichten. Sie achtete darauf, unter die Dusche zu gehen, wenn der Pick-up nicht da war, um Begegnungen im Handtuch zu vermeiden und in Ruhe all die Holzmöbel, die Kunstbildbände und die gerahmten Bilder an der Treppe bewundern zu können. Manchmal war sie neugierig, worüber Ellen und George wohl beim Abendessen redeten, wie sie ihre Abende im Kornblumenhaus verbrachten und was Ellen über Marisol dachte oder vielmehr welche Vorstellung sie von Marisol hatte – wer ist diese junge Mexikanerin, mochte sie sich gefragt haben, die anscheinend nirgendwo anders sein muss als hier, mietfrei auf meinem Grundstück und den ganzen Tag allein mit meinem Mann?

Ellen musste sich der Anwesenheit von Marisol auch bewusst gewesen sein, durch die Feuchtigkeit im Bad, wenn sie von wo auch immer zurückkam, durch das Licht in der Hütte. Sie wusste ganz genau, dass Marisol kein Hirngespinst war. Vielleicht hatte sie sie auch aus dem Küchenfenster zwischen Atelier und Hütte hin- und hergehen sehen und von Weitem kritisch beäugt.

»Möchtest du ein Glas Wein?«, fragte Ellen. »Ich habe schon diesen köstlichen Sauvignon Blanc angebrochen, aber wir haben noch andere Weine. Ich mache dir auf, was du möchtest.«

»Ja, bitte«, sagte Marisol. »Ich probiere gern den offenen.«

»Was für ein Salatdressing magst du?«, fragte George. »Ich kann eine Vinaigrette machen oder ein Russian Dressing, wenn du es lieber cremig magst.«

»Georges Vinaigrette ist zum Niederknien«, sagte Ellen. »Er verwendet weißen Pfeffer. Das musst du probieren.«

»Dann Vinaigrette«, sagte Marisol, dankbar für den Fingerzeig.

Als sie Ellen nun aus der Nähe sah, drinnen, ohne Sonnenhut und Sonnenbrille, wurde Marisol klar, dass sie ein Bild von ihr heraufbeschworen hatte, das nicht annähernd zutraf. Anders als George strahlte Ellen keine nachgiebige Freundlichkeit aus. In ihrem Blick lag eine gewisse Härte, wobei diese von der weichen Haut an Kinn und Augenlidern untergraben wurde. Der Blick hatte nichts mit dem der Weißen am Busbahnhof zu tun: Er war nicht böse, sondern wissend und durchdringend, als könnte sie Marisols Gedanken lesen und diese gefielen ihr.

Sie setzten sich zum Essen, ein Stir-Fry mit Hähnchen und Wildreis, dazu einen Tomaten-Gurken-Salat aus Ellens Garten, alles köstlicher, als Marisol ausdrücken konnte. Den Sauvignon Blanc tranken sie aus langstieligen Erwachsenengläsern.

»George hat mir nichts von dir erzählt«, sagte Ellen. »Nur dass deine feinmotorischen Fähigkeiten ausgezeichnet sind.«

Marisol war sich nicht sicher, ob das ein Witz oder ein Kompliment war oder weder noch.

»Ich komme aus Colorado«, sagte sie. »Ich war am Cabot.«

Sie wusste nicht, was sie noch sagen sollte. Wenn Ellen Marisol ansah – und ihr Blick ruhte den ganzen Abend auf ihr –, wurde Marisol sich zum ersten Mal seit Monaten ihres Aussehens bewusst. Ihre Jeans und ihre Bluse passten nicht so gut, wie sie sollten; seit dem Frühling hatte sie abgenommen, weil sie sich nur von Haferflocken und Mikrowellengerichten ernährte und von ihren Zeichnungen und der Arbeit im Atelier zu abgelenkt war, um Hunger zu spüren. Ihre Nägel waren nicht geschnitten, zum Teil abgebrochen und schwarz vor Farbflecken. Sie hatte sich seit einer Ewigkeit nicht mehr geschminkt, sich kaum mal die Haare gekämmt, die ihr nun über die Schultern reichten und brüchige Spitzen hatten. Ihre Mutter hätte schon lange die Stoffschere gezückt; sie hätte Marisol die Haare sogar im Schlaf geschnitten, wenn sie sich gesträubt hätte, etwas, was sie mehr als einmal getan hatte, als Marisol noch ein kleines Mädchen war.

Ellen trug auch kein Make-up, soweit Marisol erkennen konnte, und ihre Nägel waren abgekaut und rau. Trotzdem kam Marisol sich unscheinbar und jung vor. Sie wusste nicht, wie sie Ellens geraden Mund deuten sollte.

Marisol antwortete knapp und aufrichtig, wenn auch unvollständig. Als Ellen fragte, in welchem Hauptfach sie am Cabot ihren Abschluss machen würde, sagte Marisol, sie würde »aus finanziellen Gründen« im Herbst nicht dorthin zurückkehren. Auf die Frage nach den Berufen ihrer Eltern antwortete sie, dass ihre Mutter in einer Anwaltskanzlei arbeite, ohne auszuführen, dass sie nur Anwaltsgehilfin, nicht

Anwältin war, was ihrer Mutter zufolge bloß bedeutete, dass sie für die doppelte Arbeit ein Zehntel des Gehalts bekam. Sie sagte, ihr Vater sei Techniker in einem Kraftwerk gewesen.

»Er ist letzten Winter gestorben«, sagte sie und erklärte nicht, wie. Ellen und George sahen sie mit unverhohlenem Mitgefühl an. Sie sagten nichts, und ihr Schweigen schien Marisol zu ermuntern, fortzufahren, wenn sie wollte, und ihnen mehr zu erzählen. Marisol wollte aber nicht und bedauerte, überhaupt etwas erzählt zu haben. Sie wollte jemand sein, der seine Geheimnisse für sich behielt.

Deshalb sagte sie zu schnell: »Ich liebe dieses Bild«, mit Blick auf das Gemälde, das hinter Ellen hing. Sie lobte es, bevor sie es richtig gesehen hatte, doch als sie jetzt genauer hinschaute, um ihren mitleidigen Blicken zu entkommen, war es wirklich bemerkenswert, obwohl es eine Szene zeigte, die sie schon öfter gesehen hatte. Eine nackte ältere Frau, mit Grau-, Beige- und Rosatönen konturiert, saß auf dem Rand einer frei stehenden Badewanne, die Füße im Wasser. Hinter ihr befand sich eine verschnörkelte Blumentapete; im Kontrast dazu wirkte die Frau irgendwie unzufrieden, obwohl ihr Gesicht mit breiten, eher abstrakt wirkenden Pinselstrichen gemalt war, was ihren Ausdruck verrätselte. Ellen und George wandten sich auch dem Bild zu, als müssten sie sich daran erinnern, dass es da war. Ihre Augen woanders zu wissen erleichterte Marisol.

»Ist das von dir?«, fragte sie George.

Er schüttelte den Kopf.

»Ich liebe es auch«, sagte er. »Es ist von Ellen.«

»Das ist lange her«, sagte Ellen. »Das Licht ist ganz falsch. Aber ich konnte mich nicht überwinden, es zu verkaufen.«

Marisol war anderer Meinung. Das Licht war dezent, aber perfekt, es erhellte den gebeugten Rücken der Frau und die

Seite der Wanne, als fiele es durch ein kleines Fenster außerhalb des Bildausschnitts herein.

»Malst du noch?«, fragte Marisol sie.

»Nicht mehr so viel wie früher.«

Da wechselten Ellen und George einen kurzen Blick, dessen Temperatur und Bedeutung Marisol nicht einschätzen konnte, und dann schenkte Ellen Marisol ungefragt nach, dann George und schließlich sich selbst.

»Du musst unbedingt wieder zum Essen kommen«, sagte Ellen, als Marisol sich zum Gehen erhob, nachdem der Nachtisch aus Rum-Rosinen-Eis verspeist und die Flasche Wein geleert war. »Bitte, George und ich haben uns so satt«, sagte sie lachend, und George meinte: »Ja, das stimmt.« »Das mache ich«, versprach Marisol. Als George sie nach ein paar Tagen wieder einlud, sagte sie zu, und auch ein paar Abende danach, und bald aßen die drei zwei-, dreimal die Woche zusammen am Eichenesstisch im Kornblumenhaus. Statt Brathähnchen oder Lasagne gab es nun öfter Wiederaufgewärmtes vom Vortag oder Spiegeleier mit Buttertoast – wobei es immer einen Salat mit frischem Gemüse aus Ellens Garten und Georges Vinaigrette gab –, und damit wurden auch die Gespräche unbefangener, und Ellens Blick und Mund wirkten weicher, bis Marisol ihre Schüchternheit fast völlig vergaß.

Marisol erfuhr, vor allem von Ellen beim Nachtisch und bei zweiten und dritten Gläsern Wein, dass sie und George sich am Massachusetts College of Art and Design in Boston kennengelernt hatten, als sie im zweiten Jahr studierte und George ihren Stilllebenkurs unterrichtete. Schon damals waren sie einander offensichtlich zugetan, aber sie hielten ihre Verbindung beide nicht für eine romantische. George hätte nie etwas mit einer Studentin angefangen; Ellen hatte zudem einen entzückenden Freund, den sie liebte, und George war glücklich verheiratet. Ihre Romanze begann viel später, fast zwanzig Jahre später, als Ellen bei The Gallery on 4th in Portland arbeitete, wo seine Arbeiten ausgestellt wurden, kurz nachdem er angefangen hatte, am Bates College zu unterrichten. Ellen hatte ihn bei der Vernissage erwartet, aber nicht damit gerechnet, dass er sie erkennen würde; zu Ellens Überraschung sagte er gleich ihren Namen, ohne dass sie ihm auf die Sprünge helfen musste, obwohl sie in der Zwischenzeit an den Hüften zugelegt und an den Brüsten abgenommen hatte und weder Lippenstift noch Lidschatten trug.

»Aber er«, sagte Ellen und taxierte George neben sich, »er sah noch genauso aus, wie ich ihn in Erinnerung hatte. Er trug sogar die gleichen Slipper.«

Ellen war zu diesem Zeitpunkt schon verheiratet gewesen und wieder geschieden – »leider nicht der entzückende Freund«, stellte sie klar –, und Georges Scheidung von seiner ersten Frau lag schon einige Jahre zurück. Ellen und George waren erst wenige Monate zusammen, als sie aus ihrer Wohnung im Stadtteil Munjoy Hill auszog und bei George einzog, in ein kleines Haus im Kolonialstil in Lewiston, das dem College gehörte. Ellen eröffnete einen Laden in der Canal Street, in dem sie Antiquitäten und einige regionale Produkte wie Sojakerzen, Keramik, Quilts und manchmal auch ihre eigenen Zeichnungen und Aquarelle verkaufte. Vor fünf Jahren waren sie hierhergezogen, nach Faraday Falls, »um weiter in Sünde zu leben«, wie Ellen es ausdrückte.

Keiner der beiden verriet, was den Umzug vor fünf Jahren motiviert hatte – bis zum letzten Herbst hatte George noch unterrichtet –, und Marisol fragte nicht nach. Sie hatte nie das Gefühl, dass die beiden bewusst etwas vor ihr verbargen; tatsächlich kontrastierte die freimütige Art, mit der sie von ihren jeweiligen Leben vor ihrer Begegnung und von ihrem Kennenlernen erzählten, auffällig mit Marisols Eltern, die so wenig von ihrer Vergangenheit erzählten, dass Marisol fast zu der Überzeugung gelangte, sie hätten gar keine. Trotzdem kam es ihr manchmal so vor, als gebe es lange Flure in der Geschichte von Ellen und George, die nur für die beiden bestimmt waren, die sie nie würde betreten dürfen.

Aber das ging in Ordnung. Es war sicher vernünftig, im Kopf zu behalten, dass dieses Paar schon Jahre vor ihrer Ankunft zusammengekommen war und noch Jahre nach ihrem Verschwinden zusammen sein würde. Sie drei waren keine Familie, nicht einmal annähernd, und würden es auch nie sein.

Gegen Ende August, als die älteren Ahorne schon langsam die Farbe wechselten und die Luft am frühen Morgen kühl war und nach Matsch und Moder roch, erfasste Marisol eine neue Rastlosigkeit. Sie konnte nicht genau sagen, ob sie rastlos wurde, nachdem Ellen anfing, in ihrem Blickfeld zu gärtnern, oder ob die Rastlosigkeit Ellens Anblick vorausgegangen war, sie gewissermaßen heraufbeschworen hatte.

Erst später, nachdem Marisol Maine verlassen hatte und in die kleine Wohnung im East Village gezogen war, versuchte sie zu verstehen, was in jenem Herbst und in dem Jahr darauf geschehen war und an welchem Punkt aus abstrakten Ideen unwiderrufliche Entscheidungen geworden waren, deren volle Tragweite sie sich ganz bewusst nie vor Augen führte. Da war die Geschichte über ihre Zeit in Maine schon nur noch genau das, eine Geschichte – keine Erinnerung –, und sie konnte nicht verlässlich sagen, wann die Dinge sich verändert hatten und warum und was sie hätte anders machen können.

In der ersten Zeit hatte Ellen sich um die Sommerfrüchte im Südgarten gekümmert, von der Hütte aus für Marisol kaum zu sehen, weil das Atelier dazwischenlag; im Spätsommer aber verlegte sie sich auf die Beete zwischen der Hütte und dem Kornblumenhaus, vor allem auf das mit den Rankhilfen für Tomaten und Erbsen, den Maisreihen und den Feldfrüchten mit Spitzen aus grünen Blättern, die Marisol seit Monaten in verschiedenen Stadien gezeichnet hatte. Ellen arbeitete frühmorgens, kurz nach Sonnenaufgang. Wenn Marisol zum Zeichnen aus der Hütte kam, war Ellen oft schon draußen. Beim Klappern der Hüttentür blickte sie auf, sie winkten sich zu und wünschten einander Guten Morgen, einen Tick zu weit entfernt, um sich unterhalten zu können, ohne zu schreien. Daraufhin widmeten sie sich ihrer jeweiligen Arbeit und redeten erst wieder miteinander, wenn Marisol das nächste Mal zum Abendessen kam, was nie länger als einen oder zwei Tage auf sich warten ließ.

Marisol fing an, Ellen im Garten zu zeichnen. Sie hatte seit dem Herbstkurs in Figurenzeichnen am Cabot keine menschliche Gestalt mehr gezeichnet, was nun länger als ein Jahr her zu sein schien; der Dozent hatte ihre Proportionen kritisiert, aber Marisol hatte den Kurs gemocht. Ihr gefiel es, einen fremden Körper manipulieren und analysieren zu können, ohne ihn berühren zu müssen. Ihr Dozent hatte recht, ihre Proportionen stimmten nicht, aber Marisol hatte sie bewusst verändert und war mit dem Ergebnis oft zufrieden. Ellen war das perfekte Modell. Sie blieb lange in derselben Position, kniete auf einem grünen Polster am Boden. Ihr Rücken wölbte sich, die Hände gruben in der Erde, der Hals war gerade und der Blick nach unten gerichtet. Sie trug immer die gleichen Sachen, eine dunkelblaue Baseballkappe, ein übergroßes Leinenhemd, vermutlich von George, eine weite Cargohose und Wanderstiefel. Manchmal legte sie sich auf dem Rücken ins Gras und blieb ein paar Minuten so, vielleicht eingeschlafen.

Sie war zu weit weg, um ihre Gesichtszüge erkennen zu können, weshalb Marisol dazu überging, Ellen für ihre Porträts beim Essen zu studieren. Sie erkannte den Schwung ihrer Nase in den Frauen auf Georges älteren Gemälden wieder, selbst in den Frauen, die Ellen ansonsten nicht ähnlich sahen. Sie fragte sich, ob die Brüste und Schlüsselbeine, die sie in milchigen Blau- und Kupfertönen einfärbte – wenn es sich denn um so etwas handelte –, auch nach Ellens Vorbild geformt waren.

Ellen zu betrachten, dachte sie später, sie so genau und immer wieder zu betrachten, auch aus der Ferne, und wiederholt zu versuchen, sie auf das feste Papier ihres Skizzenbuchs zu bannen, was nie auch nur annähernd gelang, das fühlte sich irgendwann an wie ein Akt des Liebens.

Marisol leerte ihr Bier und hielt das Glas fest, sah zu, wie der letzte Schaum in sich zusammenfiel und eine Pfütze am Boden bildete. Ich trank meinen Wein, drei Schlucke hintereinander. Er war zu süß, und mein Mund zog sich schmerzhaft zusammen. Ich wusste nicht mehr, was ich bestellt hatte, aber es schien mir nicht der gleiche Wein zu sein wie beim Glas zuvor. Ich versuchte, Marisol während des kurzen Schweigens zwischen uns nicht anzusehen. Die schönen Vintage-Menschen hatten sich vervielfacht und waren lauter geworden, als Marisol ihre Geschichte erzählte, und die Wanderfamilien waren in ihre Hotels zurückgekehrt.

Die rotblonde Sängerin sang nun mit geschlossenen Augen Bonnie Raitt, die Stimme kräftiger und kehliger als bei den anderen Songs: *I will lay down my heart and feel the power, but you won't, no you won't*; eine Kellnerin mit Wespentaille fütterte den Barkeeper mit einer Cocktailkirsche; der Mann an der Bar schräg gegenüber küsste die Hand des Mannes neben ihm. Der Saloon brummte vor sexueller Energie. Ich spürte eine Erregung, die ich seit Monaten nicht gespürt hatte, war mir der Körper um mich herum bewusst, des Vergnügens, das sie anderen und sich selbst bereiten konnten. Der ganze Raum schien es zu spüren. Die schönen Vintage-Menschen erhoben sich zum Tanzen, Arme fanden Rücken, Augen andere Augen, Lippen sprachen dicht an dicht, Hüften drängten aneinander.

Selbst in den Wochen, als ich nach der OP blutete, in den Tagen, als ich meinen BH mit Tiefkühlerbsen und Kohlblättern ausstopfte, um den Milchfluss zu stoppen, als mich der Gedanke, ich könnte jemanden oder etwas in mir haben, geradezu abstieß, selbst da träumte ich von Sex, wachte schwitzend auf und versuchte, mich zum Kommen zu bringen, während Isaac neben mir schlief. Meine Hormone zerfaserten, schossen in die Höhe, stürzten ab. Wenn Isaac an der Uni unterrichtete, an Tagen, an denen ich ihn nicht begleitete – nur die Arbeit vermochte uns für länger als eine Stunde zu trennen –, berührte ich mich selbst, bis ich zum Höhepunkt kam, gleich da auf dem Sofa. Der Kitzel, dass er früher nach Hause kommen und mich erwischen könnte, wie bei einem Akt der Untreue, steigerte meine Erregung nur. Diese Form von Vergnügen war ein Geschenk, das ich mir allein machen wollte.

Aber jetzt, an der Bar, als ich die Berührungen und Beinaheberührungen um mich herum beobachtete, begehrte ich Aufmerksamkeit, Anziehung, jemanden, der mich berührte.

»Was ist mit ihr passiert?«, fragte ich und wandte mich wieder Marisol zu. Sie sah mich bereits an, beobachtete, wie ich den Raum beobachtete, mit einem intensiven Blick, sodass ich mich wieder meinem Wein zuwandte. »Mit Ellen, meine ich.«

»Ich habe mich natürlich in sie verliebt«, sagte sie. »Und

sie hat mich auch geliebt. Für sie war es eine andere Art von Liebe, aber sie hat mich geliebt. Nichts davon wäre passiert, wenn sie mich nicht geliebt hätte. So jemand war sie nicht. Jedenfalls habe ich das lange geglaubt.«

Sie lachte und setzte das Glas an die bemalten Lippen, trank aber nicht.

»Mir ist vor Kurzem bewusst geworden, dass ich jetzt in ihrem Alter bin«, sagte sie, »und je älter ich werde, desto mehr verändert sich meine Sichtweise. Ich glaube, sie war egoistischer, als ich ihr zugestehen mochte. Sogar manipulativ. Und ich war so arglos und vertrauensselig, sie konnte gar nicht anders. Ich fürchte, es hat mich zu hart gemacht, das, was zwischen uns passiert ist, ich neige immer noch dazu, großer Freundlichkeit zu misstrauen. Es wäre unfair, das allein ihr anzulasten, aber Ellen hat mich gelehrt, wie raffiniert eine Falle gebaut sein kann, wie gut sich die Metallzähne unter dem Waldboden verstecken lassen, wenn jemand etwas nur dringend genug will.«

Nachdem sie Ellen mehrere Wochen lang morgens im Garten gezeichnet hatte, war Marisol so für sie entflammt, dass es sie nachts vom Schlafen abhielt. Ihre Gedanken dröhnten in der Stille der Hütte, der Nacht und dem tiefen Kiefernwald um sie herum. So hatte sie noch nie empfunden. Als Mädchen in Colorado war sie in Freunde ihrer Brüder verknallt gewesen, so konnte man es wohl nennen, aber sie hatte erst etwas für diese Jungen empfunden, als sie ihr zu verstehen gaben, dass sie scharf auf sie waren, meistens indem sie ihren Arsch gepackt oder sie unerwartet geküsst hatten. In der Highschool hatte sie mit manchen von ihnen geschlafen, und manchmal hatte es ihr gefallen – oder zumindest hatte ihr gefallen, wie sie sie begehrten und wie wütend es ihre Eltern und Brüder gemacht hätte, wenn sie gewusst hätten, was sie trieb und mit wem. Aber sie hatte noch nie empfunden, was sie nun für Ellen empfand.

Es war kein angenehmes Gefühl. Es schmerzte und blühte in ihrem Bauch, es verwirrte und frustrierte sie, und gleichzeitig wollte sie mehr davon. Marisol war bewusst, dass ihr Alleinsein mehr und mehr an Einsamkeit erinnerte; was sonst hätte diese Nacht- und Tagträume von Ellen erklären können, Ellen, die mindestens zwanzig Jahre älter als sie sein musste, die eine Frau war, die Partnerin ihres Chefs, die Marisol in keiner Weise zu verstehen gegeben hatte, dass sie in ihr etwas anderes sah als eine von Georges Studentinnen, die er nie so lieben würde, wie er Ellen lieben gelernt hatte.

Trotzdem fragte sich Marisol schlaflos in der Dunkelheit: Worüber dachte Ellen nach, wenn sie mit Blick in den Himmel auf dem Boden lag? Hatte sie die Augen geöffnet oder geschlossen? Dachte sie über Marisol nach, und worüber dachte sie nach, wenn sie über Marisol nachdachte, sah sie Marisol vom Küchenfenster aus zu, wie sie zum Atelier ging und wieder weg, erkundigte sie sich bei George nach ihr, und was antwortete er dann? Was hatte Ellen an jenem Abend beim Essen gemeint, als sie sagte: »Das sehe ich, dass du ein Mädchen aus dem Westen bist«? War Ellen aufgefallen, dass Marisol sie am Tisch nicht länger als einen Augenblick direkt ansehen konnte, und was, glaubte sie, habe das zu bedeuten?

Was Marisol mehr als alles andere interessierte, war die Bedeutung von Ellens Blick, der Blick, der immer darauf zu warten schien, dass ihm Marisols Blick begegnete, und der sich nie abwandte.

Wenn sie sich lächerlich vorkam und vom Grübeln erschöpft war, erwog sie manchmal kurz, mit dem Pick-up in den Ort zu fahren und Kontakt zu den Bates-Studentinnen zu suchen, die George erwähnt hatte. Mittlerweile wären sie alle wieder auf dem Campus; sie könnte in eine Kneipe oder ein Café gehen und gucken, ob ihr jemand auffiel – sie könnte sich sogar als Gasthörerin in ein Kunstseminar setzen. Sie verwarf den Gedanken immer wieder schnell, weil sie gar nicht wusste, was sie zu ihnen sagen sollte und was sie von ihnen wollte. Sie kam sich einerseits viel älter und erfahrener vor als ihre Altersgenossinnen und andererseits viel weniger vorbereitet auf die Welt. Hier fühlte sie sich sicher und verstanden und erwünscht.

Die Abende gingen ihren gewohnten Gang, bis es eines Abends im November, als Marisol sich nicht zum Essen angekündigt hatte, an der Hüttentür klopfte. Eine Schrecksekunde lang war sie überzeugt, es wäre ihre Mutter, die sie irgendwie aufgespürt hatte und den ganzen Weg hierhergefahren war, um Marisol am Ohr wieder zurück nach Prosperity zu zerren, aber als sie aufmachte, stand Ellen vor der Tür, in einen karierten Schal gewickelt.

»George fühlt sich nicht gut«, sagte sie. »Er ist schon ins Bett gegangen, hat kaum was zu sich genommen. Aber ich habe Essen gemacht, wenn du etwas magst. Nur Pfannkuchen. Ich wollte die letzten Blaubeeren verwenden. Ich hatte mich gerade an den Tisch gesetzt, als ich das Licht bei dir gesehen habe und dachte, ist doch albern, wenn wir beide alleine sind. Hast du Hunger?«

Marisol hatte schon etwas Linsensuppe aus der Dose gegessen, die sie sich auf der Kochplatte warm gemacht hatte, aber natürlich sagte sie zu, und gemeinsam gingen sie in der Dämmerung über den Schieferweg zum Kornblumenhaus, so nah beieinander, dass Marisol Ellens Hand hätte nehmen können. George komme mit dem Winter nicht gut zurecht, erklärte Ellen, es sei immer schon so gewesen. Er habe sich nie an die Kälte hier oben gewöhnt, aber in den letzten Jahren habe sie ihm stärker zugesetzt. »Er wird einfach irgendwie – weniger«, sagte sie. »Und dann kommt der Frühling, und er blüht wieder auf.« Marisol war aufgefallen, dass George sich im Atelier langsamer und weniger präzise bewegte, immer früher ins Haus zurückging und schmal im Gesicht wurde.

»Ich mache kurz den Ahornsirup heiß«, sagte Ellen, als sie ins warme Haus traten. »Hol du schon mal die Pfannkuchen – sie sind im Ofen.«

Sie setzten sich auf ihre üblichen Plätze, Ellen vor das Gemälde der Frau auf dem Wannenrand und Marisol gegenüber, und aßen die dicken Buchweizenpfannkuchen mit Butter und heißen Blaubeeren, die Marisol auf der Zunge zergingen. Während sie aßen und über den Winter sprachen – der in Maine anders war als in Colorado, hier fiel die Kälte auch nach dem Reinkommen nicht von einem ab –, spürte Marisol Ellens Blick auf sich ruhen, wie so oft. Wobei er diesmal anders war als am Anfang, als sie gespürt hatte, wie Ellen ihr Aussehen, ihr Verhalten verurteilte oder zumindest bewertete. Der Blick jetzt war genauso intensiv, aber heute verriet er eine Zuneigung, die Marisol genoss, auch wenn sie eine neue Form des Unwohlseins mit sich brachte.

»Ich bin so froh, dass du da bist«, sagte Ellen nach einer Pause. »Ich habe das Gefühl, wir sagen dir das nicht oft genug. Du bist ein solches Geschenk für uns.«

Marisol lächelte. Das hatten sie ihr noch nie gesagt, nicht so direkt.

»Was hast du als Nächstes vor?«, fragte Ellen, als sie ihr den Ahornsirup reichte. »Nach dem hier?«

»Ich weiß es nicht«, sagte Marisol. Ellen hatte sie das eine ganze Weile nicht mehr gefragt; sie wusste, dass Marisol nicht ans Cabot zurückging und noch keinen Plan B hatte, und hatte nicht weiter nachgebohrt. Marisol hatte damals keine Antwort gehabt, und nun, eine Jahreszeit später, mochte sie immer noch nicht darüber nachdenken, was ihr nächstes Ziel werden sollte; ihr fiel nicht mal eine Lüge ein.

»Ich bleibe definitiv hier, bis das Projekt beendet ist«, sagte sie. »Oder so lange, wie George meine Hilfe will.«

»Das kann ewig dauern«, sagte Ellen lachend. »Oder jedenfalls bis er unter der Erde ist. Seit er älter ist, arbeitet er nur noch in größerem Maßstab und in langsamerem Tempo. Ich glaube, diesmal weiß er selbst nicht so genau, was er vorhat.«

Sie legte Marisol noch einen Pfannkuchen hin, bevor der Teller leer war, und reichte ihr die Butter.

»Weißt du«, sagte Ellen, »er hat erst angefangen, daran zu arbeiten, als du dich wegen der Stelle gemeldet hast. Davor steckte er in einer üblen Sackgasse. Er sagte, er habe alles geschaffen, was er je schaffen würde, und er sei mit nichts zufrieden. Am Tag deines Anrufs ist er zum ersten Mal seit Monaten wieder ins Atelier gegangen.«

Das überraschte Marisol, aber sie ließ es sich nicht anmerken. Sie erinnerte sich noch, wie kahl das Atelier gewesen war; nun waren die Wände voll mit trocknenden Leinwänden und Skizzen.

»Ich finde, es sind seine interessantesten Arbeiten überhaupt«, sagte Marisol. »Was immer das bedeuten mag.«

Ellen lächelte, als wenn sie anderer Meinung wäre und wüsste, dass Marisol auch nicht ganz überzeugt war.

»Ich möchte einfach nicht, dass du das Gefühl hast, wir würden dich hier festhalten«, sagte Ellen nach einer Pause. »Du sollst wissen, dass du keinen Augenblick länger bleiben musst, als du möchtest.«

»Wenn du und George wollt, dass ich gehe –«

»Nein«, sagte Ellen knapp. »Nein, natürlich nicht. Das wollte ich damit nicht sagen. Wir finden es wunderbar, dass du hier bist, ehrlich. Ich will nicht, dass du gehst. Du sollst nur nicht vergessen, dass du es kannst.«

»Ich will nicht gehen. Ich will hier sein, mit dir.«

Marisol hatte es so nicht sagen wollen, ich will hier sein *mit dir*, doch auch wenn sie es gern aus Ellens Gedächtnis gelöscht hätte, wollte sie sehen, wie es auf sie wirkte und wie sie reagieren würde. Aber Ellen blieb still, und der gerade Mund kehrte zurück. Sie legte die Gabel hin, nahm einen großen Schluck Wein, und zum ersten Mal, seit Marisol sie kannte, wirkte sie verlegen; sie wandte den Blick ab, während sie nach Worten suchte.

»Marisol«, sagte sie schließlich. Ellen sprach ihren Namen nur selten aus, und aus ihrem Mund klang er voll und angenehm. »Ich wollte dich etwas fragen. Es ist lächerlich, das ist mir klar. Aber ich kann nicht aufhören, darüber nachzudenken.«

Marisol wartete, plötzlich erhitzt und angespannt.

»Ich hatte die Idee schon aufgegeben«, fuhr Ellen fort. »Dachte ich jedenfalls. Und dann kamst du, und es fühlte sich an wie – ich weiß auch nicht.« Sie schüttelte den Kopf und lächelte, sah zu Marisol, als sollte die selbst darauf kommen, was sie sagen wollte, aber Marisol war ratlos. Sie versuchte, keine Regung zu zeigen.

»Ich habe mich gefragt, ob du dir vorstellen könntest, uns deine Eizellen zu spenden. Mir.«

Marisol wiederholte den Satz im Kopf, versuchte, ihn zu begreifen. Sie hielt das Weinglas am Stiel fest und blickte in die rote Flüssigkeit, trank aber nichts davon – sie hatte bisher nur einen Schluck genommen, doch ihr Kopf fühlte sich schwer und vollgesogen an.

»Ich weiß«, sagte Ellen lachend. »Ich weiß, dass es absurd ist. George wollte nicht, dass ich irgendwas zu dir sage. Er mag ja kaum mit mir darüber reden. Er meint, es wäre schon übergriffig, das Thema überhaupt anzusprechen. Er verehrt dich, weißt du. Er findet dich unglaublich talentiert. Aber er hält dich für jünger, als du bist.«

»Ich bin neunzehn« war alles, was Marisol einfiel. Die Hitze blieb, umschloss ihren Hals, stieg ihr ins Gesicht. Aber etwas anderes in ihr hatte sich abgekühlt, war gefallen.

»Du bist eine alte Neunzehnjährige. Nicht wie ich. Ich war mit neunzehn noch ein Kind. Ich war neunzehn, als ich George begegnet bin, und ich dachte, ich wüsste alles. Ich hatte keine Ahnung, wie viel ich nicht wusste.«

»Meine Eizellen«, sagte Marisol. »Ich bin mir nicht sicher, ob ich das richtig verstehe.«

Während die Pfannkuchen langsam kalt wurden, erklärte Ellen, dass George vor mehreren Jahren bemerkt habe, dass er Pinsel und Bleistifte nicht mehr mühelos festhalten konnte. Er konnte keine feinen Linien mehr zeichnen, sie verrutschten und zitterten über das Blatt; die Kluft zwischen seinen Vorstellungsbildern und den Bildern auf der Leinwand wurde mit jedem Tag größer. Doch sein Blick blieb ungetrübt: Er sah den Unterschied genau, und er quälte und deprimierte ihn. Er verlor den Appetit und verbrachte Stunden im Bett, im Glauben, sich etwas eingefangen zu haben. Aber die Ruhepausen machten es nur schlimmer, bald fühlte er sich überall steif und konnte Knie und Hüften nicht mehr kontrollieren.

Rheumatoide Arthritis, erklärte ihm der Arzt. Es gab keine Heilung, und es würde mit der Zeit schlimmer werden, wobei Medikamente den Fortschritt verlangsamen und den Schmerz etwas lindern konnten. Der Arzt zählte die Risiken und Nebenwirkungen schnell auf. George hörte nur etwas von möglicher Unfruchtbarkeit.

»Das ist unwahrscheinlich«, sagte der Arzt mit einem

beinahe amüsierten Blick, als George ihn fragte, ob er womöglich keine Kinder zeugen könne. »Aber die Möglichkeit besteht. Ehrlich gesagt ist das noch recht unerforscht. Die meisten Patienten benötigen die Medikation erst, wenn diese Tage lange hinter ihnen liegen.«

Ellen und George waren erst ein paar Monate zusammen, als George den Arzttermin hatte, und sie hatten noch nicht übers Kinderkriegen gesprochen. Als George sie fragte, ob er Sperma einfrieren lassen solle, bevor er mit der Behandlung begann, nur zur Sicherheit, reagierte sie mit einem klaren Ja.

Er habe immer Kinder gewollt, erzählte ihr George, aber er habe die Idee aufgegeben, weil seine erste Frau, Diana, immer entschieden dagegen war, sie sah darin den ultimativen narzisstischen Akt, und er glaubte, sie genug zu lieben, um seine väterlichen Fantasien fahren zu lassen. Das funktionierte auch viele Jahre. Er konzentrierte sich auf seine Arbeit und war erfolgreicher, als er je gedacht hätte, und er fügte sich in die Vorstellung, dass er in seiner Kunst Erfüllung und ein Gefühl von Unsterblichkeit und eigenem Beitrag fände. Dann verließ ihn Diana eines Nachmittags, als er gerade unterrichtete, ohne Vorwarnung und mit lediglich einer Nachricht auf dem Küchentisch, dass sie es satthabe, einen Mann zu lieben, der seine Arbeit mehr liebe als sie. Er hatte es nicht kommen sehen, obwohl er im Rückblick zugeben musste, dass sie ihm seit Jahren zu verstehen gegeben hatte, wie unzufrieden sie mit ihrer Ehe war. Er hatte so dringend glauben wollen, dass sie seinen Erfolg so genoss wie er, den Erfolg, der oft seine Abwesenheit erforderte, körperlich oder geistig, sodass er nicht bemerkt hatte, wie unglücklich sie war.

In den Jahren, nachdem ihn Diana verlassen hatte, datete er halbherzig ein paar Professorinnen der SUNY New Paltz, wo er damals unterrichtete, und Frauen, die ihn nach seinen Vorlesungen oder Vernissagen ansprachen. Manchmal konnte er sich fast eine zufriedene Zukunft mit der Frau ihm gegenüber ausmalen, wenn sie nur ein bisschen anders gewesen wäre und wenn er nur ein bisschen anders gewesen wäre, aber die Idee, Vater zu werden, schien noch unrealistischer als während seiner Ehe.

Er versank in einer tiefen Depression, nicht zum ersten Mal in seinem Leben, zu einem kleinen Teil hervorgerufen von seiner Einsamkeit, deren Ende nicht absehbar war, und zu einem großen Teil von dem wachsenden Bewusstsein, dass seine frühen Erfolge keine Vorboten noch größerer Erfolge waren. Er würde der Nachwelt eher als Kunstlehrer denn als Künstler in Erinnerung bleiben. So viel zu Unsterblichkeit und eigenem Beitrag. Er hatte sich so gefreut, in Galerien und Collegemuseen in Omaha oder Cincinnati oder St. Louis auszustellen, solange er geglaubt hatte, sie gingen dem MoMA oder dem Getty Museum voraus, aber das taten sie nicht. Er war nirgends in New York oder L.A., nicht mal in Chicago angenommen worden, und wenn er bisher nicht von seiner Kunst leben konnte, so deutete nichts darauf hin, dass er es jemals könnte. Jetzt konnte er sein Werk und sein Talent objektiv betrachten, und es beschämte ihn, was er der Welt mit solchem Stolz gezeigt hatte; er wütete gegen die Dummköpfe, die ihn ermutigt hatten. Er wollte nicht länger danach streben, Künstler eines Kalibers zu werden, das er ohnehin nie erreichen würde. Nun wollte er nur noch an einem schönen Ort leben, an dem er niemanden kannte, und allein sein mit seiner Niederlage, ohne Zeugen.

Mitten in dieser Depression verließ er New Paltz und nahm die Stelle am Bates College an, und kurz danach wurden seine Arbeiten in The Gallery on 4th in Portland gezeigt, wo er Ellen sah.

An jenem Abend in der Galerie war auch Ellen bereit für eine Veränderung. Seit ihrer Scheidung waren zwei Jahre vergangen: ein Jahr bewusster Enthaltsamkeit und ein Jahr enttäuschender Verabredungen gefolgt von noch enttäuschenderem Sex. Sie und ihr Ex-Mann, Landon, hatten immer gewusst, dass sie Kinder haben wollten, mindestens drei, und sobald sie verheiratet waren, hatten sie angefangen, es zu versuchen. Aber in den vier Jahren ihrer Ehe war es ihr nicht gelungen, schwanger zu werden.

»Landon hat mich deshalb weniger geliebt«, sagte Ellen zu Marisol, »obwohl er es nie ausgesprochen hat. Ich wusste es aber. Und ich konnte es ihm kaum zum Vorwurf machen. Ich habe mich deshalb selbst weniger geliebt.«

Sie hatten über andere Möglichkeiten, eine Familie zu gründen, geredet, denn es gab andere Möglichkeiten – sie konnten immer noch Eltern von Kindern werden, die sie liebten und die ihre Liebe erwiderten. Aber zwischen ihnen war schon etwas Entscheidendes abgestorben. Sie kamen überein, dass sie nicht gemeinsam würden meistern können, was immer vor ihnen lag, mit Kindern oder ohne. Es war eine schnelle und freundschaftliche Scheidung: keine gemeinsamen Güter, kein Sorgerechtsstreit. »Seien Sie froh«, hatte ihr Anwalt zu ihr gesagt. »Kinder machen aus einer Scheidung die Hölle.« Binnen eines Jahres heiratete Landon eine kürzlich verwitwete gemeinsame Freundin und zeugte bald eine Tochter, dann noch eine.

Während ihrer Ehe hatten sich Ellen und Landon beide mehreren Runden an Tests und Untersuchungen unterzogen. Die Zahl von Landons Spermien war ein bisschen niedrig, aber ansonsten waren sie in gutem Zustand, befruchtungsfähig. Es lag an ihr. Sie hatte es immer gewusst. Die Geburt von Landons erstem Kind fühlte sich eher wie eine Bestätigung an, nicht wie eine Beleidigung. Obwohl es nie ein abschließendes Ergebnis gab, sagten die Ärzte, dass mit ihrer Gebärmutter, ihren Hormonen und Zyklen alles in

Ordnung zu sein scheine. Die wahrscheinlichste Ursache für ihre Unfruchtbarkeit sei die Qualität ihrer Eizellen.

Anders als George hatte Ellen ihren Kinderwunsch nie aufgegeben. Sie glaubte nicht, dass er etwas war, was sie je aufgeben sollte und ganz bestimmt nicht, bevor sie vierzig war. In den Monaten vor ihrer Begegnung oder vielmehr Wiederbegegnung hatte Ellen immer konkreter darüber nachgedacht, allein ein Kind zu bekommen, entweder per Eizellenspende oder per Adoption – aber adoptieren wollte sie eigentlich nicht; sie wollte so dringend wissen, wie es sich anfühlte, schwanger zu sein, zu gebären, ein Kind Milch aus ihrer Brust saugen zu lassen. Als Ellen George davon erzählte, nachdem er gefragt hatte, ob er Sperma einfrieren lassen solle, wirkte er einfach erleichtert. Er sagte ihr, und es klang wie ein Versprechen, dass sie, sobald er dazu in der Lage sei, aus dem kleinen Haus in Lewiston ausziehen und in ein größeres Haus auf dem Land ziehen würden, und dort würden sie ein Kind bekommen.

»Er sagte: ›Wir brauchen bloß ein Ei‹«, meinte Ellen. »Ich habe noch im Ohr, wie er es gesagt hat, so, als bräuchten wir Eier aus dem Supermarkt. Obwohl George fünfundfünfzig war und ich neununddreißig, kam es mir an dem Abend vor, als wären wir beide zwanzig Jahre jünger und hätten noch alle Zeit der Welt, ein Kind zu bekommen.«

Das war vor fünf Jahren gewesen. Sobald sich George etwas besser bewegen konnte und seine Depression ihn weniger im Griff hatte, kauften sie im Sommer das Kornblumenhaus, zu einem außergewöhnlich niedrigen Preis (es war zwölf Jahre auf dem Markt gewesen), und bezogen ihr neues Zuhause. Ermutigt von Ellen, nahm er neben den Arthritis-Medikamenten nun auch Antidepressiva, und durch die Kombination fand er wieder zurück zu seinem selbstbewussteren, kreativen Wesen. Er fing wieder an zu arbeiten, verbrachte viele Stunden im Atelier, experimentierte mit neuen Formen und Materialien, die ihm seine zittrige Hand und die eingeschränkte Beweglichkeit von Handgelenken, Ellbogen und Schultern verziehen. Ellen machte es sich zur Aufgabe, einen Garten anzulegen, ein lange aufgeschobener Traum. Mit einem Spaten stach sie Rasen aus, düngte die Erde mit Laub aus dem Wald und Mist von Bauernhöfen in der Nachbarschaft, und abends las sie Gartenbücher, die sie aus der Bibliothek ausgeliehen hatte.

Sie verbrachten genauso viel Zeit mit ihren neuen Projekten wie am Küchentisch, von wo sie mit Kliniken und Agenturen für Eizellenspenden telefonierten, um sich über Kosten und Konsequenzen zu informieren, während sie es gleichzeitig allein weiter probierten und es nicht mal zu einer überfälligen Periode brachten. Es verging kein Monat, in dem Ellen beim Anblick des Blutes nicht vor Ungeduld und Wut am liebsten geschrien hätte.

»An den Tagen war ich praktisch zu nichts in der Lage«, sagte Ellen und zerteilte ihren Pfannkuchen, ohne einen Bissen zu nehmen. »Ich hatte immer schon schreckliche Krämpfe, und mit dem Älterwerden schienen sie nur schlimmer zu werden. Ich nahm vier Ibuprofen und legte mich mit einer Wärmflasche ins Bett, verwünschte die Zeit und versuchte, mich davon zu überzeugen, dass ich nicht für irgendeine Sünde bestraft wurde, an die ich mich nicht erinnerte.«

Irgendwie verging der Herbst, dann der Winter, und als Ellen gerade so weit war, sich auf eine Spenderin festzulegen, machte George einen Rückzieher. Es bedurfte mehrerer Vorstöße von Ellen, die wusste, dass sich etwas verändert hatte, bevor er seine Bedenken zum Ausdruck brachte. Zunächst einmal war ihm nicht klar gewesen, wie teuer es war. Sie konnten es sich nicht leisten, und selbst wenn, hätten sie nicht genug Geld übrig, um ein Kind verantwortungsvoll großzuziehen. Das Verfahren an sich war invasiv und riskant, und es könnte Jahre dauern, bis eine Einnistung gelänge, und die Chancen standen gegen sie. Die Tatsache, dass Georges Sperma schon sehr alt und eingefroren war, verringerte ihre Chancen zusätzlich. Keins der Spenderinnenprofile sprach ihn an; die einzigen Bilder der Frauen waren Kinderfotos, meistens Schulfotos, man konnte sie kaum auseinanderhalten mit ihren Pullis und Plastikhaarspangen vor pastellfarbenen Hintergründen. Er wollte, und das schien ihm sein gutes Recht zu sein, eine Spenderin, die echt wirkte, jemand mit Intelligenz, Kreativität und Antrieb, eine Frau wie Ellen, die zumindest ein persönliches Statement verfassen konnte, das er nicht sofort wieder vergaß.

Er war vernünftig genug, Ellens Alter nicht zu erwähnen, aber sie wussten beide, dass es dadurch nicht leichter wurde. Ellen war mittlerweile über vierzig, ein Alter, das die Ärzte zu verärgern schien, statt Mitgefühl auszulösen, (»Selbst mit der Eizelle einer Fünfundzwanzigjährigen«, erklärte ihr ein besonders giftiger Frauenarzt, »haben wir es immer noch mit einer betagten Gebärmutter zu tun.«) Ellen hatte auf jeden von Georges Einwänden eine Antwort: »Ich habe so viel Geld in meinem Treuhandfonds; ich weiß nicht, wofür ich es spare, wenn nicht für so etwas«; »Es ist nicht riskanter als invitro, und das Risiko trage ich«; »Das sind alles echte Frauen, du hast unrealistische Erwartungen an diese Profile – du hast dir noch nicht mal die neuen durchgelesen, die ich markiert habe« und so weiter, aber George wurde nur noch distanzierter und mutloser.

»Vielleicht sollten wir uns einfach von der Idee verabschieden«, sagte er. »Ich habe das schon mal gemacht, und ich kriege es wieder hin.« Er meinte, sie sollten sich stattdessen auf ihre Liebe und das gemeinsame Leben konzentrieren, das sie für sich entwerfen konnten.

»Wir waren bald an einem Punkt«, sagte Ellen, während sie sich nachschenkte – Marisol hatte ihren Wein nicht angerührt –, »an dem wir nicht mehr darüber sprechen konnten, ohne dass einer oder wir beide in Tränen ausbrachen, und alle weiteren Diskussionen fühlten sich erzwungen oder oberflächlich an. Ich dachte viel darüber nach, ob ich bei ihm bleiben konnte. Ich fühlte mich von ihm getäuscht, obwohl ich wusste, dass er das nicht gewollt hatte – und es verstörte mich, wie leichtfertig er aufgab, was er wollte, es verstörte mich vielleicht mehr als die Aussicht auf ein Leben ohne Kinder. Ich war mir nicht sicher, ob ich mit so jemandem zusammen sein konnte, jemandem, der so schnell resignierte, bei etwas, das er sich so dringend wünschte. Ich genehmigte mir lange Wochenenden alleine, verbrachte einige Nächte in einem kleinen Hotel in Belfast, direkt am Wasser, besuchte alte Freunde in Portland und fragte mich, ob ich einfach das Leben wieder aufnehmen könnte, das ich geführt hatte, bevor er mir begegnet war. Aber ich vermisste ihn immer, wenn ich unterwegs war; ich wollte immer nach Hause zurück. Ich liebte unser gemeinsames Leben hier, auch wenn wir nur zu zweit waren. Und mir wurde klar, dass ein Leben ohne Kinder zwar ein großer Verlust wäre, ein Leben ohne George aber der noch größere.«

Ellen hatte den Blick auf den Wein gerichtet, während ihre Finger geistesabwesend den Stiel hinauf- und hinunterwanderten. Dann nahm sie Marisol über den Tisch ins Visier, als würde sie sich ihr Gesicht einprägen, es ins Gedächtnis einspeisen.

»Dann kamst du. Ich sah dich und George zusammen, ich hörte, wie er über dich redete, wie sehr ihn deine Anwesenheit belebte. Ich weiß, dass er immer noch gern Vater werden würde. Der Wunsch schmerzt ihn nur zu sehr. Ich habe angefangen, dich als Familienmitglied zu betrachten. Ich dachte, eventuell, ganz vielleicht könnte es doch funktionieren, mit dir. Seit ich auf die Idee gekommen bin, eigentlich seit unserer ersten Begegnung, als du zum ersten Mal zum Essen gekommen bist, ist mir kein ausreichend guter Grund eingefallen, dich nicht wenigstens zu fragen. Du bist so schön«, sagte sie und machte ein sanfteres Gesicht, »das schadet natürlich auch nicht.«

Marisol versuchte, ihr Lächeln zu zügeln. Niemand hatte sie je schön genannt.

»Und wenn du einverstanden wärst«, sagte Ellen, »dann könnte sich vielleicht auch George dazu durchringen. Ich glaube, das könnte er.«

Ellen lehnte sich zurück, atmete mit einem Lachen aus und zuckte mit den Schultern. »Und jetzt denke ich, selbst wenn er sich nicht dazu durchringen kann, werde ich es versuchen. Es zu versuchen ist das Mindeste.«

Der Barkeeper kam vorbei, und Marisol gab ihm ein Zeichen für ein weiteres Bier, bevor der letzte Schluck ihre Kehle passiert hatte. Ich hatte zwei Gläser Wein getrunken und arbeitete mich durch das dritte, mit einem warmen, behaglichen Gefühl im Bauch und Benommenheit im Kopf.

Im Saloon war es lauter geworden, als noch mehr schöne Vintage-Menschen eintrudelten und sich zu den anderen gesellten und sie alle weitere Getränke bestellten. Vor einer Weile war unter großem Applaus ein junges Paar dazugestoßen, das seitdem im Zentrum der Aufmerksamkeit stand. Die Frau trug einen Blumenkranz im Haar und ein enges weißes Kleid, das sich an ihre Kurven schmiegte, hochgeschlossen und komplett aus Spitze, und der Mann trug einen kobaltblauen Samtsmoking: Braut und Bräutigam. Eine neue Band stand auf der schwarzen Bühne, Teenager, wie es aussah, in zerrissenen Jeans mit Sicherheitsnadeln und Flicken. Ich erkannte die Songs nicht wieder. Die rotblonde Sängerin saß mit einer Freundin oder vielleicht einer Geliebten am Ende der Bar und trank einen bernsteinfarbenen Cocktail.

Der Lärm hatte mich und Marisol zusammenrücken lassen. Wir beugten uns nah heran, sie, damit sie gehört wurde, und ich, damit ich hören konnte, und jetzt roch ich das Öl auf ihrer Haut, den Duft von Läden, die Kristalle und Salbei verkauften, und, wenn sie lachte, das Bier in ihrem Atem.

Marisols Blick folgte dem Barkeeper, der auf dem Weg zur Zapfanlage vor der rotblonden Sängerin und dem Mädchen neben ihr stehen geblieben war. Er stützte die Ellbogen auf den Tresen, das Gesicht dicht an ihren Gesichtern. Die Sängerin schob ihm eine Locke hinters Ohr. Nein, er war derjenige, mit dem sie schlief, und sie würden auch heute Nacht miteinander schlafen.

»Wie hast du dich entschieden?«, fragte ich Marisol wie eine alte Freundin und zog ihre Aufmerksamkeit wieder an mich.

»Ich hab's gemacht«, sagte sie und sah mir in die Augen. »Ich kann mich nicht erinnern, groß überlegt zu haben, ehrlich gesagt. Ich sah keinen Grund, es nicht zu tun. Ich glaubte nicht, dass ich jemals Kinder haben wollte, es kam mir immer wie eine schreckliche Idee vor, wenn ich daran dachte, was ich kaum je tat. Es schien mir außerdem egoistisch, meine Eizellen für mich zu behalten, wenn Ellen sie so dringend wollte, und sie hatte sie verdient.

Als ich ihr sagte, dass ich es ganz sicher machen würde, erzählte sie George von unserem Plan; es schien ihr das Beste, es ihm allein zu sagen, und das schien mir richtig. Er war außer sich, was sie schon vermutet hatte. Er war beleidigt, dass er bis dahin ausgeschlossen gewesen war, und er hatte das Gefühl, mich schützen zu müssen. Sie redeten mehrere

Tage lang nicht miteinander, und ich ging nicht rüber zum Essen. Er kam nicht mal ins Atelier. Aber nach einer Weile lud er mich wieder zum Essen ein und erklärte uns, er habe viel darüber nachgedacht und könne ohnehin nicht kontrollieren, was wir täten. Mehr als alles andere wolle er, dass Ellen glücklich sei. Und er würde unterschreiben, was immer nötig war, damit wir seine gefrorene Spermaprobe verwenden konnten, wenn wir es noch wollten.«

Der Barkeeper kam vorbei; sie signalisierte noch mal den Wunsch nach einem Bier.

»Haben sie dich bezahlt?«

»Ich habe ihnen gesagt, ich würde es umsonst machen. Davon wollten sie nichts wissen. Sie bestanden darauf, mir für jeden Zyklus zweitausend Dollar zu zahlen, selbst wenn es nicht klappen sollte. Damals schien mir das eine Stange Geld zu sein, und das war es wohl auch für jemanden in meiner Position. Aber jetzt weiß ich, dass es keine so beträchtliche Summe war für meinen Beitrag und für das, was sie sich vermutlich leisten konnten. Die meisten Spenderinnen verdienen das Fünffache. Das mussten sie gewusst haben, nachdem sie es ja recherchiert hatten. Damals habe ich nicht verstanden, welche Macht sie hatten, und vielleicht haben sie es auch nicht als Macht empfunden, aber sie hätten wissen müssen, dass es Macht war – sie waren so viel älter, sie wussten besser als ich, wie die Welt funktionierte, sie waren weiß, sie waren gebildet, sie hatten einander und ein Haus, sie hatten Geld. Ich glaube, Ellen hatte mehr Geld von ihrer Familie, als sie je durchblicken ließ, vielleicht nicht mal George gegenüber. Es war kein Geld, auf das sie stolz war, das nicht. Trotzdem war es mir unangenehm, es anzunehmen – es fühlte sich immer noch so an, als stünde ich in ihrer Schuld. Ich hatte noch nie irgendeinen Beitrag zum Abendessen geleistet.«

279

Der Barkeeper stellte schnell Marisols Bier vor ihr ab, und sie nickte zum Dank.

»Ich bin froh, dass ich alles genommen habe, was sie mir anboten«, sagte sie nach einem langen Schluck. »Ich weiß nicht, was ich gemacht hätte, wenn ich dieses Geld nicht gehabt hätte.«

Ellen bestellte die Hormonpakete, eins für Marisol, um die Eizellenreifung zu stimulieren, und eins für Ellen, um ihren Zyklus mit dem von Marisol zu synchronisieren. Sie aßen nun fast jeden Abend zu dritt, aber die Stimmung war anders als zuvor, zugleich intimer und verhaltener, und nachdem sie gegessen und das Geschirr abgeräumt hatten, setzten sich die Frauen nebeneinander im Wohnzimmer ihre Spritzen in den Bauch. Sobald Ellen die Utensilien auf den Sofatisch legte, ging George, dem das Ritual sichtlich unangenehm war, nach oben, um zu lesen oder sich auszuruhen.

»Dann lasse ich euch mal«, sagte er und wandte den Blick von den Nadeln ab. »Nun denn, gute Nacht.«

Marisol hasste die Spritzen. Sie hatte Spritzen immer schon gehasst, und diese waren besonders schmerzhaft. Sie hinterließen mit Flüssigkeit gefüllte Bläschen unter der Haut und eine Reihe blauer Flecke, die wehtaten, wann immer sie die Hose zuknöpfte, sich vorbeugte oder hinlegte. Sie konnte sich nicht selbst spritzen, ohne den Atem anzuhalten und zu verkrampfen, weshalb Ellen es für sie beide übernahm. Kurz vor dem Piks kniff sie Marisol fest in den Arm, dann strich sie zärtlich über die Stelle. Danach spritzte sie sich selbst, führte währenddessen die Unterhaltung fort und ließ überhaupt keinen Schmerz erkennen, nicht mal ein kurzes Wimpernzucken. Was für ein Mittel auch immer nun in Marisols Körper war, es machte sie weinerlich und reizbar, aufgebläht und müde. Obwohl ihr diese Empfindungen nicht gefielen, mochte sie, dass sie sie mit Ellen teilte. Ihre Körper verbanden sich schon auf die denkbar intimste Weise: Ein Teil von Marisol, der schon ihr ganzes Leben in ihr war, würde bald durch unberührte Kanäle in Ellen wandern, sich in ihrem tiefsten Innern einnisten und wachsen.

Nach den Spritzen blieben sie nebeneinander auf dem Sofa sitzen, so nah, dass sich manchmal ihre Arme berührten, und inspizierten die neuen Einstichstellen und die öligen Bläschen. Ellens Bauch war kreideweiß und weich und hatte nur eine dünne Fettschicht; Marisols war dunkler und fester. Ellen legte mit sanftem Druck die Hand auf Marisols Nabel, was ihr Schauer über den ganzen Körper jagte, und bemerkte, dass ihre Einstiche rosa waren und Marisols lila. Donnerstags guckten sie *Emergency Room*, an den anderen Abenden, was immer gerade lief. Ellen mochte Anthony Edwards lieber als George Clooney – »Frag mich nicht, warum« – und über Julianna Margulies sagte sie, als die Figur vor dem Traualtar sitzen gelassen wurde: »Sie ist sowieso viel zu heiß für Tag – gut, dass sie ihn los ist!« Wenn sie von der Spritze nichts mehr spürten und Ellens Augen länger geschlossen waren als offen, war es Zeit für Marisol, in die Hütte zurückzukehren.

»Gute Nacht«, sagte Ellen, wenn sie Marisol an der Tür umarmte und auf eine Weise an sich drückte, dass Marisol am liebsten mit ihr verschmolzen wäre. »Bis morgen.«

An diesen Abenden, wenn sie nah beieinandersaßen, musste Marisol daran denken, was Ellen beim Pfannkuchenessen gesagt hatte und wie sie es gesagt hatte und wie sie sie dabei ansah. *Du bist so schön.* Sie bewegte die Worte im Kopf und fand zum ersten Mal, seit sie Ellen im Garten zu zeichnen begonnen hatte, mühelos in den Schlaf.

Alle paar Tage fuhr Ellen Marisol im Pick-up zum Maine Medical Center in Portland, wo per Ultraschall überprüft wurde, wie die Eizellen sich entwickelten und wann sie ihren Eisprung haben würde. Ihr wurde Blut abgenommen, sie gab eine Urinprobe ab, Gewicht und Blutdruck wurden von Schwestern notiert, die nicht viel älter waren als sie. Marisol habe prächtige Eierstöcke, sagte eine Assistentin während des Ultraschalls, und die Follikel sähen vielversprechend aus. Ellen saß im dunklen Zimmer auf einem Klappstuhl neben der Liege und hielt Marisols Hand, streichelte sie manchmal mit dem Daumen, wie sie es noch nie bei George getan hatte, jedenfalls nicht in Marisols Gegenwart. Einmal kam George auch mit und stand auf der anderen Seite der Liege, gebannt vom Schwarz-Weiß-Bildschirm, der erst einen Eierstock, dann den anderen mit den Knospen der Eier zeigte.

»Unglaublich«, sagte er immer wieder. »Absolut unglaublich.«

Nach den Terminen fuhr Ellen mit Marisol in die Innenstadt, an Ellens alter Wohnung in Munjoy Hill vorbei, von der wie eh und je die rosarote Farbe abblätterte, und lud sie zum Lunch in die Appalachian Tavern ein: ein Tuna Melt Sandwich und ein Gingerale für Marisol und ein Turkey Club Sandwich oder die Tagessuppe und ein entkoffeinierter Kaffee für Ellen. Bei diesen Essen und auf den Autofahrten erfuhr Marisol mehr über Ellens Leben vor der Begegnung mit George, obwohl sie vieles auch bewusst im Dunkeln ließ. Sie offenbarte, dass sie aus einer sehr wohlhabenden Familie in Rye, New York, stammte. Ihre Mutter war Erbin irgendeines Ölmagnaten, ihr Vater Finanzberater, und sie hatte mehrere Schwestern, die noch miteinander redeten, aber nicht mehr mit ihr. Sie hatte ein Eliteinternat in New Jersey besucht, an dem sie alles hasste bis auf das große, wunderschöne Gelände und die Tatsache, dass sie im Wald hinter den Sportplätzen mit den Lacrosse-Jungs kiffen konnte, ohne je erwischt zu werden.

»Mein Vater hätte vermutlich nicht geglaubt, dass ich überhaupt wusste, was Pot ist«, sagte sie lachend. »Nicht eins der Geller-Mädchen. Er war ein sehr kluger Mann, aber ein echter Idiot.«

Marisol fiel auf, dass Ellen keinen Job länger als ein paar Jahre, höchstens, zu behalten schien. Dazu gehörten The Gallery on 4th, der Laden mit regionalen Produkten in Lewiston, verschiedene Assistenzen und Praktika, ob nun bezahlt oder unbezahlt. Sie erwähnte nie den Wunsch nach einer Karriere, auch nicht als Künstlerin. Für sie schien Kunst nur ein Zeitvertreib zu sein, keine Notwendigkeit wie für George und Marisol. All ihre Passionen hatten etwas Passives, Vorübergehendes; all ihre Interessen wandelten sich mit dem Wechsel der Jahreszeiten. Alle, bis auf den Wunsch, Mutter zu werden, vielleicht.

Marisol verstand allmählich, dass Ellen jemand war, der nicht allzu vorausschauend sein musste. Sie war noch nie in einer Sackgasse gelandet, ohne Aussichten, ohne Geld, ohne eine Idee, was sie als Nächstes tun sollte – sie konnte darauf vertrauen, dass das Leben für sie arbeitete, wie es das immer getan hatte, ein Vertrauen, das durch den Wohlstand ihrer Familie möglich wurde. Wenn sich eine Phase ihres Lebens dem Ende zu neigte, flog ihr die nächste schon zu, ohne dass sie sich darum bemüht hatte – George, der in die Galerie kam; Marisol, die in die Hütte zog. Während Ellen erzählte, wurde Marisol von Neid und Wut durchzuckt, weil sie selbst nicht wie Ellen bestimmte Sicherheiten für selbstverständlich erachten konnte, doch ihre Gefühle richteten sich nicht gegen Ellen und die komplizierten, unveränderlichen Systeme, die diese Ungleichheiten erlaubten und sicherstellten, sondern gegen ihre eigenen Eltern. Obwohl ihre Eltern immer angestellt gewesen waren und in der Lage, ihren Unterhalt zu bestreiten, hatte ständig das bange Gefühl geherrscht, dass ihnen das Leben, das sie sich aufgebaut hatten, jeden Moment wieder entrissen werden könnte und sie blank dastünden. Damals hatte Marisol es leichter gefunden, zu glauben, ihre Eltern seien ganz allein schuld an ihrer prekären Lebenssituation. Ellen führte ein losgelöstes und gleichzeitig dem Moment verhaftetes Leben, wie es Marisol für sich auch eines fernen Tages vorschwebte, ungeachtet eines nichtexistenten Erbes, falls sie sich denn jemals an einem anderen Ort und allein wiederfinden sollte.

In Reaktion auf Ellens Geschichten über ihre Familie erzählte Marisol manchmal von ihrem Vater, obwohl sie Mühe hatte, sich an ihn zu erinnern. Auch an ihre Mutter und ihre Brüder konnte sie sich kaum noch erinnern – sie sah die Einzelheiten ihrer Gesichter nicht mehr vor sich, wie sie aussahen, wenn sie mit ihr redeten, wie sie ihre schlaksigen Körper durchs Haus bewegten. Sie mussten sich verändert haben. Freddie war achtundzwanzig, Kevin fünfundzwanzig, vielleicht sechsundzwanzig. Jason dreiundzwanzig. Nein, noch nicht. So viel Zeit war nicht vergangen; sie hatte sie vor weniger als achtzehn Monaten zuletzt gesehen, kaum zu glauben. Welche Geschichte war sie für sie geworden? Sie war diejenige, die an die Ostküste aufs College gegangen war, weil sie sich für was Besseres hielt, und ihren Vater in den Selbstmord trieb, und jetzt war sie zu feige wiederzukommen. Aber das ging in Ordnung. Vielleicht war es nicht mal gelogen. Vielleicht hatten sie auch gar nichts über sie gehört, vielleicht war ihre Anwesenheit aus der Familiengeschichte herausredigiert worden, ihr Gesicht von allen Fotos gekratzt.

Diese Gedanken gingen Marisol manchmal schnell durch den Kopf, wenn sie mit Ellen in einer Nische der Taverne saß, der Bauch wund von den Spritzen und kühl vom Ultraschallgel, aber sie machten ihr nichts aus. Sie würde ein unauslöschlicher Teil von Ellens und Georges Erzählung werden. Sie war es schon. Sie würde ihnen ein Baby schenken. Sie war so unleugbar von Wert für die beiden, wie die beiden es für sie waren.

Das, dachte sie, als sie Ellen ansah, die sie ansah, ist eine bessere Art von Liebe.

Am Tag von Marisols Eisprung – »der Entnahme«, wie es die Ärzte nannten – wartete Ellen mit Marisol, die in einem eierschalenblauen Kittel in einem fensterlosen Raum lag, während das Narkosemittel in ihre Vene tropfte. Als Marisol aufwachte, wund und benebelt, war Ellen wieder an ihrer Seite, mit einem Lächeln und roten Augen. »Ist es vorbei?«, fragte Marisol, und Ellen sagte, ja, das sei es. Jetzt mussten sie nur abwarten.

Keine der Eizellen wurde in diesem Monat befruchtet. Also wiederholten sie das Ganze. Mehr Spritzen nach dem Abendessen, mehr Ultraschalls, mehr Blutproben und Tuna Melts in der Taverne. Als Marisol das zweite Mal aus der Narkose aufwachte, war Ellen wieder da und sah genauso dankbar und hoffnungsvoll aus wie beim ersten Mal. Erst in der dritten Runde verhärtete sich ihre Miene, und als auch die Befruchtung dieser Eizellen nicht gelang, bestand sie darauf, dass Marisol aufhörte, wenn sie wollte. Sie habe schon mehr als genug getan. Ihr Bauch war überall lila, ihre einst klare Haut war übersät mit Pickeln, und bei der leisesten Gefühlsregung kamen ihr die Tränen.

»Wenn es nicht funktioniert«, sagte Ellen eines Abends nach einem Telefonat mit dem Arzt zu Marisol, zusammengesackt und mit zittrigen Lippen, »dann ist es eben so. Es gibt noch andere Wege, ein Kind zu bekommen.«

»Ich möchte noch eine Runde machen«, sagte Marisol, »nur noch eine«, obwohl sie wusste, dass sie danach noch eine machen würde, und dann noch eine, bis Georges Spermaprobe aufgebraucht war, und dann würde sie so lange mit dem Sperma eines Fremden weitermachen wie nötig.

Marisol kochte nach dem Abendessen gerade heißen Kakao auf dem Herd, als der Arzt zum vierten Mal in vier Monaten anrief. Ellen rannte in die Küche und blieb neben Marisol stehen, dicht gefolgt von George. Sie stellte das Telefon laut, bevor sie abnahm. Die drei drängten sich am Herd und hörten mit zusammengesteckten Köpfen, dass die Eizellen erfolgreich befruchtet worden waren – drei Stück, um genau zu sein.

»Natürlich gibt es keine Garantien«, sagte der Arzt, ein älterer Mann mit einer freundlichen Stimme. »Die Eizelle muss sich noch einnisten. Aber so weit, so gut.« Nun musste Ellen nur noch für die Untersuchung und das Einsetzen zur Zeit ihres Eisprungs in die Klinik kommen.

»Ich hole kurz meinen Kalender«, sagte Ellen lachend und weinend zugleich, »einen Moment«, und zwei Wochen später war sie schwanger.

Ellens Schwangerschaft war unangenehm, aber unkompliziert, und die Wochen gingen ins Land, aus Frühling wurde Sommer und dann Herbst. Marisol arbeitete mehr denn je im Atelier mit George, der von neuer Energie und Beweglichkeit erfüllt schien, als würde er diese Ressourcen von Ellen abziehen, die nun permanent aus einem Nickerchen aufwachte oder sich für ein Nickerchen hinlegte oder um neun Uhr abends ins Bett ging. Wenn sie im Garten arbeitete, dann nicht länger als eine Stunde, wovon sie die meiste Zeit im Liegen verbrachte, mit dem Hut über den Augen. Die Beete wucherten in den Rasen; Fingerhirse und Pfahlrohr bedrängten die Rankhilfen; Kirschtomaten platzten auf und verfaulten an den Zweigen. Doch Georges Projekt nahm Gestalt an, Marisol konnte es sehen, auch wenn er selbst es nicht sah, es wurde eine Art Mosaik organischen Materials, verfremdete Realität mit seltsamen Proportionen und Farben. Sie bemerkte mehr Zwiebelförmiges, das an Brüste und Bäuche erinnerte. Nachdem George mehrmals darauf gedrängt hatte, dass Marisol das Atelier und die Materialien auch für ihre eigene Arbeit nutzte, ging sie endlich auf sein Angebot ein und fing an, die Skizzen aus dem Sommer mit anderen Materialien und Techniken zu bearbeiten – Kohle und Tinte, Öl- und Acrylfarbe –, wobei sie darauf achtete, sämtliche Skizzen von Ellen in der Hütte zu lassen, unter dem Bett, außer Sichtweite. Manchmal zeigte sie George ihre Arbeit, und er sprach über die Stücke wie über echte Kunst einer echten Künstlerin, mit Lob und Kritik, kommentierte Themen und Muster, deren sie sich gar nicht bewusst gewesen war, bis er sie bemerkte.

»Ich wusste es damals noch nicht«, erklärte mir Marisol, »aber ich stellte mir meine Mappe zusammen. Es waren die ersten Entwürfe der Stücke, die mir schließlich meine Karriere ermöglichen würden. Es war, als würden wir alle gleichzeitig mit etwas schwanger gehen, so jedenfalls empfand es George. Er liebte den Gedanken. Alle drei schufen wir etwas außerhalb von uns selbst, aus uns selbst heraus, und keiner von uns wusste, was am Ende dabei herauskommen würde – und ob es ohne uns in der Welt bestehen würde.«

In diesen Monaten kochte meistens Marisol für sie drei, einfache Rezepte aus ihrer Kindheit, von denen sie gar nicht geahnt hatte, dass sie sich daran erinnerte: Quesadillas mit Cheddar, wenn Ellen flau im Magen war, Lasagne mit Rind, wenn sie Heißhunger hatte, Chili mit drei Bohnensorten, wenn sie »zu Potte kommen« musste, wie sie es nannte, obwohl sie davon schreckliches Sodbrennen bekam. George buk einfache Brote und Blaubeermuffins, die Ellen tagsüber dick mit Butter bestrichen aß. Ellen zeichnete auch, wenn sie sich fit genug fühlte, auf der hinteren Veranda bei Sonnenschein und am Küchentisch im leeren Haus bei Regen oder Kälte. Sie zeigte ihre Arbeiten nie und redete nicht ausführlicher darüber, aber Marisol erhaschte manchmal einen flüchtigen Blick auf das oberste Blatt, wenn Ellen den Tisch zum Essen freiräumte. Es waren immer Zeichnungen von weiblichen Gesichtern, die nie frontal zu sehen waren, wie beim Gemälde der Frau auf dem Wannenrand.

»Wer ist das?«, fragte Marisol, als Ellen die Blätter zusammenschob. Ellen warf ihr einen harten Blick zu, den Marisol noch nie gesehen hatte. Ihre Mutter, dachte sie. Nein, eine ehemalige Geliebte. Sie bedauerte sofort, gefragt zu haben.

»Nur eine Übung«, sagte Ellen. »Ich versuche, wieder reinzukommen. Niemand Reales.«

Ellen und George fragten Marisol nicht mehr, was sie plante, wenn sie irgendwann ging, und Marisol dachte selbst kaum noch daran. Wegzugehen schien immer unvorstellbarer. Sie wäre für dieses Kind kein Elternteil, nein, sie wollte immer noch keine eigenen Kinder, aber sie würde für es sorgen – für sie, wie sich herausstellte –, sie würde kochen und putzen und Wäsche waschen, staubsaugen und abstauben. Das Kind hätte eine saubere, ruhige Umgebung, nach der Marisol sich als Kind so gesehnt hatte.

Wenn George nach dem Abwasch zum Lesen nach oben ging, guckten Marisol und Ellen auf dem Sofa *Emergency Room*, wie sie es nach den Spritzen getan hatten. Jetzt zog Ellen Marisols Hand auf ihren Bauch, wenn sich das Baby bewegte, und sie spürten es gemeinsam. Marisol liebte, wie sich Ellens Haut und die Erhebung darunter anfühlten, ihre weiche Handfläche auf ihrer, die neue Festigkeit ihres Bauchs und das schwache Klopfen, das aus dem Inneren kam.

»Sie liebt dich schon«, sagte Ellen dann. »Das hat sie mir vorhin verraten.«

Obwohl Marisol immer noch den Drang verspürte, sie zu küssen und ihre Hand von ihrem Bauch zu nehmen, um noch mehr von ihr zu berühren, hielt sie sich immer zurück, selbst wenn sie hätte schwören können, dass Ellen sie mit einer Liebe ansah, die eher sexuell und romantisch war als mütterlich oder schwesterlich. *Du bist so schön*, hatte sie gesagt. *Das schadet natürlich auch nicht.* Jetzt war nicht die Zeit für sie beide, das wusste Marisol. Das musste nicht gesagt werden. Es war vielleicht noch eine Weile nicht die Zeit für sie, aber sie würde kommen, sie musste kommen, wenn Ellens Körper wieder ihr selbst gehörte, wenn das Baby abgestillt war, wenn George tot war. Jedes Mal wenn Ellen ihre Hand berührte, ihr eine Haarsträhne aus dem Gesicht strich, sie Schatz oder Liebes oder Süße nannte, versprach sie ihr, dass sie so zusammen sein würden, wie sie es sich wünschten, zu einer Zeit, die knapp außer Sichtweite lag.

»Sie haben sie Mary genannt«, sagte Marisol nach einer Pause. »Mary Bradbury Geller.«

»Mary wie in Marisol?«, fragte ich.

»Mary wie Mary. Nach Georges Mutter.«

Sie hielt ihr Bierglas schon eine Weile in der Hand, aber hatte bisher nur kurz daran genippt.

»Wann hast du sie zuletzt gesehen?«

»Als sie zwei Monate alt war.«

Ich wartete darauf, dass sie fortfuhr. Marisol war zwanzig, als Mary zur Welt kam, oder fast zwanzig. Und jetzt vierundvierzig. Ich war Mary vom Alter her also näher, aber ich hatte schon so viel Wein getrunken, dass ich nicht mehr ausrechnen konnte, wie nah. Ich brauchte Wasser; ich brauchte etwas zu essen. Ich musste mich hinlegen. Marisol drehte sich auf dem Hocker und stand auf, lehnte sich gegen den Tresen, drückte mir die Hand auf die Schulter und die Lippen ans Ohr.

»Ich gehe mal zur Toilette. Ich bin gleich wieder da – nicht weglaufen.«

Ich verfolgte, wie sie den engen Gang zur Toilette entlangging, und wachte über den leeren Barhocker neben mir. Ich nahm einen Schluck von ihrem Bier, um zu kosten, was sie gekostet hatte, und fand den Geschmack so dicht wie gedacht, wie Sirup. Ich trank noch mehr. Die rotblonde Sängerin war jetzt auch allein, wartete wohl darauf, dass der Barkeeper gehen konnte, und Braut und Bräutigam tanzten vor der neuen Band und sangen mit. Diesen Song kannte und mochte ich: *And I scream from the top of my lungs, what's going on?* Der Blumenkranz der Braut war abgefallen und ihr Haar nun unordentlich hochgebunden, der Bräutigam hatte die Jacke abgelegt und den Hemdkragen aufgeknöpft. Ihre Freunde sangen und tanzten um sie herum, wie in Zeitlupe, drehten sich mit lockeren Armen. Sie sahen alle gerötet und erhitzt aus, und mir war auch heiß. Zu heiß. Ich roch nichts außer Schweiß und Atem und Parfüm.

Marisol kam zurück und setzte sich nicht wieder. Sie beugte sich über den Tresen und bat die Barkeeperin, eine ältere Frau, die ich noch nicht bemerkt hatte, um die Rechnung.

»Ich zahle für sie mit«, sagte Marisol, ohne sich mir zuzuwenden.

»Oh, das musst du nicht, ich zahle selbst –«

»Wenn dich jemand einladen will«, sagte sie knapp, »dann nimm es einfach an.«

»Okay«, sagte ich. »Danke.«

Sie unterschrieb den Beleg, nahm etwas Bargeld aus dem Portemonnaie und legte es, ohne zu zählen, auf den Tresen.

»Bitte sag, dass du mit dem Auto hier bist«, sagte sie.

Ich fuhr so langsam wie möglich, blinzelte, damit Scheinwerferlicht und Straßenbeleuchtung nicht mehr mit der Dunkelheit verschwammen, und suchte nach dem Hotelschild auf der linken Seite. Marisol hatte zum ersten Mal an diesem Abend ihr Handy hervorgeholt und schrieb Nachrichten, murmelte etwas auf Spanisch, das ich nicht verstand, und als sie hochblickte, sagte sie: »Du hast es verpasst.« Ich machte einen U-Turn und fuhr zurück, so langsam, dass sich Autos hinter mir stauten, bis ich das Lost Horse Inn entdeckte. Ich parkte an derselben Stelle wie vorher. Der Himmel über uns war dunkler, als ich ihn je gesehen hatte, und die dünne, kalte Luft wehte von der Mojave-Wüste Richtung Westen und trocknete meinen Schweiß in einem Zug.

Wir gingen zusammen zu ihrem Zimmer, ein paar Türen weiter als meins. Ich folgte ihr nicht absichtlich, konnte mich nur nicht von ihr losreißen und wollte es auch nicht. Sie schaltete die kleine Nachttischlampe ein und ließ die Deckenlampe aus, was die Holzwände in warmes Licht tauchte. Ihr Zimmer war genau wie meins, nur spiegelverkehrt – großes Bett mit dicker roter Decke, Mikrowelle und Minikühlschrank, kleiner Fernseher. An allen Wänden hingen Schwarz-Weiß-Fotos von arthritischen Josuabäumen, Felsnasen und Jumping-Cholla-Kakteen im Gegenlicht einer tief stehenden Sonne. Das Hotel war bekannt dafür, dass hier ein Folksänger gestorben war, dessen Name und Gesicht mir nichts sagten. Die Lobby und der Frühstücksraum waren mit seinen Tourplakaten aus den Sechzigern und Siebzigern dekoriert, mit den Byrds und Emmylou Harris, und im Steingarten neben dem Pool gab es eine kleine Gedenkstätte für ihn: eine steinerne Gitarre, Kerzen, verkohlter Salbei, eine ungeöffnete Flasche Patrón-Tequila. Manche Blumen waren frisch. Er war in einem der Zimmer an einer Überdosis Tequila und Morphium gestorben, aber ich wusste nicht, in welchem.

Ich fragte mich, ob Corrie sich hier manchmal aufs Bett

gelegt hatte, wenn an der Rezeption nichts los war, ob sie manchmal hier übernachtet hatte, wenn sie wusste, dass das Zimmer frei blieb. Ich fragte mich, ob sie die rotblonde Sängerin kannte und ob sie mit dem Barkeeper geschlafen und ob er sie geschwängert hatte. Ihr Kind würde gut aussehen, dachte ich, obwohl ich mich gerade an nichts erinnern konnte außer an ihre schmalen Schultern und die schmale Taille, die Schräge über ihrem Schlüsselbein.

Sie wäre immer noch schwanger, wenn sie es denn je war und wenn das, was mir passiert war, ihr nicht passiert war.

Unwillkürlich malte ich mir dann, wie schon die ganze Woche, in einer Flut plastischer Bilder aus, was mir gerade widerfahren würde, hätte ich das Kind ausgetragen: Ich würde in ein Krankenhauskissen brüllen, oder eine PDA würde sich mir ins Rückgrat bohren, oder ich würde ihn halten, sein Gesicht sehen, er würde normal atmen, wir würden erfahren, dass die Bilder falsch gewesen waren und es ihm gut ging, oder er wäre tot oder würde gerade sterben, in Luft ertrinken, dann weggebracht.

Ich war benommen und müde, stand weit neben mir. Marisol füllte die beiden Plastikbecher von der Mikrowelle mit Wasser aus dem Wasserhahn und brachte mir einen. Das Wasser war lauwarm, aber angenehm auf der Zunge. Ich legte mich auf die Decke, die Füße noch auf dem Boden, und schloss die Augen. Ich war mir nicht sicher, wie ich hier gelandet war – in Kalifornien, in der Wüste, in diesem Zimmer mit dieser Frau, einer Fremden. Was würde Isaac sagen, wenn er mich so sehen könnte? Ich wusste nicht, wie spät es war, aber er schlief wahrscheinlich schon, lag mit vor der Brust verschränkten Armen auf dem Rücken, die Gesichtszüge entspannt. Kurz wünschte ich mir, neben ihm zu liegen, meinen Atem auf seinen abzustimmen, ihm in den Schlaf zu folgen.

Ich hatte ihn allein gelassen. Wir sollten in dieser Nacht, unbedingt in dieser Nacht, zusammen sein. Er hatte es gewollt. Ich war egoistisch und grausam, beanspruchte den Verlust ganz für mich, bestand darauf, ohne Zeugen zu trauern. Ich könnte in mein Zimmer gehen und ihn anrufen, ihm sagen, dass ich ihn liebte und es mir leidtat, ihm sagen, dass ich heil angekommen war und bald zurückkäme. Aber ich konnte mich nicht rühren; ich wollte mich nicht rühren. Das hier war der einzig mögliche Ort.

Ich hörte das Wasser durch Marisols Kehle rinnen und den leeren Becher auf der Tischplatte aufsetzen. Die Matratze bewegte sich; sie lag auch auf dem Bett, und wir waren uns nah. Vielleicht sah sie mich an, meine geschlossenen Augen, aber ich glaubte nicht, dass sie über mich nachdachte.

»Denkst du an sie?«, fragte ich.

»An Mary? Manchmal. In letzter Zeit öfter.«

»Wo ist sie?«

»Colorado«, sagte sie lachend. »Ausgerechnet. Jedenfalls als ich das letzte Mal geguckt habe. Aber weit entfernt von Prosperity, zum Glück.«

Ich streifte die Schuhe ab und öffnete die Augen, setzte mich auf. Marisol lag im Unterhemd da, weißer Feinripp, der schwarze BH darunter sichtbar und die weichen Falten im Dekolleté, ein Sommersprossengrüppchen über ihrer linken Brust. Sie hatte die Augen geschlossen und schlug sie nicht auf, als ich mich wieder hinlegte, diesmal auf die Seite, meine Nase dicht an ihrer Schulter.

Sobald das Baby da war, erzählte Marisol neben mir, habe sie begriffen, wie dumm sie gewesen war. So lange brauchte sie, um zu erkennen, dass Ellen sie nicht auf die Art liebte, die ihr vorschwebte. Ellen liebte George; Marisol hatte nicht erkennen wollen oder können, dass diese Liebe intakt und aufrichtig war, und jetzt liebte Ellen das Baby noch mehr als sie beide.

Das war die Familie: Ellen, George, Mary.

Es war alles so klar, als Marisol nach Marys Geburt in den Kreißsaal kam und sah, wie die drei sich aneinanderklammerten, mit roten Gesichtern und weinend. Die Liebe zwischen ihnen war greifbar und unveränderlich, nicht wie ihre Liebe zu Marisol. Marisol war ihnen eine liebe Freundin geworden und eine liebe Angestellte, Schülerin, Vertraute, Spenderin, Zuschauerin. Diese Szene wäre ohne sie nicht möglich gewesen, aber sie war nicht Teil davon. Natürlich würde sie das auch nie werden. Was hatte sie denn erwartet? Ellen hatte sie nicht getäuscht. Ellen hatte ihr nie etwas versprochen außer Geld, und Marisol hatte es angenommen. Marisol wollte nicht die Mutter dieses Kindes sein, und sie wollte nicht Ellens und Georges Tochter sein. Daran hatte sich nichts geändert.

Und dennoch, als sie die drei zusammen sah, die sie am Fuß des Krankenhausbettes gar nicht bemerkten, spürte sie, wie ein Versprechen gebrochen wurde, das sie nicht mal sich selbst gegenüber artikulieren konnte.

Sie baten sie nicht, zu gehen, das mussten sie nicht. Marisol wusste, dass sie nicht mehr hierhergehörte. Der Raum, den sie einmal in ihrem Leben eingenommen hatte, war so gut wie Vergangenheit, und nun kam sie sich vor wie ein Ding, das ihnen im Weg war, das sie aber noch nicht weggeben mochten, wie ein überflüssiger Beistelltisch. Sie aßen nur noch unregelmäßig zu Abend, und wenn es ihnen tatsächlich einmal gelang, eine halbwegs anständige Mahlzeit zu kochen und sich gemeinsam hinzusetzen, waren sie alle nur darauf bedacht, das Baby zu füttern und ein Bäuerchen machen zu lassen. Oft wenn Marisol ins Haus kam, um zu sehen, ob sie Hilfe benötigten, ob sie ihnen etwas zu essen machen sollte, waren sie schon oben und brachten das Baby ins Bett. Wenn sie George *Gute Nacht, Kamm, gute Nacht, Bürste* lesen oder Ellen »Moon River« singen hörte – den Instrumentalteil summte sie –, dann schlüpfte Marisol wieder aus dem Haus, ohne sich bemerkbar zu machen, ging zurück zur Hütte, machte sich eine Dosensuppe warm und genoss mit neuer Wertschätzung die Stille.

Als Marisol ihnen eines Abends mehrere Wochen nach der Geburt erklärte, dass sie gehen würde, während das Baby gerade gestillt wurde und George Ellen Löffel mit Bratreis reichte, waren sie sichtlich betrübt, aber nicht erschüttert. Sie stellten ihren Entschluss nicht infrage und wehrten sich nicht dagegen. Sie hatten es erwartet, vielleicht darauf gehofft, waren vielleicht erleichtert, dass es eher früher als später so weit war.

»Wir werden dich schrecklich vermissen«, sagte Ellen. »Das weißt du, oder? Wir werden uns ganz leer fühlen ohne dich.«

Als George fragte, wohin sie gehen würde, sagte Marisol New York. Das war die einfachste Antwort. Menschen gingen nach New York, wenn sie nicht wussten, wohin sonst, und zwar Menschen, die sie nicht kannte. Sie würde auch dort nicht hingehören, aber sie vermutete, dass sie dort eher hingehören würde als an irgendeinen anderen Ort und definitiv eher als nach Maine. Sie hatte fast den gesamten Lohn für die Arbeit im Atelier gespart, und sie besaß mehrere Tausend Dollar, die sie ihr für die Eizellenspende gezahlt hatten. Die Schecks lagen uneingelöst neben den Skizzenbüchern, die sie seit Wochen nicht aufgeschlagen hatte. Das Geld würde ihr Zeit verschaffen, ziemlich viel Zeit, wenn sie umsichtig war. George sagte nichts über die Arbeit im Atelier, die nicht abgeschlossen war – er war selbst nicht mehr dort gewesen, seit das Baby auf der Welt war, und beide Male, als sie ihn gefragt hatte, ob sie ohne ihn irgendwas an dem Projekt tun könne, schien sie ihn aus einem angenehmen Tagtraum zu reißen, und ihm fiel nichts ein.

»Du bleibst hier, bis du was gefunden hast«, sagte George. »So lange, wie du brauchst.«

Aber er war schnell dabei, ihr zu helfen, und Marisol wusste seine Bemühungen zu schätzen. Sobald sie ihm gesagt hatte, dass sie gehen würde, verspürte sie den starken Wunsch, es so schnell wie möglich zu tun. Am Ende der Woche hatte George den Kontakt zu einem alten Freund hergestellt, einem Installationskünstler in Williamsburg, dem ein Laden für Künstlerbedarf gehörte. Der Freund selbst hatte keine Stelle für Marisol, aber er hatte einen Ex-Freund namens Harrison, der eine Aufsicht für seine neue Galerie im East Village suchte, und Harrisons Schwester war gerade aus heiterem Himmel von ihrem Freund verlassen worden, mit dem sie zusammengewohnt hatte, und suchte eine Mitbewohnerin für ihre Wohnung, nicht weit entfernt von der Galerie. So nahm Marisols neues Leben Gestalt an.

Am Morgen des Abschieds überreichte Ellen ihr einen dünnen Pappkarton, wiederverwertet von einer früheren Lieferung, passend zurechtgefaltet und mit Paketband versiegelt. Es sei das Gemälde von der Frau auf dem Wannenrand, sagte sie, noch im Rahmen.

»Wir werden dich ganz bestimmt nicht vergessen«, sagte sie und gab dem Baby einen Kuss auf den Kopf. »Und du sollst das haben, damit du uns nicht vergisst.«

Sie lächelte, aber sie schien es ernst zu meinen, zumindest zum Teil. Marisol sperrte sich nicht gegen das Geschenk, wie sie es vor einer Weile vielleicht noch getan hätte; sie nahm es dankbar an und versprach, es gleich nach der Ankunft in der neuen Wohnung aufzuhängen. Sie überlegte kurz, Ellen eine der vielen Skizzen zu schenken, die sie im Sommer von ihr im Garten gemacht hatte. Sie steckten alle in einer Mappe im Rucksack, den sie nun auf den Schultern hatte. Aber sie mochte nicht noch etwas von sich weggeben, nicht an Ellen, nicht in diesem Moment. Stattdessen umarmte sie sie, registrierte, wo sich ihre Körper überall berührten und dass das Begehren, das noch vor Kurzem so stark gewesen war, nun fehlte.

Sie küsste das Pausbackengesicht des Babys. Schon jetzt sah Mary George ähnlicher als Marisol oder Ellen – ihre hohe Stirn, das helle Haar und die helle Haut, an den Schläfen so durchscheinend, dass man die blauen sich verzweigenden Venen sah. Sie konnte als das Kind der beiden durchgehen, jedenfalls noch eine Weile, und aus der Ferne noch eine Weile länger; sie sah nicht aus wie ein mexikanischer Wechselbalg, und das war für sie alle eine Erleichterung, das musste es sein, auch wenn niemand es je auszusprechen wagte. Ellen hatte auch einen Umschlag mit ein paar Bildern von Mary in das Paket gesteckt, falls Marisol keine eigenen hatte.

»Wann immer du sie wiedersehen möchtest«, sagte Ellen, als sie sich mit einer zweiten, längeren Umarmung verabschiedeten, »musst du es nur sagen, und wir kommen zu dir. Ich will, dass sie weiß, wer du bist.«

George fuhr Marisol zum Busbahnhof in Lewiston, wo er sie vor weniger als zwei Jahren abgeholt hatte. Zu ihren Füßen stand derselbe Koffer mit denselben Kleidern; durchs Fenster sah sie dieselben Kiefern und dieselben Weiden. Ellens Bild lag flach auf ihrem Schoß, und obwohl Marisol an jenem Tag fest vorhatte, es in der neuen Wohnung aufzuhängen, tat sie es nie, und sie machte auch den Umschlag mit den Bildern von Mary nie auf. Das Paket lagerte ungeöffnet auf ihrem Tisch, dann in der untersten Kommodenschublade, dann in ihrem Schrank, an die Wand gedrückt von Stiefeln, die gerade keine Saison hatten, und einer bescheidenen Auswahl an hochhackigen Schuhen für Ausstellungseröffnungen in der Galerie. Sie bemerkte es ab und zu, und sie bemerkte seine Wanderung, sie erinnerte sich an das Bild im Allgemeinen und ihre lang verflogene Neugier hinsichtlich seines Sujets und der Frage, was die Frau Ellen bedeutet haben mochte, wenn sie überhaupt etwas bedeutet hatte, wenn sie real war. Aber ansonsten dachte sie monatelang nicht daran.

Im East Village zeichnete Marisol vormittags und arbeitete nachmittags in Harrisons Galerie, und ein paar Jahre lang übernahm sie Wochenendschichten als Barkeeperin, bis sie anfing, ihre Arbeiten einzureichen und sich kleine Stipendien, dann kurze Künstleraufenthalte zu sichern – und dann wurden aus den kleinen Stipendien größere und aus den kurzen Aufenthalten längere im ganzen Land, und dann auch in Kanada und Westeuropa. Ihre Kunst begann nach sich selbst auszusehen, als sie einen Weg fand, sich der Leinwand zu nähern, der sich eher wie Träumen oder Atmen anfühlte, an ihren produktivsten Tagen jedenfalls, und weniger, als würde man mit einem Meißel sturen Beton bearbeiten. Sie lernte, wie sich ihre Arbeit rückwirkend verpacken ließ, indem sie in ihren Künstlerstatements Phrasen verwendete wie »Befragung einer Chicana-Existenz«, wenn ihr Sujet eine verfremdete Darstellung ihrer selbst, Ellens, Marys oder ihrer Mutter war, oder »Sichtweisen der kolonialen Narbe auf der Landschaft der Moderne« für das, was aus ihren morgendlichen Zeichnungen wurde, egal, was sie vor ihrem Fenster gesehen hatte.

Als sie sich Künstlerin nennen und es selbst glauben konnte, löste sie ihren Mietvertrag auf, verkaufte die meisten ihrer Möbel an die Frau, die ihr Zimmer übernahm, und lagerte ihre wenigen Wertgegenstände, darunter Ellens unausgepacktes Bild, in Harrisons Keller ein, nachdem der mit seinem Mann in die Berkshires gezogen war.

Immer öfter passierte es ihr, dass sie den fremden neuen Ort eines Künstleraufenthalts nicht verlassen mochte; sie hatte dort einen Liebhaber gefunden, oder ihr gefielen die Farben des Landes oder der Rhythmus der Stadt, oder sie hatte einfach kein neues Ziel. Dann mietete sie dort eine Wohnung, beendete das Projekt, das sie angefangen hatte, verkaufte es und nutzte das Geld, um weiterzuziehen.

Auf diese Weise vergingen zwei Jahrzehnte.

»Dann habe ich meinen Mann kennengelernt«, sagte sie, »als ich ein Stipendium für die Casa Cuadrado in Mexico City hatte. Und seitdem lebe ich da.«

Ich hatte den Ring ganz vergessen.

»Weiß er davon?«, fragte ich. »Von Mary?«

»Ich habe ihm von Ellen und George erzählt. Ich habe ihm erzählt, dass sie ein Kind bekommen haben.«

»Aber er weiß nicht, dass sie deine Tochter ist.«

»Sie ist nicht meine Tochter«, sagte sie einfach, ohne jede Schärfe.

»Tut mir leid«, sagte ich.

Sie entgegnete nichts.

»Wie ist er so, dein Mann?«

Er hieß Tomás. Er hatte sich die öffentliche Ausstellung am Ende des Künstlerprogramms angesehen und ihr kluge Komplimente zu ihrer Arbeit gemacht. Sein fehlerfreies Englisch hatte sie überrascht; ihr schlechtes Spanisch hatte ihn überrascht. Seine Mutter stammte aus Illinois, und er war als Kind in den Jahren nach der Scheidung seiner Eltern zwischen Chicago und Mexico City hin und her gependelt. Nach dem Highschoolabschluss, als er achtzehn wurde und sich nicht mehr irgendwelchen Sorgerechtsbeschlüssen unterwerfen musste, zog er endgültig nach Mexico City. Nun war er Anwalt für Urheberrecht und sehr erfolgreich, wobei er ziemlich freigiebig mit seinem Wohlstand war und viel für die Pflege seines alternden Vaters gab. Er hatte einen Sohn, einen neunmalklugen Siebenjährigen namens Rafael, der ihm wie aus dem Gesicht geschnitten war.

»Als er bei unserer ersten Begegnung erwähnte, dass er einen Sohn hat«, sagte Marisol, »flaute die unmittelbare Anziehung, die ich empfunden hatte, ein bisschen ab. Aber wir haben uns weiter unterhalten, und ich redete gern mit ihm. Als die Galerie schließen wollte, mochte ich mich nicht verabschieden. Ich fragte ihn, ob er mal mit mir zu Abend essen würde, und er entgegnete: ›Hast du jetzt Hunger?‹«

Sie kehrten für ein spätes Mahl aus Steak und Wein in ein Restaurant mit weißen Tischdecken in La Condesa ein, und Tomás erzählte Marisol, dass seine erste Frau sehr schnell an einer seltenen Blutkrankheit gestorben sei, als Rafael noch ein Baby war. Tomás liebte seine Frau noch immer, sie hieß Bianca und war Sängerin gewesen; er konnte einfach nicht aufhören, sie zu lieben. Er sah auch nicht ein, warum er es versuchen sollte.

»Die Welt ist ärmer ohne sie«, sagte er. »Wenn sie gesungen hat, existierte nichts anderes mehr. Ihre Stimme war das einzig Wahre.«

Bei ihrer vierten Verabredung in nicht mal vier Tagen erzählte er ihr, er habe seit Jahren nach einer neuen Liebe gesucht, und nichts sei seinen Gefühlen für Bianca nahegekommen, bis er Marisol begegnet war. Marisol erwiderte seine Liebe schnell; sie liebte seine Ehrlichkeit und seinen Ernst, seine klaren Absichten, wie schnell er zu Tränen gerührt war und sich nie dafür entschuldigte. Sie hatte nichts zu geben außer ihrer Gesellschaft, und mehr wollte er gar nicht. Außerdem wurde sie es langsam leid, zu reisen, in ungemütlichen Betten mit Fremden zu schlafen, zu ungewohnten Geräuschen aufzuwachen und nicht zu wissen, wo sie als Nächstes sein würde. Und Mexico City begeisterte sie, die dunklen Steingebäude, denen Jahrhunderte voller Erdbeben nichts anhaben konnten, die belebten Märkte, die Wandbilder der Revolution, die Arbeiter mit den gebeugten Rücken. Irgendwann liebte sie es sogar, von Spanisch umgeben zu sein, diese Sprache, die sie bisher nur mit dem Zorn ihrer Mutter in Verbindung gebracht hatte, und es beglückte sie, Worte hervorholen zu können, die sie gar nicht zu kennen meinte. Binnen eines Jahres heirateten sie.

Marisol liebte auch Rafael, und Rafael wurde schnell warm mit ihr. »Ich bin froh, dass du jetzt bei uns lebst«, sagte er eines Abends beim Essen. »Es ist besser, wenn du da bist.« Sie half ihm mit seinen Englisch-Hausaufgaben, obwohl Tomás dazu bestens in der Lage war, und sie ging mit ihm in Museen und mittagessen, wenn Tomás am Wochenende arbeiten musste. Sein Lieblingsmuseum war der Palacio de Bellas Artes; er konnte wie gebannt zwanzig Minuten vor dem *Mann am Scheideweg* stehen und immer neue Details entdecken. Marisol wusste nicht, wie man mit Kindern redete - sie hatte in den letzten Jahren keine nennenswerte Zeit mit Menschen unter dreißig verbracht -, und so behandelte sie Rafael wie einen Gleichaltrigen; sein Witz und seine scharfsinnigen Beobachtungen verblüfften sie oft. Er nahm die Welt auf reine, unvermittelte Weise wahr; er machte sich seine eigenen Gedanken. Wenn sie ihn fragte, was er von einem Bild halte, überlegte er erst mal, er sagte nicht einfach »Gefällt mir« oder »Gefällt mir nicht«, sondern er kommentierte die Farben, die Gesichter, stellte Vermutungen an, was die Figuren dachten.

»Dieser Mann wirkt gleichzeitig ernst und aufgewühlt«, sagte er einmal und sah dabei selbst sehr ernst aus. »Als wenn er gerade merkt, dass er sich bei etwas sehr Wichtigem geirrt hat.«

Obwohl Rafael Marisol nie als seine Mutter bezeichnete

und sie das auch nicht wollte, spürte sie, mit ihm und Tomás in der ruhigen Stabilität ihres modernistischen Apartments in Polanco, wie eine Sehnsucht in ihr gestillt wurde, die ihr gar nicht mehr bewusst gewesen war – vielleicht war sie gerade erst wieder hochgekommen. Sie war Teil der Familie.

Zur gleichen Zeit verspürte auch Tomás die Rückkehr eines alten Wunsches: noch ein Kind zu bekommen. Er und Bianca hätten eigentlich mehrere haben wollen, erzählte er Marisol, und Rafael habe sich dringend Geschwister gewünscht, aber er habe irgendwann aufgehört, danach zu fragen, als offensichtlich wurde, dass es Tomás wehtat. Doch jetzt war Tomás wieder verheiratet. Als er Marisol von dieser hoffnungsfrohen Vision ihrer Zukunft erzählte – »so eine Liebe musst du erlebt haben, es wird dich demütig machen, wie sehr du dein Kind liebst« und »ein Kind zu haben macht aus dir die vollständigste Version deiner selbst, als Mensch, als Frau und als Künstlerin, alles« –, faszinierte die Aussicht Marisol mehr als bisher, aber sie war noch nicht ganz überzeugt. Die Vorstellung, ein Kind mit Tomás zu haben, brachte angenehme Bilder mit sich, und doch hielt sie es für sehr viel wahrscheinlicher, dass das Baby alles an ihr vermindern würde und nicht bereichern. Das hatte sie an Künstlerfreundinnen gesehen, die sich für Kinder entschieden hatten: Ihre Tage wurden langweilig bis zur Unkenntlichkeit und kompliziert und bleiern, und sie wurden zu Dienerinnen, wenn auch vollkommen glücklichen, des Lebens, das sie sich geschenkt hatten.

Als wollte er eine Antwort auf eine Frage geben, die zu stellen ihr noch gar nicht eingefallen war, fing ihr Körper an, sich zu verändern, erst unauffällig, dann drastisch. Ihre Periode kam häufig zu spät oder blieb ganz aus, und sie war oft weinerlich und müde und sich selbst fremd. Sie wusste, was mit ihr geschah, sie hatte nur nicht gedacht, dass es jetzt passieren würde, eher in ein paar Jahren. Obwohl sie seit Jahrzehnten nicht mit ihrer Mutter gesprochen hatte, es auch nicht gewollt hatte, wünschte sie sich nun, sie könnte sie anrufen und mit ihr nur darüber sprechen, als wären sie noch Mutter und Tochter. Sie würde sie fragen, wann sie in die Wechseljahre gekommen war, wie sie sich hinterher gefühlt hatte und ob sie sich immer noch als Frau empfand.

Ich war kurz vorm Einschlafen und spürte, dass sie es auch war, ihr Atem ging leise und langsam. Aus dem Zimmer neben uns war eine Aufnahme mit Gitarrenmusik zu hören – Gelächter, Mann und Frau. Ich stellte mir den Barkeeper und die rotblonde Sängerin vor, beim Engtanz, ein Kuss auf den Hals. Ich wollte mich näher an Marisol heranschieben, mich an sie schmiegen, sehen, wie sie reagierte, wenn ich ihren Arm küsste oder meine Hand über ihre Brust legte. Ich wartete still, wartete, dass sie fortfuhr. Ich fragte mich, ob Tomás wusste, wo sie jetzt war, ob Rafael nach ihr fragte und ob sie ihnen von mir erzählen würde.

»Es ist also zu spät«, sagte Marisol. »Selbst wenn ich jetzt ein Kind wollte.«

Ich schlug die Augen auf und sah zu ihr rüber. Sie lag da wie zuvor, die Augen geschlossen, die Hände auf dem Bauch. Ich berührte ihren Arm, ganz leicht, so wie sie an der Bar ihre Hand auf meinen Arm gelegt hatte. Ihre Haut war warm und hob sich mit den Atemzügen. Sie ließ meine Hand gewähren. Wir blieben eine Weile so.

»Weiß dein Mann Bescheid?«, fragte ich.

Sie seufzte, nickte kaum merklich.

»Er wollte nicht so schnell aufgeben. Er fand alternative Erklärungen dafür, was mit mir passierte, die keinen Sinn ergaben, und er redete von Adoption oder einer Eizellenspende – aber das wollte ich alles nicht. Ich wusste nicht, was es noch dazu zu sagen gab – und ich wünschte, er könnte einfach trauern über das, was nicht sein würde, statt dagegen anzukämpfen und gegen mich anzukämpfen. Schließlich sagte ich ihm, ich müsse eine Weile weg, und wenn ich zurückkäme, würden wir all das hinter uns lassen.

Ich bin jetzt bereit, zurückzukehren«, sagte sie nach einer langen Pause. »Dieses Land fühlt sich nicht nach Heimat an, und das hat es wohl auch nie. Ich spüre die ganze Wut, den ganzen Hass; es gibt auch Schönheit, aber nicht genug. Es fühlt sich gut an – sie zu vermissen, meine ich. Das habe ich noch nie erlebt, das Gefühl, wieder nach Hause zu wollen.«

Ich wachte einige Zeit später neben ihr auf. Sie schlief, das Licht war noch an, die Musik von nebenan war verstummt. Ich fand meine Schuhe und suchte nach einem Zettel, entdeckte aber keinen, nur einen zusammengeknüllten Bon im Müll – Benzin und Kaffee – und einen Bleistift in meiner Handtasche. Ich stand an der Tür, wusste nicht, was ich schreiben sollte, ob ich überhaupt etwas schreiben wollte. *Danke*, schrieb ich. Und darunter: *Ich bin froh, dass ich dir begegnet bin.* Bevor ich meinen vollen Namen und meine Telefonnummer hinschrieb, zögerte ich, dann entschied ich mich dagegen; ich wollte mich nicht fragen, ob sie sich jemals melden würde. Ich legte den Zettel auf den Nachttisch, löschte das Licht und verließ das Zimmer so leise wie möglich. Ich war erleichtert, als ich die Schlüssel mit der Zimmernummer in meiner Hosentasche fand, und dann legte ich mich angezogen ins Bett und schlief bis zum Morgengrauen, als die Sonne durchs Ostfenster stach.

Nach dem Aufwachen guckte ich zum ersten Mal auf mein Handy, seit ich am Vorabend zum Rimrock Saloon aufgebrochen war. Isaac hatte dreimal angerufen und Nachrichten geschrieben: *gut angekommen? alles ok? Anna? Ich vermute*

mal du hast kein netz ... sag mal bitte ob alles ok ist wenn du das liest.
Margot hatte auch angerufen, meine Mutter ebenfalls. Ich
antwortete nur Isaac. *Mir geht's gut.*

Ich putzte mir die Zähne, wusch mir das Gesicht, aß ge-
trocknete Mango aus meiner Tasche und trank drei Becher
Leitungswasser, dann packte ich zusammen und warf den
Schlüssel in den Kasten vor dem Büro. Ich fuhr tief in den
Park hinein, der bis auf ein paar parkende Wagen am Straßenrand leer war. Ich fuhr langsam, mit geöffneten Fenstern, obwohl es kalt war, kam an Felswänden, Felsbrocken
und Josuabäumen vorbei, die ich am liebsten alle berührt
hätte. Ich hatte gehört, dass es kaum noch junge Bäume im
Park gab. Es war zu heiß; in einer Generation wäre der Park
so gut wie ausgedörrt.

Ich fuhr, bis sich die Straße teilte und das Land zu meiner Rechten in ein weites, flaches Tal abfiel, mit vereinzel-
ten hohen Felsauswüchsen, begrenzt von violetten felsigen
Bergen in unermesslicher Ferne, und ich wusste, dass das
der Ort war, an dem ich sein wollte. Ich parkte am Straßenrand, setzte den Rucksack auf und lief durch den Sand, bis
ich die Straße nicht mehr sehen konnte, nur das glitzernde Dach meines Wagens, als die Sonne über die Berge kam
und das Land erhitzte. Ich fand eine kleine Felsnische, die
so aussah, als wäre noch nie jemand dort gewesen und es
würde auch nie jemand kommen, und setzte mich in den
kühlen Sand im Schatten des hohen Felsens. Aus meinem
Rucksack holte ich die Muscheln, die Isaac kurz nach der
OP am Crystal Beach gesammelt hatte, als ich ohne allzu
starke Krämpfe und Blutungen laufen konnte, und ein paar
Wildblumen, die eine Freundin in einem Marmeladenglas
vor unserer Tür hinterlassen hatte. Die Blütenblätter waren vertrocknet, hatten ihre Farbe aber behalten, sie waren
noch heil.

Ich legte die Muscheln und die Blumen auf den Sand, ordnete sie an und ordnete sie um, dann ließ ich sie in Ruhe und saß lange da, die Arme um die Knie geschlungen und die Augen geschlossen, spürte, wie die Sonne den Schatten wegschob und mir die Zehen wärmte, dann die Waden, dann die Hände. Die Berge, der Himmel und der Sand wurden heller, und in der Stille hörte ich die leisen Geräusche kleiner Kreaturen, die sich im Sand bewegten. Ich saß noch etwas länger da, dann sammelte ich ein paar Steine in Formen und Farben, die mir gefielen, steckte sie in die Hosentasche und ging den Weg zurück, den ich gekommen war.

Ich rief Margot zurück, als ich mich auf den Rückweg aus dem Park gemacht hatte, davon ausgehend, dass sie nicht rangehen würde, hoffend, dass sie nicht rangehen würde. Sie nahm nach dem zweiten Klingeln ab, als ich schon wieder auflegen wollte.

»Hey«, sagte sie. »Ich habe gerade an dich gedacht.«

»Bist du nicht bei der Arbeit?«

»Nee, heute und morgen zu Hause. Ich habe gerade drei Nachtschichten hinter mir.«

»Du musst erschöpft sein. Ich war in der Schwangerschaft ja schon erschöpft, als ich zwölf Stunden die Nacht geschlafen habe. Plus Nickerchen.«

»Mir geht's gut«, sagte sie. »So schlimm ist es nicht.«

Sie sprach mit mir nie über ihre Schwangerschaft, beschwerte sich nie, obwohl ich wusste, dass sie empfindlich und müde sein musste, dass ihr vom Stehen der Rücken wehtat. Mittlerweile hatte sie vielleicht sogar schon Übungswehen. Du darfst mich ruhig volljammern, weißt du, wollte ich ihr sagen. Bitte, jammer über deine zweite perfekte Schwangerschaft, damit ich sagen kann, tja, das ist bestimmt unangenehm, aber wenigstens ist dein Baby nicht tot.

Alex sagte etwas, das ich nicht verstand.

»Schh, Lieber«, sagte sie zu ihm. »Ich spreche mit Tante Anna. Willst du Hi sagen?«

»Hi«, sagte er, kaum mehr als ein Flüstern. »Hi. Hi.«

»Er winkt ins Telefon«, sagte sie. »Kannst du sagen, ich hab dich lieb, Tante Anna?«

Er murrte protestierend.

»Ich hab dich lieb, Alex!«, sagte ich.

Keine Reaktion.

»Es tut mir leid«, sagte Margot lachend. »Er ist ganz komisch drauf. Ich glaube, er hat Verstopfung.«

»Schon okay.«

»Schätzchen, bitte«, sagte sie. »Bitte hör auf, daran zu ziehen. Das soll nicht abgehen.«

»Ich kann wann anders anrufen.«

»Nein, nein, es passt bestens.«

Es blieb kurz still, und ich hörte, wie sich Alex' Stimme entfernte. Margot wartete darauf, dass ich etwas sagte.

»Ich habe gesehen, dass Elizabeth ihr Kind bekommen hat.«

Vor ein paar Tagen hatte Margot Bilder von Elizabeth gepostet, rundgesichtig und rotwangig, mit einem Musselinbündel im Arm, darin ein kleines Gesicht. Das Foto war auf einem Ledersofa aufgenommen worden, vermutlich bei Elizabeth zu Hause. Phin saß neben ihr, mit einer Hand auf dem Bauch des Babys. Seit letztem Sommer war sein Haar dunkler geworden; er sah aus wie Ari. Elizabeth lächelte müde.

»Ja«, sagte Margot. »Es war eine wirklich schwere Geburt. Sie musste eingeleitet werden, weil Elizabeth so hohen Blutdruck hatte, und am Anfang hatte das Baby Schwierigkeiten zu atmen. Es musste eine Weile auf die Neugeborenenintensiv.«

»Aber jetzt ist alles okay?«

»Ja, den beiden geht's gut. Wir haben sie gerade gesehen. Wir haben an ein paar Nachmittagen auf Phin aufgepasst.«

»Mädchen oder Junge?«

»Mädchen. Evelyn. Den zweiten Namen habe ich vergessen. Der Name von Aris Patentante. Frances vielleicht.«

»Gratulier ihr von mir«, sagte ich. »Falls sie sich noch an mich erinnert.«

»Das mache ich.«

Ich fuhr durch den Parkausgang. Es hatte sich eine kleine Autoschlange gebildet, um reinzukommen, aber niemand fuhr raus.

»Ich habe die ganze Woche an dich gedacht«, sagte sie. »Ich will, dass du weißt, dass ich es nicht vergessen habe. Ich bin mir sicher, gestern war, ich weiß nicht, ich –«

»Ich muss aufhören«, sagte ich, weil ich nicht ertrug, was sie noch sagen wollte. »Es tut mir leid. Ich bin unterwegs und muss rausfahren, um zu tanken.«

»Lass uns bald länger reden, ja? Ich möchte wissen, wie es dir geht.«

»Mir geht's gut«, sagte ich und meinte es auch so.

»Hab dich lieb«, sagte sie.

»Wir reden bald.«

Als wir aufgelegt hatten, überlegte ich, meine Mutter zurückzurufen, ich wollte ihr erzählen, dass ich eine Stelle im Park gefunden und einen Stein behalten hatte, dass das Wochenende vorbei war und ich froh war, dass es vorbei war, aber ich mochte nicht mehr reden. Ich würde sie später anrufen, bei einem Spaziergang zu Hause, wenn ich die Fahrt hinter mir hatte. Ich stellte einen Top-40-Sender ein und drehte das Radio auf, sodass ich nichts anderes mehr hörte, und es fühlte sich gut an, so zu fahren. Ich wünschte, ich hätte irgendein süßes Teegetränk dabei, eine Tüte Skittles,

Sachen, die ich mir seit Jahren nicht gekauft hatte. Marisol wurde wahrscheinlich gerade wach, oder vielleicht war sie auch auf der 10 mit mir, nicht weit weg, und fuhr zum Flughafen in L. A. Da könnte ich auch hinfahren, überlegte ich. Ich könnte einfach zum Flughafen fahren und mir ein Ticket nach Mexico City oder New York oder Prag kaufen. Ich registrierte die Idee und die Bilderflut, die damit einherging – wie ich mir ein Taschenbuch im Zeitungsshop kaufte, auf dem Flug unruhig schlief, an dem neuen Ort ein Hotel suchte und einschlief, als es noch hell war, und im Dunkeln wieder aufwachte.

Aber ich wollte gar nicht weg, ich wollte nach Hause. Ich vermisste meinen Bücherstapel auf dem Couchtisch, unsere Sofakissen und Tischsets. Ich vermisste Isaac, ganz plötzlich und dringend, als ich daran dachte, wie er aufwachte, sich auf die Seite drehte, nach der Brille auf dem Nachttisch tastete.

Ich fuhr weiter, passierte Einkaufszentren, Windradplantagen und Meile um Meile mit Terrakottadächern. Nach einiger Zeit verschwanden die Gebäude, und die Straße war nur noch von trockenen Hügeln gesäumt, nach dem Regen der Vorwoche an manchen Stellen fast grün, dann fiel das Land ab, erst ein wenig, dann steiler, und ich ließ den Wagen Richtung Ozean rollen.

SOMMER

Im Juli rief mich Margot an, um mir zu erzählen, dass ihre Collegefreundin Vanessa am letzten Augustwochenende in Lake Tahoe heiraten würde, was sie nicht früher erwähnt hatte, weil sie nicht glaubte, dass sie es hinschaffen würden.

»Aber ich habe mehr Urlaubstage, als mir klar war«, sagte sie am Telefon, »und ich kann sie nicht ins nächste Jahr mitnehmen. Wir dachten, wir könnten vielleicht alle vier runterkommen. Alex ist gerade völlig besessen von Flugzeugen, und ich glaube, eine kleine Reise würde uns guttun.«

Ein paar Wochen zuvor hatte sie ein Video von Alex an den Familienchat geschickt, auf dem er im Wohnzimmer Plastikflugzeuge über den Sofatisch fliegen ließ und irgendetwas vor sich hinmurmelte. Nick hatte das Video gemacht, er war der Dokumentarist der Familie. Margot meinte, vor allem sei er derjenige mit zwei freien Händen und zwei freien Brüsten. Auf dem Sofa hinter Alex konnte man in der oberen Bildecke, bevor die Kamera auf die Flugbahn einschwenkte, Margots Beine in einem geblümten Pyjama und die Füße von Baby Zoe sehen, die in kobaltblauen Babyschühchen gemächlich strampelten. Ich hatte mir das Video wieder und wieder angesehen und immer in dem Moment angehalten, als Margots Hand die Füße sanft umfasste und zur Ruhe brachte.

»Habt ihr Zeit, vorbeizukommen und uns zu treffen?«, fragte sie.

Als ich gesehen hatte, dass sie anrief, hatte ich das Telefon mit nach draußen genommen, um eine Runde um den Parkplatz zu drehen. Eine gelbe Dunstschicht von einem weit entfernten Brand verdunkelte die Sonne. Es war ein weiterer Sommer der gierigen Feuer – die schlimmsten waren so weit nördlich, dass wir den Rauch nicht rochen, aber die Luft war trotzdem getrübt, schmutzig, der Himmel schon am Nachmittag wie bei Sonnenuntergang. Seit meiner Rückfahrt aus dem Joshua-Tree-Park hatten wir nicht mehr telefoniert, wobei sie mich einmal angerufen hatte, als ich gerade unterrichtete, und wir hatten uns Nachrichten über Billie Eilish und *Los Espookys* geschrieben. Das war aber schnell wieder eingeschlafen, und ich hatte nicht damit gerechnet, von ihr zu hören.

»Ich weiß, dass Tahoe nicht gerade um die Ecke von Irvine ist«, fügte Margot hinzu. »Trotzdem wären wir so nah wie lange nicht.«

Ich antwortete nicht gleich. Alex fragte ungeduldig im Hintergrund: »Mit wem redest du? Mit wem redest du?« Ich versuchte, Zoe auszumachen, aber ich hörte sie nicht.

Ich sagte Margot, ich würde mit Isaac darüber reden, aber vermutlich würde es nicht klappen.

Sie erwiderte nichts, atmete hörbar aus. Stoff raschelte.

»Wir würden nur hinfahren, wenn ihr auch kommt«, sagte sie.

Als wäre es sonnenklar, fügte sie hinzu, dass sie natürlich eigentlich käme, um mich zu sehen. Ich wusste nicht, was ich sagen sollte.

Da – ein leises Gurren, gelallte Vokale.

»Hey, Süße«, sagte Margot in einem zärtlichen Ton, den ich noch nie von ihr gehört hatte, auch nicht bei Alex. »So ist's gut. Komm schon, genau so. Versuch, noch ein kleines bisschen zu trinken.«

Ich kam an den Grillstellen und Picknicktischen vorbei, denen Bougainvillea an Rankgerüsten Schatten spendete. Eine Familie grillte, vielleicht eine Geburtstagsfeier. Zwei Teenagermädchen in kurzen Shorts schlugen Rad, strichen sich das federweiche Haar aus den Augen, wenn die Füße wieder auf dem Boden aufsetzten.

»Die Hochzeit ist am Samstag, aber Nick muss am Freitag noch arbeiten«, fuhr Margot fort. »Wir haben überlegt, vielleicht am späten Sonntag zurückzufliegen, dann würden wir den Brunch ausfallen lassen und den Tag mit dir und Isaac verbringen, bevor wir wieder aufbrechen.

Ich möchte dich wirklich gern sehen, bevor du noch weiter weg bist«, sagte sie. »In letzter Zeit habe ich oft gedacht, dass wir vielleicht auch irgendwann wieder in den Osten ziehen, vor allem weil du und Isaac wieder da sein werdet. Ich möchte, dass Alex und Zoe ihre Cousins und Cousinen und ihre Großeltern besser kennenlernen, als wir unsere kannten. Wir wollen nicht ewig in Alaska bleiben. Aber das würde mindestens noch zwei Jahre dauern.«

Cousins und Cousinen. Ich sagte nichts. Sie hatte nicht nachgedacht, aber sie war nicht gedankenlos.

»Wenn ihr nicht hochkommt, um uns zu treffen«, sagte sie nun mit einer gewissen Schärfe, »dann weiß ich nicht, wann wir uns wiedersehen.«

Isaac und ich würden Kalifornien am Ende des Sommers verlassen und an die Ostküste ziehen, zurück in meine Heimat, aber weiter weg von seiner. Wir wussten erst nicht, wohin genau – wir waren zuvor immer Studenten gewesen. Ich hatte schon mal in Boston gelebt; mit einer Collegefreundin und einem Paar hatte ich mir eine Wohnung über einem veganen Eiscafé an der Centre Street in Jamaica Plain geteilt, und ich erinnerte mich noch daran, wie ich im belaubten Arboretum auf Pfaden mit Rindenmulch laufen gegangen war und im Bonsaigarten ein paar Dehnübungen gemacht hatte, manche der kleinen Bäume waren älter als das Land, einer davon ein Überlebender der Bombe auf Nagasaki. Ich war dort glücklich gewesen.

Isaac würde am Emerson College unterrichten und ich an der Simmons University, wir würden Kurse für wissenschaftliches Schreiben und Arbeitstechniken übernehmen, mit befristeten Verträgen und keiner Garantie, dass wir für ein zweites Semester engagiert werden würden. Aber das reichte uns für den Moment, und es war genug, um die Miete für eine Dreizimmerwohnung mit Parkett in der Burroughs Street zu bezahlen, einen kurzen Spaziergang vom Jamaica Pond entfernt.

Als ich nach dem Gespräch mit Margot wieder reinkam und Isaac erzählte, was sie mir erzählt hatte, und sagte, es sei ein weiter Weg für einen kurzen Besuch, legte er sein Buch in den Schoß und sagte: »Wir sollten fahren. Wir wollten schon seit Jahren mal in den Norden und haben es nie geschafft. Jetzt ist der richtige Moment dafür – sieh's einfach als Roadtrip mit einem gemeinsamen Lunch in der Mitte.

Vielleicht wird es gar nicht so schwer«, sagte er, als er sah, wie sich meine Miene veränderte. »Ihr Baby kennenzulernen könnte sogar gut für dich sein – für euch beide. Ich weiß nicht. Glaube ich jedenfalls. Ich glaube, ich würde Zoe gern kennenlernen.«

Wir fuhren in vier Tagestouren hin, brachen am Nachmittag nach unserem letzten Kurs auf und wählten die lange Strecke, den Highway 1 entlang, links von uns das Meer und rechts die Hügel. Wir beschlossen, auf dem Rückweg durch den Yosemite-Park zu fahren, in der Hoffnung, dass es unter der Woche dort weniger voll wäre. In San Luis Obispo beherbergte uns ein Freund von Isaacs Familie im Poolhaus seiner Fertigvilla; in Big Sur zelteten wir am Fuß von Redwood-Bäumen zwischen Wohnwagen, die nach Fäkalientank rochen; in Sacramento übernachteten wir in einem La-Quinta-Hotel in Flughafennähe, guckten im Bett die zweite Hälfte der *Truman Show* und schliefen zum beruhigenden Brummen der vom Himmel fallenden Maschinen ein.

Die meiste Zeit fuhr ich. Isaac navigierte mit seinem Telefon, wählte Podcasts und Musik aus. Manchmal wenn die Sonne tief stand, das Licht weich wurde und die Schatten länger, schwiegen wir lange.

Am frühen Nachmittag kamen wir in Tahoe City an. Wir hatten uns am Commons Beach verabredet, wo keiner von uns schon mal gewesen war. Die Luft war heiß und trocken, Gebirgsluft, perfekt und klar, und das Wasser war von einem angenehmen tiefen Blau. Der kleine Strand, nicht weit von der Hauptstraße entfernt, wirkte künstlich neben einer ordentlich gestutzten Rasenfläche und einem Spielplatz voller Kinder.

Isaac und ich suchten den schmalen Uferstreifen nach ihnen ab, auf dem Familien ihre Plätze mit bunten Handtüchern und Strandmuscheln markiert hatten und manche Musik aus Bluetooth-Lautsprechern plärren ließen, die mit der Brise vom See kollidierte. Margot hatte geschrieben: *bei der großen Familie mit den pinken Schirmen.* Ich entdeckte sie nicht, als wir die einzige Gruppe passierten, auf die die Beschreibung zuzutreffen schien, also gingen wir bis ans Ende des Sandes und drehten dann um, und fast hoffte ich, dass wir an den falschen Strand gefahren waren oder sie und dass wir uns letztendlich doch verpassen würden. Dann müsste ich Zoe nicht kennenlernen und sehen, wie Margot sie hielt und stillte, und ich müsste Nick nicht mit Alex spielen sehen und all seine neuen Fertigkeiten und Wörter loben, ihren gesunden kleinen Jungen, der gar nicht mehr so klein war.

Als ich sie entdeckte – wir gingen denselben Weg zurück, sahen nur genauer hin –, winkte ich nicht gleich und sagte nichts zu Isaac. Ich beobachtete Nick, der mit ausgestreckten Beinen im Sand saß, während Alex seine Füße einbuddelte. Nick wackelte mit den Zehen und befreite sie vom Sand, und Alex lachte und schaufelte sie schnell wieder zu. Margot saß in einem Klappstuhl im Schatten eines Sonnenschirms, in einem großen Oberhemd und mit breitem Schlapphut. Sie sah unserer Mutter auf unseren Sommertrips nach Cape Cod auffällig ähnlich, sie saß immer im Schatten, in einem alten Popelinehemd meines Vaters, und passte auf uns und unsere Taschen auf, während wir zitternd in die Wellen krochen und Löcher bis nach China gruben.

Margot sah uns, winkte und rief strahlend unsere Namen. Auf ihrem Schoß lag Zoe, in ein türkisfarbenes Tuch gehüllt. Nick stand auf und umarmte uns, während Sand von seinen Beinen rieselte. Alex sah zu uns hoch und schien uns wiederzuerkennen, zunächst nur entfernt, aber dann, auf Nicks Stichwort – »Du kennst die beiden, weißt du noch?« –, schärfte sich seine Miene, und er sagte voller Überzeugung: »Tante Anna und Onkel Isaac aus Kalifornien.«

Margot blieb im Klappstuhl sitzen, weil Zoe gerade gestillt wurde. Sie winkte uns heran. Ich beugte mich zu ihr und umarmte sie, und sie klatschte sich begeistert mit Isaac ab.

»Hey, ihr schönen Fremden«, sagte sie.

Sie war offensichtlich immer noch schlank, das sah man

selbst unter dem großen Hemd – der Ansatz ihres Brustbeins war über dem obersten Knopf zu erkennen –, aber sie hatte nun etwas Weiches an sich, um Kinn und Wangen. Seit unserer Hochzeitsreise nach Alaska hatte ich sie nicht mehr persönlich getroffen, was mit einem Mal zwei Jahre her war, und die Zeit und die Schwangerschaft hatten sie verändert, also mich vermutlich auch.

Zoe war unzufrieden mit der Unterbrechung und drohte zu weinen. Sie lag auf einem Stillkissen, dessen Muster ich von Margots Fotos wiedererkannte: einfache Zeichnungen von Füchsen, Bären, Häschen. Margot hob ihre Brust an, was den Rand des Warzenhofs aufblitzen ließ, dunkler als meiner, und schob dem Baby die Brustwarze wieder in den Mund, mit der müden Anmut einer Geste, die sie schon viele Male ausgeführt hatte.

»Baby Zoe, Tante Anna. Tante Anna, Baby Zoe.«

Sie hatte das Gesicht in Margots Brust vergraben, die Augen waren geschlossen. Ich nahm die zu einer kleinen Faust geballte Hand und küsste sie leicht. Das schwarze Haar, das ich auf den Fotos nach der Geburt gesehen hatte, war fast verschwunden, und feinere, hellere Haare kamen durch. Sie sah keinem von beiden besonders ähnlich, war runder im Gesicht, wobei ich in dem Abstand zwischen den Augen – etwas größer als bei den meisten Menschen, was auf einen wachen Geist schließen ließ – Nicks Mutter wiedererkannte.

Ich spürte alle Gefühle in mir aufsteigen; ich ließ sie kommen und sich einpegeln.

»Sie ist so bezaubernd«, sagte ich. Ich drückte sanft ihre Hand und ließ dann los.

»Möchtest du sie halten?«, fragte Margot.

»Schon in Ordnung. Sie scheint es da sehr bequem zu haben.«

»Sie ist mit dieser Brust fast durch; sie kann eine kleine Pause machen.«

»Ich rieche vermutlich nach Sonnencreme.«

»Ich auch«, sagte sie. »Ich glaube, das stört sie nicht.«

Aber Margot verstand schon, sie drängte nicht weiter.

Zoe löste sich wieder von der Brust, und ihre Hand fand einen Zipfel des türkisfarbenen Musselins. Sie zog ihn bis zum Kinn hoch, dann zu ihrem geöffneten suchenden Mund. Margot schob das Tuch wieder zu Zoes Taille hinunter und achtete darauf, dass Beine und Füße vor der Sonne geschützt waren. Isaac sagte auch etwas Nettes über Zoe und fand es unglaublich, wie winzig ein Mensch sein konnte. Er wurde von Alex unterbrochen, der darum bat, nun Isaac eingraben zu dürfen, woraufhin sich Isaac neben Nick setzte und Alex loslegte. Ich nahm neben Margot auf einem Handtuch Platz, das sie mir in den Schatten gelegt hatte, schlang die Arme um die Knie und bohrte die Zehen in den Sand.

»Ihr Top ist toll«, sagte ich. Zoe trug einen cremefarbenen Body mit Lochmuster, der ihre blassen, speckigen Arme sehen ließ.

»Finde ich auch«, sagte Margot, strich mit dem Daumen über den Stoff, umfasste dann den Babyarm und wiederholte die Geste auf der nackten Haut. »Den haben wir von Elizabeth geerbt. Wie die meisten mädchenhaften Sachen. Evie ist eine echte Riesin mit einer unglaublichen Garderobe. Aris Eltern kaufen ihr ständig neue Kleider in irgendwelchen schicken New Yorker Baby-Boutiquen, und aus der Hälfte der Sachen ist Evie schon rausgewachsen, bevor sie sie auch nur einmal getragen hat. An diesem Body war noch das Etikett dran.«

Ich hatte Zoe kurz nach der Geburt ein Geschenk geschickt, eine Mütze wie ein Eisbärkopf, obwohl es erst in mehreren Monaten kalt genug dafür wäre und die Mütze dann vielleicht nicht mehr passte. Ich wusste nicht, was Margots Freundinnen schon geschenkt und was sie von Alex' Sachen für sein zukünftiges Geschwisterchen aufgehoben hatten, das nun da war und ganz real – und ich wusste nicht, was ein Baby überhaupt brauchte. Ich hatte während meiner Schwangerschaft gerade erst angefangen, mich mit Stubenwagen, Gitter- und Beistellbetten zu beschäftigen, und war binnen Minuten so überwältigt gewesen, dass ich alle Browserfenster geschlossen und entschieden hatte, bis zum dritten Trimester zu warten, ehe ich noch mal darüber nachdachte. Die Eisbärmütze hatte ich online erstanden, nachdem ich über mehrere Tage viele gereizte Stunden auf Baby-Websites verbracht hatte; bestellt hatte ich sie schließlich aus einem Impuls heraus, ohne über die Jahreszeit und die Größe genauer nachzudenken. Der Versand war teuer gewesen. Ich hatte den Warenkorb mit weiteren Geschenken für Margot gefüllt, verspätete Geburtstagsgaben – Epsom-Salz, ein nach Lavendel duftendes Wärmekissen für die Schultern, Hamameliswasser. Ich wusste nicht, ob sie je etwas davon verwendet hatte.

Wir sahen den Jungs zu, im Hintergrund der See.

»Wie war die Hochzeit?«, fragte ich.

»Unglaublich«, sagte sie. »Der Familie ihrer Mutter gehören die Bishop Hotels, deshalb wusste ich, dass es sehr schön werden würde, aber es war noch extravaganter, als ich erwartet hatte. Es müssen über dreihundert Gäste gewesen sein, und es waren die schönsten Menschen, die ich je gesehen habe – wir waren mit Abstand am schlechtesten angezogen. Zum Glück mussten sie unseren Anblick nicht lange ertragen; wir waren so k. o., dass wir um neun gegangen sind.«

Ich fragte sie nach unseren Eltern, und es wurde schnell klar, dass meine Mutter mehr mit Margot gesprochen hatte als mit mir oder jedenfalls offener, vor allem über meinen

Vater und seine Gesundheit. Er hatte wieder rätselhafte und heftige Fieberschübe gehabt, mit nächtlichen Schweißausbrüchen, die die Bettwäsche durchnässten, und einer so lähmenden Erschöpfung, dass er beim Treppensteigen Pausen machen musste, um Luft zu holen. Er telefonierte nicht mit Margot, genauso wenig wie mit mir; er schien nicht zu wissen, was er zu uns sagen und was er für sich behalten sollte – »Ich gebe dich mal weiter an deine Mutter«, sagte er immer schnell, um bloß nichts von unserer knappen Zeit zu verschwenden.

Meine Mutter hatte mir erst von seiner Gesundheit erzählt, als sie wussten, dass mit ihm so weit alles in Ordnung war, als es ihm besser ging, wenn auch nicht richtig gut; die Ärzte vermuteten eine seltene allergische Reaktion, die mit dem Wechsel der Jahreszeiten einherging. Aber meine Mutter hatte mit Margot gesprochen, bevor sie wussten, was es war und was nicht. Sie hatte Margot erzählt, sie schlafe in meinem Zimmer, weil sein Schüttelfrost und sein rasselnder Atem sie nachts wach hielten. Sie schliefen zum allerersten Mal getrennt, seit er als junger Mann so viele Nächte im Krankenhaus verbracht hatte.

»Sie meinte, es fühle sich an wie die Generalprobe für das Leben als Witwe«, erzählte mir Margot. »Sie hat gelacht, als sie das gesagt hat. Sie meinte, abends im Bett führe sie tolle Gespräche mit dem Hund.«

Meine Mutter hatte noch etwas zu Margot gesagt, das Margot in Erinnerung geblieben war, noch etwas, das meiner Mutter nicht gefiel, wovon sie mir aber nichts erzählt hatte. Meine Mutter hatte jetzt den Eindruck, die Ärzte würden meinen Vater als kranken Mann ansehen – als alten kranken Mann –, denn nun wandten sie sich an sie, nicht an ihn, wenn sie ihre Befunde und nächsten Schritte erklären wollten. Sie wirkten schon müde, wenn sie ihn nur ansahen. Das bedeutete, so viel war meiner Mutter klar, dass sie ihn vergaßen, sobald er das Zimmer verließ; sie würden sich nicht den Kopf zerbrechen, wie sie ihm vielleicht noch helfen könnten, nicht wie die Ärzte es getan hatten, als er jung war, als krank zu sein nicht normal war. Was sie noch mehr verletzte, war die Tatsache, dass mein Vater sich selbst genauso zu sehen schien.

»Ich wünschte, sie hätte mir davon erzählt, bevor sie wussten, dass alles okay ist«, sagte ich. »Ich wäre gern für sie da gewesen, in irgendeiner Form, hätte was unternommen.«

Zoe löste sich, atmete einmal lang und tief aus und schlief an Margots Brust gelehnt ein. Gedankenverloren streichelte Margot ihr den Kopf und fuhr dann mit dem Finger die Augenbrauen nach, wie unser Vater es bei uns gemacht hatte, wenn wir als Kinder nicht schlafen konnten, von Albträumen geplagt.

»Ich habe ihr gesagt, dass sie dir davon erzählen soll«, sagte Margot. »Sie hatte das Gefühl, dich schützen zu müssen, glaube ich. Oder weiß ich. Sie hat es selbst gesagt.«

Ich sträubte mich gegen den Gedanken, dass meine Mutter glaubte, ich bräuchte Schutz, und dass sie Margot davon erzählte. Aber es stimmte, dass ich geschwächt gewesen war, jedenfalls eine Weile, unsicher, ob mich die Trauer irgendwann widerstandsfähiger und empfänglicher für das Leiden anderer machen würde oder nur wütend und verbittert. Meine Mutter musste meiner Stimme angemerkt haben, wie zerbrechlich ich war, und beschlossen haben, mich zu schonen und sich stattdessen Margot anzuvertrauen. Meine Mutter empfand eine andere Liebe für Margot als für mich – nicht weniger stark, aber anders, und das ging in Ordnung. Ich war das Kind, das lebte, nach dem Kind, das gestorben war. Ich war das Kind, mit dem sie nicht mehr gerechnet hatte. Aber ich war nie das einzige Kind meiner Mutter gewesen.

Nein, sie hatten recht gehabt, mir nicht davon zu erzählen, dachte ich. Ich war auch dankbar, dass Margot es mir verschwiegen hatte, mir jetzt aber davon erzählte.

Da rief Alex nach ihr, um ihr zu zeigen, dass er Isaacs und Nicks Beine erfolgreich vergraben hatte. Isaac schüttelte sein Bein ein bisschen, löste über seinen Knien ein kleines Erdbeben aus und rief: »O nein, vielleicht ist es das große Beben!«, und Alex beeilte sich, wieder Sand daraufzuhäufen und ihn wie wild festzuklopfen.

»Du siehst wunderschön aus«, sagte Margot nach einer Pause.

Ich wurde unwillkürlich rot. So was sagte sie sonst nicht zu mir. Dann veränderte sich ihr Blick, ein spielerischer Argwohn schlich sich ein – sie fragte mich offensichtlich, ob ich schwanger sei –, und es fühlte sich an, als hätte sie mich mit ihrem Blick gehäutet, mich blutig und mit nackten Knochen zurückgelassen. Mir gefiel zwar nicht, dass sie mich so durchschaute, und das ohne meine Erlaubnis, was mir bei ihr nie gelang, aber ich war erleichtert, dass ich nicht nach Worten suchen musste, um die Vielleicht-Wahrheit auszusprechen.

»Ich weiß es nicht«, sagte ich und hatte Schwierigkeiten, ein Lächeln zu unterdrücken. »Vielleicht.«

Ihre Miene hellte sich auf, und sie wirkte den Tränen nahe, fasste sich aber wieder. Sie versuchte, meine Signale zu lesen, schien sich unsicher zu sein, ob ich wollte, dass sie Begeisterung zeigte oder etwas anderes, ein zurückhaltenderes Verständnis. Ich hatte nicht vorgehabt, etwas zu ihr zu sagen, ich hatte überhaupt nichts sagen, sondern es geheim halten wollen, am besten sogar vor mir selbst, bis das Baby da war und die Nabelschnur durchtrennt, bis es eigenständig atmete, mit schlagendem Herzen.

»Ich meine, ich weiß es wirklich nicht«, sagte ich. »Wahrscheinlich nicht. Ich fühle mich nur ein bisschen komisch, ähnlich wie beim ersten Mal, aber es könnte alles Mögliche sein. Es ist zu früh.«

In den letzten Monaten waren Isaac und ich wortlos übereingekommen, dass wir nicht länger versuchen würden, nicht schwanger zu werden, es aber auch nicht explizit aufs Schwangerwerden anlegten. Zu dieser Übereinkunft waren wir an dem Abend gekommen, als ich aus dem Joshua-Tree-Park zurückkehrte und er die Kondome nicht vom Nachttisch nahm und ich auch nicht und ich ihn mit der Hand in mich hineinzog und ihn zum ersten Mal, seit ich schwanger gewesen war, wieder nackt spürte. Ein paar Nächte später kamen wir wieder überein, als ich es ihm mit dem Mund machte und er mich fragte, ob er in mir zum Ende kommen dürfe, und ich nahm ihn aus dem Mund und setzte mich auf ihn, und so kamen wir wieder und wieder überein und lagen jedes Mal nach dem Sex noch eine Weile beieinander, bis er aufstand und mir ein Glas Wasser brachte und ich im Bett liegen blieb, auf das Pochen des Blutes in meinen Ohren und den Klang meines Atems lauschte.

Ich zählte die Minuten auf dem Rücken nicht; ich maß morgens nicht meine Temperatur; ich öffnete die App nicht; ich studierte weder das Toilettenpapier noch den Kalender. Es war nicht nötig. Ich wusste, wann es so weit war. Ich spürte es, die Wärme in meinem Blut, und dann fanden wir einander im Dunkeln.

»Ich habe Isaac bisher nichts erzählt«, sagte ich zu Margot. Er buddelte gerade Alex ein, bis zu dessen dünnen Oberschenkeln, und zeichnete riesige Füße in den Sand, was Alex einen Lachanfall bescherte.

»Ich verrate nichts«, sagte sie, und ich vertraute ihr. Ich wusste, dass sie es Nick sagen würde; das war in Ordnung. »Mom weiß nichts davon?«

»Nein, noch nicht. Erst wenn es was zu erzählen gibt.«

Ich wusste nicht, an welchem Tag meine Periode kommen sollte, nicht genau, aber es musste bald so weit sein. Ich hatte Hunger gehabt, vor allem auf Trockenfleisch von der Tankstelle, alles, was salzig und fettig war, während mich das frische Obst gar nicht interessierte, das in Pappschachteln am Straßenrand verkauft wurde und auf das Isaac solchen Appetit hatte. Er aß so viele Erdbeeren, das ihm schlecht wurde. Außerdem hatte ich nicht schlafen können, seit wir aufgebrochen waren. Ich lag mit geschlossenen Augen an fremden Orten wach und fragte mich, ob das Brodeln im Bauch Furcht, Hoffnung, etwas Reales oder gar nichts war. Ich versuchte, mich daran zu erinnern, was ich beim letzten Mal gespürt hatte, bevor ich es sicher wusste, das heftige Ziehen in den Brüsten oder das Pulsieren in den Schläfen.

Ich erinnerte mich nicht mehr genau; es schien sehr lange her zu sein.

»Ich weiß nicht, ob ich in der Lage wäre, es noch mal zu versuchen«, sagte Margot, als sie sich Zoe mit einer fließenden Bewegung an die Schulter legte und ihr auf den Rücken klopfte. »Du bist tapferer als ich. Nach dem, was du durchgemacht hast, bin ich hiermit kaum klargekommen«, sagte sie und legte Zoe an ihre andere Brust.

Sie sah Zoe einen Moment beim Stillen zu, hob die Brust einmal an, damit sie sie besser umschließen konnte, wandte sich dann wieder mir zu und sagte: »Ich hebe übrigens alle ihre Sachen für dich auf. Die von Alex auch. Ich kann mir nicht vorstellen, sie jemand anderem zu geben. Dieser Body wird dir also wiederbegegnen.«

Sie lächelte mich mit einer Wärme an, die ich noch nie von ihr gespürt hatte, so voller ungeschützter Zuneigung, dass ich ihr kaum in die Augen sehen konnte.

Zoe weinte kurz auf, ein wenig überzeugender Ausdruck der Unzufriedenheit, der uns beide zum Lachen brachte.

»Es ist alles in Ordnung, Süße«, sagte Margot beruhigend. »Wie wär's, wenn du weiterisst und dir das Geschrei für den Flug aufsparst.

Ich bin wirklich froh, dass du gekommen bist«, sagte sie und sah wieder zu mir. »Ich weiß, dass es eine lange Fahrt ist.«

Sie sah mich immer noch voller Zuneigung an, aber nun ernster, auf eine Weise, die mich bang auf ihre nächsten Worte warten ließ.

»Ich habe nicht geglaubt, dass du kommst«, sagte sie. »Ich hätte fast nicht gefragt.«

»Selbstverständlich bin ich gekommen.«

»Es ist nicht selbstverständlich.« Sie verstummte und blickte zu den Jungs, und ich sah ihr die Anstrengung an, zu sagen, was sie gerade sagte, anzusprechen, was wir immer gefühlt, aber nie benannt hatten. »Ich habe das Gefühl, dass du schon lange nicht mehr mit mir reden möchtest. Ich weiß nicht, ob ich etwas falsch gemacht habe oder etwas gesagt habe, das dich gekränkt hat – ich habe das Gefühl, dass du mich nicht in deinem Leben haben möchtest. Und ich möchte zu deinem Leben gehören. Ich möchte, dass wir beide zum Leben der anderen gehören.«

Sie sprach ruhig, nicht verärgert, aber verletzt. Sie musste ihre Worte abgewogen haben, überlegt, ob sie etwas sagen sollte oder nicht. Sie hatte beschlossen, mich herzubitten, und sie hatte beschlossen, es mir jetzt so zu sagen – sie wollte etwas richtigstellen, was immer es war.

Der Wind vom See war kühl, und ich zog die Hände in die Ärmel, und Margot drückte Zoe fester an sich. Alex erzählte Isaac von all den Bundesstaaten, die er kannte, und dass Tahoe der Name einer Stadt und eines Sees sei. Die zehn höchsten Berge der Vereinigten Staaten seien alle in Alaska und er wolle sie alle besteigen.

»Nein«, sagte ich. »Da liegst du falsch, so ist es überhaupt nicht. Du hast nie etwas falsch gemacht.«

Ich war diejenige, die falschgelegen hatte. Die Erkenntnis blühte langsam in mir auf, eine Art Schwindelgefühl, noch kein konkreter Gedanke.

»Es tut mir leid«, sagte ich, unfähig, ihr länger als einen Moment in die Augen zu sehen, »wenn ich dir je das Gefühl gegeben habe, du hättest was falsch gemacht.«

Sie schüttelte den Kopf. »Hast du eigentlich nicht. Ich empfange nur diese Signale von dir, manchmal, als wenn du keinen Kontakt mit mir möchtest. Und ich verstehe schon, ich meine, wir haben sehr lange weit entfernt voneinander gelebt. So sollte es eigentlich nicht sein.

Ich weiß, dass es im Moment nicht leicht ist, mich und Zoe zu sehen«, sagte sie. »Das ganze Timing – es ist einfach grausam, wie es abgelaufen ist. Ich wünschte so sehr, dass es nicht so gelaufen wäre.«

»Ich bin froh, dass ich gekommen bin«, sagte ich. »Ehrlich. Zoe bedeutet nur Gutes.«

Margot lächelte mich an und blickte dann auf das Baby in ihren Armen. Ich war mir nicht sicher, ob es noch mehr zu sagen gab, sie schien über etwas nachzudenken, aber dann fing Zoe an zu weinen, diesmal richtig, und Margot hielt sie fester und wiegte sie, aber sie ließ sich nicht beruhigen. Als er sie hörte, kam Nick zu uns, befreite sie vom Musselintuch und spähte in ihre Windel.

»Sie ist völlig durchnässt«, sagte er. »Ich gehe sie wickeln«, und er trug sie und die Wickeltasche zu der Rasenfläche hinter uns. Alex kam und legte sich zu Margots Füßen, grummelig und müde von der Sonne, und wir beschlossen, dass es an der Zeit war, etwas zu essen.

Der Nachmittag ging schnell vorbei. Wir aßen die Sandwiches, die Margot uns aus dem Deli im Ort mitgebracht hatte; wir hielten die Zehen ins kalte Seewasser; Alex erzählte uns vom Flug und dass er die Wolken von oben und den ganzen Ozean gesehen habe. Isaac bot an, Zoe zu halten, während Margot und Nick etwas aßen, und als sie sagten, danke, schon okay, wir sind es gewohnt, abwechselnd zu essen, sagte Isaac, er würde sie wirklich gern mal halten, wenn sie einverstanden wären. Nick legte sie in Isaacs Arme, wo sie bald einschlief, und so hielt er sie noch etwas länger, ging in dem schmalen Schattenstreifen neben dem Spielplatz auf und ab.

Als die Sonne zu sinken begann und es kühler wurde, war es an der Zeit für sie, zusammenzupacken und zum Flughafen zu fahren. Margot und ich umarmten uns innig, sagten, ich hab dich lieb, lass uns öfter reden, bitte. Alex bat Isaac, ihn hochzuheben, wieder und wieder, bis er schließlich bereit war, Auf Wiedersehen zu sagen, und uns beiden die Arme um den Hals schlang. Ich gab Zoe einen Kuss auf die Stirn und drückte sanft ihre Füße. Sie war in Nicks Armen gerade wieder eingeschlafen, mit zusammengezogenen Brauen und leicht geöffneten Lippen, alle Muskeln in ihrem Gesicht bewegten sich, spannten sich an und lösten sich wieder, während sie träumte.

Isaac und ich blieben noch eine Weile im Sand sitzen, sahen zu, wie das Wasser den verblassenden Himmel reflektierte und Familien ihre Sachen packten, ältere Paare nebeneinander gingen. Dann brachen wir auch auf, liefen die lange Strecke zu unserem Auto an der Hauptstraße entlang, dem Highway 28. Ein Kunstfestival mit lauter weißen Zelten ging gerade zu Ende. Die Verkäufer plauderten miteinander, verglichen die Verkaufszahlen des Tages und bestätigten sich, dass es ihnen hier besser gefiel als in Truckee und Palo

Alto, während sie die gerahmten Arbeiten für die Nacht in Kartons verstauten. Ein paar Zelte waren noch geöffnet, die Bilder hingen noch, und die Künstler saßen auf Hockern da, hofften auf ein letztes Geschäft. Wir machten an mehreren Zelten halt, betrachteten die Originale und sahen Karten und Drucke durch.

Ich hielt Ausschau nach Marisol. Ich hatte online nach ihr gesucht, nach meiner Rückkehr aus der Wüste im Mai, und hatte sie nach einer Weile unter der Rubrik *Ehemalige Stipendiaten* auf der Website der Casa Cuadrado in Mexico City gefunden. Marisol Silvia Lizalde. Ihre eigene Website war aufgeräumt und professionell, mit großen Fotos ihrer Werke, einer Liste vergangener und kommender Ausstellungen, einem *Über-mich*-Text, der so knapp war, dass er nichts verriet, und einem Foto von ihr in urbaner Umgebung, auf dem man ihr Gesicht nicht genau erkennen konnte. Ihre Gemälde überraschten mich, obwohl mir bis dahin gar nicht bewusst gewesen war, dass ich schon eine Idee hatte, um welche Art Malerei es sich handeln müsse. Sie waren reich an roten, braunen und blonden Tönen, die an Erde und an Haut denken ließen – ich brauchte einen Moment, bis ich begriff, dass sich in den abstrakten Landschaften Hände, Hüften, Brüste, Haare und Gesichter von Frauen verbargen. Es war nicht immer dieselbe Frau – manche hatten eine schmale Taille, bei anderen war sie breiter, eine hatte so lange Haare, dass ein Fluss daraus wurde, und eine andere so kurze, dass die Rundung ihres Kopfes zu sehen war –, aber sie hatten etwas gemeinsam, das ich nicht ganz ausmachen konnte, etwas in den Neigungswinkeln ihrer Körper, dem Grad der Abstraktion und der entfernten Ähnlichkeit mit Marisol. Während Isaac im letzten Zelt den kleinen Holzschnitt eines Fuchses studierte, auf der Rückseite nach dem Preis sah und den Holzschnitt wieder auf den Tisch legte, holte ich mein

Telefon heraus, rief Marisols Website auf und tippte auf *Vergangene und kommende Ausstellungen*. Die Seite baute sich nur langsam auf und war schließlich ganz durcheinander, nicht kompatibel mit meinem Telefon. Ich zog die Seite größer und sah das letzte Datum: *Kleiner / Cage Gallery, Victoria, B. C.*, Dezember 2017. Fast zwei Jahre her.

Nicht lange nachdem ich ihre Gemälde gesehen hatte, fing ich wieder an zu schreiben. Nach dem Verlust von Scout hatte ich nicht schreiben können, nur vereinzelte Fragmente, die kein Ganzes bildeten, nichts ging mir leicht von der Hand, ich war müde und zog es vor, die Geschichten von anderen zu konsumieren, statt selbst welche zu verfassen. Isaac wollte unsere Geschichte nicht schreiben, nicht direkt – aber jetzt wollte ich es, es schien mir unmöglich, etwas anderes zu schreiben, bevor ich das nicht getan hatte.

(Das sollte nie Teil dieses Romans werden. Der Roman, den ich in den ersten Wochen meiner Schwangerschaft mit Scout angefangen hatte, endete nicht in Tahoe City mit einer Figur namens Anna ohne Baby auf der Hüfte und keiner Milch in den Brüsten. Ich werde diesen Roman nicht damit beenden, dass ich ihr ein gesundes Baby gönne, denn ihr Baby ist, wie meines, verloren – und sie, wie ich, weiß nicht, ob sie das Baby, das sie sich vor gar nicht langer Zeit so mühelos vorstellen konnte, jemals bekommen wird. Aber ich verrate hiermit, dass die Figur namens Anna es wieder versuchen wird – sie hat schon damit angefangen –, denn dieses junge Paar weiß nun, dass das gemeinsame Baby nicht nur sterben kann, sondern dass das Baby sterben kann und sie beide dennoch an einem Sommerabend den Highway 28 entlanglaufen können, den Himmel und das Wasser bemerken und glauben können, dass die Geschichte der Familie, die sie zusammen gründen werden, vielleicht mit dem Tod ihren Anfang nimmt, aber dass sie so nicht enden wird.)

»Suchst du nach einem Restaurant?«, fragte Isaac.

Er sah zu, wie ich auf mein Telefon guckte.

»Kann ich machen«, sagte ich und schloss den Browser.
»Hast du Hunger?«

»Noch nicht, das war ein großes Sandwich. Aber wenn du Hunger hast, können wir bald essen.«

Er legte den Arm um mich, und wir sagten den Künstlern danke, wunderschöne Bilder, alles Gute. Isaac hielt mich dicht an seiner Seite, spürte, dass mir kalt wurde.

Wir gingen weiter durch die Reihen weißer Zelte, wo noch mehr Künstler zusammenpackten, ihren Nachbarn einen schönen Abend wünschten, auf ein Wiedersehen hofften. Ich hatte auch keinen Hunger, und plötzlich war ich Margot so dankbar für die Sandwiches, für ihre Umsicht. Ich hätte meine Dankbarkeit in dem Moment zum Ausdruck bringen sollen, bevor sie gefahren waren, in der ganzen Hektik der Umarmungen und Verabschiedungen und dem Verstauen der Handtücher.

»Sagst du mir Bescheid, so oder so?« Das hatte sie mich gefragt, bevor wir uns trennten, als unsere Männer es nicht hören konnten, und ich hatte genickt.

Ich sah nun deutlicher, als ich nicht mehr mit ihr zusammen war, auf welche Weise ich uns die Distanz auferlegt hatte, nicht sie; ich hatte geglaubt, es wäre ihre Entscheidung und ich würde sie respektieren, indem ich immer darauf wartete, dass sie mich anrief, und nie den ersten Schritt machte, aber so war es nicht gewesen – und wie lange schon nicht? Ihre Gesten waren offensichtlich, aber ich hatte sie nicht erkannt, behindert von meiner Trauer, meinem Neid, meinem alten Groll. Sie hatte uns eingeladen, nach unserer Hochzeit bei ihr zu übernachten, hatte eine Grillparty veranstaltet, damit wir ihre Freunde kennenlernen konnten, eine Shakti-Yoga-Karte gekauft, mir ihre Fehlgeburt und ihre Schwierigkeiten mit Elizabeth anvertraut, während und nach meiner Schwangerschaft geschrieben und angerufen, hatte Geschenkgutscheine für Lebensmittellieferungen und zwei Schachteln mit Salbei- und Petersilientee geschickt, um den Milchfluss zu stoppen, und jetzt flog sie für einen Nachmittag zu uns und hob die Kleider ihrer Kinder auf, für einen ungeborenen Cousin, eine ungeborene Cousine.

Und ich hatte ihr sogar noch gesagt, sie sollten ruhig zu dem Hochzeitsbrunch gehen, weil wir am Vormittag noch unterwegs wären und nicht vor eins ankämen. Ich hatte es extra so gedreht, hatte verzweifelt versucht, die Stunden mit ihr und dem Baby auf einen Nachmittag, eine Mahlzeit, bloß nicht mehr zurückzustutzen.

Ich war aber kein sensibles Kind mehr und sie kein schnippischer Teenager; jetzt waren wir Erwachsene und Mütter; wir waren Schwestern. Ich schwor mir, sie bald nach unserer Rückkehr anzurufen, statt darauf zu warten, dass sie mich anrief, und ich würde ihr sagen, was ich vorhin nicht gesagt hatte. Ich wollte ihr sagen, dass ich als Mutter so zu werden hoffte wie sie.

Ich würde dann auch wissen, ob ich schwanger war. Meine Periode wäre gekommen oder nicht. Bei dem Gedanken blühte tief in meinem Innern ein warmes Gefühl auf, eine Teenagerempfindung über erwiderte Verknalltheit und erste Küsse.

Ich hielt immer noch nach Marisol Ausschau, ohne zu hoffen oder zu erwarten, dass ich sie in der Menge der jungen und alten Touristen entdeckte, die immer dichter wurde, als wir den Straßenabschnitt mit den Restaurants und Bars erreichten. Frauen jeden Alters trugen kurze Kleider, transparente Tops, High Heels und Plateauschuhe und bewegten sich mit Anmut die Gehwege entlang. Mich fröstelte, als die Sonne hinter der Sierra Nevada verschwand, und ich bedauerte, dass ich meinen dicken Schal und die Fleecejacke im Auto gelassen hatte. Ich fragte mich, wann ich zu einer Frau geworden war, die es lieber gemütlich hatte, als schön auszusehen, dafür war ich doch zu jung, dachte ich, wenn auch vielleicht nur knapp – als ich vor mir auf der Straße eine Frau sah, die ein Baby in einem Tragetuch mit raffiniertem Muster trug. Ich entdeckte sie immer noch, Frauen mit Babys, Frauen mit Bäuchen – aber diese Frau stach hervor, weil sie mir bekannt vorkam und weil sie so attraktiv war mit ihrer schlanken Figur, dem weißblonden Haar, das zu einem hohen Pferdeschwanz gebunden war. Die Frau ging uns voraus, und ich konnte ihr Gesicht nicht sehen. Es schienen nur die beiden zu sein, die Frau und das Baby, das ungefähr so groß wie Zoe wirkte, aber das war auf die Entfernung schwer zu erkennen.

Corrie – der sah sie ähnlich –, obwohl sie sich nur einmal kurz nach dem Verkehr umguckte, bevor sie die Straße überquerte, weg von uns und Richtung See. Ich rief nicht ihren Namen, um es zu überprüfen; ich ging nicht schneller, um besser sehen zu können. Ich beobachtete, wie sie sich zwischen den Familien und den Paaren hindurchschlängelte, das Tragetuch richtete und das Baby umarmte, nach Norden unterwegs, bis die Menge sich hinter ihr schloss und sie Schritt für Schritt weiter auslöschte.

Sie war es nicht, entschied ich. Corrie hätte angehalten und gesagt: »Hallo, erinnerst du dich an mich? Wie seltsam, dass wir uns hier und jetzt über den Weg laufen, wo keine von uns je gelebt hat.«

Ich hätte ihr meine Nummer geben sollen, bevor ich sie am Briarcrest Drive zurückließ, dachte ich, und ich hätte meine Nummer auch unter die Nachricht für Marisol schreiben sollen. Jetzt waren sie fort, entschwunden in ihre Leben, und ich würde sie vermutlich nie wiedersehen, dafür hatte ich gesorgt. Aber es gab andere Frauen, so viele andere Frauen, die gefühlt und gewollt hatten, was ich gefühlt und gewollt hatte, oder anderes gefühlt und gewollt, so viele liefen diese Straße in Tahoe City entlang, was war die Geschichte der weißblonden Frau, die nicht Corrie war, und die der Frau, die gerade an mir vorbeiging, und die von der, die jetzt kam. Wo immer ich gewesen bin und als Nächstes hinkommen werde, werden sie sein. Und wenn ich ihnen begegne, werde ich sie fragen: Wollen wir uns wiedersehen?

»Was meinst du?«, fragte Isaac.

»Wie bitte?«

»Ich habe gesagt, vielleicht sollten wir in einen Supermarkt gehen, bevor die zumachen, und uns ein bisschen Proviant für die Fahrt morgen besorgen.«

»Gute Idee.«

»Hinter uns ist ein Safeway«, sagte er mit Blick auf sein Handy, und wir beschlossen, noch bis zum Ende der Restaurants und Geschäfte weiterzugehen und dann umzukehren zum Supermarkt, etwas Einfaches für ein Abendessen im Airbnb zu kaufen, früh schlafen zu gehen, früh aufzustehen, nach Süden zu fahren. Wir schlenderten gemütlich, ohne besondere Agenda oder Eile, kommentierten die Gebäude im Retrostil, die seltsame Natur von Touristenorten und wie das Land aussehen würde, wenn hier niemand lebte.

Wir würden nie nach Kalifornien zurückkehren, glaubte ich. Isaac war anderer Meinung. Er sagte, er habe sich hier mehr zu Hause gefühlt als irgendwo sonst – sogar mehr als in Laramie, Wyoming, wo er aufgewachsen war –, und Kalifornien würde schon einen Weg finden, uns zurückzuholen. Im Moment wollte er genauso wenig bleiben wie ich – es lebte sich hier nicht gut ohne Geld, ohne echtes Geld, Summen, die wir wahrscheinlich nie verdienen würden –, und unsere Freunde brachen mit uns auf, traten Stipendien im

Ausland an oder kehrten zu weit entfernten Liebsten zurück.

Er konnte gern glauben, dass wir wiederkommen würden, wenn es ihm den Abschied erleichterte, aber ich glaubte lieber, dass das Land sich hinter uns schließen und alles versiegeln würde, was wir verloren hatten. Ich würde es ihm nicht sagen, wenn wir in ein paar Wochen nach Osten flogen, während unsere Sachen, sofern wir sie nicht verkauft, gespendet oder den Nachmietern überlassen hatten, in einem Anhänger weit unter uns dahinrollten, dass ich nie wieder herkommen würde, an diesen wunderschönen Ort aus Bergen, Meer, Feuer, Tod und Wüste.

Es war jetzt dunkel.

Nach ein paar Straßen, als wir nur noch Hotels und Tankstellen passierten und das Schwarz des Sees nicht mehr sahen, drehten wir um. Wir gingen jetzt schneller als vorher, mit einem Ziel vor Augen, zurück zur Hauptstraße, die nun von Gaslaternen und Autoscheinwerfern erleuchtet wurde und erfüllt war von Gelächter, dröhnender Musik aus Bars und Bistros und dem Kreischen von Kindern.

DANKSAGUNG

Ich hätte nie Schriftstellerin werden können ohne die uner-
messliche Menge an Liebe, Ermutigung und Vertrauen, die
mir viele unglaubliche Menschen entgegengebracht haben,
die glücklicherweise zu meinem Leben gehören.

An alle bei Riverhead – es ist mir eine Freude und eine
Ehre, Teil eurer Familie zu sein. Besonders dankbar bin ich
Sarah McGrath für ihren Glauben an das Buch und Alison
Fairbrother für ihr präzises Lektorat und dafür, mich auf
der Reise des Buches so geduldig begleitet zu haben.

Warren Frazier, du bist der aufmerksamste Agent und Un-
terstützer, den ich mir vorstellen kann. Bei dir weiß ich mich
immer in den allerbesten Händen.

Danke allen Lehrern und Freunden, die mir den Glauben verliehen, ich könne Schriftstellerin werden: Tracy-
Ann Spencer, die mir ein Notizbuch geschenkt hat und
mir auftrug, es zu füllen, womit ich wollte; Erika Krouse
und Jennifer Wortman und der ganzen Familie des Light-
house Writers Workshop; Rachel Edelman, Sara Fardi und
Joel Cuthbertson dafür, dass ihr meine ersten Geschichten
gelesen und mir erlaubt habt, eure zu lesen. Josh Goldman:

Danke für deine zehn Millionen Empfehlungsschreiben! Du bist mein ewiger Supervisor in allem, den klinischen Dingen und den anderen.

Michelle Latiolais, Sarah Shun-lien Bynum und Amy Gerstler: Ihr seid meine Schutzengel. Bevor ich euch dreien begegnet bin, hatte ich keine Ahnung, was eine Geschichte ist und was sie sein könnte. Danke an Richard Bausch und den Chapman Workshop, der die ersten Seiten dieses Romans im Anfangsstadium gelesen hat. Meine UCI-Kohorte weiß ich zutiefst zu schätzen; besonders dankbar bin ich Sarah Beth Ryther, Justin Yan, Dillon Sefic, Lara Fitzjarrald, Rebecca Sacks, Jamie Lalinde, Ross Green, Michael Andreasen und Corinna Rosendahl. Miles Parnegg, danke für deine Freundschaft und deine brillanten Lektoratsvorschläge; ich habe so ein Glück, dich zu kennen. Chris Spaide: Dein Feedback und deine Ermutigung haben mir geholfen, als ich sie so dringend benötigte.

Meinen Klienten danke ich dafür, dass ihr mir eure Geschichten anvertraut und mir jeden Tag eure Widerstandskraft, eure Verletzlichkeit und eure Tapferkeit zeigt. Ihr wisst gar nicht, wie sehr ihr mich inspiriert.

Madison Newbound, meine großartige alte und neue Freundin: Du bist die Leserin, der ich am meisten vertraue, und ich bin so froh, dass wir uns wiedergefunden haben! Ich hoffe, dass wir noch viele Jahre Werke tauschen und zusammen die Sloan Road entlangspazieren.

Ich bin meinen Eltern zutiefst und ewig dankbar, die nie aufgehört haben, mich in meinem Schreiben und allem anderen zu unterstützen. Danke für all die Bücher, die ihr mir geschenkt habt, all die Journale und Stifte, dafür, dass ich stundenlang ohne Unterbrechung im Schuppen schreiben durfte, für meine Ausbildung und für weit mehr Liebenswürdigkeiten, als ich aufzählen kann. Danke, dass ihr eure

Geschichten mit mir geteilt und mir erlaubt habt, sie aufzuschreiben, wie ich wollte. Emily und Natalie: Ihr seid die besten Schwestern der Welt. Ciaran, Matt, Andy und Rosalie – danke, dass ihr unsere Familie mit Liebe und Freude erfüllt.

Shelby – wie kann ich dir danken für alles, was du mir gegeben hast? Du hast mich als Schriftstellerin gesehen, lange bevor ich es tat. Mit dir verbindet mich die größte Freundschaft und die größte Romanze; ich wusste nicht, dass es so was zwischen zwei Menschen geben kann, und erst recht nicht, dass es mit der Zeit immer besser wird. Du bist mein Partner in jeder Hinsicht, mein erster und letzter Leser, meine wahre Liebe. Wir haben zu viel Glück, dass wir uns gefunden haben.

Liebste Faye, danke, dass du mir Gesellschaft geleistet hast, während ich das hier schrieb, dich jederzeit gedreht und gewunden hast, um mir zu versichern, dass du gesund und am Leben bist, und danke, dass du mit deiner Geburt gewartet hast, bis das Buch fertig war – so gerade eben! Ich staune jede Sekunde über dich. Ich hab dich lieb, Faybelina. Ich hab dich lieb, ich hab dich lieb, ich hab dich lieb.